S.F. V.

Thomas Mann

Große kommentierte Frankfurter Ausgabe

Werke – Briefe – Tagebücher

Herausgegeben von

Andreas Blödorn, Heinrich Detering,

Eckhard Heftrich, Hermann Kurzke, Friedhelm Marx,

Katrin Max, Terence J. Reed, Thomas Sprecher,

Hans R. Vaget, Ruprecht Wimmer

in Zusammenarbeit mit dem

Thomas-Mann-Archiv

der ETH Zürich

Band 6.2

Thomas Mann

# SPÄTE ERZÄHLUNGEN

1919–1953

KOMMENTAR

*von Hans Rudolf Vaget*

S. FISCHER VERLAG

*Frankfurt a. M.*

Diese Ausgabe wird
von der S. Fischer Stiftung gefördert.


Ausstattung: Jost Hochuli, St. Gallen
Satz: pagina GmbH, Tübingen
Druck und Bindung:
Eberl & Koesel GmbH & Co. KG, Altusried-Krugzell
Printed in Germany
ISBN 978-3-10-048326-3

# KOMMENTAR

# HERR UND HUND

## Entstehungsgeschichte

Der Anstoß zu Thomas Manns Hundegeschichte kam von Kurt Martens, einem befreundeten Kollegen, den er seit 1899 kannte und mit dem er auf dem Duzfuß stand. Martens war 1915 Vorsitzender der Münchener Ortsgruppe des Schutzverbands deutscher Schriftsteller geworden und hatte von Thomas Mann die Zusage erwirkt, für eine Vorzugsausgabe beziehungsweise Luxusausgabe, deren Erlös im Rahmen der »Kriegswohlfahrtspflege« bedürftigen Schriftstellern zugutekommen sollte, einen geeigneten Text zu liefern. Ihm war bekannt, dass einige Kollegen aus seinem Bekanntenkreis, z. B. Hanns von Gumppenberg, Not litten. (Regesten 16/34) Man durfte davon ausgehen, dass die für potente Sammler gedachte Vorzugsausgabe zum Preis von 100 Mark sowie die Luxusausgabe zum Preis von 250 Mark mit dem Buchschmuck eines so hervorragenden Graphikers wie Emil Preetorius eine ansehnliche Summe erzielen werde. (Heißerer 2019c, S. 83) Dergleichen ist heute, wie er Ida Boy-Ed erklärte, »ein sicheres Geschäft« (TM/OG, 194), will sagen: eine gute Kapitalanlage.

Da es keinen Hinweis auf ein anderes Sujet gibt, ist anzunehmen, dass er von Anfang an vorhatte, eine Erfolg versprechende Hundegeschichte zu schreiben. Den lebensgeschichtlichen Anreiz dazu lieferte der aktuelle Haushund der Manns, Bauschan mit Namen, der im Sommer 1916 während ihres Aufenthalts in Bad Tölz erworben wurde. Ein ebenso starker werkgeschichtlicher Anreiz muss von den früheren Versuchen auf dem Gebiet der Tierpsychologie ausgegangen sein, der abgründigen Erzählung von *Tobias Mindernickel* (1898) sowie der Schilderung einer exzentrischen Hundeexistenz in *Königliche Hoheit* (1909), an die Thomas Mann in *Herr und Hund* ausdrücklich anknüpft. (Textband, S. 22₂₃₋₂₄)

Bereits im Oktober 1917 ist von einer »bibliophilen Angelegenheit« (TM/Martens II, 213) die Rede sowie von einer Zusammenkunft mit Martens, Preetorius und Hans Ludwig Held, einem Mitbegründer des Schutzverbands. Sie erbrachte offenbar die gewünschte Klärung, so dass Thomas Mann unmittelbar nach Beendigung der *Betrachtungen eines Unpolitischen*, am 18. März 1918 (Heine/Schommer 2004, S. 83), mit der Niederschrift beginnen konnte. Anfang Mai musste die Arbeit unterbrochen werden, da ein »Sturzsee« von Korrekturfahnen der *Betrachtungen* auf seinem Schreibtisch landete. Er war zu dem Zeitpunkt der Meinung, die Erzählung sei »ungefähr bis zur Hälfte« gediehen, und bat Martens, »die Herren vom Verbande darauf vorzubereiten, daß die Fertigstellung von ›Herr und Hund‹ eine gewisse Verzögerung erleiden wird.« (TM/Martens II, 214) Am 27. Juni konnte er ihm mitteilen: »[...] von fünf Kapiteln sind drei fertig, und das vierte [Das Revier] ist in Angriff genommen.« (TM/Martens II, 215). Die beiden letzten Kapitel entstanden größtenteils während eines längeren Aufenthalts in Abwinkel am Tegernsee. Ein Nachruf *Zum Tode Eduard Keyserlings* (GKFA 15.1, 223–227) erzwang eine nochmalige Verzögerung. Der endgültige Abschluss der Hundegeschichte erfolgte am 14. Oktober in München.

Wie so oft bei Thomas Mann, schwoll, was zunächst als »kleine Geschichte« gedacht war (TM/Martens II, 214), zu einer detailfreudigen und einlässlichen Erzählung, die schließlich an die 100 Druckseiten umfasste. Was er gerne den Eigenwillen eines Werkes nannte, schrieb sich in Wahrheit von einem Künstlerethos her, dem nichts fremder war als das Fabulieren auf eigene Hand. »Die Sache ist eben die, daß man, um das an und für sich Nichtige interessant zu machen, sehr exakt sein muß, und solche Exaktheit braucht Raum.« (TM/Martens II, 215)

Genauigkeit und Sachkenntnis bedurfte es vor allem bei der Beschreibung der Flora in Bauschans Revier. Er machte sich, wie er Bertram gestand, »botanische Sorgen« (TM/Bertram, 68). Sie veranlassten ihn, die Mithilfe eines Experten zu suchen. Ein solcher war zum Glück zur Hand. Ein Nachbar im Herzogpark, Karl Gruber (1881–1927), lehrte als Professor für Zoologie an der Technischen Hochschule München, an der der junge Thomas Mann selbst anderthalb Semester lang studiert hatte. Gruber kannte sich nicht nur in der Zoologie aus, sondern auch in der Botanik, und teilte mit seinem Nachbarn, wie sich bald herausstellte, ein Interesse an parapsychologischen Phänomenen (Gruber 2006, S. 128ff.; Brenner 2013, S. 45). Es ist anzunehmen, dass auf Manns »Studienreise durch den Herzogpark« – dies die Formulierung in der Widmung von *Herr und Hund* an Gruber (Gruber 2006, S. 126) – nicht nur seine botanischen, sondern auch seine zoologischen Kenntnisse eine Auffrischung erfuhren. Vermutlich wurde auch sein Verständnis der damals viel diskutierten Tierpsychologie durch den Austausch mit seinem nachbarlichen Experten vertieft (Orlik 1997, S. 124).

Relativ spät in der Niederschrift von *Herr und Hund* erbrachte die Lektüre von Erzählungen Adalbert Stifters, den er bei dieser Gelegenheit zum ersten Mal las, weitere Anregungen insbesondere für die in Manns Werk bis dato raren Landschaftsschilderungen. Bertram hatte ihm – vermutlich zum Geburtstag – eine dreibändige Werkausgabe geschenkt, in die er sich sogleich vertiefte: »Ich lese Stifter und arbeite stetig.« (TM/Bertram, 71, 214; Heißerer 2005, S. 170)

Textlage

Hs.: Nicht erhalten.

Die mit neun Illustrationen von Preetorius ausgestattete und vom Autor signierte »Vorzugsausgabe« sollte den Erstdruck darstellen, doch da Preetorius mit seinem Buchschmuck im Verzug war, verzögerte sich ihre Auslieferung, so dass sie erst »Mitte Dezember« erschien, während die Buchausgabe bereits am 26. 11. 1919 in die Buchhandlungen kam. Vgl. GKFA 15.2, 125f.

ED: *Herr und Hund*. Ein Idyll. München 1919. Verlag: Knorr & Hirth. Einmalige Vorzugsausgabe für den Schutzverband deutscher Schriftsteller, Ortsgruppe München. 120 numerierte und signierte Exemplare auf »handgeschöpften Zanders-Bütten«.

Buchschmuck Emil Preetorius. Das Titelblatt mit dem sitzenden Herrn und dem ihm zu Füßen liegenden Hund zitiert Details aus Dürers Kupferstich »Melencolia I.« (Crescenzi 2014, S. 221ff.). Druckvorlage.

Zwanzig Exemplare der »Luxusausgabe« wurden alphabetisch gezählt (»Buchstabenausgabe«) und enthielten die von Preetorius handkolorierten Illustrationen sowie den Namen des Empfängers. (Heißerer 2019c, S. 83)

BA: *Herr und Hund / Gesang vom Kindchen.* Zwei Idyllen. Berlin 1919. Diese Ausgabe enthält anstatt der neun Illustrationen der Vorzugsausgabe eine neue Einbandillustration von Preetorius, die im oberen Teil Motive aus dem *Gesang vom Kindchen*, im unteren Motive aus *Herr und Hund* zeigt.

*Herr und Hund.* Idylle. Berlin 1925. Mit 15 Abbildungen und einer handkolorierten Einbandzeichnung von Georg W. Rößner.

Quellenlage

Obgleich Thomas Mann seiner Hundegeschichte das Gepräge eines rein sachlichen Erlebnisberichts über das Verhältnis zu seinem vierbeinigen Hausgenossen gegeben hat und somit sich auf keine Quellen im herkömmlichen Sinn zu stützen brauchte, wird er vermutlich andere, berühmte Hundegeschichten zur Kenntnis genommen und sich daran orientiert haben. Die Überschrift des zweiten Kapitels: »Einige Nachrichten über Bauschans Lebensweise und Charakter«, erinnert an den Titel von E. T. A. Hoffmanns Erzählung *Nachricht von den neuesten Schicksalen des Hundes Berganza* und mag als eine Verneigung vor Hoffmann angesehen werden, mit dessen Werk Mann von früh an vertraut war. Hoffmanns Erzählung ist die geistvolle Fortschreibung von Cervantes' *Coloquio de los perros*, dem berühmtesten Hundegespräch der Weltliteratur. Ob Thomas Mann Cervantes' Novelle zu diesem Zeitpunkt kannte, ist ungewiss.

Mit einiger Wahrscheinlichkeit ist jedoch anzunehmen, dass er die beiden Hundenovellen Turgenjews kannte. Dies legt ein Brief vom 5. Juni 1914 an Alexander Eliasberg nahe, der ihm seine Übersetzung von Turgenjews *Visionen und andere phantastische Erzählungen* geschickt hatte. Die darin enthaltene Novelle *Der Hund* handelt von parapsychologischen Phänomenen und ist im Hinblick auf *Herr und Hund* irrelevant. In seinem Dankschreiben lässt Thomas Mann Eliasberg wissen: »Ich lese Turgenjew jetzt wieder mit dem selben Eifer und dem gleichen Entzücken wie vor 20 Jahren. Auch träume ich davon, über kurz oder lang einmal einen größeren Aufsatz über ihn zu schreiben [...] Ich freue mich darauf, für ihn einzutreten.« (Br. I, 109) Angesichts seiner großen Bewunderung (Reed 1964) und seines produktiven Interesses ist es wahrscheinlich, dass er mit Turgenjews berühmtester Hundenovelle: *Mumu* (1854), vertraut war. Darin fungiert der Hund Mumu, der einem taubstummen Leibeigenen gehört, als Katalysator einer tief bewegenden Kritik an dem System der Leibeigenschaft. Auch mit dieser Novelle hat *Herr und Hund* keine direkte Berührung. Doch wenn Mann in dem »Vorsatz« zu seiner Hundegeschichte ausdrücklich versichert, dass darin keine gesellschaftlichen Fragen verhandelt werden (Textband, S. 11₁₄₋₁₅), wie dies insbesonders bei Turgenjew der Fall ist, so ist dies einerseits als eine Abgrenzung hinsichtlich seiner Zielsetzung zu werten, andererseits auch als eine Anspielung auf den bewunderten Autor von *Mumu*.

## Rezeption

Wie seine Instruktionen an Otto Grautoff für dessen *Buddenbrooks*-Besprechung zeigen (GKFA 21, 179f.), übte sich Thomas Mann von früh an in der Kunst der diskreten Rezeptionssteuerung. So auch hier. Da *Herr und Hund* um einer guten Sache willen auf Lesevergnügen und auf breite Zustimmung abgestimmt war, machte er sich offenbar Sorgen, dass das Ansehen und distinguierte künstlerische Profil, welches er sich mit *Buddenbrooks*, *Der Tod in Venedig* sowie den *Betrachtungen eines Unpolitischen* erworben hatte, Schaden erleiden möchte. Mit zunehmendem Ruhm und dem

Hineinwachsen in die Rolle eines modernen Klassikers schien es ihm offenbar geboten, die Erwartungen bezüglich der Hundegeschichte zu dämpfen und Signale auszusenden, die das entstehende Werk freimütig als eher leichtgewichtig erscheinen lassen sollten. Derart vom Autor selbst abgewertet, konnte *Herr und Hund* seinem Status als Nationalschriftsteller in spe im Ernst nicht abträglich sein.

So ließ er schon während der Entstehung wissen, dass es sich bei der Erzählung von Bauschan um eine »Kleinigkeit« handeln werde, um etwas »an und für sich« Nichtiges. (TM/Martens II, 214) Unmittelbar nach Beendigung der Erzählung wollte er sie allenfalls als erste dichterische »Gehversuche« (DüD II, 9) nach der über dreijährigen, nicht-dichterischen Gedankenarbeit seiner Kriegsessayistik betrachtet sehen – als erste Gehversuche in Vorbereitung auf die Wiederaufnahme des großen Zeitromans. Noch in [*On Myself*] (1940) erklärt er die Entstehung von *Herr und Hund* damit, dass er es für »nötig« gehalten habe, »für neue dichterische Aufgaben erst einmal wieder das Handgelenk zu üben« (GW XIII, 161). Offenbar sollte seine Hundegeschichte nicht als eine im Gesamtwerk zentrale Hervorbringung wahrgenommen werden, sondern als »leichte Ware«, als »Erholung« (TM/OG, 207) von der Galeerenarbeit der *Betrachtungen* und als Lockerungsübung für die epischen Lasten, die im *Zauberberg* zu stemmen waren.

Andererseits haben wir jedoch Hinweise, dass er mit *Herr und Hund* auch literarisch anspruchsvolle Ziele verfolgte. Seinem Verleger gegenüber ließ er durchblicken, dass diese Erzählung »bei aller Anspruchslosigkeit etwas Gewagtes« habe: »So etwas kann man ›sich erlauben‹ – oder nicht.« (GKFA 22, 305) Will sagen: er betrachtete sein Ansehen als Autor inzwischen für so gefestigt, dass ein unzeitgemäßes Werk, das anderen, weniger etablierten Autoren als rufschädigend angekreidet würde, ihm nichts anhaben konnte.

Was er an seiner Tiergeschichte als gewagt empfand, war ihre Darbietungsform und ausdrückliche Benennung als Idylle. Eine solche zu schreiben, während draußen in der großen Welt ein Krieg von nie gekannter, Welt verändernder Zerstörungskraft sich seinem Ende näherte, musste als unpassend empfunden werden. Ebenso eigensinnig musste es scheinen, das verbreitete Bewusstsein einer epochalen Krise zu ignorieren und allen »dringlich wichtigeren Fragen damit ein Schnippchen« zu schlagen, denn, wie er in der Vorrede vorsorglich erklärt, »weder werden höhere Probleme der Sittlichkeit darin aufgeworfen, noch bedeutende Charaktere zergliedert, geschweige denn, daß die gesellschaftliche Frage ihrer Lösung näher geführt würde.« (GKFA 15.1, 229–230)

Auch in diesem heiklen Punkt warb Thomas Mann um Verständnis für seine Hinwendung zum Idyll. Kaum war die Hundegeschichte abgeschlossen, während seine Gedanken schon bei seinem zweiten Idyll weilten, dem *Gesang vom Kindchen*, flatterte ihm eine jener damals beliebten Rundfragen ins Haus. Diese kam aus Dänemark und wollte wissen: »[...] in welche Richtungen wird sich Ihrer Meinung nach die neue Literatur nach dem Krieg entwickeln?« (GKFA 15.2, 128) Genau diese Frage bewegte den Verfasser der *Betrachtungen eines Unpolitischen* mehr, als der betreffende Redakteur in Kopenhagen ahnen konnte, so dass ihm die Beantwortung »mit Leichtigkeit« von der Hand ging. (Tb 31.10.1918) »[W]ahrscheinlich«, so meinte er, werden in der Nachkriegsliteratur »die Wirkungen der weltgeschichtlichen Konvulsion nur sehr mittelbar [...] zum Ausdruck kommen.« So mittelbar also, so kodiert wie in *Herr und Hund*. »Es wäre denkbar«, fährt er fort, »daß sie mit einem tiefen Verlangen nach Stille, Sanftmut und Innerlichkeit auf die Schrecken und Leiden des Krieges reagierte. Mit dem lebhaftesten Geschmack an allem Zarten, Gütigen, Leisen, Intimen; schmucklos geistig, von höchster humaner Noblesse möchte ich sie mir denken, formvoll, maßvoll und kraftvoll durch die Intensität ihrer Menschlichkeit.« Ohne die Eigenwerbung zu kaschieren, fügt er hinzu: »Selbst etwas wie eine Rehabilitierung des Idylls ließe sich prophezeien, wenn vom poetischen Geschmack des nachkriegerischen Europa die Rede ist.« (GKFA 15.1, 232) Dieser für dänische Leser geschriebene Text erschien zuerst auf Deutsch in *Die Post* am 24. 4. 1919, einen Monat nach Abschluss des zweiten Idylls und rechtzeitig vor der Buchveröffentlichung der beiden Erzählungen.

Dem allgemeinen Verständnis nach war die Idylle ein literarisches Genrebild, das »einfache, gutartige Charaktere in behaglich glücklichen Lebensverhältnissen heiter und nicht selten humorvoll zur Darstellung bringt.« (Merker/Stammler, *Reallexikon der deutschen Literaturgeschichte*, 2. Aufl.) Wohl um seine unzeitgemäße Thematik zu legitimieren, stellte Thomas Mann dem bibliophilen Erstdruck Verse aus *Die Campagne in Frankreich* als Motto voran – Goethes Kriegsbuch, das seinerseits von einem die Welt verändernden Krieg handelt und mit einem Rückzug in die Idylle endet:

Hier sind wir denn vorerst ganz still zu Haus,
Von Thür' zu Thüre sieht es lieblich aus;
Der Künstler froh die stillen Blicke hegt,
Wo Leben sich zum Leben freundlich regt.
Und wie wir auch durch ferne Lande ziehn,
Da kommt es her, da kehrt es wieder hin;
Wir wenden uns, wie auch die Welt entzücke,
Der Enge zu, die uns allein beglücke. (WA I, 33, 271)

Das Bewusstsein, etwas Gewagtes und Umstrittenes geliefert zu haben, spricht beispielsweise aus den Versen, die Thomas Mann nach einer Lesung in Nürnberg am 20. November 1919 in das Gästebuch des veranstaltenden »Literarischen Bundes« schrieb: »Zu Nürremberg im ›Bund‹/Las ich von Kind und Hund./Die Leute lauschten gern/Dem Vater und dem ›Herrn.‹/Kehr ich einmal zurück,/Bring ich ein schlimmer Stück./Denn wie die Zeiten sind,/Was soll's mit Tier und Kind?/Heut fragt sich's überhaupt,/Ob das Idyll erlaubt.« (Heine/Schommer 1998, S. 54; Heißerer 2005, S. 203)

In dem Glauben, dass das Idyll »heute« sehr wohl erlaubt sei, vorausgesetzt, es erfüllt gewisse Bedingungen, durfte sich Thomas Mann durch Schillers Abhandlung *Über naïve und sentimentalische Dichtung* (1795) bestärkt fühlen. Mit diesem Essay wird bereits Gustav von Aschenbach in *Tod in Venedig* in schmeichelhafte Verbindung gebracht. (GKFA 2.1, 508) Schillers scharfsinniges Raisonnement über das Genre der nachantiken Idylle als einer Form der »sentimentalischen«, d. h. aus der Reflexion hervorgegangenen, modernen Dichtungsart bot ihm eine überzeugende Rechtfertigung für das eigene Unterfangen. Eine Dichtungsart, die die Reflexion auf ihre Unzeitgemäßheit mitliefert, konnte somit auch in der Gegenwart zu neuem Leben erweckt werden, solange die Idylle nicht als Weltflucht angelegt ist, sondern als Reflex der Gegenwart. Die in eine Großstadt führende Trambahn, die in Hörweite gelegene Lokomotivenfabrik, die jetzt auch Waffen produziert, sowie die bayrischen Rekruten, die an der Isar die Errichtung von Pontonbrücken üben, geben die feste Situierung der Erzählung in der Gegenwart deutlich zu erkennen.

Ein weiterer – vielleicht der stärkste – Antrieb zu einer modernen Idylle ging von den schriftstellerischen Zielen aus, die Thomas Mann sich darin setzte, nämlich das Leben eines Tieres »in höchst erreichbarer Lebendigkeit« (Textband, S. $41_{15-16}$) zu beschreiben. Mehr noch: in die Empfindungen und das Benehmen Bauschans »sympathisch einzudringen« – in das »Wesen eines so nahen Freundes«, das dem Herrn des Hundes gleichwohl »wild fremd und sonderbar« erscheint. (Textband, S. $50_{3-4}$) So stellt sich *Herr und Hund* nicht zuletzt als die Wiedergewinnung einer poetischen Sprache und Verfahrensweise dar, gleichsam als die Rückmeldung eines Autors, der begierig war, sich als Erzähler in Erinnerung zu bringen, um nicht unnötig lange als »Kolumnist der Ideen von 1914« (Honold 2012, S. 50) wahrgenommen zu werden.

Die Rezeptionsgeschichte von *Herr und Hund* verlief in Bahnen, die durch seine zwiespältigen Selbstaussagen vorgezeichnet waren. Einerseits wurde die Hundegeschichte als ein leichtgewichtiges Zwischenspiel in Thomas Manns anspruchsvollem Œuvre aufgefasst. Andererseits kann sie als ein Text von großem literarischen Raffinement gelesen werden, der auf gleicher Höhe mit dem übrigen Werk rangiert. Diese beiden Rezeptionsstränge verliefen nicht zeitgleich, sondern sukzessiv. Während die exoterische Sicht auf das Werk, die in der Hauptsache die Virtuosität der Hunde- und Landschaftsbeschreibung würdigt, lange dominierte, begann die esoterische Lektüre, die den hohen Reflexionsgrad der Erzählung hervorhebt, erst in jüngster Zeit sich durchzusetzen.

Die erste Buchausgabe von *Herr und Hund* enthielt auch den *Gesang vom Kindchen*, weshalb die beiden Texte meist gemeinsam rezensiert wurden. Insgesamt sind bisher achtzehn Besprechungen der Hundegeschichte nachgewiesen worden (Jonas 1972; Vaget 1984; Goll 2000).

Das Interesse der Rezensenten richtete sich vornehmlich auf zwei Aspekte: die Form der Idylle sowie das Porträt Bauschans. Thomas Manns Idyllen lösten zwiespältige Reaktionen aus, weil dieses Genre Anfang des 20. Jahrhunderts als so veraltet galt wie das Biedermeier, nicht zuletzt aber, weil sie in dem unheilschwangeren Jahr 1919 erschienen, als Deutschland von unerhört heftigen Unruhen erschüttert wurde. Liberale Blätter registrierten diese Wendung in Thomas Manns Werk mit Verwunderung und Zweifel ob ihrer Zeitgemäßheit; konservative Stimmen begrüßten sie beifällig. Bauschan andererseits fand allgemein uneingeschränkte Bewunderung.

In seiner Besprechung in der linksliberalen *Weltbühne* zeigt sich Harry Kahn enttäuscht von Thomas Manns Rückzug in die Idylle und moniert das »ständige Diminuendo der dichterischen Substanz: Erfindung, Phantasie, Traum, Synthese nehmen immer mehr ab und werden immer mehr ersetzt durch Erfahrung, Biographie, Tagebuch, Analyse.« Der Untertitel »Idylle« sei eigentlich unangebracht, gemessen an den Meistern dieses Genres wie Salomon Geßner und Adalbert Stifter. Gewiss sei die Idylle von *Herr und Hund* zwar »ihres Verfassers nicht unwürdig«, dafür sei sie viel zu »hübsch, zu tüchtig, zu fein; aber ist es Kunst?« Eigentlich habe man von diesem Autor Gewichtigeres erwartet, denn wenn »die Würde des deutschen Schrifttums« heute in jemandes Hand gegeben sei, »so in die von Thomas Mann«. Abschließend versucht Kahn seiner Enttäuschung eine positive Note abzugewinnen, indem er, mit einem Seitenhieb auf den Expressionismus, auf Manns »posenlosen Mut zu sich selbst« verweist »in einer Situation, die die überwiegende Mehrzahl der Zeit- und Berufsgenossen zu krampfiger Kraftmeierei, wehleidiger Selbstbespiegelung oder feige Flucht auf geistesdürre Gemeinplätze verführt.« Weniger ehrerbietig beanstandet der *Fränkische Kurier* Manns Themenwahl. Ein anonymer Redakteur (»dt«) dieser Nürnberger Tageszeitung nimmt kein Blatt vor den Mund und äußert seine Missbilligung unverhohlen: »Sagt des deutschen Volkes unendlich grimmige Not der Gegenwart dem Dichter nichts? Hat er jetzt weihevolle, ungestörte Zeit zum Dichten von Idyllen? Der Name Thomas Mann hat Klang und Bedeutung, desto mehr Grund ist zur Frage.«

In einer Sammelbesprechung expressionistischer Neuerscheinungen gibt sich Max Krell, der eine enthusiastische Besprechung der *Betrachtungen eines Unpolitischen* (»Der Unpolitische«) geschrieben hatte, angesichts der Leichtgewichtigkeit von Manns Idyllen eher ratlos und enttäuscht, denn er hätte sich lieber einen »Roman als Zeitspiegel« gewünscht. Er deutet die Erzählung als die »Geschichte eines Kampfes: nicht mehr fordert ein Ausgeschlossener, daß Klasse oder Gesellschaft ihn in sich nehme; sondern der Mensch klopft an die harten Tore des immer verschlossenen Naturschicksals.« Max Krell gehörte zu Manns Münchener Bekanntenkreis, und die Tatsache, dass diese wenig treffenden Bemerkungen in der *Neuen Rundschau* zu lesen waren, in gewissem Sinne seinem Hausblatt, lässt die Enttäuschung ahnen. Für Krell und andere war der Wechsel von der Politik zur Idylle zu unvermittelt und blieb hinter den Erwartungen zurück, die Manns bisherige Produktion geweckt hatte. Enttäuschung spricht auch aus der

Besprechung von Ernst Heilborn, dem Herausgeber des *Literarischen Echos*, wenn er der Hundegeschichte ein »wohliges Behagen« attestiert und bemerkt: »Es darf aber verwundern und zugleich Bewunderung erregen, daß Thomas Mann in dieser Zeit des aufgepeitschten Ahnungsvermögens sich solche Gemütsruhe zu bewahren weiß.« Das abschätzige Fazit: »Dieses Buch fordert durchaus keine literarische Würdigung heraus, und dem ist gut so.«

Ein vollmundiges Lob für *Herr und Hund* spendet im *Hamburger Correspondent* Carl Müller-Rastatt, der in dieser Idylle die Manifestation einer konservativen und betont deutschen Gesinnung ausmacht. Ihn entzückt vor allem Manns »Dreistigkeit«, denn offenbar habe er es »darauf angelegt, sich bei den heute maßgebenden Kreisen unbeliebt zu machen.« Statt »Menschheitsdämmerung« zu beschwören, schreibe dieser Autor Idyllen, die einen Hund und »ein Wickelkind zum Helden« haben. »In einer Zeit, in der der ›Zivilisationsliterat‹ [...] geschäftig darum bemüht ist, den Deutschen von all seinen Bindungen der Rasse und des Bodens loszulösen, setzt Thomas Mann sich für deutsche Art und Gesittung ein [...].« Diese an den Haaren herbeigezogene nationalistische Note ist kein Einzelfall in der apologetischen Reaktion auf Manns Hundegeschichte, denn seine Rezeption erfolgte im Fahrwasser der im Jahr zuvor erschienenen *Betrachtungen eines Unpolitischen*. So stellt Franz Herwig in der katholischen Zeitschrift *Hochland* befriedigt fest, Manns Idyllen hätten »etwas ebenso ursprünglich wie gepflegt Deutsches« an sich – was ihn an den deutschen Meister Albrecht Dürer denken lässt – »und so gar nichts von dem Gallischen, was den heutigen Alten wie den Jungen [...] als höchstes Vorbild erscheint.« Selbst ein besonnener Literaturwissenschaftler wie Artur Kutscher befand in den *Münchner Neuesten Nachrichten*, dass der hier hervortretende »idyllische Zug mit seiner Tier- und Kinderliebe [...] charakteristisch deutsch« sei, weil Manns übrige »Dichtungen so ganz und gar ›literarisch‹ und formalistisch sind.« Hanns Martin Elster, Manns bisherige Entwicklung überblickend, bemerkt beifällig, der Verfasser des *Tod in Venedig* habe die »Probleme des Ichs« hinter sich gelassen, um sich dem »Problem des Deutschtums überhaupt« zu widmen: Er führe einen »tragischen Kampf. Warum? Um Deutschland deutsch zu erhalten. Deutsch sein heißt nichts anderes als ein Anerkenntnis der deutschen Innerlichkeit, der menschlichen Seele, wie die Demokratie sie nicht kennt.« Bezeichnend auch, dass zumindest ein Rezensent, Helmut Grohé, von Manns Idylle so angetan ist, dass er Richard Wagners Nürnberger Meister Veit Pogner zitiert – »Dünkt einem nicht ›die alte Zeit erneut‹, wenn man dieses Buch liest?« – und *Herr und Hund* somit den Stempel des Deutsch-Meisterlichen aufdrückt.

Für Thomas Manns »Wendung« zum Idyll zeigt vor allem Müller-Rastatt volles Verständnis, gerade wegen der vermeintlichen Ausblendung der Zeitgeschichte. In richtiger Einschätzung der historischen Lage habe Mann »reinlich und sauber einen Trennungsstrich zwischen Kunst und Politik gezogen«, da der »Abstand« noch nicht gewonnen sei, »aus dem heraus die Ereignisse« der Zeitgeschichte »geschaut werden müssen«. Dementsprechend hochgestimmt fällt sein Fazit aus: »Das Idyll vom ›Herrn und Hund‹ ist ein rundes, volles Kunstwerk! Es ist eine Besonderheit in unserer Dichtung, eine kleine Kostbarkeit, die eigentlich nur der ganz würdigen kann, der ein gründlicher Literaturkenner und ein echter Hundefreund zugleich ist. An diesem Idyll würde Goethe seine helle Freude gehabt und Schopenhauer würde es in seine Handbibliothek aufgenommen haben.«

Auch Felix Braun in der *Österreichischen Rundschau* wertet Manns Idyllen als Zeugnis eines bewundernswerten Konservativismus, der sich in seiner Ablehnung der Demokratie äußere und in dem »bewahrenden Geist der Liebe zur Landschaft« sowie in der Hinwendung zur Liebe und Herzensgüte nach dem Vorbild der russischen Literatur. Braun zieht ein überraschendes Fazit: »Hier wächst – nach Gerhart Hauptmann und Stefan George – den Deutschen ein repräsentativer Dichter zu.« Offenbar ahnte dieser Rezensent etwas von der heimlichen poetologischen Agenda der Mann'schen Idyllen, die auf zeitgemäße Repräsentanz zielte.

Dass Thomas Manns Hundegeschichte den Lesern der Zeitschrift *Hundesport und Jagd* wärmstens ans Herz gelegt werden würde, war zu erwarten. Ein »Dr. Z.« bescheinigt dem Werk, dass seine Lektüre »ein Hochgenuß für den Hundeliebhaber wie den Naturfreund« sei, dargeboten von einem »Meister der Erzählungskunst« und mit »tiefem Verständnis« der Tierseele. Auch die übrigen Rezensenten (Ida Boy-Ed, Oskar Katann und Karl Strecker) stimmen mit dem Befund Heinrich Meyer-Benfeys überein, dass dies »die genaueste und liebevollste Studie« sei, »die jemals einem gewöhnlichen Hund gewidmet worden ist.« Bauschan könne sogar »Anspruch darauf erheben, in der Literaturgschichte neben dem Hündlein des [biblischen] Tobias und dem Hofhund des Odysseus genannt zu werden.« Selbst der nüchterne Rezensent der konservativen *Süddeutschen Monatshefte*, Josef Hofmiller, schließt sich dem universellen Lob für das Hundeporträt an: »Thomas Mann hat eine Hunde-Idylle geschrieben und ein Säuglings-Idyll, das erste in glänzender Prosa, das andere in etwas holprigen Hexametern. Köstlich sind beide, wenn auch nur der Hundebesitzer und der Vater ihren Reiz ganz würdigen können. Ein Hund ist wohl überhaupt noch *nie* so liebevoll beschrieben worden.« Unter den Bewunderern Bauschans sticht Kutscher hervor mit der Beobachtung, dass es dem Autor nicht allein um ein getreues Hundeporträt gehe, sondern um Darstellung der »wunderlichen Parallelen zwischen Tier und Mensch«, wobei Mann mit »liebenswürdiger Ironie« die »Menschen tierisches Wesen gewinnen läßt und umgekehrt.« Thomas Mann schildere das »Kleinleben der Natur«, was ihn mit »seinem Landsmann Hermann Löns« verbinde, wobei jedoch nicht zu übersehen sei, dass der Autor von *Herr und Hund* den Sänger der Lüneburger Heide in stilistischer Hinsicht »entschieden überragt«.

Die Bewunderung für Thomas Manns Hundeporträt ist über die erste Welle der Rezeption hinaus eine Konstante geblieben; sie wurde durch das fachmännische Urteil des angesehenen Verhaltensforschers von Tieren, Konrad Lorenz, quasi autorisiert. Lorenz zufolge sei hier »die schönste Schilderung der Hundeseele« geleistet (Lorenz 1949, S. 59). Selbst die jüngsten Interpreten, die diesen Text einer ganz andersartigen, auf den poetologischen Gehalt abzielenden Lektüre unterziehen, lassen sich von Bauschan verzaubern. Auf der Suche nach apokrypher »avantgardistischer Poetik« in *Herr und Hund* sowie nach »tierischer Transzendenz«, bescheinigt Eckart Goebel dieser Verlebendigung eines derben Hunde-Bastards ein geradezu blendendes Gelingen: »Hier stimmt einfach alles.« (Goebel 2008, S. 310, 320) Goebel rückt die Hundegeschichte von dem Abstellgleis, auf das sie geschoben worden war, zurück auf die von den Hauptwerken indizierte Bahn – nicht jedoch aufgrund der Vorzüglichkeit Bauschans, sondern aufgrund von Manns subtilem Verfahren, die nicht zur Idylle formbare Gegenwart mitzureflektieren. So gesehen, brauche die Geschichte von Bauschan und seinem Herrn den Vergleich mit *Tod in Venedig* keineswegs zu scheuen; Thomas Mann wird dergestalt zum »Avantgardist[en] wider Willen« befördert. (Goebel 2008, S. 309)

Noch entschiedener hebt Alexander Honold die Raffinesse von Manns Hundegeschichte hervor und stellt sie somit auf eine Ebene mit den anerkannten Hauptwerken. Honold verweist auf Aspekte, die diesen kleinen Hunderoman als das Zeugnis einer »Neuausrichtung« der Mann'schen Produktionsweise erkennen lassen: »In der Bemeisterung seines Hundes richtet sich die Werkherrschaft Thomas Manns wieder auf« (Honold 2012, S. 53). Im Kern bestehe die Neuausrichtung in der Wiedergewinnung der auktorialen Souveränität über den Gegenstand, die ihn u.a. zu einer »systematischen Reinszenierung des symbolischen Geschehens der Venedig-Novelle« führt. (Honold 2012, S. 57) Die Erinnerung an die Lagunenstadt wird explizit heraufgerufen, wie um gewisse strukturelle (5. Kapitel) und motivische Echos (Bauschan und Aschenbach) »am Narrenseil« ihrer Passion (GKFA 2.1, 587; Textband, S. 108₁₉) als intentionell zu beglaubigen.

Freilich bleibt eine Unstimmigkeit in der Beurteilung Bauschans bis heute unaufgelöst; sie scheint bereits in der ersten Rezeptionsphase auf und betrifft die Frage des Anthropomorphismus: Ist Bauschan im Grunde genommen ein Mensch in Hundegestalt oder nichts als Hund? Müller-Rastatts Befund – »Er [Thomas Mann] nimmt den Hund als Hund und nicht als verkleideten Menschen. Seine Idylle ist Tierpsychologie im besten Sinn« – darf als der Konsens der frühen Leser von *Herr und Hund* angesehen werden. Im Vergleich jedoch zu anderen, entschieden kynozentrischen Hundegeschichten – man denke an Jack Londons *The Call of the Wild* (1905) oder Virginia Woolfs *Flush* (1933) – ist nicht zu verkennen, dass Thomas Mann, bei allem Bemühen um unverzierte Sachlichkeit, die Hundepsyche mit menschlichen Zügen und einer distinkten Persönlichkeit ausgestattet hat – so etwa wenn Bauschan eine »verlegen heitere Miene« aufsetzt und angeblich weiß, dass sein Herr Gefallen daran findet. Solche minimale Projektionen menschlicher Empfindungen verbleiben jedoch stets im Bereich des Wahrscheinlichen; sie wären nicht übertragbar oder »appropriate for the bourgeois figures in his early stories and novels.« (Ziolkowski 1983, S. 94) Thomas Mann geht nie so weit, dass seine Anthropomorphismen die Glaubwürdigkeit über Gebühr strapazieren.

Demgegenüber betont Helmut Koopmann die Ähnlichkeit und Verwandtschaft von Hundewelt und Menschenwelt und argumentiert, dass, wer vom Hund handelt, auch vom Menschen handelt. Koopmann erfasst die ganze Mann'sche Hundewelt von *Tobias Mindernickel* bis zu *Doktor Faustus*, *Der Erwählte* sowie *Felix Krull*, um zu zeigen, dass Bauschan lediglich als ein Glied, wenn auch ein besonders liebevoll gestaltetes, in einer langen Kette zu betrachten sei. (Heißerer 2019b) An allen Stellen dieser Kette reflektiere Thomas Mann auf das Verhältnis von Mensch und Hund – Reflexionen, die Koopmann zunehmend im Zeichen der Redensart von »auf den Hund gekommen« sieht (Koopmann 2016).

Den auktorialen Vorgaben, die die Aufnahme seiner Hundegeschichte steuern sollten, fügte Thomas Mann 1921 im Zusammenhang mit dem *Gesang vom Kindchen* einen weiteren Hinweis hinzu: das Thema der Mischung. Ihre aktuelle »rassenpolitische[ ]« (GKFA 15.1, 435) Bedeutung sei ihm offenbar erst angsichts des sich in München verbreitenden »Hakenkreuz-Unfug[s]« (GKFA 15.1, 436) klar geworden. Das Thema »Mischung« ist in der Tat bereits in *Herr und Hund* präsent. Bauschan wird unmissverständlich als Bastard beschrieben, wobei alle abwertenden Assoziationen dieses Begriffs widerlegt werden: er ist geistig gesund, bodenständig und lebenstüchtig und zeitgemäß, ganz im Gegensatz zu dem reinrassigen Hunde-Aristokraten Percy in *Königliche Hoheit*, der der neuen Welt nach dem Krieg inkongruent wäre. Manns Hund ist als Hoffnungsträger gezeichnet, vergleichbar Xaver Kleinsgütl, dem »sympathische[n] Bolschewist[en]« (Textband, S. 197[22]) in *Unordnung und frühes Leid*. Mit dem Stichwort »Mischling« wird ein Thema intoniert, das zu den kräftigsten, verborgenen Beweggründen dieser Autorschaft zu rechnen ist. In einer Epoche, in der der Rassenwahn mitnichten als Wahn empfunden wurde, erlangte das Thema »Mischung« aufgrund von Manns eigener gemischter Herkunft – mehr noch aufgrund seiner Verehelichung mit einer Jüdin – eine bedrohliche Aktualität. Seine Großmutter mütterlicherseits war brasilianischer Abstammung, was ihn in den Augen der Propagandisten der rassischen Reinheit wie Adolf Bartels geistig verdorben erscheinen ließ, zumal nach seiner Verheiratung mit einer Frau aus jüdischem Hause. Fortan war er als »jüdisch versippt« gebrandmarkt. Er wurde als »Volksschädling« abgestempelt und im Namen des deutschen Volkes als ethnisches Ungeziefer aus der Volksgemeinschaft ausgestoßen. Als Deutscher war er jedoch ohnehin ein Sohn des »gemischtesten Volkes« (GKFA 15.1, 435), so dass alles völkische Pochen auf rassischer Reinheit und die hetzerische Rede von der »Sünde wider das Blut« ihm von vorneherein als absurd erscheinen mussten. Mann erkannte darin schon früh, als sich die Hitler-Bewegung in München zu formieren begann, eine »geistige[ ] Gefahr«, der »in den schärfsten Formen der Abwehr« (GKFA 15.1,

481) entgegenzutreten sei. Er tat dies in seinem Werk, das zunehmend als ein Hohes Lied auf die Hybridität gelesen werden darf – nicht nur im ethnischen Sinn, sondern auch im sexuellen und ästhetischen.

Thomas Mann meditiert über menschliche Hybridität einlässlich im *Gesang vom Kindchen*; in *Herr und Hund* ist dieses Thema lediglich angedeutet und auf die rassenmäßige Charakterisierung Bauschans beschränkt. Es ist dies eine Facette seiner Hundegeschichte, die in der deutschen Rezeption, wie es scheint, keine Beachtung gefunden hat. Umso bemerkenswerter, dass im angelsächsischen Bereich gerade dafür eine erhöhte Aufmerksamkeit zu bestehen scheint.

Manns Hundegeschichte erschien in der Übersetzung Herman George Scheffauers zuerst in Fortsetzungen Ende 1922/Anfang 1923 in der Zeitschrift *The Freeman*. Die erste Buchausgabe von 1923 trug den Titel *Bashan and I*; ab 1930 sodann *A Man and His Dog*. Der von Thomas Mann sehr geschätzte Übersetzer Scheffauer charakterisierte das Buch in einem Vorsatz werbewirksam als »a delectable symphony of human and canine psychology«. Anlässlich seines Besuchs in London 1924, als John Galsworthy ihm seine »Vorliebe« für diese Erzählung gestand, gewann Thomas Mann den Eindruck: »Diese dog story hat besonders in England viele Freunde gefunden […].« (GW XIII, 161) Überzeugende Belege dafür sind jedoch nicht nachweisbar.

Ein Neuansatz zu einer Würdigung von *A Man and His Dog* kommt nicht überraschend aus dem Lager der Gender Studies. In einem großen Essay von 1992 über Hundeliebe in der Literatur hat Marjorie Garber auf eine wenig beachtete Facette der Mann'schen Hundegeschichte aufmerksam gemacht: die den Herrn des Hundes bewegenden Reflexionen auf die rassische Komplexität Bauschans. In ihrem »A Mann and His Dog« überschriebenen Kapitel lässt Garber es offen, ob Thomas Mann in seiner Version von »dog love« die rassischen Klischees seiner Zeit einfach reproduziert und dadurch stabilisiert oder sie satirisch verstanden wissen will und dadurch untergräbt (Garber 1992, S. 171–173). In einer Epoche, in der routinemäßig verschiedene Menschenrassen miteinander verglichen und im Namen der modischen »Wissenschaft« der Eugenik diskriminierend kontrastiert wurden, betrachtet Garber die diesbezüglichen Überlegungen des Herrn durchaus als zeitgemäß. Bauschans Persönlichkeit wird als »virile, masculine, native to the land« und »master loving« vorgestellt und damit als das Gegenteil des überzüchteten (»effete«), ausländischen Hundes Percy in *Königliche Hoheit*. Garbers Lektüre der Erzählung unterstreicht die darin inbegriffene »allegory of contemporary politics« und befindet, dass die Thematisierung von Bauschans rassischer Zusammensetzung die Attraktivität dieses Doppelporträts von Herr und von Hund nicht im Geringsten beeinträchtige, sondern eher erhöhe.

Adaptionen

Fernsehfilm (»Illustration«), Regie: Caspar van den Berg. Erstsendung des Zweiten Deutschen Fernsehens, 14. April 1963. (Zander 2010; Elsaghe 2019, S. 66–69)

Stellenkommentar

11 2 *Idyll*] Thomas Manns Begriff der Idylle stützt sich hauptsächlich auf Schillers Abhandlung *Über naïve und sentimentalische Dichtung*. Vgl. oben Rezeptionsgeschichte.

3 *Vorsatz*] Dieser Text, Vorwort und Einleitung zugleich, ist ganz auf die von Preetorius illustrierte Luxusausgabe zugeschnitten und wurde als selbständiger Text erst in GW XI und ARE III wieder abgedruckt. Siehe GKFA 15.1, 229–230.

22–23 *der illustrierende Künstler*] Emil Preetorius (1883–1973). Der aus Mainz stammende, vielseitige Künstler – Graphiker, Buchkünstler und Bühnenbildner – ließ sich 1906 in München nieder und zählte seit etwa 1910 zum Bekannten- und Freundeskreis Manns, der in seiner Besprechung von Adelbert von Chamissos Novelle *Peter Schlemihl* besonders von Preetorius' Illustrationen entzückt war (GKFA 14.1, 277–286; Crescenzi 2014). Die Beziehung zu »Pree« war während der Hitler-Jahre schwer belastet: der von Hitler hochgeschätzte Künstler lieferte von 1933 bis 1939 Bühnenbilder für die Bayreuther Festspiele. Thomas Mann modellierte die Gestalt des Sixtus Kridwiß im *Doktor Faustus* (GKFA 10.1, 525–538) nach Preetorius. Dort figuriert Kridwiß als der Mittelpunkt eines präfaschistischen Kreises von Intellektuellen und Künstlern. Vgl. Armbrust/Heine 2008; Schirnding 2015; Heißerer 2014; Vaget 2017, S. 452–476.

12 23 *den Namen seines Urbildes*] Auch der damalige Haushund der Manns, der 1916 während des Sommeraufenthalts in Bad Tölz erworben wurde und Anfang 1920 (Tb. 16. 1. 1920) eingeschläfert werden musste, hieß Bauschan.

26–27 *plattdeutschen Roman*] *Ut mine Stromtid* (1862/64) von Fritz Reuter, ein Roman, aus dem Thomas Manns Mutter in seiner Kindheit ihm gerne vorlas. Vgl. [*Das Bild der Mutter*], GW XI, 420–423.

28 *Sebastian*] Tribun der kaiserlichen Garde, der während der Regierung Kaiser Diokletians (284–305) als Christ den Märtyrertod erlitt. In der bildenden Kunst seit der Renaissance ein bevorzugtes Sujet zur Verherrlichung des jungmännlichen Körpers, gilt die Sebastiansgestalt heute weithin als eine homosexuelle Ikone.

30–31 *des Anmutig-Tapfersten unter den Märtyrern und Heiligen*] Der Legende zufolge ertrug er die Pfeile, die ihn töten sollten, unbeschadet, so dass er auf andere Art (Erschlagen) zu Tode gebracht werden musste. Für Thomas Mann wurde der »Jüngling am Pfahl« zum Sinnbild eines heroischen Künstlerethos, der »in stolzer Scham die Zähne aufeinanderbeißt« und Haltung bewahrt – ein Ethos, das vor allem Aschenbach in *Tod in Venedig* auszeichnet. (GKFA 2.1, 511)

13 8 *Allee vorm Hause*] Die Manns wohnten seit April 1914 in ihrem neu erbauten Haus, Poschingerstraße 1; es war das »äußerste« Haus, d. h. es lag am damaligen Stadtrand.

13–14 *die Melodie des zweiten Satzes*] Gemeint ist offenbar das Seiten-

Umschlag der Vorzugsausgabe *Herr und Hund* von Emil Preetorius; vgl. Textlage, S. 11 f. und den Kommentar zu S. $11_{22-23}$.

thema im ersten Satz, Allegro Moderato, von Schuberts Symphonie Nr. 8 in h-Moll, das in Takt 44 zuerst von den Celli in G-Dur intoniert wird und mit dem hier gemeinten »Grundton und tiefere Quart« einsetzt. Für das zweite Thema einer Sonate waren sowohl die Termini »Seitenthema« wie auch »Seitensatz« gebräuchlich. »Thomas Mann, der Musikkenner«, hat sich also

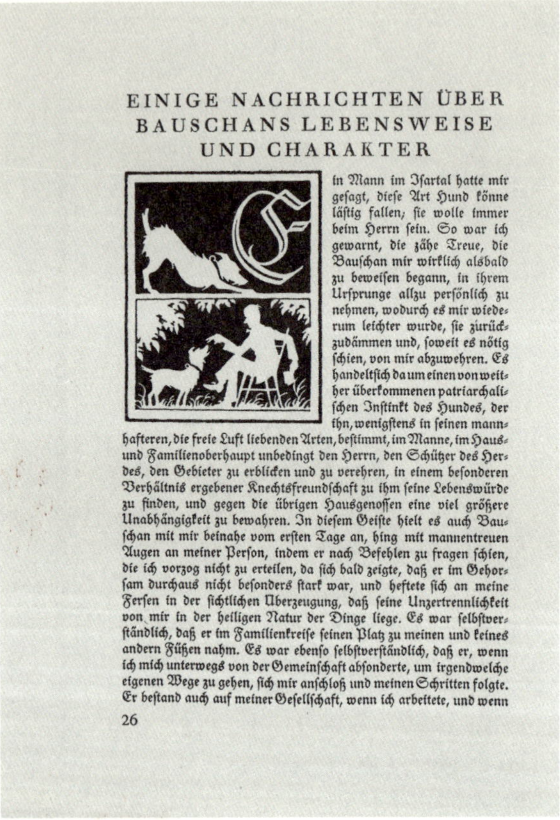

EINIGE NACHRICHTEN ÜBER BAUSCHANS LEBENSWEISE UND CHARAKTER

Ein Mann im Isartal hatte mir gesagt, diese Art Hund könne lästig fallen; sie wolle immer beim Herrn sein. So war ich gewarnt, die zähe Treue, die Bauschan mir wirklich alsbald zu beweisen begann, in ihrem Ursprunge allzu persönlich zu nehmen, wodurch es mir wiederum leichter wurde, sie zurückzudämmen und, soweit es nötig schien, von mir abzuwehren. Es handelt sich da um einen von weither überkommenen patriarchalischen Instinkt des Hundes, der ihn, wenigstens in seinen mannhafteren, die freie Luft liebenden Arten, bestimmt, im Manne, im Haus- und Familienoberhaupt unbedingt den Herrn, den Schützer des Herdes, den Gebieter zu erblicken und zu verehren, in einem besonderen Verhältnis ergebener Knechtsfreundschaft zu ihm seine Lebenswürde zu finden, und gegen die übrigen Hausgenossen eine viel größere Unabhängigkeit zu bewahren. In diesem Geiste hielt es auch Bauschan mit mir beinahe vom ersten Tage an, hing mit mannentreuen Augen an meiner Person, indem er nach Befehlen zu fragen schien, die ich vorzog nicht zu erteilen, da sich bald zeigte, daß er im Gehorsam durchaus nicht besonders stark war, und heftete sich an meine Fersen in der sichtlichen Überzeugung, daß seine Unzertrennlichkeit von mir in der heiligen Natur der Dinge liege. Es war selbstverständlich, daß er im Familienkreise seinen Platz zu meinen und keines andern Füßen nahm. Es war ebenso selbstverständlich, daß er, wenn ich mich unterwegs von der Gemeinschaft absonderte, um irgendwelche eigenen Wege zu gehen, sich mir anschloß und meinen Schritten folgte. Er bestand auch auf meiner Gesellschaft, wenn ich arbeitete, und wenn

26

Zeichnung im Innenteil der Vorzugsausgabe *Herr und Hund* von Emil Preetorius; vgl. den Kommentar zu S. 11 22–23.

nicht »geirrt« (Gerigk 1996, S. 160), denn Manns Angabe ist nicht auf den zweiten Satz, Andante con moto, zu beziehen, sondern auf das zweite Thema des ersten Satzes.

19–20 *Polizeimarke*] Ausweis, dass für Bauschan, wie vorgeschrieben, die kommunale Hundesteuer ordnungsgemäß entrichtet wurde.

14 5–6 *den alten Grafen von Moor*] Wie in Schillers Die Räuber, IV, 5.

18 4 *üben Pioniere sich im Bau einer Pontonbrücke*] Eine rasch mit einem

Brückenschiff zu erzielende Überquerung eines Flusses, gewöhnlich zu militärischen Zwecken.

18 8–9 *eine Lokomotivenfabrik mit zeitgemäß erweitertem Tätigkeitsbezirk*] Die Lokomotivenfabrik J. A. Maffei befand sich damals (bis 1935) in München-Hirschau am nördlichen Rand des Englischen Gartens und produzierte während des Krieges »zeitgemäß« neben Lokomotiven auch schwere Waffen. Vgl. *Das Eisenbahnunglück* (GKFA 2.1, 477).

23 *in Wirklichkeit also halb sieben*] Die Umstellung auf die Sommerzeit wurde zum ersten Mal am 15. April 1916 gesetzlich angeordnet – kriegsbedingt, um elektrischen Strom zu sparen.

19 16 *Lethetrunke*] Vergessentrunk. In der griechischen Mythologie ist Lethe einer der Flüsse der Unterwelt; wer daraus trinkt, verliert alle Erinnerung an das irdische Leben.

27 *jedes glückliche ex tempore*] Jede glückliche, unvorbereitete Einschaltung aus dem Stegreif.

22 23 *unsern Percy*] Der Name des Hundes in *Königliche Hoheit* (GKFA 4.1, 208), dessen reales Vorbild der damalige Haushund der Manns war, der Collie »Motz«.

24 11–12 *Ökonomie in Huglfing*] Ein Landwirtschaftsbetrieb in Huglfing auf halbem Wege zwischen Weilheim und Murnau. (Heißerer 2005, S. 167)

25 18 *Staupe*] Ansteckende Hundekrankheit.

26 4 *der Wasenmeister*] Abdecker, der Tierkadaver beseitigt (Kluge, *Etymologisches Wörterbuch der deutschen Sprache*).

5–6 *Kugeln des Büchsenmachers*] Jemand, der eine Feuerwaffe hat.

27 3 *Kaufschilling*] Kaufpreis.

19 *Marktflecken*] Gemeint ist Bad Tölz, Kleinstadt mit Marktrecht.

36 6 *des Schließers mit der Laterne*] Jemand, der im Dienst einer »Wach- und Schließgesellschaft« nächtens die Runde macht, um sicherzustellen, dass die Außentüren verschlossen sind.

38 12 *die Lefzen*] Die Lippen von Tieren.

43 14 *die Karbatsche*] Lederpeitsche.

27–28 *kein pudelnärrischer Aufwärter*] Anspielung auf Goethes *Faust*.

Von Mephistopheles, der sich Faust zuerst in Hundegestalt nähert, heißt es: »Es ist ein pudelnärrisch Tier.« (V. 1167)

49 20 *wie das Hornberger Schießen*] Redensart: wenn eine umständlich vorbereitete und groß angekündigte Sache sich in Nichts auflöst. Hornberg ist ein Ort im Schwarzwald; um die Frage, welches Schießen der Redensart zugrunde liegt, ranken sich verschiedene Legenden.

54 13–14 *Da kommt wohl … die Roßkastanie vor*] Korrigiert aus: fort.

18 *als autochthonen Baum*] D.h. die Esche ist »urwüchsig«, alteingesessen.

55 31 *des Weidichts*] Weidengebüsch an Fluss- und Bachufern.

58 1 *ein Zaubergarten*] Anspielung wohl auf Parsifal, der im zweiten Aufzug von Wagners letztem Bühnenwerk von einer Mauer staunend in Klingsors »Zaubergarten« hinabblickt. Vgl Heißerer 2005, S. 7–9.

7 *Veduten*] Ansichten von Landschaften oder Städten in der bildenden Kunst.

16 *Liguster-*] Heckenpflanze, auch Rainweide genannt.

61 12 *im Weichbilde der Stadt*] In den Stadtbezirken mit dem dort geltenden Ortsrecht.

21 *Straßenschilder*] Benannt nach deutschen Dichtern: Christian Fürchtegott Gellert (1715–1769), Martin Opitz (1597–1639), Paul Fleming (1609–1640), Gottfried August Bürger (1747–1794), Adalbert Stifter (1805–1868).

29 *Schmalte*] Das blaue Kobaltoxydul, das in der Keramik und der Emailleverarbeitung Verwendung findet.

63 19–20 *Claude Lorrains*] Französischer Maler (1600–1682), berühmt für seine idealisierten Landschaften. Vgl. Tb. 12. 9. 1918: »Von 7 bis 8 Spaziergang […] Der ›Park‹ sehr malerisch. Claude Lorrain.«

69 17 *an seinem Ranft*] An seiner Kante.

70 5 *gegen Abend*] Gegen Westen.

71 11 *Landauer*] Ein viersitziger Wagen, meist offen. In Goethes *Hermann und Dorothea* (I, 56) kehrt »der begüterte Nachbar […] Im geöffneten Wagen (er war in Landau verfertigt)« in die Stadt zurück. (WA I, 50, 191)

74 5 *Bersagliere-Federn*] Die Bersagliere, eine mobile Spezialeinheit der italienischen Infanterie, trugen eine Kopfbedeckung mit Auerhahnfedern.

75 8 *seinen Nickel*] Münze aus Nickel.

26 *das ist Venedig*] Eine vergleichbare, »geheimnisvolle Beziehung« zwischen Lübeck und Venedig wird im *Gesang vom Kindchen* erläutert; vgl. auch *Lübeck als geistige Lebensform* (GW XI, 391–392) sowie die briefliche Äußerung von 1948 über Venedig, »meiner zweiten Vaterstadt, sozusagen« (Br. III, 53).

88 23 *Hochschule*] Die Technische Hochschule München, vormals »Polytechnische Hochschule« (gegründet 1868), heute Technische Universität. (Brenner 2013, S. 31)

89 28 *Epistaksis*] Recte: Epistaxis: Nasenbluten.

28 *Haemathemesis*] Erbrechen von Blut.

29 *trachealen oder pharyngealen Blutungen*] Blutungen der Luftröhre oder des Rachens.

31 *Haemoptyse*] Bluthusten.

91 10 *Trallen*] Plattdeutsch für Gitter.

10 *aus Lohe*] Zerkleinerte Baumrinde, als Gerbstoff verwendet.

12–13 *des Karbols oder Lysoforms*] Karbolsäure oder Kaliseife, Desinfektionsmittel.

100 19 *Genickfang*] In der Jägersprache: Genickschuss.

101 22 *das Gejuide*] Die Jagd.

23 *Hifthorn*] Jagdhorn, gewöhnlich an der Hüfte getragen.

108 24 *Gimpel*] Tor, Einfaltspinsel.

111 28 *Kurrentmünze*] Gängige, gebräuchliche Münze.

113 29 *Felleisen*] Rucksack.

115 26 *natürliche Verdienste*] Ein Begriff Goethes (*Dichtung und Wahrheit*, Drittes Buch, 11. Kapitel), den Thomas Mann ob seiner scheinbaren Widersprüchlichkeit für besonders charakteristisch hielt und gerne zitierte. Goethe ist ihm ein »natürlich Bevorzugter, der gnadenweise schon alles hat [...].« Vgl. *Phantasie über Goethe* (GW IX, 724).

# GESANG VOM KINDCHEN

Entstehungsgeschichte

Am 23. Oktober 1918 fand in der »Poschi«, dem Haus der Manns, eine kleine Feier zur Taufe der am 24. April geborenen Elisabeth Veronika statt. »Lisa«, wie ihr Kosename zunächst lautete (später »Medi«), war das fünfte ihrer Kinder und der erklärte Liebling des Vaters. Er ließ wissen, er habe dieses Kind »vom ersten Tage an mehr« geliebt als die anderen vier zusammengenommen, »[...] ich weiß nicht warum« (GKFA 22, 238). Die extravagante, pädagogisch anfechtbare Liebe zu diesem Kind trug reiche literarische Früchte zunächst in dem Hexametergedicht von 1919, sodann sechs Jahre darauf in *Unordnung und frühes Leid*.

Diese demonstrativen Liebesbezeugungen mögen zum Teil als Kompensation zu deuten sein für die durchaus gemischten Gefühle, die ihm die Vermehrung seiner Familie vormals bereitet hatte. Als 1910 die Geburt Monikas bevorstand, des vierten Kindes, entfuhr ihm ein scherzhaft gemeinter, doch nicht völlig bedeutungsloser Sarkasmus über seine unwahrscheinlichen Vaterschaften: »Wenn ich es zum fünften Male werde, übergieße ich mich mit Petroleum und zünde mich an.« (GKFA 21, 449) Im Jahr darauf und dann 1913 wurden zwei Schwangerschaften unterbrochen. (Jens 2003, S. 84) Das war vor dem Krieg. Bei Kriegsende hatten Vaterschaft wie auch Haus und Familie einen für ihn neuen, durch die jüngste Geschichte erhöhten Mehrwert erlangt nicht nur in persönlicher Hinsicht, sondern auch im Hinblick auf seine Autorschaft – für diese ganz besonders.

Nach Vollendung von *Herr und Hund* wandte Thomas Mann einige Mühe auf die Vorbereitung der Feier zu Elisabeths Taufe. Das Tagebuch hält das Folgende fest: »Fuhr mittags zur Stadt u. kaufte für 12 M Blumen. [...] 1/2 5 Uhr fanden die Gäste sich ein: [Kuno] Fiedler, Bertram, K.'s Mutter [Hedwig Pringsheim], Walters [Bruno und Elsa Walter], Lula [Julia, Thomas Manns Schwester] und Fr[au]. Kommznrt. Matterstock. Alles ging, bei einiger Nervosität meinerseits, freundlich vonstatten. Die Ceremonie in Katja's Zimmer, der Tisch, mit Kruzifix, Leuchtern, Bibel und der alten Taufschale, der ich im Zauberberg eine Rolle zugedacht habe, vor dem Fenster. Fiedler sprach angenehm, wenn auch etwas gar zu unpersönlich, über die Liebe. Das Kindchen revoltierte eine Zeit lang u. wurde entfernt, hielt sich aber bei der Taufe, auf des guten Bertrams Armen, ausgezeichnet. Dieser hatte, nach seiner schönen, bedachten u. liebevollen Art, stattliche Geschenke vorher gesandt: eine alte Silberschale und die Evangelien in moderner Lederband-Ausgabe nebst Inschrift. Gemeisamer Thee im Eßzimmer.« (Tb. 23. 10. 1918)

Schon drei Tage später verlangt es ihn, etwas daraus zu machen: »Es ist Zeit, daß ich wieder zur Arbeit komme. Ich möchte zunächst die Hexameter ›An mein jüngstes Kind‹ machen, um angesichts der unsicheren und aufs Warten gestellten Weltlage etwas Kurzes, wenig Weltanschauendes vorzuhaben.« (Tb. 26. 10. 1918) Zur selben Zeit erreichten den Verfasser der *Betrachtungen* Aufforderungen zu politischen Stellungnahmen (Tb. 26. und 28. 10. 1918), die, statt ihm den ersehnten Urlaub vom Politischen zu gönnen, ihm wiederum Weltanschauliches abverlangt hätten. München wurde in den Monaten der Entstehung des *Gesangs* von schweren revolutionären Unruhen erschüttert, die auch die Gemüter der Gäste bei der Tauffeier für Elisabeth erregten. Dem Tagebuch zufolge gab es bei dem die Feier beschließenden Thee im Eßzimmer »[n]atürlich Kriegsgespräche, wobei [Bruno] Walter laut und überreizt« und [Schwester] »Lula hysterisch« wurden. Der *Gesang vom Kindchen* endet mit keinem solchen Missklang, was freilich nicht bedeutet, dass die politische Erregung keinen Eingang in das Versidyll gefunden hätte.

Thomas Mann hatte keine Übung im Verseschmieden, weshalb er sein extravagantes Taufcarmen zunächst, am 2. November 1918, mit Hilfe eines Prosa-Entwurfs in Angriff nahm. Dieser Entwurf, der nicht erhalten ist, kostete ihn mehr Zeit als erwartet, weil er sich bereits hier probeweise an Hexametern versuchte. (Tb. 20. 11. 1918) Die Arbeit ging auch deshalb nicht rasch vonstatten, weil die Zeitereignisse praktisch vor seiner Haustür ihn ablenkten, wovon die seitenlangen Tagebucheintragungen jener Wochen ein beredtes Zeugnis sind.

Dass er überhaupt die Form des Versepos wählte, erregte Erstaunen, denn dieses Genre lag nicht auf der von seiner bisherigen Produktion vorgezeichneten Bahn und fiel entschieden aus der Zeit. Er sei, so erklärte er 1921, »auf dem Wege über die Prosa-Idylle ›Herr und Hund‹« zu dem Projekt einer Verserzählung gekommen. (Br. I, 186) Es war auf einem »ausgedehnten Spaziergang mit Bauschan«, dass er »viel an das Gedicht dachte.« (Tb. 18. 11. 1918) Im Übrigen sei schon in früheren Werken ein gewisses parodistisches Liebäugeln mit der gebundenen Rede zu erkennen. In der Hexameter-Idylle vollende sich artistisch »die längst hervorgetretene Neigung zum Daktylus und Hexameter, in den schon der ›Hochstapler‹ überging, der im ›T.i.V.‹ unverhüllt auftrat, und dessen Geist im ›Herr und Hund‹ idyllisch wird.« (Tb. 27. 10. 1918) Gleichwohl war ihm bewusst, dass er durch passende Lektüre sich in das Hexameterschreiben einüben musste. Er las Goethes klassisches Hexameter-Idyll *Hermann und Dorothea* (1797) sowie *Luise* (1794) von Johann Heinrich Voß und war zuversichtlich, »daß die Hexameter mir nicht schwer fallen werden. [...] Ich will vor allem Wert auf ihre Natürlichkeit und Zwangslosigkeit legen, worin die Goethe's die Voß'schen, obgleich diese virtuoser und kunstreicher sind, so sehr übertreffen.« (Tb. 20. 11. 1918) In Fortsetzung seiner metrischen Einübung las er darüber hinaus Goethes *Reineke Fuchs* und *Achilleis*-Fragment sowie Eduard Mörikes *Das Märchen vom sichern Mann* sowie die *Idylle vom Bodensee.*

Noch bevor eine Zeile des Versidylls auf dem Papier stand, vereinbarte er mit dem Herausgeber des *Neuen Merkur*, Efraim Frisch, das neue Werk zuerst in dessen Zeitschrift erscheinen zu lassen. Bevor er mit dem *Gesang* begann, bat er Ernst Bertram um sachliche Auskunft über die »deutschen Zwergensagen« und

Hauskobolde (TM/Bertram, 82), denen er in dem Kapitel »Schwesterchen« eine Rolle zugedacht hatte.

Am 22. Dezember 1918 war es so weit: Thomas Mann begann mit der Niederschrift seines kleinen Versepos. Sein tägliches Pensum belief sich auf ca. 20 Verse. Von keiner größeren Unterbrechung aufgehalten, konnte er bereits nach drei Monaten, am 25. März 1919, den Schlusspunkt unter sein zweites Idyll setzen, das schließlich 977 Verse umfasste.

Ein Hindernis im Fortschreiten der Niederschrift drohte vonseiten der Mutter des Kindchens. Katia Mann, der er aus dem entstehenden *Gesang* vorlas, meldete gegen das Öffentlichmachen intimer Familiendinge Bedenken an. Thomas Mann jedoch wies diesen Einwand zurück: »Dieses Intimste ist jedoch zugleich das Allgemeinste und Menschlichste, und übrigens kenne ich solche Bedenken garnicht.« (Tb. 10. 1. 1919) Gegen Ende der Arbeit, als er das letzte Kapitel, »Die Taufe«, in Angriff nahm, das zentrale Geschehen des Versidylls, war ein weiterer, den Weg ebnender Prosaentwurf erforderlich. (Tb. 22. 2. 1919) Es galt, mit den auseinanderstrebenden Themen des Kapitels: Taufe und Krieg, Privates und Politisches, zurande zu kommen. Schwierigkeiten stellten sich vor allem bei der Vergegenwärtigung des kriegsverletzten zweiten Paten ein, denn hier war »ein politisch Lied« zu verfassen (ebd.). Es kam zu einer Stockung im Fortgang der Verserzählung: »Sitze fest beim militärischen Paten [...]« (ebd.). Diese Stockung war von seiner offen eingestandenen Ratlosigkeit verursacht (ebd.), die bis zum Ende vorhielt und die sich in den politischen Äquivokationen der Schlusspartie niedergeschlagen hat.

Erst spät in der Entstehung des *Gesangs* erkannte er die Inkongruenz des verstaubten Metrums mit seinem angestammten epischen Metier. Ernüchtert und freimütig gestand er Bertram: »Seit unserem letzten Zusammensein habe ich erst begreifen gelernt, daß meine Hexameter, als solche *horribel* sind. Ich bin mit einer metrischen Ahnungslosigkeit sondergleichen in dies kleine Unternehmen hineingegangen.« (TM/Bertram, 83; Tb. 20. 3. 1919)

Diese Erkenntnis kam ihm jedoch erst kurz vor Ende, als es für durchgreifende Änderungen zu spät war.

Vermutlich hätte er sich auch früher wohl kaum zu solchen metrischen Korrekturen verstanden, denn erstens legte er auf regelkonformes Verseschmieden keinen Wert, und zweitens wollte er seine Hexameter offenbar als parodistisch verstanden wissen. Gegenüber Bertram und dessen »metrischen Beanstandungen« (Tb. 17. 3. 1919) vertrat er seine längst gefasste, feste Überzeugung, dass es eine »heutige u. überhaupt deutsche Möglichkeit des Hexameters« gebe (Tb. 16. 11. 1918), was wohl heißen soll, dass die formelle Korrektheit des Homer-Übersetzers Voß seine Sache nicht war. Als ihm Josef Ponten 1926 seine Gedichtsammlung *Römisches Idyll* im Manuskript zu lesen gab, war dies die Gelegenheit für eine prinzipielle Klarstellung und Unterscheidung. Pontens Ehrgeiz ziele in eine ganz andere Richtung: »Sie wollten uns wirklich römisch kommen, ein veritables klassizistisches Gedicht versuchen [...] Solche Strenge scheint gerade mir nun garnicht zuzukommen, der ich den ›Gesang vom Kindchen‹ auf dem Gewissen habe. [...] Bei mir handelte es sich um eine halb scherzhafte Andeutung des Hexameters, wobei es mir genügte, daß hie und da ein wirklicher Vers sich ergab, während das Übrige eigentlich Prosa blieb.« (TM/Ponten, 69) Anstatt Nachahmung also Parodie.

Was die vielfach bemerkte Fehlerhaftigkeit seiner Verse betrifft, vertraute Thomas Mann ganz auf ihren »natürlichen« rhythmischen Reiz. Er war von der leichten Eingängigkeit seiner Hexameter überzeugt, vorausgesetzt, sie werden »richtig« vorgetragen. Nach einer erfolgreichen Lesung in Nürnberg (s.o. *Herr und Hund*, Rezeption, S. 16) schrieb er über die Beckmessereien der Kritiker mit feinem Sarkasmus an Bertram: »Ich las in Nürnberg aus dem ›Kindchen‹ vor und werde es vielleicht auch hier thun: Ich zeige gern, wie die Hexameter zu lesen sind, was vorderhand mein Geheimnis zu sein scheint.« (TM/Bertram, 87)

Beginnend Ende September 1919 – der *Gesang* war im *Neuen*

*Merkur* bereits erschienen – hielt sich Thomas Mann zwei Wochen lang in Feldafing am Starnberger See auf. Dem Tagebuch zufolge (Tb. 21.10.1919) fasste er dort den Entschluss, ermuntert von seinem Gastgeber Georg Martin Richter, zu einer »energische[n] Kürzung der ›Taufe‹ im Ges. v. K. [...] Vorteil. Das Peinliche scheint mir entfernt, das Ganze gerundeter.« Offenbar machte er den Entschluss zu einer Kürzung des Schlusskapitels für die Buchausgabe stillschweigend wieder rückgängig, denn das Kapitel »Taufe« enthält im ED wie in der BA die gleiche Anzahl von Versen – 326.

Textlage

Hs.: Nicht erhalten.

ED: *Der Neue Merkur*, 3. Jg., Heft 1 (April 1919), S. 16 – 32; Heft 2 (Mai 1919), S. 87 – 97. Druckvorlage.

BA: *Herr und Hund / Gesang vom Kindchen*. Zwei Idyllen. Berlin 1919.

Vorzugsausgabe: *Gesang vom Kindchen*. Eine Idylle. München: Rupprechtspresse, 1920. Auflage: 200 numerierte Exemplare, mit der Hand auf Bütten gedruckt; Holzschnittinitialen nach Entwurf von Fritz Hellmut Ehmcke.

*Gesang vom Kindchen*. Idylle. Berlin 1928.

Quellenlage

Auch bei diesem manifest autobiographischen Werk stützte sich Thomas Mann auf keine Quellen von fremder Hand. Die gewichtigste formale Orientierung lieferte *Hermann und Dorothea*, Goethes klassisches Versepos.

Rezeption

Die erste Besprechung des Versidylls stammt aus der Feder Franz Leppmanns, der das jüngste Werk Thomas Manns sogleich nach der Erstveröffentlichung im *Neuen Merkur* zum Anlass nahm, in der *Vossischen Zeitung* über »Thomas Mann als Versdichter« einige kritische Anmerkungen zu machen. Leppmann, Verfasser

Umschlag der Doppelausgabe *Herr und Hund / Gesang vom Kindchen*; vgl. Textlage, S. 39.

einer der ersten Monographien über den *Buddenbrooks*-Autor (Berlin 1916), war literarhistorisch beschlagen und ihm wohlgesinnt. Sein Urteil: »Um es unverblümt zu sagen: Dieser ›Gesang‹ singt nicht, oder nur hier und da.« Manns Hexameter seien »nicht immer Sechsfüße«; den Versen fehle »der melodische Fluß«. Seine Prosa in der Venedig-Novelle singe »bei weitem mehr« und »schöner«. Der strenge Rezensent bedauert zudem, dass Thomas Mann sich nicht hat »ein wenig nachhelfen lassen«, was er vermutlich aus falscher Scham verschmäht habe. »Der große Goethe hatte für derlei prosodische Handlangerdienste seinen Karl Philipp Moritz, seinen jüngeren Voß.« Gleichwohl sei das »Werkchen« ein echter Thomas Mann: »Es hat seine Liebe und Güte, um einige Grade wärmer noch als sonst wegen der besonderen Herznähe des Stoffes, wegen des Krieges, der uns alle wund und weich gemacht hat, und wegen der Lebensdankbarkeit des völlig bewußten reifen Alters.«

In das gleiche Horn stößt auch Artur Kutscher, der kopfschüttelnd bemerkt: »Es wird vielen kaum verständlich, wie dieser in seiner Prosa höchst musikalische Dichter kein Ohr hat für metrisch-rhythmische Werte […] Es wird mir schwer zu sagen, daß Thomas Mann sich mit seinem […] Versidyll verirrt hat.« Die Holprigkeit der Mann'schen Hexameter wird praktisch von allen andern Rezensenten vermerkt (Hofmiller, Katann, Müller-Rastatt, Kahn, Braun), doch wird sie ihm von niemandem als schwerwiegendes Manko angekreidet. Zwar zitiert Katann A. W. Schlegels Warnung: »Hexameter zu machen, die weder hinken noch krachen, das sind nicht jedermanns Sachen«, aber die Frage, warum der Autor der *Betrachtungen eines Unpolitischen* und der *Buddenbrooks* sich überhaupt zu dem Experiment einer Versdichtung veranlasst sah, wird nirgends gestellt.

Der Grund dafür ist nicht weit zu suchen: Die Vorstellung, dass ein bedeutender Autor sich auch als Versdichter zu beweisen habe, war damals noch tief in der literarischen Kultur der Zeit verankert, wie vor allem die Stellung sowie die elitäre und exklusive kulturelle Praxis Stefan Georges zeigt. George verkörpert einen kultischen, exklusiven und restaurativen Dichter-Begriff. Ohne auch nur im Entferntesten mit der George'schen Vorstellung vom Dichter zu liebäugeln, legte Thomas Mann offenbar Wert darauf im Hinblick auf die angestrebte Vorrangstellung als Nationalschriftsteller, den Beweis seines Dichtertums in Form eines Versepos vorweisen zu können.

Die Rezensenten der unmittelbaren Nachkriegszeit konnten kaum umhin, die beiden Idyllen gleichsam im Windschatten der *Betrachtungen eines Unpolitischen* zu lesen. Fast alle nehmen Bezug darauf. Die Hinwendung zum Idyll und zum Versedichten wurde als Affirmation einer unverändert konservativen Weltsicht begrüßt (Braun, Elster), als ein Festhalten an einer charakteristisch deutschen Dichtungs- und Denkungsart (Kutscher), und als Resultat eines künstlerischen Reifeprozesses registriert (Leppmann, Elster). In diesem Sinne konnte Thomas Manns Idyllenbuch als ein »nationales Buch« (Braun) gepriesen werden, weil es vor der Drohkulisse einer demokratischen Umwälzung die Werte der patriarchalischen Ordnung und Geborgenheit verherrlicht. Am vernehmlichsten tönt das nationale Motiv aus Hermann Bahrs Rezension des Idyllenbuchs. Für die Brüder Mann stellte Hermann Bahr anfangs eine literarische Leitfigur dar. Der ganz junge Thomas Mann hatte ihm seine erste Prosaskizze »Vision« gewidmet, Heinrich Mann gar seinen ersten Roman (*In einer Familie*). Bahr schickte dem Idyllen-Dichter seine Rezension mit dem, wie dieser im Tagebuch vermerkte, »Panegyrikus auf den ›G. v. K‹, über den ich mich doch freute.« (Tb. 3. 1. 1920) Gegen die traumatisch ernüchterte Nachkriegsstimmung stößt Bahr, der einst eifrig und erfolgreich literarische Neuerungen aus Paris nach Wien und Berlin importiert hatte, ins nationalistische Horn: »Was schert uns Macht und Ruhm und Lohn? Der Deutsche hat in sich selber Welt genug, um jede äußere entbehren zu können! Hört den Gesang vom Kindchen, da klingt das alte heilige Deutschland wieder, das unsterbliche!«

Die vielen Mäkeleien der Kritik hinterließen eine bei Thomas Mann sehr seltene Wirkung: Er beschloss, das »›Kindchen [...] unter der Hand verschwinden [zu] lassen« (DüD II, 15). Das heißt, er nahm den *Gesang* nicht in die beiden Novellen-Bände der *Gesammelten Werke in Einzelbänden* auf, die 1922 zu erscheinen begannen. Diese Entscheidung wurde von Carl Helbling in seiner Rezension in der *Neuen Zürcher Zeitung* bedauert. Helbling hätte lieber auf die Hundegeschichte verzichtet als auf den *Gesang*: »In ihm klang doch, diesem Kriegskind Thomas Manns an der Wiege gesungen, die Maske der Ironie von sich werfend: Liebe. Ließ sich der Dichter beirren durch jene Kritik, die mit den schlechten Versen etwas scharf ins Zeug ging?« (GKFA 22, 992) Dem jungen Schweizer Verehrer erklärte der Autor: »Etwas verwirrt bin ich durch die Teilnahme, die sich für den ›Gesang vom Kindchen‹ anläßlich seiner schamhaften Ausschließung kundgibt. Als es erschien, gab es nichts als Maulverziehen über soviel holprige Philisterei, oder fast nichts anderes. Nun, wenn die Bände je eine neue Auflage erleben, kann man ihn ja wieder einschmuggeln.« (GKFA 22, 444)

Die weitere Rezeptionsgeschichte des Versidylls erfolgte lange Zeit unter dem Eindruck seiner »schamhaften Ausschließung« durch den Autor selbst. Kaum dass je ein Kommentator mehr als einen »liebenswürdigen Privatspaß« darin erblickt hätte, zu schweigen von einer »antirevolutionären Dichtung von Rang« (Kurzke 1985, S. 134) wie Goethes *Hermann und Dorothea*. Dabei lehrt ein Blick auf Manns Verhältnis zu Goethe, dass der »Missgriff« seines Versidylls ein Schritt war, der seine Autorschaft nachhaltig prägen sollte: die in zunehmendem Maße produktive Goethe-Rezeption. (Vaget 1975, S. 49–57) Diese vollzog sich zunächst im Zeichen der Parodie, d. h. in dem wachsenden Glauben an den prinzipiell parodistischen Charakter von Dichtung, den Thomas Mann am Beispiel des *Gesang vom Kindchen* damit begründete, dass die »Liebe zu einem Kunstgeist, an dessen Möglichkeit man nicht mehr glaubt, die Parodie zeitigt.« (GW XI, 589)

Die Anlehnung an das hohe Vorbild *Hermann und Dorothea* ist unschwer zu erkennen: in der Wahl eines menschlich bedeutenden Gegenstands – hier die Taufe, dort die Verlobung – und der In-Beziehung-Setzung des privaten Lebensmoments zu einem epochalen Weltereignis – der Erste Weltkrieg, die Französische Revolution. Weitere Kongruenzen ergeben sich aus der Verwendung retardierender Abschweifungen, dem Achthaben auf die Verrichtungen des Alltags sowie die Gegenstände des häuslichen Lebens, der Verwendung des Hexameters und der Einteilung des *Gesangs* in neun Kapitel. (Vaget 1975, S. 56)

Ein Umdenken und damit eine Aufwertung von Thomas Manns Hexameterepos zeichnet sich in einer Studie von Paul Ludwig Sauer ab, der nachweist, dass gerade diese experimentelle, nicht recht gelungene Arbeit ein unvermutetes Erkenntnispotenzial birgt, weil sie »wie in einem Brennglas die Sonne des Gesamtwerks widerspiegel[t].« Dies wird von Sauer, indem er den vielen »Spuren früherer und späterer Werke unseres Autors« nachgeht, reichlich belegt. (Sauer 1987, S. 1, 4) Ein weiteres Plädoyer für eine Höherbewertung des *Gesangs* legte 2001 Alexander Kissler vor. Der systematische Vergleich mit seinem »hohen Muster«, *Hermann und Dorothea*, legt thematische und strukturelle Analogien und Differenzen frei und damit die Umrisse einer »allegorischen Lektüre«. Diese mündet in einen »utopisch zu nennenden Ausblick« auf das Kind als das »ewige Sinnbild« des »Rührendst-Bleibende[n]« und als ein Segen spendender »Baustein [...] einer aus dem Ursprünglich-Organischen erwachsenden Zukunft.« (Kissler 2001, S. 215, 235)

Wie andere Kommentatoren (Goebel 2008, Honold 2017b) betrachtet auch Kissler die beiden Mann'schen Idyllen als den Versuch einer Neudefinition seiner Schriftstellerschaft – einen Versuch, dem als Reaktion auf den Krieg ein »gewandeltes Wirklichkeitsparadigma« (Orlik 1997, S. 95) zugrunde liegt. Es geht in dem *Gesang vom Kindchen* weniger um den Täufling als um den Sänger des Gesangs. Dieser Sänger sei, so Leonhard Herrmann, ein »für seinen Kinderreichtum, nicht aber eben für seine pädagogischen Fähigkeiten bekannter Autor«. Es gehe vornehmlich um »das Glück«, welches das Kindchen »seinem Vater bereitet – einem Vater, der immer zuerst bleibt, was er zuerst war: ein Autor.« (Herrmann 2013, S. 71, 73)

Noch entschiedener hat Rüdiger Görner die »ästhetischen Fragestellungen«, die im *Gesang vom Kindchen* verhandelt werden, herausgearbeitet und ihn als ein »poetologisches Manifest« (Görner 2006, S. 174) kenntlich gemacht. Gerade das Idyll biete sich als ein besonders zeitgemäßes Genre an, weil es eine Möglichkeit darstellt, »die überall hinreichende Erschütterung« durch den Krieg »geistig aufzuarbeiten«, umso mehr, als die Idylle »durch die Intensität ihrer Menschlichkeit« (GKFA 15.1, 231f.) einen gangbaren Weg in eine ungewisse und politisch bedrohte Zukunft zu weisen vermag. Als einen besonders bemerkenswerten Aspekt des Taufcarmens verweist Görner auf das Kapitel »Vom Morgenlande«. Hier gelange Mann zu einer tiefgreifenden und vorausweisenden »Neubestimmung der Vorstellung von ›Heimat‹«, denn durch den darin heraufbeschworenen »Kulturhorizont« werde »das herkömmliche«, d.h. monokulturelle »Bild von Heimat gründlich relativiert«. (Görner 2006, S. 166)

Görner versäumt nicht, einen vergleichenden Blick auf Beispiele aus der Musik zu werfen, die sich für Manns ästhetische Orientierung als besonders aufschlussreich erweisen. Hier ist besonders das Beispiel Richard Strauss relevant: Dessen autobiographischer Schaffensimpuls ist dem Manns durchaus vergleichbar. Bei Strauss hat die Neigung zur Thematisierung der eigenen bürgerlichen Existenz ihren entschiedensten Ausdruck in den großen symphonischen Dichtungen *Ein Heldenleben* (1898) und *Sinfonia domestica* (1903) gefunden. Manns Idyllen *Herr und Hund*, *Der Gesang vom Kindchen* sowie *Unordnung und frühes Leid* stellen das literarische Pendant dazu dar: eine dreisätzige »Sinfonia domestica« (Müller 1964), wobei zudem die Schilderung des heimischen Reviers in der Hundegeschichte in Miniaturformat eine gewisse Ähnlichkeit mit Straussens *Alpensinfonie* (1915) zu erkennen gibt.

Für Thomas Mann hielt neben Goethe stets auch Richard Wagner ein »hohes Muster« bereit. Görner will in Manns aufwendiger Gestaltung der Taufe ein Echo hören auf die Taufe Kundrys im dritten Akt des *Parsifal* (Görner 2005, S. 212). Näher liegt jedoch das Beispiel der *Meistersinger*. Die symbolische Taufe der von Walther von Stolzing geschaffenen »Meisterweise« verleiht der finalen Apotheose der »heil'gen deutschen Kunst« ihre quasi religiöse Rechtfertigung.

Auch die Taufe von Manns Kindchen trägt eo ipso geistliche Züge von überraschender Aufdringlichkeit. Darüber hinaus soll die »Intensität der Menschlichkeit«, die in diesem Werk beschworen wird, die Literatur in den Stand setzen, im Rückgriff auf die Weimarer Klassik, die politischen Umwälzungen und ihre unabsehbaren Nachwirkungen in der noch jungen Weimarer Republik zu verarbeiten und auf eine humanistische Basis zu stellen. In diesem Sinne wäre Görners Beobachtung: »Das Epos tauft sich gleichsam selbst« (Görner 2006, S. 168), dahin gehend zu konkretisieren, dass die Literatur den politischen Herausforderungen der Weimarer Republik am ehesten in der Besinnung auf den Humanismus der Weimarer Klassik gewachsen sein wird.

Stellenkommentar

117 26 *Erste Liebesschmerzen*] Anspielung auf die frühen Gedichte »Zweimaliger Abschied.« und »Nacht.« (GKFA 3.1, 131–133).

27 *Gewaffen*] Archaische Kollektivbildung für Waffen. Vgl. *Tristan*: »Ich habe Ihnen im Kampfe nur Eines entgegenzustellen, das erhabene Gewaffen und Rachewerkzeug der Schwachen: Geist und Wort.« (GKFA 2.1, 362)

118 10 *Dichter? Ich war es!*] Dass der Autor des *Tod in Venedig* seinem Versepos zwiespältige Überlegungen zu seinem Ansehen und seinem Status in der literarischen Welt voranstellt, hat nicht zuletzt karrierestrategische Gründe. Offenbar war er sich seiner Sache nicht völlig sicher, denn obwohl er beanspruchte, auch als Prosaist Dichterisches auf höchstem Niveau geleistet zu haben, hielt

er es für angebracht, obendrein einen eindeutigen Beweis für sein Dichtertum in Form eines Versidylls zu liefern – ein Beweis, dessen es eigentlich nicht bedurfte, hatte doch bereits die Venedig-Novelle den Beweis seines Dichtertums für alle Welt überzeugend erbracht.

118 32 *es ward dir das trunkene Lied zur sittlichen Fabel*] Dazu T. J. Reed mit Bezug auf die Genese des *Tod in Venedig*: »Ein Umschlag hat stattgefunden, der sich aus der Spannung zwischen Gefühlsimpuls und selbstkritischer Distanz [...], aus dem Kampf mit dem Tabu in Sachen Sexualität ergeben hat.« (GKFA 2.2, 370) Zu dem eigentlich hymnischen, statt kritischen Ursprung der Novelle, siehe vor allem den Brief vom 4. Juli 1920 an Carl Maria Weber: »Daß aber die Novelle im Kerne hymnisch geartet, ja eines hymnischen Ursprungs ist, kann Ihnen nicht entgangen sein.« (GKFA 22, 348)

119 1–2 *du wagtest den Flug nicht*] Vgl. die Anspielung auf Euphorion unten, Kommentar zu S. $155_{17}$ und $155_{31}$.

29–30 *an den Kämpfen Kronions*] Kronos, in der griechischen Mythologie der nicht alternde Vater des Zeus.

31 *Indianergeschichten*] Vgl. die Auskunft in *Kinderspiele [I]* (1904), derzufolge Homer und Vergil, d.h. die Auszüge in Friedrich Nösselts *Lehrbuch der griechischen und römischen Mythologie*, ihm »alle Indianergeschichten ersetzt[en]«. (GKFA 14.1, 81)

120 13 *Befahrnis*] Besorgnis; siehe Tb. 2.4.1919: »Böses Befahrnis.«

18 *Erstgeborenes dennoch*] Erstgeboren, weil »Lisa« das erste Kind war, das er »vom ersten Tage an mehr« geliebt, »als die anderen Vier zusammengenommen [...] ich weiß nicht warum«. (GKFA 22, 238)

23 *Vier sind es*] Erika Julia Hedwig (geb. 9.11.1905), Klaus Heinrich Thomas (18.11.1906), Angelus Gottfried Thomas (27.3.1909) und Monika (7.6.1910).

121 8 *bürgerlichen Befestigung*] D.h. seine Verheiratung am 11. Februar 1905.

19 *Märchenbraut*] Katia Pringsheim (1883–1980), die er zuerst auf einem Gemälde der fünf Pringsheim-Kinder (»Kinderkarneval«)

von Friedrich August von Kaulbach gesehen und die er sich bei Konzertbesuchen im Münchener Kaimsaal aus der Ferne durch ein Opernglas buchstäblich »erschaut« hatte. (Br. I, 44)

24 *vom Messer des Arztes geöffnet*] Klaus Mann war 1915 an Blinddarmentzündung erkrankt und schwebte in Lebensgefahr. (GKFA 22, 84f.; TM/Bertram, 25f.)

123 19 *Nicht Erfindung war Kunst mir*] Ein Grundsatz der Literaturauffassung Thomas Manns. Vgl. *Bilse und ich* (GKFA 14.1, 100).

124 23 *den verdienten Freund*] Ernst Bertram (1884–1957), Privatgelehrter, ab 1922 Professor für neuere deutsche Sprache und Literatur an der Universität zu Köln, in den Jahren 1910 bis 1933 eng befreundet mit Thomas Mann und seiner Familie. (Armbrust/Heine 2008)

32 *Horen*] Göttinnen der Jahreszeiten.

126 18 *Wann ich mit erdkaltem Wasser*] Wie Aschenbach, der den Tag mit »Stürzen kalten Wassers über Brust und Rücken« beginnt. (GKFA 2.1, 510)

128 22 *in weißem Pikee*] Ein feines Gewebe mit erhabenem Muster.

132 13–14 *feindliche Kriegsmacht*] Großbritannien, das seit Kriegsbeginn eine Blockade der Nordsee aufrecht hielt, mit weitreichenden Konsequenzen für die Lebensmittelversorgung. Siehe die Schlusszeile des *Gesangs*.

29 *ein feurig Mal*] Ein Muttermal, gedeutet als »Stigma des Krieges«.

133 2–3 *die muntre Gemeine*] Gemeinde; die lebhafte Familie.

134 25–26 *mit spanischer Strenge*] Vgl. die »spanische« Halskrause, das »bewunderungswürdige Kleidungsstück« auf dem Gemälde von Senator Castorp, dem Großvater Hans Castorps, in *Der Zauberberg*. (GKFA 5.1, 44) Vgl. auch das Tagebuch-Notat nach einem Besuch des Kunsthistorischen Museums in Wien: »Die eine Velasquez-Infantin erinnert an Elisabethchen.« (Tb. 9.12.1919)

31 *der giebligen Heimat*] Lübeck.

135 1 *mit Haube und Rosenkranz*] Es handelt sich somit um katholische Schwestern und um eine z.T. wörtliche Wiederaufnahme eines

Details aus *Buddenbrooks*, wo beim Tod der Konsulin die grau gekleideten, katholischen Schwestern den Vorzug vor den schwarz gekleideten protestantischen Kolleginnen bekommen: »Und Schwester Leandra kam. Sie legte still ihre kleine Handtasche, ihren Umhang und die graue Haube ab, die sie über der weißen trug, und ging, während der Rosenkranz, der an ihrem Gürtel hing, leise klapperte, mit sanften und freundlichen Worten und Bewegungen an ihre Arbeit.« (GKFA 1.1, 617)

135 5 *pflegte den Vater zu Tode*] Schwester Leandra, die auch Thomas Buddenbrook zu Tode pflegt. (GKFA 1.1, 752)

20–21 *scheut', ihn zu nennen*] Wie in *Doktor Faustus* Ehrenfried Kumpf, Professor der Theologie in Halle, der »[u]ngern« den Teufel beim Namen nannte und ihn »auf volkstümliche Art« umschrieb »mit ›Teubel‹, ›Teixel‹ oder ›Deixel‹« (GKFA 10.1, 144–145).

27 *schämig*] geschämig, verschämt.

136 31–32 *das kleine / Volk*] Vgl. Manns Erkundigung bei Ernst Bertram: »In Tegernsee sprachen wir doch einmal von deutschen Zwergensagen. Sind Sie auf dem Gebiet genauer beschlagen oder haben Sie Nachschlagemöglichkeit, etwa bei Grimm, Deutsche Mythologie? Es handelt sich für mich um die verschiedenen, oft sehr eigentümlich klingenden Namen […] des ›kleinen Volkes‹ […].« (TM/Bertram, 82)

32–33 *sein koboldisches Mitglied*] Wie z.B. das »buckligt Männlein« (aus *Des Knaben Wunderhorn*), das Hanno Buddenbrook bis in den Schlaf verfolgt. (GKFA 1.1, 508f.)

138 28–30 *Und ich weise / Dir die Dinge der Welt*] Vgl. Tb. 24.10.1918: »Nachmittags geschlafen. Trug längere Zeit die kl. Lisa in ihrem Zimmer herum u. zeigte ihr die Dinge der Welt, worauf sie dann ruhig in ihrem Bettchen lag, nachdem sie vorher geschrieen.«

141 1–2 *die peinliche Grippe*] Die sogenannte »Spanische Grippe«, die pandemische Infektionskrankheit, die in den Jahren 1918 und 1919 auf der ganzen Welt wütete und mehr Leben kostete als der Große Krieg.

142 4 *als ein kümmerlich Spittelweiblein*] D.h. wie eine Bewohnerin eines Pflegekrankenhauses. »Spittel« mundartlich für Spital.

143 22–23 *das heit're / Moses-Körbchen*] Die Aussetzung des Kindchens im Arbeitszimmer des Dichters ist eine heitere Version der These, die sich Thomas Mann in *Das Gesetz* zu eigen machen sollte, wonach Mose als Kleinkind in einem Korb ausgesetzt wurde, um seine dubiose, »unordentliche« Herkunft zu verbergen.

144 6 *Heimat und phantastische Ferne*] Lübeck und Schlesien, wo die Vorfahren der Pringsheims ansässig waren, beziehungsweise »Morgenland«. Anspielung auf die jüdische Abstammung des Kindchens mütterlicherseits.

27 *Doppelt ist deine Heimat*] Die »menschliche Mischung« im Gesicht des Kindchens findet ihr Echo in den verwandten Zügen im Stadtbild Lübecks und Venedigs.

145 2–3 *O Erschrecken des Jünglings*] Thomas Mann sah Venedig zum ersten Mal als 21-Jähriger im Oktober 1896; er verweilte drei Wochen dort. (Heine/Schommer 2004, S. 16) Diese venezianische Reminiszenz findet in *Lübeck als geistige Lebensform* (GW XI, 392) eine effektvolle Wiederverwendung.

10 *der byzantinische Tempel*] Die Basilica di San Marco; das hervorstechendste byzantinische Stilmerkmal sind die Mosaiken im Inneren des Doms.

146 11 *Wie in Venedig zuerst*] Diese beiden Zeilen sowie die Zeilen von »Märchenosten« bis »In die Zeit« zitiert Thomas Mann in dem Essay von 1921 *Zur jüdischen Frage* mit der Vorbemerkung: »Denn ein andermal wieder bin ich anläßlich des jüdischen Motivs ja sogar in Verse verfallen.« (GKFA 15.1, 434–435). Da Katia Mann Bedenken äußerte, zog Thomas Mann den Essay wieder zurück; Erstveröffentlichung 1966 in der *Frankfurter Allgemeinen Zeitung*.

13 *im goldenen Saal*] Im Kaimsaal in München; siehe den Kommentar zu S. $121_{19}$.

147 5 *Heimat des Menschen*] Dass das Morgenland die Heimat des Menschen sei, ist ein Grundgedanke von *Joseph und seine Brüder*.

7 *ein Geist, ein hansischer*] Der aus der Hansestadt Danzig stammende Philosoph Arthur Schopenhauer.

147 9 *Jenes gewaltige Buch*] Schopenhauers *Die Welt als Wille und Vorstellung* (1819): eine Philosophie, die ihre intellektuellen Wurzeln zum Teil »im Osten« hat, d.h. im Buddhismus und Hinduismus. Vgl. Manns Essay von 1939 *Schopenhauer* (GW IX, 528–580).

12 *der Upanishaden*] Die zentralen, auf mündlicher Überlieferung basierenden Texte des Hinduismus.

148 3 *den Pastor*] Das lebende Vorbild war Kuno Fiedler (1895–1973), ein promovierter Theologe und Verehrer Thomas Manns, seit 1917 Vikar in Planitz bei Zwickau. Die Beziehung Kuno Fiedler – Thomas Mann begann mit einem Huldigungsbrief des Studenten zum vierzigsten Geburtstag des *Tonio Kröger*-Autors und hatte bis zu dessen Ende Bestand. Große Teile des umfangreichen Briefwechsels wurden von Hans Wysling publiziert (TM/Fiedler I u. II). Vgl. K. Fiedler: *Über Mauern hinweg*, den Bericht über seine Flucht aus einem Würzburger Gestapo-Gefängnis zu Thomas Mann in der Schweiz. (Bäumler 2004; Armbrust/Heine 2008)

9 *einen Paten*] Ernst Bertram. Siehe den Kommentar zu S. $124_{23}$.

15 *der gediegenen Schrift*] Fiedlers Leipziger Dissertation über den Philosophen und Naturforscher Gustav Theodor Fechner (1801–1887) hat den Titel *Die Motive der Fechnerschen Weltanschauung* und war Thomas Mann gewidmet, blieb jedoch offenbar unveröffentlicht.

149 23–24 *Schön ist die Schale*] Die silberne Taufschale im Besitz der Manns spielt eine bedeutungsvolle Rolle im *Zauberberg* (GKFA 5.1, 38). Vgl. Tb. 10. 1. 1920. Siehe die Abb. hier S. 52.

150 17 *altertümlichen Bibel*] Sie gehört zur geistig-seelischen Ausstattung schon der Buddenbrooks. Die »zu Wittenberg gedruckte Bibel« (GKFA 1.1, 62) ist ein ehrwürdiges, von Generation zu Generation weitergereichtes Erbstück auch der Manns.

151 32 *Bäffchen*] Der sogannte Predigerkragen und Rock, ein im Niederdeutschen gebräuchliches Wort, das Thomas Mann in Voßens *Luise* (II, 99) finden konnte; im Süddeutschen: Überschlägchen. (Kluge, *Etymolgisches Wörterbuch der deutschen Sprache*)

152 25–27 *dem kleinen / Flammenden Zeichen*] Siehe den Kommentar zu S. $132_{29}$.

Taufschale der Familie Mann (Buddenbrookhaus, Lübeck);
vgl. den Kommentar zu S. 149$_{23-24}$.

153 11 *Selbst der Ketzer*] Selbst ein ungläubiger Protestant wie Thomas Mann, der hier auf eine Erinnerung an einen Besuch des Petersdoms schon während seines ersten Rom-Aufenthalts vom Juli bis Oktober 1895 zurückgreift. Damals meldete er seinem Freund Grautoff: »Von Rom bin ich begeistert!« (TM/OG, 60) In einer rückblickenden Ansprache am Ende seines Rom-Besuchs 1953 erinnert er sich: »Ich kann sagen, dass ich Rom kenne, wenn auch nicht das heutige Rom. Ich habe in Rom gelebt als ganz junger Mensch von zwanzig oder einundzwanzig Jahren [...]« (Galvan 2014a, S. 72). Im Tagebuch, bei seinem letzten Besuch des Petersdoms, erinnert er sich gerührt daran, dass er »vor 58 Jahren« – also 1895 – neben der »Petrus-Figur« in San Pietro stehend, »den hochmütigen Prälaten nach Rampolla fragte.« (Tb. 1. 5. 1953) Im *Lebensabriß* (1930) berichtet er darüber: »Mit Vorliebe besuchte ich San Pietro, wenn der Kardinal-Staatssekretär Rampolla in pompöser Demut die Messe las. Er war eine außerordentlich dekorative Persönlichkeit, und aus Schönheitsgründen bedauerte ich es, daß seine Erhebung zum Papst diplomatisch verhindert wurde.« (GW XI, 103) Kardinal Mariano Rampolla del Tindaro (1843–1913) sollte

Nachfolger Papst Leos XIII. werden, was jedoch durch das Veto Kaiser Franz Josephs verhindert wurde.

153 13 *der Greis*] Leo XIII. (1810–1903), Papst seit 1878.

15–16 *das sühnende Zeichen / Unermüdlich beschreibend mit wächserner Hand*] Einen verblüffenden visuellen Beleg für Thomas Manns Beschreibung liefern zwei kurze, auf Youtube einzusehende Filmsequenzen mit Papst Leo XIII. (»Papa Leone XIII«; »Pope Leo XIII«), die aus dem Jahr 1896 stammen, also kurz nach Thomas Manns erstem Rom-Aufenthalt, und die den Pontifex beim eifrigen Segenspenden im Zeichen des Kreuzes zeigen. Freundliche Mitteilung von Elisabeth Galvan.

Der segnende Papst Leo XIII.; vgl. den Kommentar zu S. $153_{15-16}$.

25 *Zartheit ist tapfer*] Vgl. *Der Tod in Venedig*: Das zeitgemäße Heldentum ist der »Heroismus [...] der Schwäche.« (GKFA 2.1, 512)

154 9–10 *die schwarze Agende*] Die Gottesdienstordnung mit den Vorschriften für die Riten und Gebete.

14 *Kirchner*] Kirchendiener, Ministrant.

155 6 *ein vortreffliches Werk*] Ernst Bertram: *Nietzsche. Versuch einer Mythologie*, Berlin 1918. Das Buch entstand gleichzeitig mit den *Betrachtungen eines Unpolitischen* und in regem Gedankenaustausch der beiden Autoren. Thomas Mann bewunderte das Buch des Freundes: »Wie nahe es mir ist; wie mein ganzes Wesen beständig darin

mitschwingt; wie geschwisterlich es, in seiner Besonnenheit, Bildung, historisierenden Würde, seiner Unantastbarkeit, Unbeschimpfbarkeit, neben meinem unbesonnenen, ungebildeten, wirren und kompromittierenden Künstlerbuch steht: Sie wissen es so gut, wie ich [...].« (TM/Bertram, 75)

155 17 *des letzten Ikariden*] Nietzsche, der hier mit Ikarus, dem Sohn des Daedalus, sowie mit Euphorion, dem »Sohn des Faust und Helenens« verglichen wird. Beide stürzen zu Tode, weil sie zu viel wagten und zu verwegen waren. Vgl. *Faust*, V. 9901.

20 *Wittenberg ... und Eleusis*] Luthertum und Griechentum.

31 *Auf schwebt' die Aureole*] Vgl. die Szenenanweisung in Goethes *Faust* nach Euphorions Sturz: »die Aureole steigt wie ein Komet zum Himmel auf.« (nach V. 9902)

156 7–8 *Wie kein neueres liebe das Buch ich*] Die seit 1922 sich anbahnende Entfremdung Thomas Manns von Bertram, der sich dem Nationalsozialismus näherte, änderte wenig an seiner Hochschätzung des Nietzsche-Buchs. Noch 1947 bekennt er Klaus Mann: »Und doch war sein Nietzsche-Buch, bei allem pro-Deutschtum, ein sehr nobles Buch [...].« Vgl. den Kommentar von Herbert Lehnert zu *Nietzsches Philosophie im Lichte unserer Erfahrung*, GKFA 19.2, 219.

12 *der andere*] Der andere Taufpate: Berthold Günther Herzfeld-Wüsthoff (1893–1969), diente als Freiwilliger bei der Infanterie und wurde 1917 an der Westfront schwer verwundet. Er hatte Thomas Mann aus einem Feldlazarett einen Huldigungsbrief (nicht erhalten) geschrieben, aus dem dieser in den *Betrachtungen eines Unpolitischen* ausführlich zitiert (GKFA 13.1, 499f.). Thomas Mann sandte ihm ein Exemplar des *Tod in Venedig* mit der Widmung: »Dem deutschen Leutnant Günther Herzfeld sende ich, mit herzlichen Wünschen, dies kleine Buch ins Feld. Es mag dort nicht schlecht zu lesen sein, da es, auf seine Art, von der Ehre und vom Tode handelt. München Januar 1917.« Vgl. den Kommentar zu dieser Stelle von Hermann Kurzke (GKFA 13.2, 534f.). Herzfeld nahm 1918 sein Studium in München wieder auf; er besuchte Thomas Mann (Tb. 26.9.1918), bei welcher Gelegenheit offenbar

der Entschluss gefasst wurde, »de[n] ›Studenten einst und Poeten‹« (GKFA 22, 243) zum zweiten Taufpaten zu machen. Herzfeld willigte »mit Freude und Andacht« ein, war jedoch krankheitshalber verhindert, an der Tauffeier teilzunehmen. Da aber seine Präsenz im Text aus Gründen der Kriegsthematik unverzichtbar war, musste Thomas Mann sie mit einem Kunstgriff fingieren – einem Beispiel von *photo shopping* avant la lettre. Nach dem Krieg war Herzfeld Antiquar und feierte als Rezitator Erfolge. Thomas Mann blieb mit ihm bis 1933 in lockerer Verbindung. Vgl. GKFA 22, 747f., den Kommentar zu dem Brief an Bertram, 6. 8. 1918.

158 17 *auch Gleisnern*] Der Weltgeist oder das unerforschliche, »dunkel waltende Schicksal« schenkt den Sieg auch einmal Heuchlern, wie den Westmächten.

27 *ein anderes Deutschland*] Das »andere Deutschland« hat hier noch nicht den Sinn, den es unter den Exilanten in Opposition zum Dritten Reich bekam; es ist das in den *Betrachtungen eines Unpolitischen* beschworene »tiefsinnige Vaterland«.

159 14–15 *das menschlich Neue*] Dass eine geistig-seelische Erneuerung eher von den Besiegten als von den Siegern des Weltkriegs ausgehen werde, war die utopische Hoffnung Thomas Manns in den ersten Nachkriegsjahren. Vgl. Tb. 12. 11. 1918: »[...] das Positive in der Niederlage ist, daß durch diese Niederlage Deutschland in der politischen Entwicklung deutlich an die Spitze kommt: die soziale Republik ist etwas über die Bourgeois-Republik u. Plutokratie des Westens hinaus und hinweg Gehendes, zum ersten Male wird Frankreich Deutschland politisch nachzufolgen haben.«

165 26–28 *es hießen Mütter und Muhmen / So*] Wiewohl der Name auch unter des Kindchens Vorfahren mütterlicherseits vorkommt – die Schwester Hedwig Pringsheims: Elsbeth (Else) Rosenberg, geb. Dohm, hieß so –, wird hier vor allem der Vorfahren väterlicherseits gedacht. Thomas Manns Tante, das Vorbild für Tony Buddenbrook, hieß Elisabeth; ebenso seine Großmutter, Elisabeth Mann, geb. Marty, u. a. mehr. (Clemens 2008, S. 139f.)

166 28 *Blockade*] Druckfehler (korrigiert aus: Blokade).

Vgl. oben den Kommentar zu »feindliche Kriegsmacht« (132 13–14). Kurz vor Abschluss der Arbeit vermerkt das Tagebuch (15. 3. 1919): »Sich mehrende Proteste in England gegen die Aufrechterhaltung der Blockade, deren Verlängerung jedoch angedroht wird für den Fall, daß Deutschland die Unterzeichnung des Friedens ablehnt.« Die wiederholte Bezugnahme auf die englische Blockade unterstreicht die außerordentliche Bedeutung, die Mann ihr für den Ausgang des Krieges zumaß. Vgl. *Das Problem der deutsch-französischen Beziehungen*: »Sachlich gesprochen gelang die Niederwerfung Deutschlands durch zwei furchtbare, auf die Länge durchaus unwiderstehliche Kriegsmittel [...] durch die Hungerblockade und die demokratische Tugend-Propaganda.« (GW XII, 614)

# UNORDNUNG UND FRÜHES LEID

Entstehungsgeschichte

Wollte man einer späteren autobiographischen Auskunft Thomas Manns Glauben schenken, so verdankt sich die Existenz der Erzählung *Unordnung und frühes Leid* einer »äußeren Nötigung«, nämlich dem Wunsch Samuel Fischers, seines Verlegers, im Sonderheft der *Neuen Rundschau* zu Manns fünfzigstem Geburtstag am 6. Juni 1925, eine Novität aus seiner Feder vorlegen zu können. (GW XIII, 161f.) Der Autor, von dem im November 1924 gerade eine Novität von massivem Umfang erschienen war, *Der Zauberberg*, entledigte sich dieser Aufgabe relativ rasch, was darauf schließen lässt, dass mit dieser neuen Erzählung ältere Schreibanliegen zum Zuge kamen. Diese lagen offenbar bereit und bedurften lediglich eines geeigneten Anlasses, um verwirklicht zu werden, und einen solchen lieferte der runde Geburtstag.

Dem Neuansatz voraus lag jedoch die Klärung grundsätzlicher Überlegungen die Thematik und Perspektive betreffend. Seinem Notizbuch zufolge bestand bereits Ende 1912 ein diesbezüglicher Plan, denn unter »Novellen, die zu machen«, ist dort auch eine »Kindergeschichte« vorgesehen, mit einem nachträglich in Klammern hinzugefügten Vermerk: »Das wurde ›Unordnung‹«. (Nb. II, 186) Zu jenem Zeitpunkt wären die damals vorhandenen Kinder Erika, Klaus, Golo und Monika, im Alter von sieben, sechs, drei und zwei Jahren, einzeln oder insgesamt Gegenstand der Erzählung gewesen. Wie dem Tagebuch zu entnehmen, zog er zwischenzeitlich eine Beschränkung auf eines der Kinder in Betracht, auf Klaus: »Verliebt in Klaus dieser Tage. Ansätze zu einer Vater-und-Sohn-Novelle.« (Tb. 5. 7. 1920) Ein derart heikler Gegenstand musste ihm jedoch nach den mit *Wälsungenblut* gemachten, schmerzlichen Erfahrungen untunlich erscheinen. (GKFA 2.2, 317; Marx 2004; Vaget 2017b, S. 369–382) Als er dreizehn Jahre später den Plan zu einer Kindergeschichte wieder aufnahm – nun ein Mann von fünfzig Jahren –, herrschte im Hause Mann eine sehr veränderte Familiendynamik, von den epochalen Umwälzungen und in ihrem Gefolge seiner politischen Umorientierung ganz zu schweigen. Die Anzahl der eigenen Kinder hatte sich inzwischen auf sechs erhöht, und die väterliche Liebe hatte sich von Klaus auf Elisabeth verlagert, wie der *Gesang vom Kindchen* freimütig zu erkennen gab.

Die Frage war, wie die Familienkonstellation mit den Reflexionen zu einer Neubestimmung seiner Autorschaft zu vereinen und zu der historischen Grunderfahrung jener Jahre in Beziehung zu setzen war – der Erfahrung einer epochalen Erschütterung und Veränderung aller bisherigen Grundlagen der bürgerlichen Lebensform. Das bedeutete konkret, dass die in der Hundegeschichte und in dem *Gesang vom Kindchen* gesponnenen Fäden wieder aufzunehmen und zu einem neuen Muster zu verarbeiten waren. Gegenstand der Betrachtung sind somit einmal mehr die eigenen Lebensverhältnisse, getreu seiner Maxime, dass das »Intimste« zugleich das »Allgemeinste und Menschlichste« sei (Tb. 10. 1. 1919), getreu auch seiner fundamentalen Überzeugung, dass seine Autorschaft nicht auf dem Erfinden, sondern auf dem Finden und dessen Beseelung gründe. Bis spät in seinem Leben konnte er wahrheitsgemäß behaupten: »Ich darf oder muß von mir sagen, daß ich *niemals* etwas erfunden habe.« (GW XIII, 55)

Freilich hatte die strikte Beschränkung auf die eigene Erfahrung und den häuslichen Bereich – ein durch Wohlhabenheit geschütztes bildungsbürgerliches »Reservat« (Lehnert 1978) – einschneidende Konsequenzen. Dies betrifft vornehmlich die tollste und absurdeste Manifestation jener Erschütterung der bürgerlichen Lebensform, die galoppierende Geldentwertung im Jahre 1923. Während anderen Beobachtern – z.B. Hans Ostwald, Verfasser einer *Sittengeschichte der Inflation. Ein Kulturdokument aus den Jahren des Marksturzes* – die Inflation sich als das »tolle Bild eines höllischen Karnivals« darstellte, ist in dem »Reservat« der Mann'schen Novelle von der gleichzeitigen »Inflation des Verbrechens« oder dem entfesselten »Eros in der Inflation« (Ostwald, *Sittengeschichte der Inflation*, Berlin 1931, S. 7, 11, 109) kaum etwas zu spüren.

Viel später, 1942, lieferte er als Beitrag zu einer inneramerikanischen Diskussion über die Gefahren der Inflation, angestoßen von dem »Treasury Department« (Finanzministerium), *Erinnerungen aus der deutschen Inflation* (GW XIII, 181–190). Dieser Text zeichnet ein vollständigeres und realistischeres Bild jener Schreckenszeit als die Novelle von 1925. Es sei ein wahrer »Hexensabbat« gewesen mit Auswirkungen bis in die Gegenwart: »Es geht ein gerader Weg von dem Wahnsinn der deutschen Inflation zum Wahnsinn des Dritten Reiches.« (GW XIII, 189) Doch dieser kenntnisreiche Text stammt nicht von Thomas Mann; er hatte die Beantwortung der Anfrage des Treasury Department an seinen Sohn Golo delegiert, den angehenden Historiker. (Tb. 29. 6. 1942) Freilich hätte er die Retrospektive unter seinem Namen nicht freigegeben, wenn sie nicht in seinem Sinn gewesen wäre.

Dem unverhüllt autobiographischen Schaffensimpuls, der sich in den Nachkriegsjahren verstärkt zu haben scheint, entsprang auch die Erzählung von 1925, so dass es durchaus gerechtfertigt erscheint, in Anlehnung an die *Sinfonia domestica* von Richard Strauss, von einer epischen »Sinfonia domestica« aus dem Hause Mann zu sprechen (Müller 1964). Die drei Erzählungen von 1918, 1919 und 1925 fügen sich zwanglos auch zu einem Triptychon. Auf dessen drei Tafeln kommen des Autors Reflexionen auf seine Existenz als Bürger und Künstler zur Darstellung. Zu diesem Ende greift er zu drei verschiedenen Vorwürfen: sein Leben mit Bauschan, dem Hund; sein Leben mit Elisabeth, dem unerwarteten, doch tief geliebten Kindchen, sowie sein Leben mit einer dramatisch vermehrten Familie, die sich seiner patriarchalischen Dominanz entwindet und ihn die Konturen einer sich unaufhaltsam verändernden Gesellschaft erkennen und anerkennen lässt. Die drei Texte sind nicht zuletzt als drei verschiedene Ansätze zu einer Selbstdefinition als Autor zu verstehen.

Thomas Mann wäre jedoch nicht der selbstbewusste und selbstkritische Autor, der er ist, wenn er 1925 einfach wiederholt hätte, was er in den beiden vorausgegangenen Erzählungen unternommen hatte. Es galt nun, Abwege und Fehlgriffe zu vermeiden und die Linie zu finden, die ihn auf die Bahn zu seinem eigentlichen Beruf: Chronist »der Seelengeschichte des deutschen Bürgertums« (GW XI, 383), zurückbringen würde. Vor allem jedoch galt es, eine größere Distanz zu schaffen zwischen seinem fiktiven Alter Ego und seiner realen Existenz als Autor und als Kommentator der Zeitgeschichte, als dies in *Herr und Hund* und im *Gesang vom Kindchen* der Fall war. Er entschied sich im Grunde für dieselbe Lösung, die in *Tod in Venedig* Anwendung fand und die diesem Werk seine hohe innere Spannung verleiht: er setzte seinem Alter Ego eine Maske auf. War es dort die des geadelten Nationaldichters, so hier die eines beamteten Historikers, der Neigungen und Anschauungen verkörpert, die ihm selbst teuer waren, über die er aber – inzwischen zum beherzten Verteidiger der Weimarer Republik avanciert – innerlich bereits hinaus war.

Dieser Haltung des Abschiednehmens entspricht, dass er im dritten Teil seines häuslichen Triptychons auf betont »dichterische« Gesten und Elemente verzichtet, die ihm der Hundegeschichte angemessen schienen und die er in dem Taufcarmen für unerlässlich hielt. Die Prosa der neuen Erzählung ist frei von jener »Neigung zum Hexameter«, der er in dem Prosa-Idyll freien Lauf ließ, auch von der Neigung zu preziösem Wortschatz (»Weidicht«, »Gewaffen« u. a.) und zu biblischen Sprachgesten (»Heiliges Kindchen!«, »Und es erhob seine Stimme der Täufling« u. a.). In der Novelle von der häuslichen und der im Hintergrund auszumachenden, weit größeren staatlichen Unordnung herrscht eine disziplinierte Sachlichkeit. Vor allem jedoch zeichnet sich die Erzählung von 1925 dadurch aus, dass nun in höherem Maße »geschehende Geschichte« in die häusliche Welt Einlass findet. Das geschieht einerseits sehr drastisch durch die 6000-Mark Eier oder das »Millionengehalt« des Professors und andererseits subtiler durch die Kinder und ihre Freunde sowie durch Musik und Tanz, nicht zuletzt auch durch die Wissbegierde des Historikers Abel Cornelius, der sich gedrängt sieht, den ökonomischen Faktoren in Spaniens Niedergang und Englands Aufstieg erhöhte Aufmerksamkeit zu schenken.

Nach Abschluss des *Zauberberg* war Thomas Mann zunächst daran gehindert, die »Kindergeschichte« in Angriff zu nehmen; mehrere Reisen sowie eine Reihe von feuilletonistischen Wortmeldungen hielten ihn davon ab. Immerhin konnte er Ernst Bertram am 4. Februar 1925 melden, dass er die »kleine Novelle« schon fertig »im Kopf habe«. (TM/Bertram, 136) Vermutlich begann er mit der Niederschrift der Erzählung erst nach der Rückkehr von der Mittelmeer- und Ägyptenreise (2. bis 25. März), über die er sogleich, noch auf dem Schiff, einen Reisebericht lieferte: *Unterwegs* (GKFA 15.1, 952–962). Schon Ende April konnte er Bertram mitteilen: »Meine Novelle nähert sich ihrem Ende. Die erste Hälfte ist schon in der Druckerei.« (TM/Bertram, 159) Da vom 9. bis 25. Mai eine weitere Reise (Florenz und Venedig) bevorstand, ist anzunehmen, dass der Abschluss der Arbeit Anfang Mai erfolgte.

Thomas Mann wollte *Unordnung und frühes Leid* seinem »Freund Bertram« zueignen, dem Taufpaten der kleinen Elisabeth, doch Bertram fand dieses Ansinnen wegen der »Preisgabe der Kinder« befremdlich und lehnte ab. (TM/Bertram, 264) Es sind aber gewiss auch politische Differenzen in Rechnung zu stellen. Der ins völkische Lager abdriftende Germanist und Poet mochte es mit seinen politischen Überzeugungen nicht länger in Einklang bringen, sich von dem prominentesten Verteidiger der Weimarer Republik ein Buch widmen zu lassen und so als ein Gesinnungsgenosse angesehen zu werden.

Es war vorgesehen, die Novelle mit Illustrationen von Hermann Ebers (1881–1955) rechtzeitig für das Weihnachtsgeschäft 1925 auf den Markt zu bringen. Doch dieser Plan ging nicht auf, weil, wie Dirk Heißerer vermutet, dem Autor die von Ebers vorgelegten, insgesamt 15 Blätter missfielen: das »literarische Versteckspiel Thomas Manns« stand in Gefahr, durch die realistischen Illustrationen »zu sehr ›entlarvt‹ zu werden«. (Heißerer 2006, S. 115) Er musste dem Künstler also einen peinlichen, diplomatischen Absagebrief schreiben (Heißerer 2006, S. 148–151), in dem er die Schuld auf den Verlag abwälzte. Es musste zudem ein zweiter Illustrator bemüht werden: Karl Walser (1877–1943), ein Schweizer Mitglied der Berliner Sezession. Dessen Illustrationen fanden vermutlich deshalb Manns Plazet, weil sie moderner, abstrakter und weniger »verräterisch« waren. *Unordnung und frühes Leid. Novelle* erschien schließlich im Frühjahr 1926 in ansprechender, von Jakob Hegner in Hellerau gestalteter Aufmachung.

Übersetzungen ins Englische (1926), Französische (1926), Italienische (1927) und Holländische (1928) folgten in rascher Folge. Thomas Mann wertete diesen Erfolg seiner neuen Novelle als »Zeichen, daß man sie draußen als Dokument deutsch-bürgerlichen Nachkriegslebens versteht und willkommen heißt, was sie denn auch nach des Verfassers Absicht und Meinung vorstellen mag [...].« (GW XI, 621) Bereits 1930 wurde *Unordnung und frühes Leid* für den Deutschunterricht an amerikanischen Colleges aufbereitet und war in dieser Form lange Jahre in Gebrauch: edited, with introduction, notes, German questions, and vocabulary by Felix Wittmer.

Textlage

Hs.: Nicht erhalten.

ED: *Unordnung und frühes Leid.* Novelle von Thomas Mann. In: *Die Neue Rundschau*, 36. Jg., Heft 6 (Juni 1925), S. 578–611. Druckvorlage.

BA: *Unordnung und frühes Leid*, Berlin 1926. Druck in der Bessemer-Kursivschrift bei Jakob Hegner in Hellerau. Einband, Vorsatz, Titelbild nach Entwurf von Karl Walser.

Umschlag der Buchausgabe *Unordnung und frühes Leid*
von Jakob Hegner; vgl. Textlage, S. 62.

Quellenlage

Thomas B. Macaulay: *The History of England from the Accession of James the Second*, 4 Bde., London 1848–1855.

Thomas Babington Macaulay: *Geschichte von England seit dem Regierungsantritt Jacob's II.*, 6 Bde., deutsch von Wilhelm Beseler, Braunschweig 1854–1856.

Erich Marcks: *König Philipp II. von Spanien*. In ders.: *Männer und Zeiten. Aufsätze und Reden zur neueren Geschichte*, 2 Bde., Leipzig 1911, Bd. I, S. 1–22.

Rezeption

*Unordnung und frühes Leid* fand ein lebhaftes und überwiegend positives Echo in den deutschsprachigen Feuilletons. Zunächst ist jedoch von einem Novum in der Rezeptionsgeschichte Thomas Manns Notiz zu nehmen, nämlich der Reaktion im eigenen Haus auf die Literarisierung der Familie. Seine Unbekümmertheit um die Empfindlichkeiten der Betroffenen, um nicht zu sagen: seine Rücksichtslosigkeit, wurde nicht stillschweigend hingenommen. Katia Mann, die bereits gegen das Öffentlichmachen von Familiengeheimnissen im *Gesang vom Kindchen* Bedenken angemeldet hatte (Tb. 10. 1. 1919), konnte schwerlich glücklich sein über die marginale Rolle als Hausfrau, die ihr in diesem allzu realitätsnahen Familiengemälde zugewiesen war, nämlich als eine »mürbe« und »matte« Frau, die »ein Bad aufsuchen« sollte. Und die beiden mittleren Kinder, Golo und Monika, inzwischen sechzehn- und fünfzehnjährig, mochten sich sehr wohl wundern, warum sie aus der Familiengeschichte wegretuschiert wurden.

Am heftigsten und bittersten reagierte Klaus Mann. Er empfand seine Porträtierung als Bert Cornelius (»der arme Bert«) als verleumderisch und seinen eigenen literarischen Plänen schädlich. In einem Brief an Erika vom 17. Mai 1925 (er muss also die Novelle im Manuskript oder in den Korrekturfahnen gelesen haben) spricht er unumwunden von des »Zauberers Novellenverbrechen«. (Kroll/Täubert 1977, S. 122) Der ambitionierte Sohn, inzwischen neunzehnjährig, entschloss sich zu einer literarischen Gegenmaßnahme. Ersichtlich aus karrieretaktischen Gründen verfasste er seinerseits eine Familiengeschichte, nannte sie beziehungsreich *Kindernovelle* und veröffentlichte sie sogleich als kleines Buch. Ein literarischer Racheakt.

In Klaus Manns Erzählung ist die Konstellation der Familienmitglieder auf eine pointierte Weise verändert. Es geht wiederum um vier Kinder, doch diesmal sind die mittleren: Golo in der Gestalt Fridolins und Monika in der Gestalt Lieschens mit von der Partie, während »Lorchen« und »Beißer«, die Bevorzugten in des Vaters Novelle, ausgeblendet bleiben. Hier nun stellt die Mutter Christiane das Haupt der Familie dar, denn der Vater wird schon mit dem ersten Satz (»Seit dem Tode ihres Gemahls [...]«) ins Jenseits befördert, bleibt jedoch in Form einer stummen, doch beredten Totenmaske präsent. Den Höhepunkt der Erzählung markiert die Zeugung eines fünften Kindes in einem mystisch-religiös aufgeladenen Liebesakt (Marx 2004, S. 101) mit einem zwanzigjährigen Literaten, Till, der mit hellem und vergnügtem Lachen (und im Originalton Klaus Mann) von sich sagt: »Ja, ja, ich bin ein junger europäischer Intellektueller!« Hiermit war in der Geschichte dieser Familie ein neues Kapitel aufgeschlagen, in dem Klaus dem Vater den alleinigen Anspruch auf die Literarisierung der Familie streitig machte.

Die Entwicklung, die dadurch in Gang kam, zeitigte schließlich einen deutschen Mythos: den Mythos »Familie Thomas Mann«, der heute die Wahrnehmung des *Zauberberg*-Autors zu überschatten droht. Wurde Thomas Mann anfangs als der jüngere, doch bald erfolgreichere Bruder Heinrich Manns gesehen – als die eine Hälfte der »Brüder Mann« –, so wandte sich das Interesse der literarischen Öffentlichkeit 1926 der Vater-Sohn-Beziehung im Hause Mann zu (Krabiel 1999; Marx 2004). Mit Beginn der Hitler-Herrschaft sodann, zumal im amerikanischen Exil, wuchs Thomas Mann und den Seinen eine neue, ehrenvolle Bezeichnung zu: »this amazing family« (Harold Nicolson; TM/AM, 968) im Sinne von antifaschistischer Vorzeigefamilie. Als solche gilt sie heute noch, doch häufig auch changierend mit ihrer Wahrnehmung als »die Windsors der Deutschen«. (Wisskirchen 2007) Was *Unordnung und frühes Leid* und im Gegenzug Klaus Manns *Kindernovelle* in Gang setzten, war eine neue Art von literarischer Repräsentanz, die diese Familie in der bewegtesten Etappe der neueren deutschen Geschichte zu einem wahren »lieu de mémoire« beförderte (Von der Lühe 2001).

Zu *Unordnung und frühes Leid* liegen zwei ausführliche Selbstzeugnisse vor. Das erste: »Blau oder Braun?« ist eine humorvolle und launige Replik auf Rudolf Geck, den Feuilletonredakteur der *Frankfurter Zeitung*, der in einem heiteren Artikel auf die Unstimmigkeit in der Augenfarbe Lorchens aufmerksam machte und sich wunderte, »welche Augenfarbe ich an Lorchen zu lieben habe. Der Zweifel plagt mich und stört die Ruhe meiner Nächte.« (GKFA 15.2, 676) Thomas Manns Erklärung in seinem Offenen Brief knüpft an das Mischling-Thema im *Gesang vom Kindchen* sowie in der Hundegeschichte an: »daß Lorchen einem reizvoll-vexatorischen Mischtypus« angehöre: »Lorchens Augen waren einst blau und sind ›jetzt‹ braun« – Zeichen eines reizvollen »Naturspiels«. (GKFA 15.1, 993f.) Dieser Austausch fand im Juni 1925 statt, ausgelöst durch den Vorabdruck der Novelle in der *Neuen Rundschau*.

Die zweite Einschaltung, eine Selbstanzeige in *Der Bücherwurm*, stammt von Ende 1926, nachdem die ersten Rezensionen erschienen waren, und ist als eine diskrete Rezeptionssteuerung zu bewerten. Aus dieser Selbstanzeige spricht die Sorge, dass die scheinbar anspruchslose Erzählung zu sehr im Schatten des mächtigen *Zauberberg* verharren könne und so ihr eigentümlicher Charakter als literarisches Zeitdokument mit aktuellen mentalitätsgeschichtlichen und politischen Implikationen verkannt werde. Thomas Mann lenkt deshalb die Aufmerksamkeit auf den psychologischen Kern der ganzen Sache: die sich widerwillig wandelnde Einstellung des Historikers Cornelius zur Geschichte. So verweist er auf einige wesentliche Züge der Novelle: *Unordnung und frühes Leid* sei eine »Geschichte aus Revolutionszeiten, erzählt von einem, der nicht gerade ein Revolutionär ist, aber so ziemlich Bescheid weiß und nach Valmy nicht weissagt, das alles beim alten bleibt.« (GW XI, 621) Will sagen: »die Gestalt des Professors Cornelius« ist temperamentsmäßig zwar ein Konservativer, aber wie Goethe hat er ein Gespür dafür, dass eine Umwälzung der Gesellschaft im Gange und etwas Neues im Werden ist – so wie Goethe nach der sogenannten Kannonade von Valmy (1792) bemerkte: »Von hier und heute geht eine neue Epoche der Weltgeschichte aus, und ihr könnt sagen, ihr seid dabei gewesen.« (WA I, 33, 75)

Ein derart konservativ veranlagter Historiker gebe »in revolutionären Zeiten die melancholischste und auch die komischste Figur« ab. Cornelius ist gewiss eine melancholische Figur. Dass Thomas Mann ihn hier auch als eine komische Figur verstanden wissen will, indiziert eine zunehmende Distanzierung von dessen Position. Abschließend verweist er auf das »sehr zugehörige Element analytischer Sexualproblematik«, verkörpert in dem fünfjährigen Lorchen. Es bleibt unklar, was damit gemeint ist. Der Autor selbst, der gerade mit dem Studium der Schriften Sigmund Freuds begonnen hatte, scheint das Erwachen des Begehrens bereits im Kindesalter für ein Indiz mehr gehalten zu haben, dass seine Novelle durchaus mit der Zeit geht. Wenig später brachte er ihr mentalitätsgeschichtliches Profil auf eine prägnante Formel: *Unordnung und frühes Leid* sei das »Produkt eines sich selbst ironisierenden Kulturkonservativismus und der Vaterliebe zur neuen Welt« (GW XI, 118).

Die Neugierde des Historikers Cornelius auf die sich abzeichnende neue Welt speist sich aus einer Vaterliebe, die auf doppelte Weise erotisch besetzt ist: durch die Liebe zu dem eigenen Kind und durch das subkutane Begehren, das sich auf den jungen Mann richtet, den sich das Kind zum Bruder wünscht. Dieses Begehren besteht aus einem Gemenge widersprüchlicher Emotionen, in dem Hass und Liebe miteinander im Streit liegen. So beunruhigend sich dieser Zwiespalt für Cornelius auch darstellen mag, die daraus resultierende überschaubare Unordnung lässt nur sehr entfernt das unabsehbare soziale Chaos ahnen, das sich in jener traumatischen Periode der Inflation jenseits des Münchener Villenviertels entfaltete.

Die zeitgenössische Rezeption thematisierte vornehmlich den Konflikt der Generationen, der, wie zu erwarten, sehr unterschiedlich bewertet wurde. Dabei ging es mehr oder weniger offen immer auch um die politischen und poetologischen Implikationen der Novelle. Allen Rezensenten scheint bewusst gewesen zu sein, dass es sich bei diesem Autor um den Verfasser zweier recht unterschiedlicher politischer Bekenntnisschriften handelte: den *Betrachtungen eines Unpolitischen* und der aufsehenerregenden Rede *Von deutscher Republik*.

Mit Bezug auf die beiden Novellen des Vaters und des Sohnes konstatiert D. H. Sarnetzki, der Rezensent der *Kölnischen Zeitung*, dass die Väter- und Kinder-Generationen »vielleicht noch nie so scharf geschieden waren wie heute«. Auch Bernhard Diebold in der *Frankfurter Zeitung* betont ihr Auseinanderklaffen; Thomas und Klaus Mann seien »Repräsentanten vieler Väter und Söhne«. Indem Diebold hinzufügt: »Die Jugend scheint mir durch Klaus Mann zu schlecht vertreten«, nimmt er Partei für die Position des konservativen Historikers Cornelius.

Dasselbe Verständnisdefizit zwischen den Generationen spricht aus dem Offenen Brief in der *Literarischen Welt* aus der Feder Hans Kafkas, der sich pathetisch als eine Stimme der jungen Generation präsentiert. Direkt an Thomas Mann gewandt schreibt er: »Was Sie sich in diesem Buch unter ›uns‹ vorstellen […], das sind nicht ›wir‹. Das sind vielleicht Klaus und Erika Mann und vielleicht andere Einzelgestalten aus der jungen Münchner Gesellschaft […], die so in der ›heutigen Jugend‹ sicher möglich und ebenso sicher nicht typisch sind.« Sodann die Belehrung: »Sie müssen wissen, dass die heutige Jugend die *einsamste* ist, die je gelebt hat. Daß keiner ›wir‹ sagen darf, weil jeder in sich grenzenlos verirrt ist und suchen muß nach allen Richtungen [...] Das ist Unordnung [...] Herr Thomas Mann – aber *tragische* Unordnung! Das wissen Sie nicht!«

Unaufgeregt reagiert Ernst Heilborn auf den Generationenkonflikt: »In gewisser Weise ist diese kleine Novelle Antwort auf die Fragen der jungen Generation. Dort das Geschrei der jüngsten Dramatiker: Vatermord! Hier nichts als ein ironisches und doch sehr liebevolles Lächeln des gereiften Epikers.« In *Velhagen und Klasings Monatsheften* charakterisiert Karl Strecker das kleine Buch als eine »mit Humor und Zartsinn geformte Novelle« und als ein »kleines Meisterstück ihrer Art«; er erinnert daran, dass »nichts in der Kunst schwerer [ist] als das Leichte«. Strecker identifiziert Cornelius mit Mann und sympathisiert mit dessen Position, die er als zutiefst konservativ wertet: »[...] indem man deutlich Thomas Mann selber als diesen Hausherrn erkennt, gewinnt man ihn lieber als aus irgend einem seiner anderen Werke.« Noch entschiedener für die Vätergeneration votiert Edith von Térey im *Pester Loyd*: »Es ist sympathisch, wie Thomas Mann, bei allem redlichen Willen, unserer Epoche gerecht zu werden, sich zum 19. Jahrhundert, dem seinen, bekennt.« Demgegenüber erblickt H. E. Jacob in der *Neuen Rundschau* in diesem Werk geradezu eine Rechtfertigung der Unordnung als Vorbote des Neuen. Die Unordnung sei die eigentliche »Komödiengöttin dieser holden und elegischen Vaternovelle [...] Seit aber der Dichter sich entschlossen hat, die Unordnung für eine Göttin zu halten, seither gilt auch der Trager der Unordnung ihm als sympathisches Wesen.«

*Unordnung und frühes Leid* wird auch bei den Rezensenten, die die häuslich-idyllischen Züge dieser Erzählung hervorkehren, als ein gegen die Moderne gerichtetes Dokument betrachtet. Einige Rezensenten (Sarnetzki; Manfred George; hgr) begrüßen die neue Novelle Manns als die jüngste Lieferung in einer Serie von Idyllen. Der Anonymus (L. U.) in der *Wiener Allgemeinen Zeitung* sieht Manns Novelle ausdrücklich als die »Fortsetzung der Hausfamiliendichtung« aus der unmittelbaren Nachkriegszeit, die, wie gezeigt, deshalb mit Beifall aufgenommen wurde, weil sie sich vermeintlich fernhält von der geschehenden Geschichte. Einen kritischen Kontrapunkt dazu liefert die ausführliche Besprechung von Friedrich Fuchs, der darauf aufmerksam macht, dass es sich hier um »eine absonderliche Art von Idylle« handelt: »Es werden peinliche Dinge ausgesprochen, damit sie ihre Peinlichkeit verlieren sollen. Es wird aber so die Peinlichkeit vollgemacht [...] Was hier preisgegeben wird, hätte kein Einsichtiger von dem Künstler Mann gefordert.« Fuchs preist die Novelle als »ein vornehmes Stück Prosa, ein kultiviertes oder richtiger ein zivilisiertes Stück Prosa«, bemängelt jedoch, dass diesem Werk das »zeugende Element« fehle, weshalb die »Kunst dieses Prosaisten« letztlich »taub« und »unfruchtbar« bleibe. Es herrsche hier keine naive »Ichbezogenheit«, sondern eine bewusste »Eitelkeit«. Fuchs schreibt für die angesehene katholische Monatsschrift *Hochland* und fühlt sich verpflichtet, weltanschauliche Vorbehalte anzumelden. Die von Mann praktizierte Erzählkunst lasse sich nur »auf dem Hintergrund der modernen therapeuthischen Psychologie, vorab der Psychoanalyse«, würdigen – eine Sicht der Dinge, in die Fuchs selbst kein Vertrauen setzt, überzeugt, dass der wahre Weg nur »durch Schuld zur Erlösung« führe.

Friedrich Fuchs, der von 1932 bis 1935 als Herausgeber des *Hochland* fungierte, wittert in Manns Werk darüber hinaus einen »mann-männlichen Eros«, den der Autor anscheinend der »Wiking- und Werwolf-Jugend« nicht überlassen wolle. Der einzige andere Rezensent, der von der erotischen Note im frühen Leid Lorchens Notiz nimmt, ist Diebold, wenn er bemerkt, dass hier die Erotik auf »frühmorgendlichen Bahnen« ihr Wesen treibe, noch »weit vor Frühlings Erwachen«.

Nur ansatzweise scheint bei diesem oder jenem Rezensenten die Ahnung durch, dass in *Unordnung und frühes Leid* ein neuer Weg eingeschlagen wird und diese Novelle als ein Zeugnis der fortgesetzten Bemühung Thomas Manns anzusehen ist, seine Autorschaft – in den Worten des Historikers Abel Cornelius – der »geschehenden Geschichte« anzupassen.

In der *Deutschen Allgemeinen Zeitung* betont Hans Franck, dass diese Novelle weniger als eine Idylle denn als »Zeitbild« zu betrachten sei, und zwar als ein ungewöhnlich authentisches, weil hier ein bestimmtes Milieu »gleichsam mit spitzester Radiernadel« haargenau erfasst sei. Auch »H. S.« im *Berliner Tageblatt* preist das gut getroffene »Zeitkolorit« und knüpft daran den Wunsch, Thomas Mann möge sein Talent auf die Darstellung »unserer Zeit« in größerem Rahmen verwenden. Der Anonymus (»hgr«) in der *Leipziger Volkszeitung* geht in seiner Hochschätzung von Manns »Zeitbild« noch weiter und prophezeit richtig, dass Novellen wie diese »für den künftigen Historiker dieser Übergangszeiten [...] zu den wertvollsten Quellenschriften gehören werden«.

Darüber hinaus ist nicht unbemerkt geblieben, dass sich in dieser »Inflationsgeschichte« eine gewandelte Einstellung zur zeitgenössischen Welt abzeichnet. Heinrich Reuss im *Berliner Börsen-Courier* vermerkt mit Genugtuung, dass in dieser Novelle der Humor einmal nicht zu Manns berühmter Ironie »erfroren« sei, weshalb er nicht ansteht, sie als ein Werk »lebendigster Reife« anzupreisen. Und H. E. Jacob in seiner Würdigung Thomas Manns in der *Neuen Rundschau* erblickt das Neue an diesem Werk in dem Verzicht auf eines seiner bewährtesten Kunstmittel: »die Erregung moralischer Vorurteile«. An deren Stelle trete ein »soziologische[r] Blick«, mit dem der Autor einen »Volksstamm, der im Jahre 1923 in der deutschen Geschichte auftaucht [...] schon endgültig fixiert« habe, den Volksstamm der »Villenproletarier«, was den Rezensenten hoffen lässt, dass damit »ein ganz neuer Werkabschnitt« begonnen worden sei.

Zwar erschien bereits 1928 eine literaturwissenschaftliche Studie zu *Unordnung und frühes Leid* (E. Aulhorn), doch im Grunde wird man Herbert Lehnert auch heute noch recht geben müssen, der 1978 anmerkte, dass diese epische Nachgeburt des *Zauberberg* in der Forschungsliteratur »kaum« Beachtung finde, jedenfalls nicht die ihr gebührende. (Lehnert 1978, S. 242)

Es sind jedoch zumindest drei weiterführende Studien zu nennen, die dieser Erzählung einen hohen Aussagewert über die Mann'sche Autorschaft zuerkennen. Lehnert selbst deutet sie als Zeugnis bürgerlicher Selbstkritik und wertet sie als einen Versuch Thomas Manns, »seine deutschen Leser mit der Weimarer Republik zu versöhnen [...] Ein Kulturbürger wird an die Schwelle der Befreiung von seiner konservativen Ideologie geführt.« (Lehnert 1978, S. 241) Dass der Historiker Cornelius diese Schwelle hier eigentlich schon überschreitet, zeigt seine Vorbereitung auf die Vorlesung am nächsten Tag: sein »Lieblingsthema«, König Philipp II., wird der »Darstellung der Genese bürgerlich-demokratischer Moderne«, wie sie im England der »Glorious Revolution« in Erscheinung trat, untergeordnet.

Eine eingehende Untersuchung zur »politischen Substanz« dieser Erzählung legte Werner Hoffmeister vor. Er zeigt, dass hier eine Familie gezeichnet ist, die für moderne Impulse durchlässig und empfänglich ist. Die Jugend, wie sie hier beschrieben werde, habe sich »aus Wilhelminischen Zwängen befreit« (Hoffmeister 1990, S. 167). Der erzählerische Humor gehe auf Kosten der Alten, und Cornelius entpuppe sich als der »Verlierer« (ebd., S. 165). Die von den »Großen« organisierte Tanzparty sei insofern die Kernszene, als hier über die Einbeziehung »fremder Rhythmen« und »exotischer Klänge« sowie der »internationalen Volksliedtradition« ein neuer »republikanisch-kosmopolitischer« Geist herrsche, wobei das Grammophon eine neue Gemeinschaft stiftende Funktion erfülle.

Hoffmeisters Lektüre hat breite Zustimmung gefunden (Kiefer 1999, S. 362; Marx 2004). *Unordnung und frühes Leid* wird heute als Zeugnis eines weit gefassten Begriffs ästhetischer Moderne bewertet – der »Makro-Moderne«. (Ewen 2013, S. 79) Eine genauere historische Verortung der Inflationsgeschichte hat Friedhelm Marx vorgelegt. Er betrachtet sie im Kontext der »radikalen Neuordnung des literarischen Feldes« in den ersten Jahren der Weimarer Republik, als Junge und Alte, Söhne und Väter sich den Vorrang streitig machten. Marx zufolge handelt es sich in dem vorliegenden Fall um einen »veritablen literarischen Generationenkonflikt, der in den Novellen ungleich offener ausgetragen wird als in den zur gleichen Zeit erscheinenden Essays von Thomas und Klaus Mann.« Sein Vergleich der Novelle des »alten« Mannes mit der des jungen führt zu dem paradoxen Ergebnis, dass Thomas Manns Erzählweise, da er auf »einen mythologischen oder literarischen ›Überbau‹« verzichte, »ein wenig avangardistischer« im Sinne einer neuen Sachlichkeit erscheint als die »pathetisch-religiöse« Erzählweise des Sohnes. (Marx 2004, S. 102f.)

Adaptionen

*Unordnung und frühes Leid*, Spielfilm in Farbe »nach der Erzählung von Thomas Mann«. Buch und Regie: Franz Seitz. Cornelius: Martin Held, seine Frau Gerda: Ruth Leuwerik, Hergesell: Christian Kohlund. UA 27. 1. 1977. Vgl. Zander 2005, S. 106–109, 275; Elsaghe 2019, S. 170–176.

Stellenkommentar

167 1 *Unordnung*] Obgleich der Begriff »Unordnung« in der Novelle nicht ausdrücklich expliziert wird, entfaltet der Text in zahllosen Details Phänomene der Unordnung, die sich summieren und ein »Schwanken des Bodens unter den Füßen« (Textband, S. 172$_{3}$) bewirken. Fünf Jahre nach Erscheinen der Novelle kommentierte Mann im *Lebensabriß* das Thema Unordnung: »In der mehrfach erwähnten heiteren Novelle, die ich im Jahre 1925 dem Roman [*Der Zauberberg*] folgen ließ, habe ich der ›Unordnung‹ eine Art von nachsichtiger Huldigung dargebracht; aber ich liebe die Ordnung als Natur und tief gesetzliche Unwillkürlichkeit, als stille Fügung und entsprechungsvolle Klarheit eines produktiven Lebensplanes.« (GW XI, 135)

3 *Flammeri*] Ein notgeborener Ersatznachtisch – notgeboren als Folge der außer Kontrolle geratenen Inflation. Dazu Heinrich Eduard Jacob in seiner Rezension: »Auch in normalen Zeiten (und

diese Novelle handelt ja von unnormalen) ist Flammeri eine ganz abscheuliche Sache: ein norddeutscher und wässeriger Vetter des englischen Puddings. Während Pudding aber nach Weltherrschaft und Behagen schmeckt, schmeckt Flammeri nach Unterernährung und Traurigkeit.«

167 10–11 *die achtzehnjährige und braunäugige Ingrid*] Das lebende Vorbild war Erika Mann (1905–1969).

11–12 *vor dem Abiturium steht und es wahrscheinlich auch ablegen wird*] Erika Mann schaffte ihr Abitur im Frühjahr 1924 an der »Städtischen Höheren Mädchenschule an der Luisenstraße in München« nur mit »knapper Not«. (Von der Lühe 2009, S. 31)

19 *und Bert, blond und siebzehnjährig*] Das lebende Vorbild war Klaus Mann (1906–1949); er besuchte das Wilhelmsgymnasium sowie die Odenwaldschule, ohne jedoch an einem geregelten Abschluss je interessiert zu sein.

23 *unbedingt »in Kairo«*] Kairo war eine Station auf der Mittelmeer-Reise Thomas und Katia Manns im März 1925, die sie auch nach Ägypten führte. (Heine/Schommer 2004, S. 153)

25–26 *Xaver Kleinsgütl*] Das lebende Vorbild war der Hausdiener der Manns. Den bayrischen Familiennamen bekam er von einer Hausangestellten: Josefa Kleinsgütl, genannt »Affa«, die etwa zehn Jahre lang bei den Manns arbeitete und 1917 wegen Diebstahls entlassen wurde. (Kurzke 1999, S. 291f.; Blechschmid 2004)

28 *Professor Cornelius*] Der Name möglicherweise nach dem Kunsthistoriker Carl Cornelius (1868–1945), einem Privatgelehrten, der zu dem Münchener Bekanntenkreis der Manns zählte. Tb. 29. 5. 1919: »Wir kommen von Marcks', wo nach dem Abendessen Gesellschaft war: Wölfflin, Cornelius [...].«

168 14 *Mushiks*] Russische Bauern.

16 *leidenschaftliche Zigarettenraucher*] Wie Hans Castorp in *Der Zauberberg* und Thomas Buddenbrook in *Buddenbrooks*, aber auch Abel Cornelius. Zu einer »Theorie vom Rauchen« im Werk Thomas Manns vgl. Börnchen 2012, S. 193ff.

19 *einer in Flor stehenden Kino-Diva*] Asta Nielsen (1881–1972), be-

rühmter Star des Stummfilms (*Die freudlose Gasse*, 1925). In der deutschen wie in der amerikanischen Zigarettenwerbung war es üblich, Filmstars (Barbara Stanwyck, Carole Lombard u. a.) oder andere Berühmtheiten (Cleopatra, Nefertiti, Miss America) als Blickfang auf der Packung zu verwenden. Die Kino-Diva auf der Zigarettenschachtel erhält dadurch eine selbstironische Note, dass eine »Mannheimer Zigarrenfabrik« dem *Zauberberg*-Autor offenbar unlängst angeboten hatte, eine Zigarre mit seinem Bild und Namen auf den Markt zu bringen. Thomas Mann erteilte die Erlaubnis, doch dieses Vorhaben löste sich in Rauch auf. (Regesten 25/220)

168 30 *Abel*] Biblische Gestalt: der zweite Sohn Adam und Evas, dem der Genesis zufolge ein sanftmütiger Charakter eignet; seine Werke sind gottgefällig und erregen den Neid seines Bruders Kain, der ihn erschlägt (Gen 4,1–8). Der Vorname des Familienoberhaupts signalisiert diskret, dass wir uns die Familie Cornelius als zum assimilierten Judentum gehörend vorzustellen haben. In der Mann-Familie war das jüdische Erbe durch die Mutter, eine geborene Pringsheim, vertreten. Da aber der Mutter in der Erzählung eine bloß marginale Rolle zugedacht ist und der autobiographisch-historische Gehalt des Werkes eine jüdische Repräsentanz verlangte, wird auf der fiktiven Ebene der Vater zum Träger des jüdischen Erbes.

169 10 *Gänsehüpfen*] Jugendliche Tanzveranstaltung (Küppers, *Wörterbuch der deutschen Umgangssprache*).

28 *Iwan Herzl*] Vorbild war der Schauspieler Albert Fischel (1894–1967), genannt »Bert«, der damals in München engagiert und mit Klaus und Erika Mann befreundet war (Mendelssohn 1981, S. 502; Porträtfoto bei Heißerer 2006, S. 127). Die Freundschaft bahnte sich über einen jener »teuflischen Telefonscherze« der Mann-Kinder an, über die Klaus Mann in *Kind dieser Zeit* berichtet (s. u.). Fischel nahm den Mann-Kindern ihren Streich nicht übel, genoss ihre Verehrung und verschaffte ihnen Zugang zur Welt des Theaters.

170 19 *Villenkolonie*] Eine Mann'sche Neuprägung: die gehobene Wohngegend am Herzogpark, München-Bogenhausen; vgl. oben Rezeption »Villenproletarier«, S. 71.

22 *Max Hergesell*] Das lebende Vorbild war der mit Erika und Klaus Mann befreundete Fritz Riemerschmid (1902–1978), Sohn eines Likörfabrikanten und damals Student an der Technischen Hochschule; danach Architekt.

Gefragt, ob die Geschichte mit »Max Hergesell« sich so zugetragen habe wie in der Novelle geschildert, gab Elisabeth Mann Borgese 1998 zu Protokoll: »Die Geschichte war genau so. Er [Riemerschmid] hat mich dann in den Arm genommen und hat mit mir getanzt, und das war so über die Maßen herrlich. Und dann natürlich wollte ich nicht ins Bett gehen, und er musste noch an mein Bett kommen. Ich kann mich genau erinnern, da war ich fünf. [...] Und er hat mir halt so arg gut gefallen, der Fritz Riemerschmidt [sic]. Ich hätte ihn gerne noch mal wiedergesehen, aber er ist dann leider gestorben, ehe ich nach Deutschland zurück konnte.« (Breloer 2001, S. 33f.; Heißerer 2006, S. 124–125, mit Porträtfoto)

Die Namensgebung ist unterschiedlich interpretierbar. Lehnert schlägt vor: »Geselle des Heeres oder Volkes« (Lehnert 1978, S. 247). Heißerer verweist auf das Schubert'sche Lied »Der Lindenbaum«, dem im *Zauberberg* eine zentrale Bedeutung zugeschrieben wird, spezifisch die Zeilen: »Komm her zu mir, Geselle, / Hier find'st du deine Ruh.« (Heißerer 2019a, S. 62) Rudloff/Lichte bringen eine ältere Bedeutung von »Geselle« ins Spiel: »genosse im zweikampf« sowie »gegner, mit dem man kämpft«. (Grimm, *Deutsches Wörterbuch*) Demnach signalisiert der Name: hergelaufener Gegenspieler; jemand, der in dem dezenten Tauziehen um Lorchen dem Vater die Liebe seines Kindes streitig macht. Der Name ist möglicherweise adaptiert von einem Buch, das Thomas Mann für die Duellszene im *Zauberberg* konsultierte: Gustav Hergesell: *Duell-Codex*. Wien, Pest, Leipzig 1891. (Rudloff/Lichte 2013, S. 418)

171 28 *etwas Tortenähnliches*] Keine Torte also, die den Namen verdien-

te, sondern, aus Mangel an den nötigen Zutaten, wiederum ein Ersatz; vgl. den Kommentar zu S. 167₃.

172 3–4 *das Drüber und Drunter aller Dinge*] Wohl Anspielung auf *Drunter und Drüber*, eine sehr erfolgreiche Revue von Hermann Haller, Musik von Walter Kollo, mit der 1923 der Berliner Admiralspalast eröffnet worden war. (Sandberger 2010, S. 13)

10–11 *Danny, der Nachbarssohn*] Vorbild nicht identifiziert.

19–21 *die außerordentlich zur Mystifikation und Irreführung ihrer Mitmenschn neigen*] Vgl. das Kapitel »Triumph der Bösheit« in Klaus Manns *Kind dieser Zeit*, in dem er freimütig bekennt: »Denn wir haben es arg getrieben.« (S. 134)

173 15 *zwischen Zeigefinger und Siegelring*] Ein Fundstück aus der Straßenbahn, das sich Mann für spätere Verwendung vorgemerkt hatte: »Ein Herr in der Tram, der sein Billet zwischen Ring und Finger durchgezogen trägt.« (Nb. II, 119)

29–30 *Graf und Gräfin Mannsteufel*] Vieldeutiger Phantasiename. Manteuffel ist ein distinguierter Adelsname, den u.a. verschiedene preußische Politiker und Militärs trugen. Die entstellte Fassung des Namens nach dem Muster von »Mannskinder«. In dem Kapitel »Triumph der Bösheit« berichtet Klaus Mann: »›Die Mannskinder kommen, die Mannskinder kommen!‹ hieß es panisch, wenn wir das Trottoir hinuntertobten« (S. 135).

175 19–20 *seitdem der Professor sich den Spitzbart hat abnehmen lassen*] Thomas Mann trug nie einen Spitzbart (Kinnbart), hingegen lange einen sogenannten Schnurrbart, zeitweilig auch, wie Bruder Heinrich, einen sogenannten Kaiser-Wilhelm-Bart, der als Zeichen einer staatstragenden Gesinnung galt.

176 4–5 *in einem hellen Zimmer der Frauenklinik*] In der Universitätsklinik in München-Schwabing. Elisabeth war das einzige Kind der Manns, das in einer Klinik zur Welt kam; alle anderen waren Hausgeburten. (Jens 2003, S. 104)

177 11 *der Tod ist die Quelle aller Frömmigkeit*] Wiederaufnahme einer Thematik, die in den *Betrachtungen eines Unpolitischen*, in den Bemerkungen zu Hans Pfitzners *Palestrina* (GKFA 13.1, 442ff.), sowie

im *Zauberberg*, im Kapitel »Schnee« (GKFA 5.1, 746ff.), den Nerv von Manns mentalitätsgeschichtlichen Reflexionen bezeichnet. Wie im Roman, so ist auch hier der in der Romantik wurzelnde Todeskult als eine Mentalität gekennzeichnet, die der neuen Welt nach den »Umwälzungen« unzuträglich ist.

178 20 *die Pagenfrisur*] Vgl. das Doppelporträt von Elisabeth und Michael Mann von »ca. 1922«, das beide in Pagenfrisur zeigt. (Heißerer 2006, S. 129).

31–32 *Ihre … Augen sind goldig braun*] Vgl. dazu Thomas Manns Replik auf eine diesbezügliche Beanstandung in der *Frankfurter Zeitung*: *»Blau oder braun?«* (GKFA 15.1, 992–995)

179 13 *Leberflecken*] Vgl. das Kapitel »Das Mal« im *Gesang vom Kindchen*: »ein feurig Mal […] es scheint uns ein Stigma des Krieges.« (Textband, S. 132$_{29-32}$)

30 *Kinds-Anna*] Vorbild war Anna Maria Kurz (1883–1953), die zunächst als Kinderfräulein für die beiden jüngsten Mann-Kinder eingestellt wurde und später den Haushalt führte.

180 18–20 *»Die Kinder … entziffern sich wunderbar.«*] So viel wie: sich entpuppen, sich entwickeln. »Sich entziffern« war offenbar geläufiger Jargon unter den Pringsheims und Manns. Vgl. Hedwig Pringsheim: *Tagebücher 1905 – 1910*, hg. und kommentiert von Cristina Herbst, Göttingen 2015, 2. März 1908, passim.

181 3–4 *Eisenbahn, Eisenbahn, / Lokomotiv'*] Ein Kindervers, der »in vielen Landschaften« verbreitet war mit »leichten Variationen […] erotischen oder spirituosen« Inhalts. (Bausinger 1961, S. 33f.) Nach Heißerer, der die thematische Verwandtschaft des Eisenbahn-Vierzeilers, zumal seiner verbreiteten Variationen, zu den im Folgenden zitierten Volksliedern darin erblickt, dass jeweils »dem Vater die Tochter geraubt wird«. (Heißerer 2020, S. 70)

19 *»Macht auf das Tor*] Der Sinn dieses Vierzeilers von »unbegreiflicher« Romantik erschließt sich erst aus der Fortsetzung: »Was will er denn, was will er denn? / Er will Mariechen holen. / Was hat sie denn, was hat sie denn? / Sie hat sein Herz gestohlen.« Nach Maria Kühn (Hg.): *Macht auf das Tor! Alte deutsche Kin-*

derlieder – Reime, Scherze und Singspiele, Königstein im Taunus und Leipzig 1921. (Heißerer 2008, S. 169)

181 23–24 *Ballade von Mariechen*] Die »schrecklich aufgeräumte« Geschichte von Mariechen: Auf einem Stein sitzend und ihr goldenes Haar kämmend wird sie in ein Reh verwandelt; ein »Jägersmann« erlegt das Reh, doch ein Königssohn erscheint, der Mariechen freit. (Heißerer 2008, S. 169f.)

182 20 *den Damen Hinterhöfer*] Die Vorbilder für Walburga und Cäcilia Hinterhöfer waren »zwei würdige ältere Jungfern aus dem Bürgerstande« namens Tine und Emilie, die Katia Mann 1923 »für Küche und Haus« eingestellt hatte. Katia an Thomas Mann, 15. 12. 1923. In: *»Liebes Rehherz«*, S. 87.

183 30–31 *etwas strizzihaftes … Aussehen*] D. h. wie ein Strolch oder Zuhälter.

184 11 *im Macaulay*] Thomas B. Macaulay: *The History of England from the Accession of James the Second*, 4 Bde., London 1848–1855. Macaulay (1800–1859) war als Historiker (zeitweilig auch als Politiker) ein Verfechter einer den Parlamentarismus und die politische Kultur Englands verherrlichenden Politik, die der Whig Party. Seine Interpretation der »Glorious Revolution« von 1688 und der »Bill of Rights« galt lange Zeit als maßgebend. Thomas Mann zitiert Macaulay in zustimmendem Sinn in den *Betrachtungen eines Unpolitischen* (GKFA 13.1, 317). In dem Vorwort zu *Order of the Day* (1942) zählt er ihn zu den »Meister[n] europäischer Moralistik und Kritik, die […] auf meine Jugend einen […] starken Eindruck gemacht […].« (GW XIII, 170)

21 *Wilhelms III.*] Wilhelm von Oranien (1650–1702), seit 1689 durch Parlamentsbeschluss König William III., die zentrale Figur in Macaulays *History*.

22–23 *Philipp II.*] Philipp (1527–1598), König von Spanien, Herrscher über ein sich auf mehrere Kontinente erstreckendes Weltreich. Von der Gestalt des düsteren Herrschers, wie Schiller ihn in *Don Carlos* gezeichnet hat, zeigte sich schon Tonio Kröger ergriffen. (GKFA 2.1, 250) Vgl. auch den Brief an den Schauspieler Ferdinand

Gregori, den der junge Thomas Mann in der Rolle des Königs erlebt hatte (GKFA 22, 194f.). Von seiner Spanien-Reise im Frühjahr 1923, aus Madrid, schreibt er an Bertram, er empfinde die »Wesensnähe meines alten Freundes Felipe II. Heut waren wir im Escorial!« (GKFA 22, 478) So stark war diese Empfindung, dass er sich eine Zeitlang mit dem Gedanken trug, über diesen spanischen Herrscher eine eigene Novelle zu schreiben. (DüD, II, 66–67)

184 23 *Gegenreformation*] Ein seit dem 18. Jahrhundert gebräuchlicher Begriff für die Bemühungen der Katholischen Kirche seit dem Konzil von Trient (1545–1563), den Protestantismus auf allen Ebenen rückgängig zu machen. König Philipp II. wurde das politische Haupt der Gegenreformation.

24–26 *ein verdienstvolles Buch … dem er sein Ordinariat verdankt*] Thomas Mann las 1918 die Freiburger Antrittsvorlesung von Erich Marcks über *König Philipp II. von Spanien* (1893) und notierte, dass »dessen Gestalt mich wieder sehr anzog und mir vage Träume machte.« (Tb. 14. 10. 1918) Marcks versucht abschließend, der düsteren Herrschergestalt gerecht zu werden: »Aber jede neue Anstrengung brachte neue Niederlagen. Die individuellen Kräfte des aufstrebenden Frankreich und der protestantischen Welt erhoben sich und zerschmetterten den Zwingbau des alten spanischen Königs. Philipp II. sah nach zehnjährigem Widerstand, dass sein Angriff [auf England] gescheitert war. Er begriff seinen Gott nicht, der seinen Dienst nicht hatte annehmen wollen […]; er war ein Mensch, der gefehlt und gekämpft hat gleich anderen; in der Gesamtheit seines Daseins aber erscheint er mehr als eine Kraft des Todes denn des Lebens.« (Marcks, *König Philipp II. von Spanien*, S. 21f.)

Die intellektuelle Physiognomie des Abel Cornelius trägt Züge des Historikers Erich Marcks (1861–1938), der seit 1913 an der Universität München lehrte und seit 1916 in Manns Nachbarschaft wohnte. Die Mann-Kinder gründeten mit den Marcks-Kindern den »Laienbund Deutscher Mimiker«. Friedrich Meinecke, Marcks' Kollege an der Universität Berlin (wohin dieser 1922 berufen wurde), war sich sicher, dass es sich bei Manns Professor Cornelius »um seinen die gegenwärtige Umwälzung verabscheuenden Freund Marcks« handle. (Nordalm 2001, S. 230; Armbrust/Heine 2008)

186 15 *Marées-Kopie*] Hans von Marées (1837–1887), deutscher Maler, war seit 1875 hauptsächlich in Rom und Italien tätig.

24–25 *Ingrid, in dunklem Seidenkleid*] Siehe das Porträtfoto bei Heißerer 2006, S. 128.

187 1 *die Plaichinger*] Das Vorbild war Herta Rossmann, eine Schulfreundin Erika Manns (Heißerer 2008, S. 156). Der Name geht vermutlich auf Thila Plaichinger (1868–1939) zurück, eine hochdramatische Sopranistin (Isolde, Brünnhilde, Ortrud), die mit Gustav Mahler arbeitete und die 1901–1911 in München bei den Opernfestspielen gastierte. (*Österreichisches Biographisches Lexikon*)

15 *du Schlot*] Du Nichtsnutz.

23–24 *ein bildhübscher Junge*] Die hervorstechende physische Attraktivität Max Hergesells wird unterstrichen durch mehrere Attribute, die ihn in den Augen des Hausherrn noch anziehender und gewinnender erscheinen lassen: Er ist auf herkömmliche Weise korrekt gekleidet; er ist bei aller Lockerheit »wohlerzogen« und höflich, und er hat, obgleich er den Jargon der Jugend spricht, Sprachwitz. Ihm gilt deshalb Cornelius' verborgenes, erotisches Interesse.

28 *Cornelia*] Der erste von Hergesells sprachlichen Scherzen: er gibt dem Nachnamen eine weibliche Endung, wodurch Ingrid in Gegenwart des Vaters auf dezent schmeichlerische Weise als Tochter aus dem Hause Cornelius apostrophiert wird.

28 *Kolleg*] Veraltet für Vorlesung.

32 *»Ich zügele etwas nach«*] Ein weiteres Wortspiel Hergesells: Er hat sich vespätet, ist somit ein Nachzügler.

188 1 *Ausgerechnet Bananen*] Anspielung auf den amerikanischen Schlager »Yes, we have no bananas«, einem sogenannten Shimmy, der 1923 fünf Wochen lang die amerikanische Hitliste anführte. Die-

ser Hit kursierte sogleich auch in Deutschland als Schallplatte und erhielt durch die »Comedian Harmonists« eine für die wilden Jahre der Weimarer Republik emblematische Bedeutung. (Wikipedia; Sandberger 2010, S. 21)

188 4 *Pumps*] Ausgehschuhe mit niedrigem Absatz und ohne Schnürsenkel, in die man mit einem Schuhlöffel schlüpft oder unter Zuhilfenahme eines Fingers. Heute fast nur noch für Damenschuhe gebräuchlich, früher auch für Herrenschuhe.

16 *eine »Kiste«*] So viel wie »tolle Sache«, hier »ekelhafte« Sache. Ein Beispiel für den »Jargon des Kreises«, ein »Rotwelsch voller Redensartlichkeit und Übermut« (Textband, S. $171_{22-23}$).

32 *Der andere heißt Möller*] Die Figur des »Lieder-Möller« ist nach zwei lebenden Vorbildern gezeichnet: Hermann Marx (1895 bis 1967) und Heinrich Möller (1876–1958). Hermann Marx wurde Studienrat, war vielsprachig und wurde 1950 Leiter des Fremdspracheninstituts in der Münchener Amalienstraße. Mit den Mann-Kindern durch gemeinsame Freunde verbunden, wurde Marx zu dem Fest eingeladen, weil er Gitarre spielte und ein guter Sänger war. Siehe die Fotografie von Hermann Marx mit Gitarre bei Heißerer 2008, S. 156.

Heinrich Möller war Volksmusik-Sammler und -Forscher; er lehrte später Europäische Volksliedkunde an der Universität Jena (1937–1945) und an der Musikhochschule Weimar (seit 1953). Die Amalgamierung der beiden Gestalten mag darauf zurückzuführen sein, dass Hermann Marx, der selbst auch Volkslieder sammelte, eine Dissertation über das europäische Volkslied zu schreiben plante und sich dabei auf die seit 1924 erscheinende Sammlung von europäischen Volksliedern Heinrich Möllers gestützt hätte; die Dissertation kam jedoch nicht zustande (Heißerer 2008).

32 *ein Wandervogel-Typ*] Die 1901 im Geiste des »Zurück-zur-Natur« gegründete Wandervogel-Vereinigung widmete sich neben dem Wandern der Pflege von Volkslied und Volkstanz sowie der Förderung eines neuen Gemeinschaftsgeistes.

189 7–8 *Sammler und Sänger*] Heinrich Möller veröffentlichte von 1924 bis 1930 insgesamt 14 Hefte unter dem Titel: *Das Lied der Völker. Eine Sammlung von fremdländischen Volksliedern für Singstimme und Klavier*. Die über 500 Volkslieder erschienen 1930 in drei Bänden (Heißerer 2008, S. 162).

26 *Hofschauspieler gibt es gar nicht mehr*] Nach dem Ende der Monarchie wurden alle Hoftheater in Staatstheater umbenannt.

190 14–15 *die Neu-Einstudierung von Schillers »Don Carlos«*] Nach Auskunft des Deutschen Theatermuseums (Kim Heydeck) hat es in München 1922/1923 keine Neu-Inszenierung des *Don Carlos* gegeben. Albert Fischel stieg 1921 in eine Repertoire-Produktion des Schiller'schen Dramas ein und trat bis 1923 »mehrmals« in der Titelrolle auf. Schillers Stück thematisiert u.a. den Vater-Sohn-Konflikt zwischen König Philipp II. und seinem problematischen Sohn Carlos und spiegelt somit das schwierige Verhältnis des Mann'schen Vaters zu seinem Sohn Bert. (Kiefer 1999, S. 363) Erich Marcks über das Verhältnis König Philipps II. zu seinem Sohn: »[…] er hinterließ eine Riesenaufgabe seinem unfähigen Knaben, dessen Unfähigkeit er erkannte.« (Marcks, *König Philipp II. von Spanien*, S. 21)

191 30 *zu den Klängen des Grammophons*] Im Gegensatz zu der Rolle des Grammophons in *Der Zauberberg* (GKFA 5.1, 963–966), wo Castorp seine nächtlichen Musik-Orgien in abgeschlossener Einsamkeit feiert, erfüllt das Grammophon hier eine Gemeinschaft bildende Funktion.

192 6–7 *mit einer Schachtel Zigaretten zu der Lustbarkeit beizutragen*] Es ist der einzige Beitrag des Hausherrn zu dem sich im Laufe des Tanzfests verstärkenden »Geselligkeitsdunst[s]«.

193 10–11 *Shimmy-Schritte*] Beim Shimmy, einem modischen, aus Amerika importierten Gesellschaftstanz, werden die Schultern und der untere Körper zu den jazzartigen Klängen geschüttelt. »Der Shimmy ist zudem ein sogenannter ›Platztanz‹, die Schritte werden also auf kleinstem Raum ausgeführt.« (Sandberger 2010, S. 21)

194 20 *»Joli tambour«*] Das Lied vom schönen Trommler, mit deutscher Übersetzung, findet sich in Heinrich Möllers im Januar 1925 bei Schott in Mainz erschienener Sammlung *Französische Volkslieder.* (Heißerer 2008, S. 170f.)

21 *»Sire, mon roi, donnez-moi votre fille –«*] Dies die Kernstelle des Werbelieds: »König und Herr! O gebt mir Eure Tochter!« Die Pointe des vierzehnstrophigen Lieds: Der König weigert sich, seine Tochter herzugeben, da der Trommler keine Reichtümer besitze. Daraufhin zählt dieser nun seinen verborgenen Reichtum auf, worauf der König in die Verheiratung seiner Tochter einwilligt. Der junge Tambour jedoch quittiert den Sinneswandel des Königs mit der abschließenden Zeile: »Bei mir zu Haus, da gibt es schön're Mädchen.«

27 *»Bettelweibel will kirfarten gehn*] Das Bettler-Lied handelt von einer Frau, die allein zum Kirchweihfest geht; es stimmt »fröhlich«, weil es das komische Schicksal eines Mannes schildert, der von seiner Frau geschlagen wird und zu Hause bleiben muss. Die Quelle: *Unsere Lieder. Singbuch für Österreichs Wandervögel*, hg. im Auftrag des österreichischen Wandervogels von Rudolf Preiß, Leipzig 1912. (Heißerer 2008, S. 172f.)

195 20–21 *den Hanswursten zu spielen, ... nicht einmal dazu Talent hat*] Nach einer Aufführung von Shakespeares *Was ihr wollt* (*Twelfth Night*) durch den Laienbund deutscher Mimiker im Hause Hallgarten, in welcher Klaus Mann die Rolle des Tobias Rülps (Toby Belch) spielte, musste er selbst von seiner Mutter Kritik einstecken: »Als Tobias war ich schlecht. Durchgefallen [...] Mielein sagt mir ganz offen, daß ich kein Talent habe. Nun gute Nacht, Theaterspielen!« (Klaus Mann, *Kind dieser Zeit*, S. 107)

26 *zeitverstörtes Irrlichtelieren*] So viel wie Orientierungslosigkeit infolge der Umkehrung aller Ordnung. Das Wort »irrlichtelieren« anstelle von »irrlichtern« nach *Faust*, V. 1917.

197 15 *Piccolo*] Ein noch in der Ausbildung befindlicher Kellner.

19–20 *von dem Dornbusch nicht Feigen*] Nach Lukas 6,44: »[...] denn von Dornen sammelt man nicht Feigen, noch liest man von einem Dornbusch Trauben.«

197 28 *gewisse Hunde*] Vornehmlich Bauschan in *Herr und Hund.*

198 13 *diese Arbeit des Blattabreißens*] »Wenn er das Kalenderblatt im Arbeitszimmer des Professors abreißt, geht oft ein Blatt zuviel mit. Er ist ein Bote von morgen, ein Bote der Revolution, der Umgestaltung, in Dienerverkleidung.« (Lehnert 1978, S. 248f.; Turner 1999, S. 51)

19–20 *Das Kino liebt er*] In Thomas Manns Werk ist dies, nach dem »Bioskop-Theater« im *Zauberberg* (GKFA 5.1, 479), der zweite skeptische Seitenblick auf die Konkurrenz durch das neue Medium Film.

199 14 *Börsenspekulant*] Das Vorbild war Theodor Lücke, Freund Erika und Klaus Manns und finanzielle Stütze des Laienbundes deutscher Mimiker (Porträtfoto bei Naumann 2001, S. 50). Dazu Klaus Mann in *Kind dieser Zeit*: »Unser Freund Theo war der Typ des jungen Mannes vom Jahre 1923 par excellence. Er war sowohl schwärmerisch als [auch] geschäftstüchtig [...] Er zauberte Geld, wie es damals vielen begabten Jünglingen glückte; und er verschwendete es hauptsächlich, indem er uns aufs großartigste einlud. [...] Er war pathetisch, naiv und gerieben. Nie wieder hat es diesen Typ des jungen Abenteurers gegeben; denn dieser war hochliterarisch, er redete von ›Dynamik‹ und ›Rhythmus der Zeit‹, während er seine undurchsichtigen Börsengeschäfte betrieb. [...] Er hatte einen echten Elan, einen hinreißenden Auftrieb. Jazz-Musik und expressionistische Lyrik versetzten ihn in Ekstase. [...] Theo bildete gewissermaßen das Zentrum unseres Münchener Inflationskreises.« (S. 212f.) Nüchtern betrachtet gehört dieser Freund der »Großen« zu dem Typ der »Inflationsgewinner« und »Inflationskönige«, die von den durch die Inflation benachteiligten Schichten der Bevölkerung mit neidvollem Ressentiment betrachtet wurden. Vgl. das Kapitel »Die Gewinner der Inflation« in Ostwald, *Sittengeschichte der Inflation*, S. 55–98.

15–16 *wie Aladdin mit der Wunderlampe*] In dem Märchen von Aladdin und seiner Wunderlampe aus *Tausendundeiner Nacht* wird Aladdin durch die der Öllampe innewohnende Zauberkraft ein reicher Mann und heiratet eine Prinzessin.

199 28 *Die Jugend tanzt eifrig*] »Tanzwut« und »Tanztaumel« gehörten zu den charakteristischen Folgeerscheinungen der Inflation auf dem Gebiet des Eros. (Ostwald, *Sittengeschichte der Inflation*, S. 109–145)

200 7–9 *seine Shimmys … Polka Creolas*] Dazu Sandberger 2010, S. 21: »Die meisten Platten, die Thomas Mann da im Ohr hatte, dürften Tanzplatten des Bernard-Etté-Jazzorchesters gewesen sein, in dessen Vox-Platten-Repertoire dieser Jahre sich jedenfalls etliche Tanz-Titel finden, die Mann hier aufgezählt hat. Der Foxtrott freilich ist viel zu allgemein, als dass man hier einen Plattentitel von 1923 genauer identifizieren könnte, doch die spezifischer genannten Tänze Java oder auch die zitierte Polka creola finden sich in der Vox-Discographie jener Zeit nur im Repertoire des Bernard-Etté-Jazzorchesters, so etwa auf folgenden Platten: *Carrapatoso* (Polka creola) […] und *Die Mädels von Java* (Java). Diese Vox-Platten […] dürften sich aller Wahrscheinlichkeit nach im Münchner Schallplattenbestand von Erika und Klaus Mann befunden haben.«

10 *parfümiertes Zeug*] Selbstzitat aus *Buddenbrooks*, wo der Organist und Bach-Verehrer Edmund Pfühl »mit allen Anzeichen des äußersten Ekels« auf das Vorspiel zu *Tristan und Isolde* reagiert: »Das ist keine Musik … Dies ist das Chaos! […] Dies ist ein parfümierter Qualm, in dem es blitzt!« (GKFA 1.1, 547f.)

19 *Tröste dich, mein schönes Kind*] Recte: »mein liebes Kind«. Anfangszeile einer Nummer aus der Operette *Der Fürst von Pappenheim* von Hugo Hirsch (1884–1961), die am 6. Februar 1923 in Berlin ihre Uraufführung hatte. (Pabst 2006, S. 184f. mit Notenbeispiel; Sandberger 2010, S. 16f.)

202 9 *sie drücken wie Karl der Große*] Dazu Rudloff/Lichte 2013, S. 426: »Der Überlieferung zufolge soll Karl der Große einen überdurchschnittlich großen Fuß gehabt haben […] Bei der legendären Größe des Fußes liegt es nahe, dass der Schuh drückt.«

204 2 *der aussichtslosen Partei*] Beispielhaft verkörpert in König Philipp II.

206 7 *mater dolorosa*] Maria, im Schmerz über den Tod ihres Sohnes; prominentes Motiv der abendländischen Kunst.

24 *»Kindchen, Kindchen«*] Anspielung auf den *Gesang vom Kindchen* und die Identität Lorchens und jenes Kindchens.

30 *Max … mein Bruder*] Das Erwachen der »weiblichen Triebe« in Lorchen enthüllt eine inzestuöse Komponente und damit einen »peinlichen« Aspekt der Sexualität, den Thomas Mann in *Wälsungenblut* sowie *Der Erwählte* kühn und souverän thematisiert. (Rudloff/Lichte 2013, S. 431)

208 32 *Schwanenritter*] Lohengrin, der in Wagners romantischer Oper in einem von einem Schwan gezogenen Nachen aus »Glanz und Wonne« nach Brabant kommt, um für Elsa zu streiten und ihre Liebe zu gewinnen.

209 12–13 *dann blickt sie schweigend zum Schwanenritter auf*] Anders als Elsa bei Wagner hält sich Lorchen an Lohengrins Frageverbot und Schweigegebot.

20–21 *auf ihrem Bette weinend sitzt die kummervollen Nächte*] Anspielung auf ein Lied des Harfners aus Goethes *Wilhelm Meisters Lehrjahre* (Buch II, Kapitel 13): »Wer nie sein Brot mit Tränen aß, / Wer nie die kummervollen Nächte / Auf seinem Bette weinend saß, / Der kennt euch nicht, ihr himmlischen Mächte.« Fortsetzung von Hergesells Lust an Wortspielen und Sprachwitz, wie auch sein »Loreleyerl«.

26 *Loreleyerl*] Bayerisches Diminutivum für die »Hexe Lorelei«, betörende Sirene aus der romantischen Volkspoesie; siehe die Balladen von Clemens Brentano, Josef von Eichendorff und Heinrich Heine.

29 *eine sentimentale Geschichte*] Es handelt sich offenbar um »Doktor Bumbum«, die deutsche Fassung einer französischen Erzählung von Jules Claretie: *Boum-Boum* (1889). Ein siebenjähriges »Bübchen« liegt schwer krank zu Bett; alle Mittel versagen. Das Kind verlangt »Doktor Bumbum«. Gemeint ist der Clown, den er im Zirkus erlebt hat und der nach jedem seiner Späße »Bumbum« rief, worauf die Kapelle mit einem Tusch »lärmend« einfiel. Der

Clown wird ausfindig gemacht, er besucht das kranke Kind in seiner Alltagskleidung. Die erhoffte gute Wirkung bleibt aus, bis er ein zweites Mal erscheint, um einen seiner Purzelbäume auszuführen, diesmal »in seinem mit Goldflittern besetzten Kleide, die bunten, glänzenden Schmetterlingsflügel am Rücken, den gelben, spitzen Filzhut auf dem Kopfe, das Gesicht ganz mit Mehl eingestreut [...].« Das Kind ist entzückt und erholt sich rasch. »Sie haben den Knaben gerettet«, versichert der Hausarzt dem Clown, »während Vater und Mutter Freudentränen vergossen.«

In Cornelius' Erinnerung erleidet die »sentimentale Geschichte« in ihrer Projektion auf Hergesell zwei signifikante Veränderungen: aus den goldenen Schmetterlingen werden silberne, wobei Silber in Manns Motivschatz Todesassoziationen mit sich führt (Heißerer 2019a, S. 65); vor allem aber: die heilende Wirkung des Clowns bei Claretie ist in ihr Gegenteil gewendet: das Kind stirbt.

Diese »sentimentale Geschichte« war in zwei deutschen Fassungen im Umlauf: Jules Claretie, *Jean Mornas*. Autorisierte Übersetzung aus dem Französischen von Auguste Scheibe, Stuttgart: Engelhorns allgemeine Romanbibliothek, 1889, S. 153–159; Helene Stökl, *Im Jugendland*. Zwanzig Erzählungen und Märchen, Stuttgart 1905, S. 75–82. Mit Dank an Maren Ermisch für den freundlichen Hinweis auf »Doktor Bumbum«.

211 5 *Lethe*] Fluss in der Unterwelt des griechischen Mythos; wer daraus trinkt, verliert alle Erinnerung.

# MARIO UND DER ZAUBERER

## Entstehungsgeschichte

Die Entstehung von *Mario und der Zauberer* vollzog sich in zwei Phasen und auf zwei Ebenen. Die Schreibphase im Spätsommer 1929 ging rasch vonstatten. Davor liegt jedoch eine viel längere Phase der Konzeption und der Inkubation, die weitgehend im Dunkel liegt, da Thomas Manns Tagebücher jener Jahre nicht erhalten sind. Ebendiese Dunkelphase gilt es zu erhellen, wenn das volle Gewicht dieser Erzählung in den Blick kommen soll. Während die *Mario*-Novelle in der Schreibphase seine ungeteilte Aufmerksamkeit besaß, musste sie in den Jahren davor neben dem Hauptgeschäft: dem »November/Dezember 1926« begonnenen (GKFA 7.2, 30), energie- und zeitaufwendigen Großprojekt von *Joseph und seine Brüder*, gleichsam auf Sparflamme gehalten werden. Diese Phase der Vorbereitung setzte spätestens im Herbst 1926 ein, nach Manns Ferienaufenthalt mit Frau Katia und den beiden jüngsten Kindern vom 18. August bis 13. September in Forte dei Marmi an der Ligurischen Küste Italiens.

Die eigentliche Schreibphase fällt zum großen Teil zusammen mit einem neuerlichen Ferienaufenthalt am Meer von Ende Juli bis Ende August mit denselben Kindern, diesmal in dem Seebad Rauschen an der Ostsee in Ostpreußen (heute Svetlogorsk). Wie viel Text in Rauschen geschrieben wurde und wie viel nach seiner Rückkehr nach München am 1. September, lässt sich nicht mehr feststellen. Über diese Etappe der Entstehung gab Thomas Mann kurz darauf, im Januar und Februar 1930, in seinem *Lebensabriß* ausführlich Auskunft. Er schrieb diese knappe Autobiographie zu Zwecken der Publizität im Januar und Februar 1930 auf Wunsch der Schwedischen Akademie der Wissenschaften, die ihm am 12. November 1929 den Nobelpreis zuerkannt hatte. Es war ein in gewissem Sinne klimaktischer Moment in seiner Laufbahn als Schriftsteller, der nachgerade dazu einlud, seiner Neigung zur Selbststilisierung nachzugeben.

Zu Jahresbeginn 1930 war die Novelle noch nicht veröffentlicht. Thomas Mann hatte sie jedoch schon zweimal öffentlich vorgelesen: das erste Mal am 16. November auf einem Bankett, das der »Schutzverband Deutscher Schriftsteller, Gau Bayern« aus Anlass der Verleihung des Nobelpreises für Literatur für ihn ausrichtete (Heine/Schommer 2004, S. 206), das zweite Mal am 7. Dezember in der Hochschule für Musik in Berlin auf der Reise nach Stockholm zur Entgegennahme des Nobelpreises. Die neue Erzählung Thomas Manns erschien zunächst, im April 1930, in der Zeitschrift *Velhagen und Klasings Monatshefte* und im Monat darauf als selbständiges Buch. Dem folgte der *Lebensabriß* im Juni-Heft der *Neuen Rundschau* auf dem Fuße.

Im *Lebensabriß* präsentierte Thomas Mann die folgende Auskunft zu *Mario und der Zauberer*:

> Aber zufrieden bin ich es doch, daß zu den Stegreifleistungen, vor denen bisher der Roman [Die *Geschichten Jaakobs*] zurücktreten mußte, auch eine selbständige Erzählung gehört. Ich meine das ›tragische Reiseerlebnis‹ *Mario und der Zauberer,* – und mechanischeren Ursachen hat wohl selten etwas – ich will es hoffen – Lebendiges seine Entstehung zu danken gehabt. Einmütig gewöhnt, keinen Sommer ohne einen Aufenthalt am Meere vorübergehen zu lassen, verbrachten wir, meine Frau und ich, mit den jüngsten Kindern im Jahre 1929 den August in dem samländischen Ostseebad Rauschen, eine Wahl, die durch ostpreußische Wünsche, besonders eine oft erneuerte Einladung des Königsberger Goethebundes, bestimmt gewesen war. Auf dieser bequemen, aber weitläufigen Reise das angeschwollene Material, das unabgeschriebene Manuskript des ›Joseph‹ mitzuschleppen, empfahl sich nicht sehr. Da ich mich aber auf beschäftigungslose ›Erholung‹ durchaus nicht verstehe und eher Nachteil als Nutzen davon erfahre, beschloß ich, meine Vormittage mit der leichten Ausführung einer Anekdote zu füllen, deren Idee auf eine frühere Ferienreise, einen Aufenthalt in Forte dei Marmi bei Viareg-

gio und dort empfangene Eindrücke zurückging: mit einer Arbeit also, zu der es keines Apparates bedurfte und die im bequemsten Sinn des Wortes ›aus der Luft gegriffen‹ werden konnte. Ich begann, die gewohnten Frühstunden hindurch auf meinem Zimmer zu schreiben, aber die Beunruhigung, die das Versäumnis des Meeres mir erregte, schien meiner Tätigkeit wenig zuträglich. Ich glaubte nicht, daß ich im Freien arbeiten könnte. Ich muß ein Dach dabei über dem Kopf haben, damit der Gedanke nicht träumerisch evaporiert. Das Dilemma war schwer. Nur das Meer hatte es zeitigen können, und glücklicherweise erwies sich, daß seine besondere Natur auch vermögend war, es aufzuheben. Ich ließ mich bereden, meine Schreiberei an den Strand zu verlegen. Ich rückte den Sitzkorb nah an den Saum des Wassers, das voll von Badenden war, und so, auf den Knien kritzelnd, den offenen Horizont vor Augen, der immerfort von Wandelnden überschnitten wurde, mitten unter genießenden Menschen, besucht von nackten Kindern, die nach meinen Bleistiften griffen, ließ ich es geschehen, daß mir aus der Anekdote die Fabel, aus lockerer Mitteilsamkeit die geistige Erzählung, aus dem Privaten das Ethisch-Symbolische unversehens erwuchs, – während immerfort ein glückliches Staunen darüber mich erfüllte, wie doch das Meer jede menschliche Störung zu absorbieren und in seine geliebte Ungeheuerlichkeit aufzulösen vermag. (GW XI, 139f.)

Wie der *Lebensabriß* ingesamt, trägt diese umständliche Darstellung der Entstehung seiner jüngsten Novelle ganz das Gepräge der Ruhmesverwaltung im Stile Aschenbachs und dokumentiert einmal mehr den bekannten Hang dieses Autors zur Rezeptionssteuerung seiner Hervorbringungen. Offensichtlich geht es ihm hier darum, bei seiner Leserschaft, die aufgrund des Nobelpreises, wie er hoffen durfte, ins Unermessliche wachsen mochte, eine ganz bestimmte Wahrnehmung seiner selbst zu befestigen. Er schildert sich als einen Autor, der keines Apparats bedarf und der keine Vorbereitung braucht, weil es ihm ein Leichtes ist, aus dem Stegreif einen scheinbar belanglosen Stoff aus seiner Erinnerung heraufzuholen und daraus eine anspruchsvolle Fabel zu formen. Das kostet keine große Anstrengung; er braucht nur seine durch die Meeresnähe stimulierte Gestaltungskraft frei walten zu lassen, und unversehens gerät ihm die angeblich unscheinbare Anekdote zu einer »geistigen Erzählung« von hohem symbolischen und ethischen Gehalt. Er ist somit ein Autor, der den Schaffensprozess lediglich geschehen zu lassen braucht, weil dieser nichts anderes ist als der ungezwungene Ausfluss seines außerordentlichen Talents.

Thomas Mann, nun mit dem seit langem ersehnten Lorbeer gekrönt, schreibt hier im stolzen Bewusstsein einer universell anerkannten Auszeichnung und ist dabei unverkennbar bemüht, seinem jüngsten Werk einen Anstrich von Universalität zu geben. Zu diesem Ende lässt er die Vorgeschichte im Dunkel und verzichtet darauf, den historischen und politischen Kontext, aus dem die Novelle erwachsen ist, auch nur anzudeuten. *Mario und der Zauberer* soll als eine Parabel von hohem, universell verbindlichem ethischen Gehalt verstanden werden. Historische Spezifität wird unter diesen Vorzeichen als entbehrlich erachtet.

Angesichts dieser Leseanweisungen aus erster Hand, die mehr Fragen aufwerfen als beantworten, bedarf es keiner langen Erklärung, um zu begreifen, dass der Schlüssel zu einer adäquaten Lektüre der Erzählung in ihrer geflissentlich verdeckten Vorgeschichte zu suchen ist. Das betrifft die Zeit zwischen Forte dei Marmi und Rauschen vom Sommer 1926 bis Sommer 1929. In dieser Periode muss sich das in Italien Erlebte mit so viel Aktualität und zeitgeschichtlicher Paradigmatik angereichert haben, dass es reif wurde für eine novellistische Ausgestaltung, die nur scheinbar »aus der Luft gegriffen« war.

Von dem Italien-Aufenthalt im Sommer 1926 existiert lediglich ein Briefzeugnis, das jedoch insofern bedeutsam ist, als es an einen hochgeschätzten Kollegen gerichtet ist:

Lieber Hugo von Hofmannsthal,

wir haben das Bedürfnis, uns bei Ihnen zu entschuldigen, nämlich wegen unseres Fernbleibens von Salzburg dieses Jahr. Es muß Sie befremden, da unser Besuch dort beschlossen und besprochen war. Unser Programm ist aber schon im Frühjahr in Unordnung gebracht worden durch die Erkrankung meiner Frau [...] danach waren wir beide [...] reisemüde: Eine den Kindern, den beiden Kleinen, die unterdessen recht schwer den Keuchhusten gehabt hatten, geschuldete Erholungsreise wurde auf August–September verschoben, sodaß Salzburg sich ausschloß.

Unser Aufenthalt hier geht zu Ende, am 11. reisen wir. Wir haben Licht und Wärme in Überfülle gehabt, und die Kinder waren glückselig am Strande und im warmen Meer. An kleinen Widerwärtigkeiten hat es anfangs auch nicht gefehlt, die mit dem derzeitigen unerfreulichen überspannten und fremdenfeindlichen nationalen Gemütszustand zusammenhingen und uns belehrten, daß man jetzt nicht gut tut, einen Badeort dieses Landes in der rein italienischen Hochsaison aufzusuchen. Erst seitdem bei vorschreitender Jahreszeit das slavisch-deutsche Element sich ausbreitet, fühlt man sich behaglicher. Natürlich hat das eigentliche Volk seine Liebenswürdigkeit bewahrt und steht geistig nicht unter dem blähenden Einfluß des Duce. Im Ganzen aber kann ich nicht sagen, daß dieser Besuch meine Achtung vor dem Italiener gehoben hätte, trotz schöner physischer und intellektueller Gaben. Das eigentlich europäische Niveau halten eben doch Franzosen und Deutsche (wobei ich natürlich Oesterreich einbegreife). England bleibt in gewisser Weise darunter, Italien in noch gewisserer. Habe ich Unrecht? (GKFA 23.1, 245f.)

Zwei Kernelemente der Erzählung sind bereits hier zu erkennen. Da ist zunächst der unerfreuliche kollektive Gemütszustand, in dem sich Italien befindet und den Thomas Mann, ein Italienliebhaber seit seinen Anfängen, nun, im Sommer 1926, widerwärtig findet. Und zum anderen der schädliche »Einfluß des Duce«, Benito Mussolinis. Dieser Einfluss, so mächtig er sich auch aufbläht, vermag jedoch nichts an der vertrauten Liebenswürdigkeit des »eigentlichen« Volkes und seiner mentalen Selbständigkeit zu ändern. Es ist nun erhellend zu sehen, unter welchem Gesichtspunkt er seine Eindrücke von Land und Leuten in seiner kollegialen Mitteilung an Hofmannsthal zusammenfasst, nämlich dem des zivilisatorischen Niveauverlusts. Die Veränderungen, die er in dem Italien von 1926 registriert, werden als drastischer Niveauverlust gewertet – ein Kriterium, für das er bei dem österreichischen Aristokraten auf Verständnis zählen durfte. Demnach befindet sich Italien, seit es sich dem Faschismus ergeben hat, im Abstieg, während Frankreich und Deutschland das Niveau der europäischen Zivilisation halten – noch halten.

Der hier schon klar definierte, kritische Fokus auf die Vorgänge in Italien lässt vermuten, dass Thomas Mann im Sommer 1926 nicht ganz unvorbereitet war auf die widerwärtigen Eindrücke, die er Hofmannsthal gegenüber andeutet. Seine erste Berührung mit dem italienischen Faschismus ist auf den Herbst 1923 zu datieren, als er in der zweiten Oktoberhälfte zur Erholung in Bozen in dem deutschsprachigen Südtirol weilte, das seit 1919 zu Italien gehörte. Wir besitzen keine nennenswerten Zeugnisse seiner unmittelbaren Reaktion auf »Neu-Italien« (GKFA 22, 489). Doch lässt eine spätere Aussage keinen Zweifel an dem atmosphärisch unangenehmen Gesamteindruck: »Ich fahre nicht nach Mussolinien, obwohl ich Italien liebe. Die Unterdrückung der Tiroler schneidet mir ins Herz.« (Interviews, 147) Dies gab er einem Journalisten 1929 in Königsberg zu Protokoll, auf dem Weg nach Rauschen, also unmittelbar bevor er mit der Niederschrift der *Mario*-Novelle begann. Wenig später, in seiner *Deutschen Ansprache* (1930), prangert er die »Mittel mechanischer Gewalt« an, »mit denen Südtirol nationalisiert wird, Mittel, mit denen heute München und morgen Berlin italienisch gemacht werden könnte [...].« (GW XI, 879)

Davon abgesehen, waren die Wochen in Bozen auch lebens- und werkgeschichtlich von einiger Bedeutung, denn die Manns wohnten im selben »Hotel Austria« wie Gerhart Hauptmann, was dem noch mit dem *Zauberberg* befassten Autor die Gelegenheit gab, unvergessliche Eindrücke von seinem trinkfesten Kollegen zu sammeln, die im Roman ihren sehr farbigen Niederschlag finden sollten.

Thomas Manns Reaktion auf das faschistische Südtirol, dem Mussolinis besonderes Augenmerk galt, kann kaum anders als kritisch und ablehnend gewesen sein, denn zu jenem Zeitpunkt hatte er sich bereits, zur Verblüffung der Mehrzahl seiner Bewunderer, als ein Verteidiger der Weimarer Republik und ihrer demokratischen Verfassung geoutet. Seine Gerhart Hauptmann gewidmete Rede *Von deutscher Republik* am 13. Oktober 1922 präsentierte er als einen Appell an die deutsche Jugend, die neue republikanische Staatsform zu akzeptieren. Das Erstarken der republikfeindlichen Kräfte im eigenen Land, namentlich das Treiben der Hitler-Bewegung in München, wird sich vermischt haben mit dem Befremden über die Veränderungen in Italien, so dass seine Beobachtungen der Vorgänge in Italien und Deutschland sich wechselseitig erhellten. Wenige Tage nach Manns Rückkehr aus Bozen inszenierte Hitler seinen Marsch zur Feldherrnhalle in unverhohlener Nachäffung von Mussolinis Marsch auf Rom im Jahr davor. Während jedoch Hitlers Staatsstreich am 9. November 1923 kläglich scheiterte, war es Mussolini gelungen, in Italien die Macht zu übernehmen. Im Lichte dieser Entwicklung gewann der italienische Faschismus für den zum public intellectual gereiften Autor erkenntnismäßig die Priorität – gleichsam als Vorreiter und Studienobjekt für das, was in Deutschland und woanders noch kommen mochte.

Ende November 1926 war Thomas Mann bereit, mit der Niederschrift des *Joseph* zu beginnen. So absorbierend diese monumentale epische Kraftleistung war, das im Sommer dieses Jahres in Italien Erlebte geriet ihm dabei keineswegs aus den Augen. Das bezeugt der wichtige Brief vom 14. April 1927 an Enzo Ferrieri, den Mailänder Theaterkritiker, Regisseur und Gründer der Zeitschrift *Il Convegno*, der ihn zu einer Lesung eingeladen hatte. Diesem »Kollegen und Kameraden« musste er die Gründe für sein Fernbleiben von Italien erklären. Der Brief an Ferrieri stellt ein erhellendes Bindeglied dar zwischen dem Ferienerlebnis von 1926 und der endgültigen Ausgestaltung des Erlebten drei Jahre danach:

> Lassen Sie mich Ihnen nun, dem Kollegen und Kameraden, ganz offen und ohne Hinterhalt die Gründe sagen, weshalb ich Ihr schönes Vaterland vorläufig lieber meide. So sonderbar es klingen mag, es sind politische Gründe. Natürlich habe ich nichts gegen den Fascismus, wenn er Italien Ordnung und Glück bringt, aber ich habe manches gegen seine menschlichen Erscheinungsformen, gegen eine gewisse nationale Gereiztheit und Gespanntheit, die mir seit einiger Zeit den Charakter des italienischen Bürgertums zu bestimmen scheint. Im Spätsommer vorigen Jahres verbrachte ich mit meiner Familie einige Wochen in Forte dei Marmi, am Meere, habe mich aber dort nicht wohl gefühlt. Wir erregten Anstoss dadurch, dass wir unserer kleinen Tochter, einem siebenjährigen Kinde, das übrigens aussieht, wie sechs oder fünf, erlaubt hatten, ohne Badeanzug von der Strandhütte zum Meere zu laufen, um sich vom Sande zu reinigen. Dies erklärte ein durch den Anblick erregter Herr für eine Beleidigung Italiens und für einen schamlosen Missbrauch der italienischen Gastfreundschaft, die Behörde wurde gegen uns mobil gemacht, und sie erklärte den Fall ebenfalls fur »una cosa molto grave« und nahm uns in Strafe. In Anbetracht des veränderten Verhaltens der gesamten modernen Welt zum menschlichen Körper scheint mir dieses Mass von Schamhaftigkeit erstaunlich, und ich finde, es ist in Italien niemals so unmoralisch zugegangen, dass ein solcher Rückschlag moralischer Rigorosität begreiflich wäre. Auf jeden Fall hat die Art, in der man dem unkundigen Fremden, der

sofort sein Bedauern an den Tag legte, bei dieser Gelegenheit begegnete, mich nachhaltig verstimmt, und ich konnte nicht umhin, sie mit jener Hypertrophie des nationalen Anspruchs in Beziehung zu bringen, die dem Fascismus menschlich eigentümlich zu sein scheint. Wir hatten auf dieser Reise noch andere Beweise dafür. (GKFA 23.1, 289f.)

Wie zu sehen, waren die widerwärtigen Eindrücke vom Spätsommer 1926 keineswegs vergessen; die Verstimmung war in der Tat nachhaltig. Wie schon in dem Brief an Hofmannsthal wird der Faschismus aus europäischer Perspektive verurteilt. Faschismus bedeutet, wie die Aufregung über die kindliche Nacktheit am Strand erkennen lässt, ein regressives Ausscheren aus dem aufgeklärten Konsens »der gesamten modernen Welt«, was den menschlichen Körper betrifft. Zwei weitere Symptome einer rückfälligen Geistesverfassung, die Mann registrierte, werden in dem Brief an Ferrieri angeführt. Dem demokratisch und pazifistisch gesinnten Publizisten Hellmuth von Gerlach wurde unlängst am Brenner die Einreise nach Italien verwehrt mit der Begründung, dass er in dem faschistischen Italien nicht willkommen sei – also aus ideologischen Gründen. (GKFA 23.1, 290) Noch bedenklicher musste ihm scheinen, dass neulich eine Mailänder Zeitung beschlagnahmt wurde, »weil sie eine mit Citaten versehene Besprechung meiner ›Pariser Rechenschaft‹ enthielt.« (Ebd.) Angesichts dieser Vorfälle sei es nicht auszuschließen, dass man ihn auf eine schwarze Liste gesetzt habe.

Es ist somit nicht zu verkennen, dass der antifaschistische Affekt, der in Forte dei Marmi akut geworden war, in der Folgezeit sich noch verhärtete. Dazu trug nicht wenig bei, dass er durch seine italienische Übersetzerin, Lavinia Mazzucchetti, die unter Repressalien des faschistischen Regimes litt, über die stetig repressiver werdende Entwicklung in Italien gut informiert war. (Mazzetti 2009, S. 117–143) Im darauf folgenden Jahr 1928, während Thomas Mann die Arbeit am *Joseph* stetig vorantrieb, erhielt das embryonische Projekt über den Faschismus zwei weitere, kräftige Impulse aus dem lokalen Münchener und dem deutschen Kontext: der Reaktion auf die *Politische Novelle* (1928) Bruno Franks sowie den Anfeindungen, denen sich Mann vonseiten seiner Gegner ausgesetzt sah.

Bruno Franks Novelle atmet ganz den Geist von Locarno und der deutsch-französischen Verständigung, traf jedoch überwiegend auf Ablehnung, die sowohl von links (Ossietzky, Tucholsky) als auch von rechts (B. Brentano) kam. (Kirchner 2009, S. 175f.) Thomas Mann schrieb daraufhin eine Ehrenrettung seines Nachbarn und politisch gleichgesinnten Freundes in Form einer einlässlichen Würdigung des Werkes. (GW X, 685–700) Der Erkenntniswert seiner Rezension leidet dadurch keine Einbuße, dass wir es mit einem »Freundschaftsdienst« für seinen geschätzten Gesprächspartner zu tun haben (Kiefer 2004, S. 100); im Gegenteil, die unverhohlene Parteilichkeit des Rezensenten ist besonders aussagekräftig.

Franks Hauptfigur Carl Ferdinand Carmer ist ein fiktiver deutscher Politiker, der bereits mehrere Regierungsämter bekleidet hat und der, nach einem weiteren Regierungswechsel in Berlin, zum designierten Außenminister einer noch zu bildenden, neuen Regierung avanciert. Doch bevor er ein weiteres Mal politische Verantwortung übernehmen kann, findet er im Bordellviertel des Hafens in Marseille einen elenden Tod. Die Kritik an dem angeblich mangelhaft motivierten Tod in Marseille nahm Thomas Mann zum Anlass, den Finger auf die eigentliche Wunde zu legen und den innerlich zwangsläufigen Tod von Franks Protagonisten auf ein entscheidendes politisches Trauma zurückzuführen, indem er auf die Schilderung einer Demonstration italienischer Faschisten in Kapitel 4 verweist. Thomas Mann charakterisiert sie als »faschistische Gala-Orgie auf dem Platz der Kathedrale von Ravello, die prahlerische Ausschweifung kindisch nationalistischer Selbstvergottung, der Carmer kopfschüttelnd beiwohnt […].« (GW X, 694)

Thomas Mann fügt nun eine eigene Reflexion an, in der bereits entscheidende Motive seiner eigenen politischen Novelle, die er im Sommer 1929 schreiben sollte, unüberhörbar anklingen: »Ist diese bedrohliche narkotische Aufpulverung eines gesunden, naiven und liebenswürdigen Volkes, diese Marktschreierei von Würde, Moralität und Vorrang, diese brutale und falsch revolutionäre Verleugnung europäischer Eigen- und Errungenschaften, die auf die Dauer doch unveräußerlich sind, ist all diese Gewaltsamkeit und sich übernehmende Unnatur, diese Selbstberäucherung und Eisenfresserei, dies ganze unangenehme und kompromittierende Theater unumgänglich, um jene Arbeitsverfassung zu erzielen, sich tüchtig zu machen für die Zeit? Ist das alles auch nur wirklich populär dort unten und ist es den Besten des Landes etwas anderes als eine schmerzliche Scham? Es mag Zufall sein, aber ich habe noch mit keinem gebildeten Italiener gesprochen, der nicht die Achseln darüber gezuckt hätte.« (GW X, 695) Mit anderen Worten: Woran der aufgeklärte und europäisch gesinnte Hoffnungsträger der deutschen Politik stirbt, ist das Aufkommen des ganz Europa bedrohenden Faschismus in dem zum »Mussolinien« verkommenen Italien. Manns beherztes Eintreten für den, wie er meinte, ungerecht kritisierten Kollegen lässt eine weitgehende Übereinstimmung in ihrer Einschätzung des Faschismus erkennen. Wie schon in dem Brief an Hofmannsthal gilt seine Sorge vornehmlich der europäischen Zivilisation, die Bruno Frank und Thomas Mann durch das faschistische Italien bedroht und gefährdet sehen. Vorzivilisatorische Miasmen von außerhalb Europas haben sich Zugang zum zivilisierten Kontinent verschafft, bei Frank über Italien und Frankreich, bei Mann über Italien – jeweils aus Afrika.

Bei Frank ist keine Ahnung davon zu spüren, dass der Herd der Bedrohung in Deutschland liegen könnte. Bei Thomas Mann hingegen zeichnet sich 1928 eine solche Ahnung ab, wenn er seine Leser daran erinnert, dass es sich zieme, »vor der eigenen Türe [zu] kehren«. Er wusste allzu wohl, dass man sich mit der Kritik am hypertrophen Nationalismus »auch bei uns dem vernichtenden

Vorwurf des Altliberalismus aussetzt [...].« (GW X, 695) Er hatte in der Tat Grund zu solcher Mahnung, denn er war selbst zur Zielscheibe von Anfeindungen geworden, die er mit seiner Kritik am deutschen Nationalismus auf sich zog. Spätestens seit 1926 lag er im Kampf mit seinen Gegnern von rechts, die nicht gesonnen waren, ihm seine Republik-Rede von 1922 zu verzeihen. Diese politische und weltanschauliche Konfrontation, zunächst in dem Kampf um *München als Kulturzentrum* (GW X, 220–226), nahm eine giftige, politische Wendung, als Arthur Hübscher und Nikolaus Cossmann eine vertrauliche Äußerung Thomas Manns zum Anlass nahmen, ihn in einer bald um sich greifenden Pressekampagne als national unzuverlässig politisch zu denunzieren. Besagte Äußerung bezog sich auf die Fliegerpioniere Hermann Köhl und Ehrenfried Günther Freiherr von Hünefeld, die als Erste den Atlantik von Ost nach West überquert hatten. Den Fliegern, als Helden in ganz Deutschland groß gefeiert, war in München ein triumphaler Empfang bereitet worden, was Thomas Mann in einem Brief an Hübscher mit der Bemerkung kommentierte, dass die »mißleitete Stadt zu Ehren der beiden Flieger-Tröpfe den nationalistischen Kopfstand vollführt« habe. (GKFA 23.1, 351) Die Publikmachung dieser anstößigen Bemerkung schlug hohe Wellen, deren Bewegung sich bis zu dem folgenreichen »Protest der Richard-Wagner-Stadt München« gegen Thomas Mann vom April 1933 erstreckte.

Als Thomas Mann im August 1929 mit der Ausarbeitung seiner italienischen Novelle begann, hatte er also unzweifelhaft ein geschärftes Bewusstsein von der Symptomatik des drei Jahre zuvor in Forte dei Marmi Erlebten. In jener Phase stellte sich ihm der Faschismus vornehmlich als eine regressive politische Bewegung dar, von der ganz Europa bedroht war. Der Rückfall in einen demagogisch erhitzten Nationalismus bedeutete einen gravierenden Niveauverlust an Zivilisation und politischer Gesittung. Seine *Rede über Lessing* von Anfang 1929 machte Ernst mit der in der Frank-Rezension erteilten Mahnung, vor der eigenen Türe zu kehren. Darin beschwört er »Lessings Geist und Namen« gegen »jede Art von Faschismus« – also auch der deutschen Variante – samt dessen »dynamistischen Orgasmus«, um darüber »hinaus zu gelangen.« (GW IX, 244f.) Mit der Klärung seines Verständnisses von Faschismus und in dem Wissen um die Anfälligkeit auch Deutschlands für die zivilisatorische Regression wuchs Thomas Manns Bereitwilligkeit, sich politisch zu exponieren. Der weitestgehende Beleg dafür ist seine am 17. Oktober 1930 in Berlin vorgetragene *Deutsche Ansprache*, die er als einen dringenden »Appell an die Vernunft« und Warnung vor dem Nationalsozialismus verstanden wissen wollte. Was ihn zu dieser zweiten großen Intervention als führender public intellectual der Weimarer Republik trieb, war der überraschend große Erfolg der NSDAP in der Reichstagswahl vom 14. September 1930. In der Hoffnung, dass die Sozialdemokratie sich als ein Bollwerk gegen den Nationalsozialismus erweisen möge, forderte er das deutsche Bürgertum auf, die SPD zu unterstützen. (Hansen 2013, S. 238–256; Vaget 2017a) An dieser Stelle musste ihm klar gewesen sein, dass Deutschland von der in *Mario und der Zauberer* beschworenen Ansteckung durch den Faschismus bereits ergriffen war. Und wiewohl er sich einzureden versuchte, dass ein Cipolla in Deutschland nicht möglich sei, konnte er schwerlich die Lehre seiner Novelle ignorieren – die Lehre, dass auf die Widerstandskraft der deutschen Bürger gegenüber einem Bruder Cipollas nicht zu zählen war.

Ein weiteres Detail in Thomas Manns eigener Schilderung der Genese seiner Novelle ist abschließend zu betrachten. Es betrifft den »letale[n] Ausgang« der Erzählung. Otto Hoerth (1879–1966), ein dichtender Lehrer, hatte ihm sein »Literarisches Gespräch über Thomas Mann auf hoher See« geschickt, um Näheres von ihm über die Novelle zu erfahren. (GKFA 23.2, 496) Thomas Mann versicherte ihm, dass sich nahezu alles so zugetragen habe, wie geschildert. Allerdings seien in Forte dei Marmi keine Schüsse gefallen, aber auch dieses Detail habe er eigentlich nicht selbst erfunden: die »Schüsse […] sind nicht einmal meine Erfindung: Als ich von dem Abend hier erzählte, sagte meine älteste Tochter: ›Ich hätte mich nicht gewundert, wenn er ihn niedergeschossen hätte.‹ Erst von diesem Augenblick war das Erlebte eine Novelle […].« (GKFA 23.1, 473)

Der Brief an den ihm unbekannten Otto Hoerth gehört ersichtlich noch zu dem Versuch im *Lebensabriß*, die politische Stoßrichtung seiner Novelle zugunsten einer breiteren Deutbarkeit zu verschleiern und sie als ein vieldeutiges »tragisches Reiseerlebnis« erscheinen zu lassen. Dem »Privaten und zunächst Unbedeutenden« dieser Geschichte sei wie von selbst etwas »Kritisch-Ideelles« erwachsen, etwas »Moralisch-Politisches«, das jedoch nicht näher bezeichnet wird. Auch lasse sich eine »bestimmte Abneigung« erkennen, doch diese richte sich keineswegs gegen »Italien und das Italienische«, sondern lediglich gegen den »Zauberkünstler« Cipolla und sein finsteres Theater. Der »explosive[ ] Charakter« der Geschichte habe sich gleichsam von selbst ergeben. Dies habe seine Tochter instinktiv erfasst und auf den Punkt gebracht.

Wir haben es einmal mehr mit einer recht fragwürdigen, weil untypischen Auskunft zu tun. Thomas Mann schrieb die eigentliche Pointe einer Geschichte gewöhnlich nicht einer Unbeteiligten zu. Näherliegend ist die Vermutung, dass er von zwei Attentatsversuchen auf Mussolini Kunde hatte. Am 11. September 1926, also noch während der Wochen in Forte dei Marmi, wurde in Rom ein Bombenattentat auf den Duce verübt. Vier Wochen später versuchte ein 15-jähriger Junge, ihn mit einem Pistolenschuss zu töten; er wurde sogleich standrechtlich gehängt. (Mazzetti 2010, S. 119) Die Zeitungen waren voll davon. Dass dem langzeitigen Italien-Liebhaber dies entgangen sein könnte, ist recht unwahrscheinlIch. Plausibler scheint es somit, auch die Attentate auf Mussolini »zu den wahren Fakten« zu zählen, »die dann dichterisch bearbeitet worden sind« (ebd., S. 111).

Zur Erklärung der seltsamen, vermutlich absichtlich irreführenden Auskunft an die Adresse Otto Hoerths – und lediglich ihm gegenüber – ist daran zu erinnern, dass Thomas Mann seine älteste Tochter gerne sein »Wotanskind« nannte. Im Sinne des im Hause Mann geläufigen Wagner-Codes war Erika die Einzige, die, wie Brünnhilde in *Die Walküre*, des Vaters »innerstes Sinnen« kannte; die Gespräche mit ihr sind eigentlich Selbstgespräche. Die angeblich zündende Idee mit den tödlichen Pistolenschüssen mag sehr wohl von dem »Wotanskind« geäußert worden sein, waren aber vermutlich nur das Echo auf des Vaters »innerstes Sinnen«.

Von den spezifisch literarischen Entscheidungen, die vor dem Beginn der Niederschrift zu treffen waren, hat Thomas Mann nichts verraten. Es ist jedoch ohne weiteres zu erkennen, dass *Mario und der Zauberer* keine aus dem Ärmel geschüttelte »Stegreifleistung« war, wie er im *Lebensabriß* nicht ohne eine gewisse Renommage behauptete, sondern etwas im Lichte der jüngsten Erfahrung Gewachsenes. Ebenso unverkennbar werden bestimmte Fäden der vorausgegangenen Erzählungen aufgenommen und aktualisiert. Wie *Herr und Hund*, *Gesang vom Kindchen* sowie *Unordnung und frühes Leid* trägt auch diese Erzählung gewisse Züge eines Idylls – eines Familienferienidylls. Es ist jedoch ein akut gefährdetes, weil von dem anschwellenden Faschismus bis zur Unleidlichkeit bedrohtes Idyll. Diese Erzählung geht in mehrfacher Hinsicht über die vorangegangenen hinaus. Sie ist im Sinne des Professors Cornelius in weit höherem Maße von der »geschehenden Geschichte« geprägt als *Unordnung und frühes Leid*, nicht zuletzt indem sie den geistigen Horizont über München in Richtung Italien und Europa erweitert. Und sie bedient sich einer Sprache, die präzise und sachlich ist und, anders als noch *Herr und Hund*, konventionell »dichterische« Anwandlungen verschmäht. Sie liest sich weniger wie eine fabulierfreudige novellistische Aufbereitung eines Reiseerlebnisses als wie eine sachliche Reportage und darf eben deswegen eine gegenüber dem *Tod in Venedig* akualisierte Version von Klassizität beanspruchen.

## Textlage

Von der Hs. hat sich lediglich ein Blatt erhalten (Blatt 55, A-II-Msv 36). Siehe die Faksimile-Abbildung in: Pils/Ulrich 2010, S. 16, sowie im vorliegenden Band auf der gegenüberliegenden Seite.

ED: *Tragisches Reiseerlebnis.* Novelle von Thomas Mann, in: *Velhagen & Klasings Monatshefte*, 44. Jg., April 1930, S. 113–136. Druckvorlage.

BA: *Mario und der Zauberer*, Berlin 1930. 143 Seiten. 13 Textbilder, Einband, Vorsatz von Hans Meid.

## Quellenlage

Wie die Briefe an Hofmannsthal und Ferrieri zeigen, stützt sich *Mario und der Zauberer* im Kern auf das, was Thomas Mann 1926 in Italien erlebt und beobachtet hatte. Es ist jedoch anzunehmen, dass er für die Ausarbeitung der Erzählung und die wissenschaftlich abgesicherte Stichhaltigkeit der darin geschilderten Phänomene der Hypnose, der Massensuggestion und der Willensaufnötigung, wie es seine Gewohnheit war, Fachliteratur heranzog.

Die einschlägige Forschung (Widdig 1992, S. 101–127; Zeller 2004; 2006; 2010) hat den Scheinwerfer in erster Linie auf zwei grundlegende Texte gerichtet: Die bahnbrechende Studie der Massenpsychologie von Gustave Le Bon: *Psychologie des foules* (1895), die in deutscher Übersetzung 1908 als *Psychologie der Massen* erschien, sowie Sigmund Freuds Studie *Massenpsychologie und Ich-Analyse* (1921), in der Freud ausgiebig auf Le Bon eingeht. Unzweideutige Beweise dafür, dass Thomas Mann diese Texte gelesen hat, existieren nicht. Es ist jedoch sehr wahrscheinlich, dass er sich darüber kundig gemacht hatte, wenn nicht aus erster, so aus zweiter Hand. Mehrere Übereinstimmungen zwischen den von ihm beschriebenen Phänomenen mit Le Bons Ausführungen sprechen dafür. Mit hoher Wahrscheinlichkeit (Dierks 2010, S. 86) zog er darüber hinaus ein Lehrbuch von Auguste Forel heran: *Der Hypnotismus. Seine psycho-physiologische, medicinische, strafrechtliche Bedeutung und seine Handhabung* (1889).

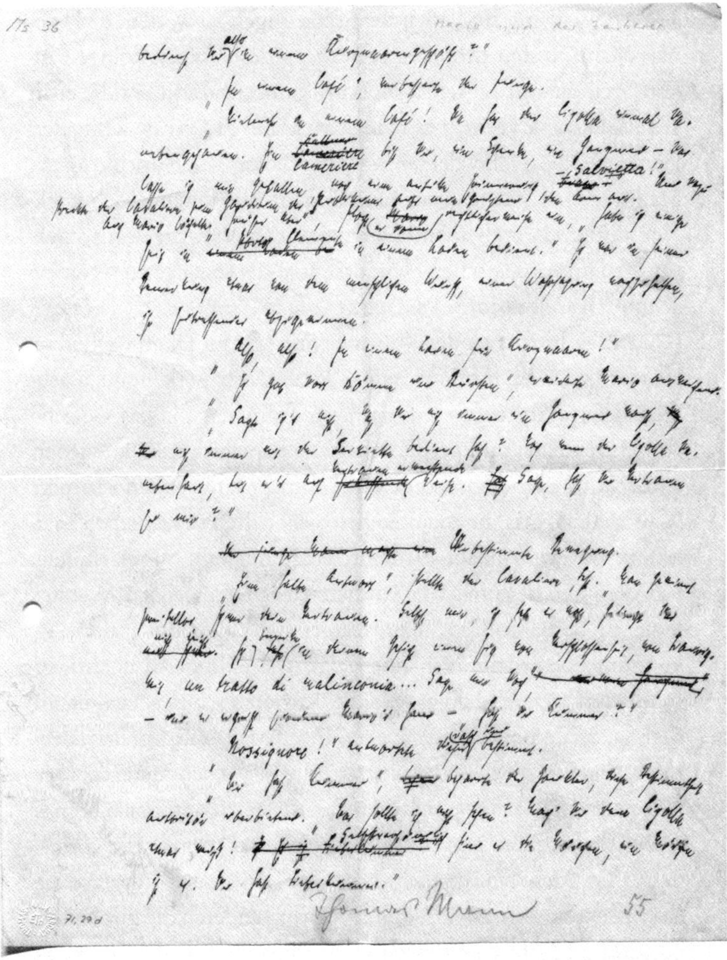

Einzig erhaltene Seite der Handschrift von *Mario und der Zauberer* (TMA); vgl. Textlage, S. 104.

Als einschlägig sind auch die Erfahrungen zu werten, die Thomas Mann in den Münchener Séancen des Parapsychologen Albert Freiherr von Schrenck-Notzing gemacht und über die er in *Okkulte Erlebnisse* (1922) berichtet hat. Manfred Dierks zufolge erklärt sich die Nähe der »massenpsychologischen Intuitionen« Manns zu den Studien sowohl Le Bons als auch Freuds, Schrenck-Notzings und Forels aus »der gemeinsamen Verwurzelung dieser Autoren im europäischen Hypnotismus« der sogenannten Nancy-Schule. (Dierks 2010, S. 87; Dierks 2012)

Darüber hinaus ist der Kulturtheorie Johann Jakob Bachofens (1815–1887) eine hintergründige Präsenz zuzuerkennen. Bachofen lieferte kulturgeographische Koordinaten für das Gewebe von historischen und prähistorischen Anspielungen. Die Wiederentdeckung Bachofens wurde von Thomas Mann lebhaft rezipiert (Galvan 1996; Elsaghe 2009). Sogleich nach ihrem Erscheinen 1926 erwarb er zwei Anthologien mit einer Auswahl aus Bachofens Schriften und begann sie zu studieren. Bachofen gehörte in erster Linie zu dem großen Einzugsgebiet der *Geschichten Jaakobs*. Es konnte jedoch nicht ausbleiben, dass während der dreijährigen Inkubationszeit des *Mario*-Stoffes Bachofen'sches Ideengut in Manns eigene politische Novelle Eingang fand. Bachofens Theorie: *Das Mutterrecht: Eine Untersuchung über die Gynaikokratie der alten Welt nach ihrer religiösen und rechtlichen Natur* (1861), hat Thomas Manns italienische Novelle auf zweifache Art und Weise mitgeprägt. An Bachofen angelehnt ist zum einen die prononcierte Geschlechterdynamik (Elsaghe 2009), zum anderen die impliziten kulturtopographischen Koordinaten, die das aktuelle Italien ins Fadenkreuz zweier antagonistischer und feindlicher Welten rücken: Afrika und Europa (Hamacher 2010).

## Rezeption

*Deutschsprachige Länder*

Die Sonderstellung der *Mario*-Novelle erhellt nicht zuletzt daraus, dass sie bei ihrem Erscheinen auf nahezu einmütige Bewunderung ihrer künstlerischen Gestalt traf wie zuvor nur *Der Tod in Venedig*. Die Meinung, dass dieses Werk Thomas Mann auf der Höhe seiner Meisterschaft als Erzähler ausweise, war weitverbreitet. Ein »vollendetes kleines Meisterwerk [...] ein kaum erreichbares Musterbeispiel von dichterischer Psychologie« (Stefan Ehrenzweig, *Tagebuch*); »eine neue Gipfelung seiner formalen Kunst« (Alfred Kantorowicz, *Die literarische Welt*); eine »formvollendete«, ja »die beste deutsche Novelle« (Heinz Stroh, *Börsen-Zeitung*); eine »meisterliche Novelle [...] ein Wunder an Grazie und Beschwingtheit« (Hugo Marti, *Berner Bund*) dürfen als charakteristische Urteile bezeichnet werden. Richard Specht (*Neue Freie Presse*) resümiert die allgemeine Hochschätzung, wenn er bemerkt, dass der Autor von *Mario und der Zauberer* den Nobelpreis in der Tat verdient habe (unerachtet der Tatsache, dass der Preis ihm ausdrücklich für *Buddenbrooks* zuerkannt worden war).

Das krasseste Urteil aus dem völkischen Lager gab Fritz Rostosky ab. In der von dem Nationalsozialisten Will Vesper geleiteten Zeitschrift *Die schöne Literatur* nahm er Anstoß an der »feuilletonistisch aufgezäumten [...] Sprachverderbnis« und, »gepackt« von einer »höllische[n] Wut«, protestierte er heuchlerisch dagegen, dass hier »die Kunst zum Werkzeug der Politik prostituiert« worden sei. Das einzige andere völlig ablehnende Urteil stand in der nationalkonservativen *Deutschen Rundschau* zu lesen, in der H. W. Klein sich über die »gezierte Haltung in Wort und Gedanken« mokierte und die ganze Sache als eine »belanglose Eitelkeit« abtat, dabei geflissentlich die politische Thematik unterdrückend.

Die Rezeption von *Mario und der Zauberer* erlangte dadurch eine eigene Signifikanz, dass sie sich in einem kräftigen Aufwind vollzog, der aus der Synergie zweier unterschiedlicher Faktoren resultierte, einem lebensgeschichtlichen und einem zeitgeschichtlichen. Die *Mario*-Novelle war die erste Publikation nach dem Nobelpreis, der den Zenit seines Ruhmes zu Lebzeiten markierte, und fand nicht zuletzt deswegen ein sehr lebhaftes Echo. Thomas Manns Auszeichnung fiel jedoch in eine Phase der sich beschleunigenden Krise der Weimarer Republik, mit deren Überleben er seit der Republik-Rede von 1922 auf existenzielle Weise verkettet war. Wenige Jahre später zeigte sich, dass das Ende der Weimarer Republik auch seiner Präsenz in Deutschland ein Ende setzte.

Angesichts dieser historischen Konstellation rückt die Frage, ob und in welchem Sinne diese Erzählung politisch zu deuten sei, ins Zentrum des Interesses, paradoxerweise auch da, wo dieser Aspekt geflissentlich ignoriert wird. Die Rezensenten, die die politischen Implikationen auf sich beruhen ließen, konnten sich zum Teil auf den Autor selbst berufen, denn, wie gezeigt, schien er in seinem für die Weltöffentlichkeit geschriebenen *Lebensabriß* eine unpolitische Lektüre zu favorisieren und zu autorisieren. Diese Leseanweisung und Rezeptionssteuerung muss jedoch im Lichte der Entstehungsgeschichte als wenig überzeugend, ja als irreführend bezeichnet werden. Später, im Abstand von zehn Jahren, bekannte er dem amerikanischen Germanisten Henry Hatfield gegenüber, dass *Mario und der Zauberer* »wohl eine erste Kampfhandlung« war »gegen das, was damals schon die europäische Gesamtatmosphäre erfüllte« (DüD II, 372; Hatfield in *Germanic Review*). Er war überzeugt, dass die »politisch-moralistische« Stoßrichtung der Novelle »damals in Deutschland, lange vor 1933, recht wohl verstanden« wurde. (GW XIII, 167) Offenbar dachte er dabei an die vorgeblich unpolitische Deutung Rostoskys, über den er bemerkte: »Der gute Mann hat [...] einfach nichts gemerkt – oder er hat, auf seine Art, auch wieder zuviel ›gemerkt‹ um guter Laune zu bleiben.« (DüD II, 369) An anderer Stelle bezeichnet er selbst Intention und Gehalt »diese[r] Geschichte«, wenn er gesteht: »Als ich sie schrieb, glaubte ich nicht, daß Cipolla in Deutschland möglich sei. Es war eine patriotische Ueberschätzung meiner Nation.« (DüD II, 372)

Entgegen der Meinung, die vor allem in der marxistisch orientierten Forschung lange vorherrschte (H. Mayer; W. Freese), war die Rezeption der *Mario*-Novelle in den deutschsprachigen Ländern überwiegend politisch grundiert. Dies gilt in noch höherem Maße von der Rezeption in den Vereinigten Staaten und in Italien, dem neben Amerika wichtigsten Land für das globale Ansehen des *Mario*-Autors. (Galvan 2014a) Freilich fiel die Rezeption in diesen Ländern sehr unterschiedlich aus.

Die historische Konstellation, auf die *Mario und der Zauberer* traf, lässt darüber hinaus erkennen, warum dieser Erzählung eine außerordentliche Bedeutung für die bewegte Reputationsgeschichte dieses Autors zuzuerkennen ist. Das weltweit hohe Ansehen als Vertreter des »anderen Deutschland«, dessen sich Thomas Mann nach 1933 erfreute, beruht in hohem Maße auf seiner Opposition gegen Hitler-Deutschland. Unter diesem Gesichtspunkt ist es unerlässlich, eine fundierte Vorstellung von der Aufnahme der Novelle in den Krisenjahren der Weimarer Republik und von ihrem spezifischen politischen Erkenntniswert zu haben. Wie zwei Jahrzehnte später aus Anlass des *Doktor Faustus* erwies sich die Rezeption der *Mario*-Novelle, wie eingehende Untersuchungen der Rezeptionszeugnisse (Wuckel 1978; Sautermeister 1981; Vaget 1984; Goll 2000; Kiefer 2004; Hamacher 2006; Pils 2010) gezeigt haben, als ein verlässliches mentalitätsgeschichtliches Barometer.

Es bedarf somit keiner Rekapitulation der über zwei Dutzend von insgesamt 66 (Freese 1977, S. 659) hier erfassten Rezensionen im deutschsprachigen Bereich. Es genügt, das Spektrum der politisch zu deutenden Reaktionen zu erfassen und zu gewichten. In etwa der Hälfte der deutschen Rezensionen wird der Gegenstand der Erzählung: die Darstellung des Faschismus und seiner psychologischen Wurzeln, unzweideutig benannt. Im *Berliner Börsen-Courier* etikettiert der von Thomas Mann hochgeschätzte Arzt und Schriftsteller Ernst Weiß Cipolla als einen »Über-Mussolini« und bewundert, wie hier die Atmosphäre des »faschistischen Italien« vergegenwärtigt sei. Julius Bab, ein treuer Bewunderer Manns, doch unabhängig urteilender Kritiker, befand in der *Berliner Volkszeitung*, dass es die »Luft des faschistischen Italien« sei, die die Atmosphäre von Anfang an so unangenehm mache, und dass Cipolla eine geradezu »spukhafte Karikatur« des Duce darstelle; wenn dieser »etwas von Kunst verstände, müsste er diese Novelle in Italien verbieten lassen«. Hans Natonek in der *Neuen Leipziger Zeitung* detailliert die faschistischen Atmosphärilien und bemerkt, ihr antifaschistischer, politischer Sinn sei »durchsichtig wie ein Kristall«. Auch Bernard Guillémin in der *Nürnberger Zeitung* benennt die faschistischen Elemente, insbesondere das »rattenfängerische Wesen« sowie die »wirksame Zauberei der Schlagworte und Formeln«; obgleich er Cipolla nicht als eine »Maske« für Mussolini sehen möchte, sondern als ein Exemplar eines verbreiteten »Typus«, erblickt er in der Anwendung auf die »Welt draußen« die »heimliche Bestimmung« der Novelle. Selbst »M. J.« (Monty Jacobs), der Feuilletonchef der *Vossischen Zeitung*, der den privaten Charakter des »Reiseerlebnisses« betont, lässt keinen Zweifel daran, dass die Verstörung des Familienvaters politische Ursachen habe: »Gebläht vom Wahne eines neuen Nationalismus, lassen Mussolinis Untertanen die Fremden fühlen, dass sie Badegäste zweiter Klasse sind.« Sie alle teilen die Auffassung Stefan Großmanns in dem linksliberalen *Tagebuch*, »daß Mann als Erzähler immer auch Politiker ist«. Es ist kaum ein Zufall, dass die politisch wachen Kritiker, mit der Ausnahme Guillémin, jüdischer Abkunft waren und in einem Land mit anschwellender Judenfeindschaft auf Manns politische Novelle besonders hellhörig reagierten.

Freilich musste sich diesen Rezensenten wie auch ihrer Leserschaft eine weitergehende Frage stellen: Wenn ein deutscher Autor den italienischen Faschismus einer psychologisch entlarvenden Darstellung für wert, ja für geboten hält, und wenn dieser Autor selbst von den völkischen und nationalsozialistischen Kräften im eigenen Land zunehmend heftig angefeindet wird, so ist es nicht allzu weit hergeholt, den Bogen von der Entlarvung des italienischen Faschismus zu den deutschen Verhältnissen zu schlagen. In keiner der genannten Rezensionen wird eine solche Bezugnahme offen ausgesprochen. Es finden sich darin aber codierte Formulierungen, die eine solche implizite Bezugnahme auf Deutschland suggerieren oder jedenfalls nicht ausschließen. Natonek beispielsweise verweist auf die »Fülle bezeichnender Worte, die bedeutsam blinzeln« und damit geradezu auffordern, Manns kleine Phänomenologie des Faschismus mit der Hitler-Bewegung in Deutschland zu vergleichen. Wenn Ernst Weiß das Volk-Führer-Verhältnis anspricht, den »Massenwahn« hervorhebt sowie »ein ins Religiöse sich versteigendes Nationalgefühl« und hinzufügt, dass diese Phänomene »für Europa von der äußersten Wichtigkeit« seien, so wird deren Anwendung auf Deutschland deutlich genug nahegelegt. Auch Guillémin reflektiert die Vergleichbarkeit des in dem italienischen Badeort Geschilderten mit »der Welt draußen«, also auch Deutschland. Und Natonek signalisiert den Bezug auf die deutschen Verhältnisse, wenn er »Befehlen und Gehorchen« sowie »Volk und Führer« in Sperrdruck setzt und zudem die »Entselbstung der Menschen« durch die »Gewalt des Wortes« thematisiert und auf die in der Reitpeitsche Cipollas angedeutete nackte Gewalt verweist – beides wohlbekannte Attribute Hitlers –, so mochten sich manche seiner Leser ermuntert fühlen, das darin enthaltene *tua res agitur* zu registrieren.

Die Kritiker, die in der *Mario*-Novelle keine Handhabe für eine politische Deutung sehen konnten oder wollten, bedienten sich unterschiedlicher Argumente. Verbreitet war die Auffassung, dass es sich hier im Wesentlichen um ein privates, familiäres Reiseerlebnis handle und alle politischen Anspielungen, soweit sie als solche erkannt wurden, den höheren, auf das Allgemein-Menschliche zielenden Interessen eines großen Künstlers unterzuordnen seien (Eloesser; Krug; Ehrenzweig; Flamm; Platzer). Eduard Korrodi in der *Neuen Zürcher Zeitung* bemerkt scherzhaft: »Die Manns veröffentlichen gern ihre Familie«, und signalisiert damit, dass *Mario und der Zauberer* politisch ebenso wenig ernst zu nehmen sei wie die vorangegangenen Beispiele von Literarisierung der eigenen Familie. Typisch für die Enthistorisierung der *Mario*-Novelle ist die Insistenz, mit der Werner Krug einen vermeintlich tieferen philosophischen Gehalt reklamiert und sie für eine Etude zu Schopenhauers Abhandlung »Über die Freiheit des Willens« ausgibt. In der *Deutschen Allgemeinen Zeitung* wehrt Bruno Werner jede politische Deutung ab, weil das eine »komische Unterschätzung der Intelligenz und des künstlerischen Gewissens« des Autors darstelle. Die Auffassung, dass hier ein »Gemälde des faschistischen Italiens« gegeben werde und dass »Signor Cipolla« eine »Symbolisierung Mussolinis« sei, betrachtet er als »Unterstellung törichter Motive«. Auch die Abqualifizierung Manns als bloßer Schriftsteller, statt Dichter, wird bemüht, um die politischen Andeutungen als quantité négligeable zu entkräften. (Klein; Werner; Keckeis)

Eine besonders kuriose Charakterisierung legte Erich Brock im *Kunstwart* vor: Die erste Hälfte der Novelle lege eine »einseitige politische Gereiztheit« an den Tag, während die zweite, vermeintlich unpolitische Hälfte ein »Kabinettstück« der Mann'schen Erzählkunst darstelle, das ihn für »höhere« Aufgaben qualifiziere: »[...] hier zeigt er einmal einen Augenblick wieder, was er kann, und was man von ihm zu fordern berechtigt ist. Eben darum darf man nicht ablassen, ihn unaufhörlich auf die Verpflichtungen eines geistigen Führers der Nation hinzuweisen, der er zu heißen sich gefällt und vielleicht auch sein könnte.« Geistige Führerschaft also nur unter der Bedingung der Enthaltsamkeit von »einseitiger politischer Gereiztheit«.

*Italien*

Die Aufnahme von Manns italienischer Novelle in Italien selbst war, wie vorauszusehen, sehr wohl von politischer Gereiztheit gekennzeichnet. Selbstredend war 1930 eine italienische Übersetzung undenkbar. Thomas Mann zeigte gegenüber Lavinia Mazzucchetti, seiner italienischen Übersetzerin, volles Verständnis dafür und schrieb ihr am 3. Februar 1930: »Ich wollte, ich könnte Ihnen ›Mario und der Zauberer‹, dessen Korrekturen ich eben von Fischer erhielt, zur Übersetzung anbieten, aber eine neue Prüfung zeigt mir, daß die Geschichte für Italien wirklich ganz unmöglich ist.« (Galvan 2015a, S. 25; Galvan 2015c)

Offenbar war aber das Renommee des jüngsten Nobelpreisträgers in Italien so hoch, dass zwei Germanisten vom Fach es für angezeigt hielten, den offenbar befürcheten Schaden für »Mussolinien« zu begrenzen. In unverkennbar prophylaktischer Absicht versicherten sie ihrer Leserschaft, dass Manns italienische Novelle auf massiven Vorurteilen und Missverständnissen beruhe. Das aber konnten sie ungehindert verkünden, weil die Leser keine Möglichkeit hatten, diese Behauptungen anhand einer Übersetzung zu prüfen. Enrico Rocca bietet den Lesern des *Il Mattino* (Neapel) eine ebenso einfache wie prima facie plausible Erklärung. Dies sei »in gewisser Hinsicht der stereotypische Reisebericht eines Ausländers, der sich in Italien deshalb nicht wohlfühlt, weil er mit einem Gepäck voller Vorurteile angereist ist.« (Galvan 2015a, S. 25) Bonaventura Tecchi beeilte sich, in der *Gazetta del Popolo* (Turin) seinem Kollegen beizupflichten und wertet die Novelle als Beleg für Thomas Manns Unfähigkeit, den Süden zu verstehen. Tecchi erklärt den ersten Teil der Erzählung für überflüssig, da die Beschreibung der politischen Gereiztheiten deplatziert sei; im Übrigen seien italienische Empfindlichkeiten in dieser heiklen Sache durchaus legitim. Offenbar gehörten Rocca und Tecchi zu der Kategorie von Lesern, die, wie Thomas Mann meinte, auf ihre Art »zuviel gemerkt« hatten.

Noch entschiedener als die beiden Germanisten versuchte Francesco Bruno in der faschistischen Zeitschrift *Augustea* (Rom) Manns Novelle zu entschärfen, indem er alles auf die »Pregiudizi di Tommaso Mann« schob – dies die Überschrift seiner Besprechung. Bruno versichert seinen Lesern, dass des Autors nordische Mentalität, die von Herablassung und Überheblichkeit gekennzeichnet sei, ihn für die Lebensformen und Stimmen des Südens unempfänglich machten. Dass solche wohlfeilen Argumente als Vertuschungsversuche zu werten sind, zeigt sich nicht zuletzt daran, dass der mit Händen zu greifende Bezug auf die italienische Gegenwart konsequent unterschlagen und jede Erwähnung der Cipolla-Figur vermieden wird. Hingegen räumt Ludovico Luzzatto in der Zeitschrift *La Nuova Italia* (Florenz) den Bezug zum aktuellen faschistischen Italien durchaus ein – er spricht von einem Spiegelbild –, doch findet dieser Apologet des nuova Italia andere Mittel, der ärgerlichen Geschichte ihren Stachel zu nehmen: es handle sich, versichert er, um einen monotonen, in seiner Ich-Bezogenheit ermüdenden Reisebericht, der allerlei formale und stilistische Mängel aufweise und zudem von zahlreichen fehlerhaften italienischen Einsprengseln entstellt sei. Mit anderen Worten: kein literarisch anspruchsvoller Italiener braucht sich die Mühe zu geben, diese Erzählung zu lesen.

Die Tatsache, dass 1945, sogleich nach dem Ende Mussolinis, der den Schüssen italienischer Partisanen zum Opfer fiel, und nach der Niederwerfung Hitler-Deutschlands, zwei italienische Übersetzungen erschienen, von Anna Bovero (*Mario e l'incantatore*) und Giorgio Zampa (*Mario e il Mago*), ist in mehrfacher Hinsicht bemerkenswert. Offenbar war schon seit geraumer Zeit die Erkenntnis gereift, dass die Stunde für Thomas Manns Analyse des italienischen Faschismus gekommen sei, sonst wäre man zu Kriegsende nicht so pünktlich mit gleich zwei Übersetzungen zur Stelle gewesen. Es scheint, dass *Mario und der Zauberer* darüber hinaus der Anlass war zu einer ansatzweisen Vergangenheitsbewältigung auf Italienisch. Bonaventura Tecchi, nun auch Romanautor, meldete sich 1946 in der Zeitschrift *Nuova Europa* (Rom) in der Sache *Mario* ein zweites Mal zu Wort, denn die Schüsse auf Cipolla am Ende der Novelle stellten sich ihm 1946 etwas anders dar als 1930. Zwar möchte er von den abfälligen Kommentaren zu den politischen Implikationen in dem angeblich überflüssigen ersten Teil nicht völlig abrücken, aber er gibt zu, man könne aus der Perspektive von heute die außerordentliche Aktualität dieses befreienden Endes nicht bestreiten. Für diese überraschende Aktualität hat Tecchi eine bemerkenswert gewundene Erklärung. Die befreienden Schüsse am Ende seien ursprünglich aus rein künstlerischen (probabilmente solo artistiche) Gründen gefallen, nicht etwa aus politischer Ein- und Voraussicht. Dieser Eindruck stelle sich erst im Lichte der jüngsten Geschichte ein, denn eine so erstaunliche politische Erkenntnis habe Thomas Mann nicht schon 1930 haben können; sie sei seiner Novelle erst im Laufe der Jahre zugewachsen.

Anna Bovero hatte keinen Grund, zu solchen Ausreden zu greifen. In der Einleitung zu ihrer Übersetzung von Manns zweiter, großer italienischer Novelle legt sie den Finger auf die kollektive Wunde und liefert damit eine bedeutende Anregung, nach dem Ende der faschistischen Herrschaft Thomas Mann zu lesen und in *Mario e l'incantatore* einen »Spiegel« der gerade überlebten Tragödie zu erkennen: »Tiefer als jeder andere zeitgenössische Künstler ist er [Thomas Mann] hinabgestiegen, um das dunkle Reich zu erkunden, in dem die über- und unterrationalen Kräfte herrschen. Im Namen der Vernunft wurde er zum entschiedensten Gegner des Nationalsozialismus, den er in all diesen Kriegsjahren unermüdlich über die amerikanischen Mikrophone bekämpft hat. Aus demselben Geist entstand *Mario und der Zauberer*. Im Scharlatan, der so lange den Willen einer ganzen Versammlung unter seine Gewalt zwingt, ihn auslöscht und ihn seiner Laune bis zur letzten Schande dienstbar macht; in Mario, Opfer und Rächer – in beiden wird es den Italienern nicht schwerfallen, das Wesen ihrer Tragödie wie in einem Spiegel zu erkennen.« (Galvan 2015a, S. 31)

Schließlich steuerte Lavinia Mazzucchetti nach Kriegsende in der Zeitschrift *La Lettura* (Mailand) eine Würdigung und Rehabilitierung von Thomas Manns Novelle bei, die der italienischen Thomas-Mann-Rezeption einen neuen Anstoß gab. In ihrem Artikel reproduziert sie die handschriftliche Widmung in dem Exemplar von *Mario und der Zauberer*, das der Autor ihr geschickt hatte: »Es lebe Italien! München 4. 5. 1930, Thomas Mann.« Damit sollten alle während der faschistischen Herrschaft verbreiteten Zweifel an Thomas Manns wahrer Einstellung zu Italien ausgeräumt werden. (Fotografische Wiedergabe des Artikels in Pils/Ulrich 2010, S. 105)

*Vereinigte Staaten*

*Mario and the Magician* in der Übersetzung Helen T. Lowe-Porters erschien 1931 in New York und wurde ganz überwiegend positiv aufgenommen. Eine Ausnahme ist zu verzeichnen. *The Bookman*, ein konservatives literarisches Wochenblatt, brachte aus der Feder von Gerald Sykes einen Verriss: die neue »story« halte den Vergleich mit *Death in Venice* nicht aus; sie sei schlicht misslungen: den Figuren des Mario und des Cipolla eigne keinerlei symbolische Bedeutung. Dass in dieser Story der italienische Faschismus thematisert wird, geht aus der Besprechung nicht hervor. Der Rezensent bezieht sich auch auf den *Lebensabriß*, und man darf vermuten, dass diese Schrift, die der Rezensent schrecklich »conceited« und unbescheiden fand, sein Urteil trübte. Ein weiteres Motiv für den Verriss mag daher rühren, dass der Herausgeber des *Bookman*, Seward Collins, für faschistische Sympathien bekannt war und dafür gesorgt hatte, dass der politischen Tendenz der *Mario*-Novelle durch die Entwertung ihrer formalen Gestalt jegliche Berechtigung entzogen wurde.

Auch in den meisten anderen Rezensionen wurde die politische Thematik ignoriert oder als eine Nebensache ausgegeben. In der vielgelesenen Literaturbeilage der *New York Times* am Sonntag charakterisiert Louis Kronenberger die Novelle als »allegorical triumph of good over evil«, versagt sich aber jede Andeutung über den Herd des Übels. Richard Strachey in der *Nation and Athenaeum*, einer englischen, doch auch in Amerika gelesenen politischen Wochenzeitschrift, entzieht jeglicher Assoziation mit dem italienischen Faschismus den Boden, wenn er den Ort der Handlung fälschlich nach Dalmatien verlegt. Und William Smyser in der verbreiteten *Saturday Review of Literature* verharmlost das Werk, indem er es als Reiseliteratur ausgibt nach dem Muster der englischen Reiseliteratur, die stets nur von den »unpleasantness abroad« handle. Smyser orakelt zwar von »matières politiques«, aber lässt es damit sein Bewenden haben; der »real hero of the story« sei der groteske Zauberer Cipolla, den er als eine Ausgeburt von »Mann's gothic imagination« begreifen will.

Die wichtigste und niveauvollste Rezension war die Clifton Fadimans in der links-liberalen politischen Wochenschrift *The Nation*. Fadiman war zu der Zeit Lektor in dem angesehenen Verlagshaus Simon & Schuster, bevor er zu einer dominanten, in allen Medien präsenten Figur der amerikanischen Literaturszene aufstieg. Fadiman erklärt, Thomas Mann sei von dem metaphysischen Problem des Bösen besessen und darin Herman Melville vergleichbar. Als Einziger erkennt er, dass Cipolla eine »figure out of Freud« sei: »[...] he is destroyed by the very Eros he thinks to mock.« Vor allem jedoch: Cipollas »strident and theatrical patriotism« sowie sein Ehrgeiz, über andere zu herrschen, weise ihn als einen faschistischen Typus aus. Mehr noch: Fadiman interpretiert das tödliche Ende der Novelle als eine heimliche Prophezeiung, dass der Faschismus sich seine eigene Grube gräbt, in die er einmal stürzen werde.

Fadiman war zehn Jahre lang, von 1933 bis 1943, Leiter des Rezensionsteils bei dem tonangebenden *New Yorker* und danach Juror beim Book of the Month Club, der der ausschlaggebende Faktor war in Thomas Manns wirtschaftlichem Erfolg in Amerika. Wie seine *Mario*-Rezension zeigt, war er auch einer der Ersten – schon 1931 –, der die literarische Prominenz des deutschen Nobelpreisträgers mit seinem Antifaschismus aufs engste verknüpfte und damit die feste Grundlage schuf für die stereotypische Wahrnehmung des Exilanten als »the greatest living man of letters«. (Vaget 2011, Abbildung 21)

Adaptionen

Kein anderes Werk Thomas Manns hat so viele Adaptionen in anderen Medien nach sich gezogen wie *Mario und der Zauberer*. Das Spektrum der Aneignungen reicht von Ballett bis zu Oper und Film:

Mario e il Mago. Ballett von Luchino Visconti, Léonide Massine (Choreographie) und Franco Mannino (Musik). UA in einem Programm mit Tschaikowskys *Le Nozze di Aurora* und Manuel de Fallas *L'Amore Stregone* in Mailand, Teatro alla Scala, 25. 2. 1956. (Galvan 2014b; Galvan 2015b, S. 65–79)

Mario and the Magician. Fernsehfilm für die BBC; Regie: Anthony Pelissier, 1959.

Mario és a varázsló. Tanzdrama nach Thomas Mann von András Pernye, Choreographie: Viktor Fülöp /Zsuzsa Kun; Musik: István Láng. UA Budapest, 9. 5. 1964.

Mário a kuzelník. Fernsehfilm von Alex Koenigsmark (Drehbuch) und Miroslav Luther (Regie). UA Prag, 1976. (Zander 2005, S. 135–137)

Mario and the Magician. Kammeroper von Stephen Oliver (Libretto und Musik). UA Batignano Festival (Italien), 1988.

Mário és a varázsló. Oper von Gabor Bókkon (Libretto), János Vajda (Musik). UA Budapest, 1990.

Mario and the Magician. Oper von Harry Somers (Musik) und Rod Andersen (Libretto). UA Toronto, 19. 5. 1992.

Mario and the Magician. Opera in One Act von J. D. McClatchy (Libretto) und Francis Thorne (Musik). UA Gershwin Theater, Brooklyn (New York), 12. 3. 1994.

Mario und der Zauberer. Spielfilm »frei nach der Erzählung von Thomas Mann«. Drehbuch: Burt Weinshanker, Regie: Klaus Maria Brandauer. UA Berlin, 15. 12. 1994. (Görner 1994; Haase 1994; Mahoney 1998; Wessendorf 1998; Zander 2005, S. 120–123, Elsaghe 2019, S. 296–440)

Stellenkommentar

212 1 *Zauberer*] Der Titel hat eine doppelte Verweisungsfunktion. »Zauberer« hat einen offenen Bezug zu dem italienischen Hypnotiseur und einen verdeckten zu dem Berichterstatter des italienischen Reiseerlebnisses. In der Mann-Familie war die Bezeichnung »Zauberer« für Thomas Mann etwa seit Mitte der zwanziger Jahre geläufig. Er akzeptierte diese hausinterne Benennung und zeichnete die meisten seiner Briefe an die Familie mit »Z.«.

Offenbar hat dieser häusliche *nom de guerre* eine lebensgeschichtliche Grundlage. Da aber die betreffenden Tagebücher fehlen und wir keine Zeugnisse aus erster Hand haben, lassen sich die Details nicht verlässlich rekonstruieren. Es gibt drei Quellen dazu, jede mehr oder weniger zweifelhaft. Wolfgang Born, der Illustrator des *Tod in Venedig*, erinnert sich, dass er Thomas Mann auf einem Fest im Münchener Fasching von 1922 als Zauberer kostümiert in folgender Aufmachung erlebt habe: »eine Gestalt in blauem Mantel von chinesischer Stickerei, auf deren turbanartigem Kopfputz eine hohe Feder stand.« (Freundlicher Hinweis von Dirk Heißerer.)

Für Klaus Mann, der den Namen in *Kind dieser Zeit* sowie *Der Wendepunkt* verwendet, scheint »Zauberer« einfach Verfasser des *Zauberberg* zu bedeuten. Erika Mann korrigiert und ergänzt ihren Bruder in einem Gespräch von 1968: »Zwar arbeitete er zu jenem Zeitpunkt am *Zauberberg*, so daß es also denkbar gewesen wäre, daß wir ihn deshalb so nannten, aber es war nicht deshalb, sondern es war so [...] Christa [Winsloe] gab ein Faschingsfest [...] und ich hatte beschlossen, unser Vater muß mitgehen auf dieses Maskenfest. Nun ging er nie auf solche Feste, so gern er Festlichkeiten hatte [...] und er hat bis zum Schluß gesagt, er kann ja gar nicht mitkommen, er hat kein Kostüm. Und ich habe gesagt, Du, ich verkleide Dich schon. Und ich hatte irgend eine Sorte von Cape oder etwas, was ich ihm umgehängt habe, es sah ein bißchen aus wie ein Domino, und habe ihm eine Art von Turban aus Handtüchern gezimmert und habe gesagt, so, das ist es, Du gehst als

Zauberer. Und er ging als Zauberer, von Stund an nannte ich ihn so, und das ging so weit, daß er sich in seinen Briefen Z. unterschrieb. Es war ganz offziell, er war der Zauberer.« (Erika Mann: *Mein Vater, der Zauberer*, hg. von Irmela von der Lühe und Uwe Naumann, Reinbek bei Hamburg 1996, S. 21)

212 2 *Reiseerlebnis*] Im ED lautete der vollständige Titel »Tragisches Reiseerlebnis. Novelle von Thomas Mann.« Dies ist die letzte Verwendung der Gattungsbezeichnung »Novelle«; die späteren Texte in der Kategorie »short fiction« tragen die Bezeichnung »Legende« und »Erzählung«. Dass Thomas Mann auf dem Weg vom ED zur BA den Begriff »Novelle« eliminierte, scheint insofern signifikant, als ihm offenbar aufgrund der ideologischen Inanspruchnahme dieser Gattung durch völkische Autoren der Begriff kontaminiert und nicht länger passend schien. Wenn »der Begriff der Novelle [...] im Literatursystem der Weimarer Republik überwiegend konservativ besetzt« war (Kiefer 2004, S. 93) und die »Novelle der Gegenwart heute wieder eine Offenbarung vom Wesen des deutschen Menschen unserer Zeit« sein sollte (Elster, *Die deutsche Novelle der Gegenwart*, Berlin 1925, S. 369), so mochte der Nobelpreisträger mit diesem Novellen-Verständnis nichts mehr zu tun haben. Davon unberührt bleibt der Charakter des Reiseerlebnisses, der durch die Technik der Ich-Erzählung und der durchgehenden Leser-Anrede (»Die Hitze war unmäßig, soll ich das anführen?«; »Nehmen Sie das als Erklärung unserer Seßhaftigkeit an«; »Lassen Sie mich zusammenfassen«; und dergleichen mehr) bis zum Ende aufrechterhalten bleibt.

3 *Torre di Venere*] Fiktiver Ortsname: Turm der Venus, was auf die verschüttete Gegenwart der vorchristlichen Vergangenheit verweist. Diesen Aspekt hat die *Mario*-Novelle mit Heinrich Manns von Bewunderung und Sympathie geprägten Italien-Roman von 1909 gemeinsam: *Die kleine Stadt*, in der es gleichfalls einen alten Venusturm gibt zum Zeichen, dass es dort einen Venus-Kult gab. (Schwarz 1983, S. 214f.; Vaget 1984, S. 228f.; Eigler 1984) Die in dem Ortsnamen mitschwingende Anspielung auf die Göttin der

Liebe im alten Rom liefert Gelegenheiten zu sexuellen Anzüglichkeiten, die sich der Zauberer wiederholt zunutze macht.

212 6 *diesem schrecklichen Cipolla*] Das Vorbild war der seinerzeit sehr bekannte Hypnotiseur Cesare Gabrielli (1881–1943), der als Hausierer (venditor ambulante) begann und als Hypnotiseur in ganz Italien auftrat, wobei er sich stets eines Befehls bediente: die Augen auf mich! (»a me gli occhi!«) Er trat auch in Paris, London und den Vereinigten Staaten auf und erhielt sogar eine kleine Filmrolle in *I bambini ci guardano* (1942), einem frühen Werk des Neorealismo von Vittorio de Sica (Buzzatti 1965, Hergershausen 1968). Gabrielli (Abbildung bei Pils/Ulrich 2010, S. 204) wurde von Gabriele d'Annunzio bewundert und als »Mann der Zukunft« gefeiert (Buzzatti 1965, S. 206), was Thomas Mann vermutlich wusste, denn er verfolgte seit seinen Anfängen die Entwicklung dieses Ästheten und Wagnerianers zum Faschisten-Führer mit wachem Interesse, wie an den *Betrachtungen eines Unpolitischen* zu sehen ist. (Galvan 2007) D'Annunzio (1863–1938) hatte sich im Ersten Weltkrieg ausgezeichnet. Nach dem Krieg versammelte er Kämpfer (»Schwarzhemden«) um sich, mit deren Hilfe er 1919 den Freistaat Fiume ausrief, der über ein Jahr lang bestand. Er ließ sich »Duce« nennen und war ein Vorläufer, eine Zeitlang auch ein Rivale Mussolinis. Cesare Gabrielli hatte eine enge Beziehung sowohl zu d'Annunzio als auch zu Mussolini: er war an der Aktion in Fiume beteiligt und nahm an dem Marsch auf Rom teil. (Costagli 2015, S. 37)

Das italienische Wort »cipolla« bedeutet Zwiebel. Der Name ist darüber hinaus literarisch überdeterminiert. In Boccaccios *Decamerone* trägt ein betrügerischer Prediger diesen Namen (6. Tag, 10. Novelle). In E. T. A. Hoffmanns *Der Sandmann* heißt der dämonische Wetterglashändler fast gleichlautend Coppola (Würffel 2007, S. 205). In Hoffmanns Erzählung *Der Magnetiseur* wird ein dämonischer Arzt, Dr. Alban, geschildert, der mit Hilfe des Magnetismus den freien Willen seiner Medien ausschaltet. (Tatar 1978, S. 130, 135; Galvan 2015a, S. 17f.) Thomas Manns Vergegenwärtigung des sinistren Hypnotiseurs liegen die vertrauten Muster seiner früheren Künstlergestalten zugrunde: »[...] die Schauspielerei, das Varietéhafte der Kunstinszenierungen [...] Der Künstler als überdimensionaler Taschenspieler, dessen Tun am Ende Täuschung ist, als Hochstapler und als Auserwählter, als Karnevalist und als Bohemien, als Parasit und als jedem Bürgerlichen tief Verdächtiger, nicht frei von Dämonie«; wir haben es in einem präzisen Sinn mit »Bruder Cipolla« zu tun, dem sich bald »Bruder Hitler« zugesellen wird. (Koopmann 2010, S. 42, 48f.) – Wie schon der Ortsname Torre di Venere liefert auch der Name Cipolla einen versteckten Bezugspunkt zu Heinrich Manns *Die kleine Stadt*. Dort trägt eine abgewirtschaftete Adelsfamilie diesen Namen.

212 18 *Portoclemente*] Fiktiver Ortsname. Wörtlich: Ruhiger Hafen.

21 *Capannen*] Strandhütten, Badekabinen.

213 5 *Marina Petriera*] Fiktiver Ortsname. Wörtlich: Steinige Küste. Dazu Schwarz: »Von Portoclemente, [...] dem mondänen, die neuzeitliche Zivilisation vertretenden Modebad, führt der Weg der Unzufriedenen über die Wiedererweckung der versunkenen Vergangenheit (Torre di Venere) in die nicht mehr bewohnbare steinige Welt des Nichtzivilisierten, Unzivilisierten, vielleicht in die Steinzeit selbst.« (Schwarz 1983, S. 218)

21 *Pineta-Gärten*] Gärten mit Pinienbestand.

31–32 *Cornetti al burro*] Butterhörnchen.

215 17 *den Pranzo*] Abendessen (im Italienischen maskulinen Geschlechts).

20 *Pensione Eleonora*] So benannt nach Eleonora Duse, siehe den Kommentar zu S. 217$_{20}$.

32 *ein Principe X*] Irgendein Fürst.

216 1–2 *die Fürstin*] Als »große Dame und leidenschaftliche Mutter« verdeutlicht die römische Adelige das »starke Gefälle zwischen weiblicher Imposanz und der Kläglichkeit männlicher Figuren«, das Elsaghe »direkt oder mittelbar« auf »Bachofens Vorstellungsarsenal« zurückführt. (Elsaghe 2009, S. 179)

216 3–4 *Keuchhustens*] Entzündung der Schleimhaut. Vgl. den Brief an H. von Hofmannsthal, Entstehungsgeschichte, S. 93.

7 *wenig geklärt*] Der Bazillus-Erreger des Keuchhustens wurde erst 1908 identifiziert. Vgl. Hamacher 2006, S. 10.

10–11 *akustisch ansteckend*] Der ausdrücklich so bezeichnete »Aberglaube« hat hier Verweisungscharakter: auch der Faschismus breitet sich »akustisch« aus, nämlich auf dem Wege der politischen Propaganda und des hymnischen Gesangs. (Geulen 1996, S. 26)

26–27 *ein loyaler und aufrechter Diener der Wissenschaft*] Der namenlose »Arzt des Hauses« zeigt sich unbeeindruckt von der in Torre di Venere herrschenden ansteckenden Atmosphäre, wie er wenig später ein zweites Mal beweist, und mag als Beleg dafür gelten, dass nicht alle Italiener von dem faschistischen Fieber erfassbar waren.

217 1 *Byzantinismus*] Ein Verhalten wie am Hof zu Byzanz: unterwürfig, servil.

12 *Frau Angiolieri*] Dazu die briefliche Auskunft vom 27. 11. 1930 an Gerard Hopkins von der Oxford University Press: »Der Name der Wirtin war Angela Querci, woraus mir in der Novelle Angiolieri geworden ist, und diese Dame hatte auch schon von der Novelle läuten hören und erkundigte sich angelegentlich danach. Ich habe es aber vorgezogen, eine Ausrede zu gebrauchen und ihr das Buch lieber nicht zu schicken.« (GKFA 23.1, 505) Der Name suggeriert ein engelhaftes Wesen (angelo – Engel).

20 *der Duse*] Eleonora Duse (1858–1924), die neben Sarah Bernhardt berühmteste Schauspielerin ihrer Zeit. Sie war lange Jahre in einer offenen Liaison die Lebensgefährtin Gabriele d'Annunzios. Forte dei Marmi gehörte zu den Lieblingsorten der beiden. (Müller-Salget 1983, S. 55)

26 *Etageren*] Regale, Gestelle, Wandbretter.

30–31 *in stackiertem und klingendem Toskanisch*] D. h. in der für die toskanische Mundart typischen, deutlichen Trennung der einzelnen Wörter.

218 30 *von einer Engländerin*] Dass eine Engländerin bei der Fürstin als Kinderfrau dient, erweist sich später als ein stimmiges Detail in dem politischen Diskurs der Erzählung. Siehe den Kommentar zu S. 263$_7$.

219 1–2 *Die Hitze war … afrikanisch*] Die Unbekömmlichkeit der Atmosphäre im meteorologischen wie im politischen Sinn wird wörtlich und metaphorisch auf die afrikanische Herkunft der Hitze geschoben.

5 *im bloßen Pyjama*] In einem leichten Hausanzug.

8–9 *die Sonne Homers und so weiter*] Die letzte Zeile in Schillers großer Elegie »Der Spaziergang«: »Und die Sonne Homers, siehe! sie lächelt auch uns.« Das »und so weiter« signalisiert, dass es sich um ein nicht länger zutreffendes, bildungsbürgerliches Klischee handelt.

220 3 *bürgerlichem Kroppzeug*] Kroppzeug: im Norddeutschen umgangssprachlich für Minderwertiges; hier: Kleinbürger.

12 *Rispondi al mèno!*] Antworte doch!

18 *ein großer Feigling*] Der Name Fuggièro suggeriert das Verb »fuggire« (fliehen) und damit einen Feigling, der davonläuft.

27 *Ohi! und Oimè!*] Das Jammergeschrei der homerischen Helden.

221 14–15 *es prästierte Würde*] Es legte Würde an den Tag; prätentiöse Würde.

19 *patriotischen Kindern*] Anspielung auf die zuerst 1926 in Sommerlagern in Erscheinung tretende, faschistische Jugendorganisation, die Ballilla. (Mazzetti 2010, S. 106)

222 5 *etwas wie eine Krankheit*] Die Vorstellung, dass dem italienischen Faschismus eine kollektive geistig-seelische Erkrankung zugrunde liege, überträgt Mann auch auf den Nationalsozialismus. Vgl. *Deutsche Hörer!*, 10. 5. 1945: »[…] das wüste und krankhafte Ungeheuer, Nationalsozialismus genannt […]« (GW XI, 1122); *Schicksal und Aufgabe* (1944): »Aber der Faschismus, von dem der Nationalsozialismus eine eigentümliche Abwandlung ist, ist keine deutsche Spezialität, sondern eine Zeitkrankheit, die überall zu Hause und von der kein Land frei ist.« (GW XII, 930)

222 31 *in städtischem Schniepel*] Im Frack eines städtischen Beamten.

223 2 *eine Philippika*] Strafrede. Das Etikett »Philippica« wurde von Cicero geprägt, der seine eigenen Reden (44/43 v. Chr.) gegen Mark Anton mit denen des Atheners Demosthenes gegen König Philipp von Mazedonien verglich.

7 *Mißbrauch der Gastfreundschaft*] Die Episode mit dem nackten Kind samt der behördlichen Intervention findet sich fast gleichlautend in dem Brief an Enzo Ferrieri vom 14.4.1927 (vgl. Entstehungsgeschichte, S. 96); offenbar handelt es sich hier um den Keim der Novelle.

13 *Suade*] Redeschwall (auch Suada).

26 *ein solcher Rückschlag*] Rückschlag, Rückfall, Rückneigung, Regression sind zentrale Begriffe des Thomas Mann'schen Geschichtsverständnisses insbesondere im Hinblick auf den Faschismus. Nach dem Fall des faschistischen Regimes in Italien kommentierte er: »Es ist aus mit der kinngewaltigen Herrschaftsgrimasse, dem heroischen Marinetti-Unfug, der d'Annunzio-Prahlerei, dem ganzen Schwindel sich jung und zukünftig gebärdender Rückfälligkeit.« (GW XI, 1079) Auf Deutschland bezogen hatte Mann bereits 1925 erklärt: »Das Schlimmste und Falscheste aber in allen Stücken ist Restauration. Die Zeit, der vor sich selber graut, ist voll von Restaurationsverlangen, von Velleität der Rückkehr, der Wiedereinsetzung des Alten und Würdigen, der Wiederherstellung zerstörter Heiligkeit. Umsonst, es gibt kein Zurück.« (GKFA 15.1, 1043) In der *Deutschen Ansprache* (1930) diagnostiziert er »unsere Zeit« als einen einzigen »weiten und wilden Rückschlag«. (GW XI, 879) Elsaghe erinnert daran, dass »Rückfall« eine wesentliche Verstehenskategorie der Bachofen'schen Kulturtheorie war. (Elsaghe 2018, S. 225)

224 5 *Municipio*] Rathaus.

15–16 *Ein Dichter hat gesagt*] »Es ist Trägheit, was uns an peinliche Zustände kettet.« (Novalis: *Schriften*, Bd. 3, hrsg. von Richard Samuel et al., Stuttgart 1968, S. 671)

225 30 *Sciroccoschwüle*] Die Schwüle im Zuge des Scirocco, eines heißen Südwinds aus der Sahara.

226 6–7 *Cavaliere Cipolla*] Er gibt sich als zum niederen Adel gehörend aus.

10 *Forzatore, Illusionista und Prestidigitatore*] Kraftmensch, Zauberer, Trickkünstler.

227 4 *aus herrschaftlichen Zeiten*] Aus der Zeit des Feudalismus.

32 *autochthone Männlichkeit*] Einheimisches, bodenständiges Mannsvolk.

228 3 *Humor*] Hier: Stimmung.

12 *Frutti di mare*] Meeresfrüchte.

229 16–17 *»Pronti!« und »Cominciamo!«*] Los jetzt! Fangen wir an!

29 *Flakon*] Karaffe.

230 14 *Pelerine*] Umhang, Überwurf.

231 21 *der Regie*] Die Staatliche Tabakregie, die das Monopol für Tabakwaren besaß.

232 5 *eine Reitpeitsche*] Auch von Hitler gibt es Fotografien aus den ersten Jahren der Bewegung, die ihn mit einer Reitpeitsche zeigen.

16 *seine Zigarette vorzurauchen*] Thomas Mann war selbst lebenslang ein Raucher (Zigaretten und Zigarren) und stellte in *Buddenbrooks* und in *Der Zauberberg* tiefsinnige Überlegungen über das Rauchen an. Vgl. Kurzke 1999, S. 333–335. In der vorliegenden Novelle fungiert das unablässige, zwanghafte Rauchen Cipollas, der den tief eingezogenen Zigarettenrauch lässig aus seinem Mund sprudeln und ausströmen lässt, als die zeichenhafte Verkörperung der Unzuträglichkeit der Atmosphäre und Stimmung des Ortes. Stefan Börnchen zufolge hat sich in Cipollas Rauch ein »diskursives Rudiment jener vormodernen Körperströme« erhalten, wie sie im Magnetismus und Mesmerismus postuliert wurden. (Börnchen 2012, S. 201)

19 *»Buona sera!«*] Guten Abend!

22 *Paura, eh?*] Hast wohl Angst?

28–29 *die Mode-Frisur des erweckten Vaterlandes*] Die afrikanisch beziehungsweise »nubisch« gestylte Frisur des Rivalen von Mario war unter Mussolini modisch geworden. Dazu Mazzetti: »Auch wenn Mussolini seine imperialistischen Pläne erst ab 1935 zu verwirklichen begann, gehörte das Streben nach Kolonien in Nordafrika zu den populärsten Argumenten der italienischen nationalistischen Propaganda seit Beginn des 20. Jahrhunderts, die dann vom Faschismus aufgenommen wurden.« (Mazzetti 2010, S. 107) Weiter unten im Text wird diese Haartracht auch als »Kriegsfrisur« (Textband, S. $266_{31}$) bezeichnet. In einem Brief von 1949 nennt Thomas Mann sie einfach einen »fascist haircut«. (DüD II, 373)

232 30 *»Bè…*] Nun.

233 1 *»Ha sciolto lo scilinguágnolo,«*] Der hat aber ein gutes Mundwerk.

4 *Giovanotto*] Junger Mann.

13 *sistema americano, sa'*] Wie in Amerika; nach dem amerikanischen System.

234 13–14 *daß ich unwillkürlich mit den Lippen leise das Geräusch nachahmte*] Dass der Erzähler nicht umhin kann, mit dem Zauberer innerlich mitzuziehen, signalisiert eine verborgene Verwandtschaft als Künstler, auch eine Komplizenschaft in dem gemeinsamen Ziel, sein Publikum in Bann zu schlagen und zu beherrschen. Zu der engen Beziehung zwischen den beiden Zauberern, Cipolla und dem Erzähler, vgl. besonders Sandberg 1991; Bance 2002; Brucke 2002.

28 *das Wortspiel*] Es besteht darin, dass »lingua« (beziehungsweise »linguista«) doppeldeutig ist: Zunge und Sprache.

29 *Ich bin ein Mann von einiger Eigenliebe*] Eine bündige Definition des Narzissmus im pathologischen Sinne Freuds, der krankhaften Eigenliebe. Zu ihrer Phänomenologie gehören das permanente Erheischen von Aufmerksamkeit und der Drang zu herrschen. In *Massenpsychologie und Ich-Analyse* stellt Freud den Zusammenhang wie folgt dar: »Sein [des Narziss] Ich [war] wenig libidinös gebunden […], er liebt niemand außer sich, und die anderen nur, insoweit sie seinen Bedürfnissen dienten […] er darf von Herrennatur sein, absolut narzißtisch, aber selbstsicher und selbständig.« Dazu Widdig: »Damit sollte deutlich genug sein, wie sehr in *Mario und der Zauberer* Freuds massenpsychologische Theorie wiederzufinden ist.« (Widdig 1992, S. 134)

235 18 *Corriere della Sera*] Führende, überregionale Mailänder Abendzeitung; früher liberal, unter dem Faschismus regierungstreu. (Speirs 1990, S. 67)

20 *den Bruder des Duce*] Arnaldo Mussolini (1885–1931), der jüngere Bruder und enge Vertraute des Duce; er übernahm 1922 die Schriftleitung der von Mussolini gegründeten Parteizeitung *Il Popolo d'Italia*.

30 *donnaiuolo*] Recte: donnaiolo; Frauenheld, Schürzenjäger.

236 14 *»Parla benissimo«*] Er redet vorzüglich.

237 1–2 *»Simpatico«*] Ein sympathischer Typ; sympathische Persönlichkeit.

11–12 *eines altmodischen Zirkusdirektors*] Wiederaufnahme eines physiognomischen Typs aus *Der Tod in Venedig*. Auf dem Schiff, das ihn in die Lagunenstadt bringt, hat Aschenbach eine ominöse Begegnung mit einem »ziegenbärtige[n] Mann von der Physiognomie eines altmodischen Zirkusdirektors« (GKFA 2.1, 517).

238 11 *Conférencier*] Zeremonienmeister, Redner.

239 15 *Non so scrivere*] Ich kann nicht schreiben.

240 1–2 *Italien, dessen Größe der Unwissenheit und Finsternis keinen Raum bietet*] Nach Mazzetti eine Anspielung auf die »Riforma Gentile«, d. h. eine umfassende Schulreform auf der Gymnasialstufe »gerade in den Jahren, in denen die Novelle spielt«, durch den Professor der Philosophie und Theoretiker des Faschismus Giovanni Gentile (1875–1944), der seit 1922 Erziehungsminister war. (Mazzetti 2010, S. 110)

12–13 *mit der nubischen Haartracht*] Siehe oben den Kommentar zu S. $232_{28-29}$. Nubien: das Land im nördlichen Sudan und südlichen Ägypten.

241 9 *»Aber sieh ein bißchen!«*] Im Deutschen keine idiomatische Wendung: Nachbildung der italienischen Redewendung »vede un po«. Desgleichen: »sage ein bißchen« – »dime un po«. (Jonas 1969, S. 82) Vergleichbare Nachbildungen des Englischen, nur noch häufiger, finden sich in *Doktor Faustus* und *Der Erwählte*.

17 *Ah, non scherzamo!*] Lassen wir die Scherze! Recte: scherziamo. (Mazzetti 2010, S. 117)

242 30 *Bei solcher Kolik muß man sich krümmen.*] Der »Krampf der Eingeweide« und die »natürliche Reflexbewegung« des sich Krümmenden beschreibt die Reaktion auf eine berüchtigte Foltermethode der Faschisten, bei der dem Opfer zwangsweise Rizinusöl eingeflößt wurde. Ob Thomas Mann, als er die Novelle schrieb, Kenntnis von dieser Folter hatte, ist ungewiss. Doch gewinnt diese Vermutung eine gewisse Wahrscheinlichkeit angesichts seines Kommentars zum Fall des faschistischen Regimes in seiner Radiosendung vom 27.7.1943: »Der italienische Faschismus ist tot. [...] Der Führer und seine Bande sind in Gewahrsam, auch jener Herr Scorza, der Squadristi-Häuptling mit der Rizinusflasche, einer der schlimmsten Schinderknechte und Killer [...].« (GW XI, 1077f.) Carlo Scorza (1897–1988) war schon beim Marsch auf Rom an Mussolinis Seite und wurde 1943, kurz vor dem Ende, Sekretär der Partito Nazionale Fascista. Davor, seit Mitte der zwanziger Jahre, war er Parteichef (»Federale«) für die Region Lucca, zu der auch Forte dei Marmi gehörte. (Mazzetti 2010, S. 110, 118)

243 10 *»Il boit beaucoup,«*] (frz.) »Er trinkt viel«. Das Vorbild für Cipolla, Cesare Gabrielli, stand im Ruf, Alkoholiker zu sein. (Hergershausen 1968, S. 273)

244 24 *»Null, null«*] In Hotels und Gaststätten war es gebräuchlich, die Türe zur Toilette mit »00« zu markieren.

245 5–11 *fünfstellige Summe ... einer Million sich nähernd*] Erst eine sechsstellige Zahl kann sich der Million nähern. Ob dieser Rechenfehler als ein »Distanzsignal« für die Leser hinsichtlich der »erzählerischen Inkonsistenz« zu werten ist (Hamacher 2006, S. 24) oder schlicht als ein Versehen, muss offen bleiben.

246 8 *ohne daß ein Name, ein Terminus fiel*] Der Begriff »Hypnose« wird nicht genannt, weil es verboten war, mit dem Begriff Reklame zu machen. Die sogenannte »Schauhypnose« galt als Gefährdung der öffentlichen Gesundheit und jener der Versuchspersonen. (Hamacher 2006, S. 24)

247 20–21 *die Willensfreiheit existiert nicht*] Eine Grundüberzeugung der Hypnose. Dazu Dierks: »Wie fast alle Hypnoseärzte stellt auch

Auguste Forel das Vorhandensein eines essentiell freien Willens in Frage.« (Dierks 2010, S. 89) Forels Lehrbuch: *Der Hypnotismus*, diente Thomas Mann sehr wahrscheinlich als Quelle (siehe Quellenlage, S. 104). Sein Verständnis der Hypnose ließ sich durch Schopenhauers Metaphysik des Willens, die er sich bereits als junger Mann angeeignet hatte, umstandslos untermauern. Der Hypnotiseur ist der Versuchsperson durch sein Wissen um die »Unterschiedlosigkeit von Ich und Du« (GW IX, 552) überlegen, da der identische »Wille« allen individuellen Erscheinungen zugrunde liegt, während die Versuchsperson, irregeführt durch den »Schleier der Maja«, in dem Wahn ihrer Individualität einschließlich der Willensfreiheit befangen bleibt. Die Macht des Hypnotiseurs, seinen eigenen Willen den Versuchspersonen aufzunötigen, rührt also von seiner Fähigkeit her, sich Zugang zu dem unbewussten Willen zu verschaffen. Diese Fähigkeit macht ihn zu einem Verwandten des Künstlers.

247 31 *È servito*] Zu Diensten; Sie sind bedient.

248 10 *»Lavora bene!«*] Gute Arbeit!

26–27 *auf Intuition und »magnetischer« Übertragung*] Der sogenannte Magnetismus, auch »Mesmerismus« genannt, postuliert die Existenz eines »Fluidums«, das den Kosmos durchdringe und von einem Individuum auf ein anderes übertragen werden kann und somit die Grundlage für Hypnose und Psychotherapie abgebe: Dazu Tatar: »Franz Anton Mesmer (1734–1815) came to occupy a pivotal position in the history of medicine and psychology [...] mesmerism serves as the principal link connecting primitive rites of exorcism with modern psychoanalysis.« (Tatar 1978, S. 3) Mesmer zog 1778 nach Paris und entfaltete dort eine zeitweise sensationelle Wirkung, bis 1785 eine Untersuchungskommission statuierte, dass seine Versuche wissenschaftlich nicht verifizierbar seien. (Brucke 2002)

249 4–5 *Einblicke in den ... Charakter des Okkulten*] Thomas Mann hatte sich seine Einblicke in das Wesen des Okkulten und des Okkultismus im Winter 1922/23 in den Séancen des Parapsychologen

Freiherr Albert von Schrenck-Notzing verschafft und darüber in *[Drei Berichte über okkultistische Sitzungen]* sowie *Okkulte Erlebnisse* (GKFA 15.1, 587–602; 611–652) gewissenhaft Rechenschaft abgelegt. In einem Interview von 1923 sagte er von gewissen »Erscheinungen« des Okkultismus: »Ich leugne sie nicht, aber ich lehne sie ab.« (GKFA 15.2, 394) Vgl. das Kapitel »Fragwürdigstes« in *Der Zauberberg* (GKFA 5.1, 990–1034) sowie Dierks 2012.

250 7 *Volk und Führer*] Die Theorie der Massenbildung sowohl bei Le Bon als auch bei Freud liefert eine Erklärung für das Entstehen eines Volk-Führer-Verhältnisses, das für den Faschismus zentral ist. Dass Thomas Mann das Nazi-Schlagwort »Ein Reich, ein Volk, ein Führer« von dem Treiben der Hitler-Bewegung in München her kannte, ist gut möglich, doch nicht belegt.

251 3 *»Pensez très fort!«*] (frz.) »Denken Sie fest nach!«

7 *statt »venerazione« »vénération«*] Indem Cipolla das italienische Wort für Verehrung französisch ausspricht, unterstreicht er die dezente Anzüglichkeit seiner Wortwahl vor einem Publikum, das zum großen Teil aus Einwohnern von Torre di »Venere« besteht.

253 32 *Unterlagen wir einer Faszination*] Das Faszinierende am Faschismus ist, wie diese Novelle illustriert, der Aspekt der Performanz, die Verzauberung beziehungsweise Behexung durch Inszenierung und Theater.

255 2–3 *»Mario, una cioccolata e biscotti!«*] Mario, eine Tasse Schokalade und Zwieback.

4 *»Subito!«*] Sofort!

20 *grundsätzlich verpönten*] Siehe oben den Kommentar zu S. 246 8.

256 22–23 *durch Striche und Anhauch vollkommen kataleptisch gemacht*] In einen Starrkrampf versetzt. Cipolla praktiziert hier ein veraltetes Verfahren des Magnetisierens, das aus dem Mesmerismus stammt, wobei dem durch Striche magnetisierte Atem, dem sogenannten »Fluidum«, eine hypnotisierende Wirkung zugeschrieben wird. Dieser Aberglaube prägt auch die eingangs thematisierte Vorstellung einer Ansteckung auf rein akustischem Weg.

257 27 *Colonnello*] Oberst.

258 4–5 *ätherische Widerstandslosigkeit*] Wie bereits der Name Angiolieri (siehe den Kommentar zu S. $217_{12}$) suggeriert.

18 *»Sofronia!«*] Der Name ist griechischer Herkunft und bedeutet Weisheit, Mäßigung. In Torquato Tassos Versepos *Das befreite Jerusalem* (1581), das sich großer Beliebtheit erfreute, im zweiten Gesang, erklärt sich eine Sofronia bereit, sich zu opfern, um die Christen vor einem Massaker durch Muslime zu bewahren, indem sie sich fälschlich einer Schuld zeiht.

28 *ihm nachzuschweben*] Der Verlauf des Hypnosekunststücks mit Frau Angiolieri folgt dem Experiment mit einer »Frau von Porta« in Auguste Forels Lehrbuch: *Der Hypnotismus*. Frau von Porta verließ in der Tat Mann und Kind, um ihrem Hypnotiseur bis nach Afrika zu folgen. (Dierks 2010, S. 90)

259 13 *»Accidente!«*] Verwünscht! Verdammt!

260 19 *Somnambulismus*] Schlafwandeln.

28 *»Stepp«*] Stepping ist einer jener in *Unordnung und frühes Leid* misstrauisch betrachteten, aus Amerika kommenden »Tänze[ ] der wilden Neuzeit«, ein »Neger-Amüsement« (Textband, S. $200_{12-13}$), bei dem die »Glieder nach allen Seiten zu schleudern« sind, während mit den Schuhen ein rascher Rhythmus markiert wird.

261 13 *»Balla!«*] Tanze!

262 8–9 *Wahrscheinlich kann man vom Nicht-Wollen seelisch nicht leben*] Eine frühere Verwendung dieses Gedankens in den *Betrachtungen eines Unpolitischen* mit Bezug auf die Gestalt des Savonarola in *Fiorenza* verrät seine Herkunft von Nietzsche: »Der asketische Priester Nietzsches, er, der lieber das Nichts wollen, als *nicht* wollen will, dieser nihilistische Cäsar [...]« (GKFA 13.1, 103).

19 *Una ballatina!*] Ein kleines Tänzchen!

263 2 *Stab der Kirke*] In Homers *Odyssee* ist Kirke die Herrscherin über eine Insel, eine Zauberin, die die Gefährten des Odysseus mit einer Rute berührt und sie dadurch in Schweine verwandelt, d. h. in einen vorzivilisatorischen Zustand versetzt.

7 *eine Angelsächsin mit Zwicker und langen Zähnen*] Die Engländerin,

die einen Zwicker trägt, wodurch ihr etwas Gouvernantenhaftes zugeschrieben wird, fängt von sich aus an zu tanzen, ohne Zutun Cipollas. Dieses Detail darf mit Egon Schwarz als Manns versteckte Kritik an der englischen Haltung gegenüber dem Faschismus und später Hitler gedeutet werden: »Thomas Mann beschuldigt die Engländer, dem Faschismus zu wenig Widerstand entgegenzusetzen, ja ihm zu dienen und Vorschub zu leisten.« (Schwarz 1983, S. 225) Die Kritik an Englands Mitschuld am Aufkommen des Faschismus hielt bei Thomas Mann lange vor und gab erst 1940 mit Beginn des Blitzkriegs einer ausgewogeneren Beurteilung Raum. Dass sich England gegenüber dem Faschismus auf dem Kontinent wie eine »Gouvernante« (GW XII, 840) verhalten habe, besserwisserisch und beschützend, gibt er in *Dieser Friede* (1938) zu verstehen.

263 9–10 *Tarantella*] Italienischer Volkstanz gewöhnlich im Sechsachteltakt, dessen Namen von der Stadt Taranto in Apulien (Süditalien) hergeleitet wird. Charakteristisch ist der sich langsam beschleunigende Rhythmus. Einer älteren Überlieferung zufolge hat die Tarantella Wurzeln in Dionysischen Bacchanalen und wurde bereits in der Antike vom römischen Senat verboten, lebte aber im Untergrund weiter. Nach R. Lowe Thompson: *The History of the Devil. The Horned God of the West*, New York 1929, S. 164.

264 27 *Stellen Sie ihn sich vor*] Die folgende Beschreibung der Physiognomie Marios trägt negroide, d. h. afrikanische Züge, wodurch er dem Typ des edlen Wilden zugeordnet wird. (Speirs 1990, S. 65; Geulen 1996, S. 22) Die edleren Züge des Kellners zeigen sich in der »Schmalheit und Feinheit seiner Hände [...] von denen man sich gern bedienen ließ.«

265 27–28 *der verschossene Complet*] Abgetragener Anzug.

266 6 *ragazzo mio*] Mein Junge.

15 *Ein antiker Name*] Der bekannteste Träger dieses antiken Namens war Gaius Marius (156–86 v. Chr.), römischer Heerführer und, trotz seiner plebejischen Abstammung, siebenmal zum Senator gewählt.

266 17 *Salve!*] Lateinische Grußformel: Heil!

18 *zum römischen Gruß*] Der römische Gruß wurde von d'Annunzio für seine Schwarzhemden adoptiert; von den Fascisti übernommen, diente der römische Gruß zum Erkennungszeichen der Bewegung. Der sogenannte Hitler-Gruß, der 1930 schon längst in Gebrauch war, ist eine Nachahmung des römischen Grußes.

267 16 *Cameriere*] Kellner.

16 *Ganymed*] In der griechischen Mythologie ein trojanischer Prinz von außerordentlicher Schönheit, der, von Zeus begehrt und von einem Adler entführt, der Mundschenk und Geliebte des Herrschers der Götter wird. Vgl. die Anspielung in *Der Tod in Venedig* (GKFA 2.1, 556), wo die Ganymed-Figur für die Sehnsucht nach Vergeistigung steht.

17–18 *salvietta!*] Wortspiel: Serviette und römischer Gruß.

268 4–5 *un tratto di malinconia*] Ein Zug von Schwermut.

5 *Sage mir doch*] In Hs., in dem einzigen erhaltenen Blatt, folgt hier »mein Ganymed«. Die Anspielung wurde gestrichen, vermutlich weil dadurch das homosexuelle Begehren Cipollas zu offensichtlich gewesen wäre.

7 *»Nossignore!«*] Nein, mein Herr.

7 *rasch und bestimmt*] »rasch und« in Hs. nachträglich eingefügt.

10–11 *Selbstverständlich … Liebeskummer.*] In Hs. eingefügt: »Es ist Liebeskummer.«

269 2 *vorlaute Hähne*] Der Hahnenvergleich kennzeichnet Marios Rivalen als einen Sexprotz. Der Hahn figuriert im Gendervokabular Thomas Manns als Emblem eines traditionellen Begriffs von Männlichkeit, den er in *Die Ehe im Übergang* wie folgt beschreibt: »[…] galant, hahnenmäßig, roh, gebläht, dumm-herablassend und dumm-venerierend zugleich […]« (GKFA 15.1, 1029).

2–3 *die zur Zeit und Unzeit krähen*] Hähne krähen am frühen Morgen zur richtigen Zeit. Wenn sie davon abweichend zur »Unzeit« krähen, so gilt dies als ein Omen drohenden Unheils (*Handwörterbuch des deutschen Aberglaubens*, Bd. 3, Sp. 1340f.).

21–22 *was versteht der Cipolla von der Liebe*] Er versteht, unerachtet seines körperlichen Handicaps, »gar viel« davon, weil er ein Künstler ist und, nach dem Verständnis der Schopenhauer'schen Willensmetaphysik (siehe den Kommentar zu S. 247$_{20-21}$), in der Psyche der Menschen »auf eine umfassende und eindringliche Weise« zu lesen versteht – im Reich des Unbewussten, des Schopenhauer'schen Willens.

270 1 *so einem geteerten Lümmel*] Eine »geteerte« Jacke ist eine Matrosenjacke (nach Hamacher 2006, S. 34).

2 *Meeresobst*] Wörtliche Übersetzung von »frutti di mare« mit abschätzigem Nebensinn.

271 30–31 *reglos, ein durcheinandergeworfenes Bündel Kleider und schiefer Knochen*] Im Tod ähnelt Cipolla selbst einer Marionette, zu denen er seine Opfer erniedrigt hat. (Hamacher 2006, S. 36)

272 6 *fremde Richtung*] Die Tatsache, dass Mario eine Waffe trägt, ist wohl so zu deuten, dass er bereit war, sich für die durch seinen Rivalen erlittene Erniedrigung zu rächen, ehe ihn Cipolla auf eine noch intimere Art erniedrigte und dadurch zwang, seinen Revolver, statt auf den Giovanotto, auf den Zauberer zu richten. Vgl. dazu Manns eigene Auskunft in einem Brief von 1945. (DüD II, 372) Freilich bleibt zu erwägen, ob nicht Thomas Mann deshalb im Nachhinein eine private, persönliche Motivation für Marios Tat namhaft machte, weil der vom Kontext her plausible objektive Beweggrund aus Gründen der künstlerischen Dezenz unausgesprochen bleiben musste: das politische Attentat als ein Akt der Notwehr.

Ob das Ende der *Mario*-Novelle überzeugend motiviert und vorbereitet sei, wurde verschiedentlich bezweifelt (Böhme 1975; Wiegmann 1992, S. 227).

9 *Carabiniere-Paar*] Zwei Polizisten.

12–13 *ein befreiendes Ende dennoch*] Die Frage, wer von was befreit wird, hat mehrere Antworten. Die gewichtigste ergibt sich aus dem Bezug auf den Faschismus als zeitgeschichtliches Phänomen. Egon Schwarz verweist auf das selektive, unvollständige Bild, das in dieser Novelle vom Faschismus gezeigt wird, und auf die Absenz einer genetischen Erklärung, um den prognostischen Erkenntnisgewinn einer im Kern psychologischen Betrachtung hervorzukehren: »Und ist auch der Anfang [der faschistischen Bewegung] in Dunkel gehüllt, so läßt er [Mann] es betreffs des Endes an der wünschbaren Klarheit nicht fehlen. Mit einer schon mehrmals bewunderten prognostischen Kraft veranschaulicht er, daß das einmal vom faschistischen Übel erfaßte Gesellschaftsgebilde nur durch einen Gewaltakt von ihm befreit werden konnte – wie es sich für Italien und Deutschland auch historisch bestätigt hat.« (Schwarz 1983, S. 250)

# DIE VERTAUSCHTEN KÖPFE

## Entstehungsgeschichte

Der Entschluss Thomas Manns im November 1939, eine indische Legende zu schreiben und sich damit auf weit abliegendes Terrain zu begeben, war auffallend rasch gefasst. Nach einer kurzen Studien- und Vorbereitungsphase im Dezember 1939 begann er mit der Niederschrift am 1. Januar 1940 in Princeton und beendete sie nach nur sieben Monaten am 28. Juli in Los Angeles während eines Sommeraufenthalts in dem Villenvorort Brentwood. *Die vertauschten Köpfe* ist die umfangreichste seiner Erzählungen. Trotz mehrerer Unterbrechungen, und obgleich sich gegen Ende eine gewisse Ungeduld bemerkbar machte, so dass er sich »Schüler« wünschte, »zu denen man sagen könnte: ›Machen Sie's fertig!‹« (TM/AM, 215), ging ihm dieses erstaunliche Werk relativ leicht von der Hand.

Dies ist umso bemerkenswerter, als *Die vertauschten Köpfe* das erste größere Werk war, zu dem er sich nach Ausbruch des Zweiten Weltkriegs entschloss. Die sieben Monate, in denen die »indische Legende« sein Hauptgeschäft war, fielen in das erste Kriegsjahr. Es war ein Krieg, den er herbeigewünscht hatte, überzeugt vom »kommenden Sieg« der Demokratien über die faschistischen Mächte und entschlossen, mit den Mitteln, die ihm zur Verfügung standen, seinen Beitrag zur Beseitigung des Hitler-Regimes zu leisten.

Gleichwohl hatte das neue Schreibvorhaben nichts mit dem Krieg zu tun, jedenfalls nicht direkt. Die Politikferne seiner mythologischen Legende ist jedoch nur eine scheinbare. Angesichts des zeitgeschichtlichen Kontexts von 1939/40 und Thomas Manns unersättlichem Konsum von politischen Nachrichten ist es schlechterdings undenkbar, dass seine neue Erzählung, mochte ihr Schauplatz noch so fern liegen, von dem weltgeschichtlich folgenreichen Krieg unberührt sein könnte. Zwar war sein neues

Gastland offiziell noch nicht am Krieg beteiligt, aber ihn selbst erfasste er aufs tiefste. Die »geschehende Geschichte«, der er sich in *Unordnung und frühes Leid* noch zögerlich zugewandt und die er in *Mario und der Zauberer* entschlossen thematisiert hatte, zeitigte sogleich zahlreiche Stellungnahmen. Doch für eine erzählerische Gestaltung des Krieges war die Zeit noch nicht reif: es fehlte die innere Distanz, abgesehen von der Ungewissheit über die Dauer des Krieges. Sobald jedoch sein Ende abzusehen war, drängte die geschehende Geschichte in sein erzählerisches Werk, wie die Rahmenerzählung des im Mai 1943 begonnenen Deutschland-Romans *Doktor Faustus* zeigt.

Wie schon in seiner Reaktion auf den Ersten Weltkrieg, als er mit einer Hundegeschichte und einem Taufcarmen zwei betont unpolitische Idyllen lieferte, entschloss er sich 1939 für eine mythologische Parabel, die keinen Bezug zur Gegenwart erkennen lässt. Idylle und Parabel halten den Krieg auf Distanz. Gleichzeitig aber üben sie eine seismographische Funktion aus, indem sie kaum wahrnehmbare mentalitätsgeschichtliche Bewegungen verzeichnen. Thomas Manns indische Legende lässt sich nur schwer zum Zweiten Weltkrieg in eine sinnvolle Beziehung setzen: Im literarischen Haushalt dieses Schriftstellers gibt diese Gleichzeitigkeit von Krieg und indischer Mythologie einige Rätsel auf. Zu fragen ist, auf welchem Weg Manns Reflexionen auf den Faschismus ihn zu der Exkursion in die Welt des indischen Mythos bewogen haben.

Die ersten Monate des Krieges, die Hitler einen Erfolg nach dem anderen bescherten, waren für den Exilanten eine Zeit mit dramatisch erhöhtem Pulsschlag und vielfachem Stress. Eine große Anzahl öffentlicher Auftritte war zu bestreiten, darunter eine vierwöchige Vortragsreise nach Kanada, dem Mittleren Westen und »bis ins innerste Texas« (TM/Hamburger, 62). Des Weiteren Termine bei verschiedenen Emigrantenorganisationen, darunter eine mehrtägige Konferenz in Atlantic City zum Thema »City of Man« des von Giuseppe Antonio Borgese, seinem Schwiegersohn, ins Leben gerufenen »Committee of Europe«. Dazu gesellschaftliche Verpflichtungen in Princeton, New York und Washington, nicht zu vergessen die Lehrveranstaltungen in Princeton, die ihm desto lästiger wurden, je länger sich sein Gastspiel als akademischer Lehrer hinzog. (Vaget 2013) All dies unter dem immer länger werdenden Schatten Hitlers, dessen Siegeszüge in Europa ihn an den Rand der Depression und Verzweiflung trieben. Die Geschehnisse in Europa veranlassten ihn zu seinem ersten ausführlichen Kommentar zur »geschehenden Geschichte«, dem Essay *Dieser Krieg*, verfasst im November und Dezember 1939, nachdem die Wahl des indischen Sujets bereits getroffen war und noch vor Beginn der Niederschrift der Erzählung.

Angesichts dieser hektischen, dem steten Schaffen unzuträglichen Lebensumstände, ist zu vermuten, dass mit der indischen Legende ein starker, verborgener Gestaltungswunsch ans Licht drängte, der lediglich auf eine Gelegenheit wartete, verwirklicht zu werden – umso mehr, als der Krieg in Europa eine Ablenkung schöpferischer Art wünschenswert erscheinen ließ. Eine solche Gelegenheit ergab sich, als er unmittelbar nach Abschluss von *Lotte in Weimar* eine Schrift des ehemals (1924–1938) in Heidelberg lehrenden und C. G. Jung nahestehenden Indologen Heinrich Zimmer las, die dieser ihm zugesandt hatte: *Die indische Weltmutter*. Thomas Mann war mit Zimmer (1890–1943), dem Schwiegersohn Hugo von Hofmannsthals, seit 1934 persönlich bekannt. (Tb. 26. 6. 1934)

Eigentlich hatte er sich vorgenommen, unmittelbar nach Abschluss des Goethe-Romans den vierten Teil von *Joseph und seine Brüder* in Angriff zu nehmen. »Jetzt schreibe ich an den letzten Seiten von ›Lotte in Weimar‹«, teilte er Agnes Meyer am 21. 10. 1939 mit. »Der Tag ist nahe, wo ich wieder einmal das Wort ›Ende‹ schreiben werde. Und am nächsten Morgen werden, wie ich mich kenne, die ersten Zeilen von Joseph IV auf dem Papier stehen.« (TM/AM, 177) Nach der Zimmer-Lektüre wurde dieser Plan kurzerhand zurückgestellt. Offenbar fühlte er sich von Zimmers Essay über die indische Weltmutter (ursprünglich ein Vortrag) so tief angesprochen, dass er zu dessen beträchtlich umfangreicherem Hauptwerk griff, das er bereits besaß: *Maya. Der indische Mythos* (1936). Bereits zu diesem Zeitpunkt meldet das Tagebuch: »Gedanken an eine indische Novelle nach einem bei ihm [Zimmer] schon früher angemerkten Motiv« (Tb. 12. 11. 1939), will sagen: bei der Lektüre des Essays über die Weltmutter. Von da an war die Beschäftigung mit den »indischen Dingen« im Tagebuch ein Dauerthema. Er exzerpierte fleißig und legte sich den Stoff zurecht, um beim Schreiben aus dem Vollen schöpfen zu können. Diese Notate aus den beiden Schriften Heinrich Zimmers sowie aus den Indien betreffenden Artikeln in *Meyers Kleinem Lexikon* sind erhalten und werden in den Paralipomena wiedergegeben; sie lassen uns sehen, welche Interessen ihn bei seiner Beschäftigung mit dem indischen Mythos geleitet haben und wovon im Besonderen er sich angesprochen fühlte.

Es ist nicht ohne weiteres ersichtlich, was konkret auf den *Joseph*-Autor eine so starke Anziehungskraft ausübte, dass er keine Bedenken trug, sich von der vorgezeichneten Bahn, die vom Goethe-Roman zum letzten Band des *Joseph* führen sollte, abbringen zu lassen. In der über sechzehnjährigen Genese der *Joseph*-Tetralogie stellt die indische Legende die zweite größere Einschaltung dar, denn schon *Lotte in Weimar* war eine Unterbrechung, die den Abschluss des *Joseph*-Zyklus um ganze drei Jahre hinausschob. Manns eigene Aussagen zu dem Warum und Wozu seines Umwegs über Indien klingen nicht recht überzeugend; sie erwecken den Eindruck, dass er die Entscheidung für das indische Sujet eher instinktiv als rational traf.

Mit der Entscheidung für eine weitere Abschweifung und eine zweite Einschaltung folgte der *Joseph*-Autor, wie ihm sehr wohl bewusst war, in den Fußstapfen Richard Wagners, der die Komposition seines Monumentalwerks, *Der Ring des Nibelungen*, nach dem zweiten Akt *Siegfried* unterbrach und es erst zwölf Jahre später zu Ende führte, nachdem er *Tristan und Isolde* sowie *Die Meistersinger von Nürnberg*, zwei Gipfelwerke seiner Kunst, hervorgebracht hatte – »und dies beides wieder als bloße Erholung von dem minutiösen Riesengedankenbau des ›Ringes‹« (GW IX, 514f.). Thomas Mann wurde nicht müde, darüber vor Erstaunen und Bewunderung den Kopf zu schütteln. Doch so sehr er sich als Künstler im Schatten Wagners empfand und so gern er mit den werkgeschichtlichen Parallelen zwischen seinem *Joseph*-Zyklus und dem *Ring des Nibelungen* kokettierte (Vaget 2003, S. 311–316; Kirschbaum 2010), sein Schielen auf Wagners bewundertes »Vollbringertum« kommt in der Hinwendung zu der indischen Legende als Motivationsfaktor nicht ernstlich in Betracht. Was allenfalls in Anschlag zu bringen ist, betrifft seine Entscheidung – aus Gründen, die er für sich behielt –, die Zuendeführung der Tetralogie hinauszuschieben. Offenbar erschien ihm die Einschaltung zuerst des Goethe-Romans und unmittelbar danach der *Vertauschten Köpfe* dringlicher als der zügige Abschluss des *Joseph*-Zyklus. Man darf darin ein fernes Echo auf Wagners Verlangen erblicken, die Diatonik der *Ring*-Welt hinter sich zu lassen und mit *Tristan und Isolde* das Tor zu der verlockenden Welt der Chromatik aufzustoßen. Die Frage ist: Hat es für den *Joseph*-Autor eine ähnliche Verlockung ästhetischer Natur gegeben?

Der Anstoß zur Ausführung der indischen Legende kam, als Thomas Mann in der Schrift über die indische Weltmutter, »Kâlî« genannt, die folgende Geschichte las, von Heinrich Zimmer auf prägnante Weise dargeboten:

> Zwei Freunde wallfahren zu einem heiligen Badeplatz der Kâlî und sehen dort ein bildhübsches Mädchen. Der eine wird liebeskrank und meint, sterben zu müssen, wenn er das Mädchen nicht zur Frau erhält. Der Freund spricht mit seinem Vater, der mit den Eltern des Mädchens verhandelt und die Ehe zustande bringt. Bald nach der Hochzeit reist das junge Paar mit dem Freunde zu den Eltern der jungen Frau. Unterwegs kommen sie an einen Tempel der Kâlî. Der junge Gatte heißt Frau und Freund draußen warten, indes er der Göttin seine Verehrung bezeigt.

Als er drinnen ihr blutig triumphierendes Bild erblickt, wie sie mit achtzehn gewaltigen Armen wütende Dämonen zermalmt und den Lotusfuß auf den überwundenen Stierdämon hält, befällt ihn, – so will es das göttliche Schicksal – die Erleuchtung: »Mit vielen Opfern lebender Wesen verehrt das Volk die Göttin – wie sollte ich nicht die Gnade zu meinem Heil gewinnen, wenn ich mich selbst ihr darbringe?« – Er fand in der stillen Cella ein Schwert und schnitt sich selbst das Haupt ab. Sein Freund wartete draußen, daß er wieder herauskäme und ging schließlich selber ins Heiligtum, ihn zu holen. Als er ihn mit abgeschlagenem Kopfe in seinem Blut liegend fand, packte ihn Verzweiflung, und er schnitt sich selber auch den Kopf ab. Endlich kam auch die junge Frau in den Tempel, nach den zweien zu sehen, und wie sie die beiden Leiber ohne Köpfe in einem Meer von Blut schwimmen sah, wollte sie sich aus Gram mit einer Schlingpflanze am nächsten Baum erhängen, aber die Stimme der Göttin gebot ihr Halt und hieß sie, die beiden wieder ins Leben rufen, indem sie ihnen die Köpfe wieder auf den Rumpf setzte. So tat sie eilends, aber in der Hast versah sie sich und vertauschte die Köpfe; sie setzte des Gatten Haupt auf des Freundes Leib. Wem aber gehörte sie nun? – Der kluge König, dem der Leichendämon die Frage vorlegt, entscheidet: wer das Haupt des Gatten trägt, ist ihr Gemahl, denn wie das Weib die höchste der Wonnen, ist das Haupt das höchste der Glieder.

So besaß sie als Gattin den Leib des Freundes unterm sichtbaren Zeichen des Gatten, – leitete ein geheimer Wunsch die junge Frau bei der Vertauschung der Köpfe? War die junge Ehe nicht glücklich, und der Gatte deswegen so todesbereit und heilverlangend? Die Geschichte deutet das mit keinem Worte an, sie erzählt nur, was sich begab, und die merkwürdige Fehlleistung mag auf sich beruhen mit ihren Hintergründen; der blutige Opferdunst, die erschreckende Todesbereitschaft im Angesicht der Göttin sind das Erregende, Befremdende für den westlichen Hörer solcher volkstümlicher Geschichten Indiens.

Zimmers knappe Nacherzählung, die ein Amalgam aus zwei altindischen Erzählungen darstellt – Somadeva: *Kathāsaritsāgara*, sowie Śivadâsa: *Vetalapañcavimśati* –, gewinnt hauptsächlich dadurch einen gewissen Modernisierungseffekt, dass er die Rahmengeschichte des Originals ausblendet. (Schulz 1963; Mahadevan 2002) In Somadevas *Kathāsaritsāgara* (11. Jh.), dem Urmodell der Parabel von den vertauschten Köpfen, trägt der Leichendämon dem König Vikramaditya 25 knappe, parabelhafte Geschichten als Rätsel vor, um seine Weisheit und Beschlagenheit in Hinduistischer Glaubenslehre auf die Probe zu stellen. Der König erweist sich als klug; er besteht und überlebt alle Prüfungen. Mit der Eliminierung des ursprünglich religiös-didaktischen Rahmens öffnet sich auf der Ebene der Motivation Raum für moderne, westliche Erklärungsmuster, denen Zimmer dadurch das Wort redet, dass er die gänzlich unhinduistische Frage stellt: »War die junge Ehe nicht glücklich?« und obendrein die Vertauschung der Häupter als eine Freud'sche Fehlleistung charakterisiert.

Thomas Mann hatte sich in seinen Studien für das *Joseph*-Projekt einen Röntgenblick für die motivischen und strukturellen Analogien von Mythen erworben, was ihn in den Stand setzte, noch in der fremdesten Einkleidung die vertrauten Gestalten zu erkennen – in dem indischen Freundespaar etwa Varianten Tonio Krögers und Hans Hansens. In Zimmers Nacherzählung fehlt die typologische Differenzierung der beiden Freunde. In Manns Aneignung des indischen Stoffes ist sie fundamental: Er macht Schridaman zu einem Geist-Menschen, einem Ästheten und Intellektuellen mit Echos des reaktionären Zeitgeists von 1940, und Nanda zu einer Verkörperung des unreflektierten »Lebens«, der gleichwohl genug common sense besitzt, die von seinem Freund befürwortete Rückkehr zum autochthonen Berg-Kult nicht mitzumachen. Dabei muss für Thomas Mann gerade von der Diskrepanz zwischen dem Fremden und Vertrauten ein eigener Reiz ausgegangen sein, war er doch überzeugt, dass den Weltkulturen unter der Oberfläche ihrer Vielheit die *Einheit des Menschengeistes* zugrunde lag (GW X, 751–756). Das bedeutet, dass zwischen Geist und Leben, sei es an der Trave oder am Ganges, prinzipiell dieselbe erotisch motivierte Spannung und Dynamik herrscht.

Während der ersten Schreibphase erklärte er Kuno Fiedler, dass »das alt-indische Motiv der Vertauschten Köpfe [...] es mir irgendwie angetan hat«, ohne jedoch zu verraten, was ihn daran anzog und warum es ihn gerade jetzt anzog. (TM/Fiedler I, 35; DüD II, 583) Manns Auskünfte über die Entstehung, die immer auch als Leseanweisungen zu nehmen sind, stellen es so dar, als sei die Wahl des entlegenen, schaurig-grotesken Stoffes der erklärungsbedürftigste Aspekt der Sache, wo doch etwas ganz anderes der Erklärung bedarf: seine Entscheidung, dem gerade erst entdeckten indischen Gegenstand gegenüber der älteren Schreibverpflichtung die Priorität einzuräumen: der Vollendung des *Joseph*. Dies umso mehr, als sich bereits hier, in einer Stellungnahme zu Wagner im Lichte Hitlers, in embryonischer Form ein Projekt zu regen begann, das nach dem *Joseph* zu realisieren war, nämlich ein Roman über Deutschland, das heute »die Qual der Welt« sei, »nicht weil es ›böse‹, sondern gerade weil es zugleich auch ›gut‹ ist«. (GW XIII, 358) Dies die Formulierung in dem Wagner-Essay von 1940 in Vorwegnahme seiner Washingtoner Rede *Deutschland und die Deutschen* (1945), des wichtigsten essayistischen Begleittexts zu dem Deutschland-Roman *Doktor Faustus*.

Wie aber wäre die Bevorzugung des indischen Sujets zu erklären? Thomas Mann bemühte dazu ein werkgeschichtliches Dilemma: einerseits seine Scheu vor der delikaten Aufgabe, den monumentalen *Joseph*-Zyklus mit einem würdigen Abschluss zu krönen, und andererseits der Reiz, der Welt mit einer den mentalen Klimawandel auslotenden Geschichte zu imponieren und damit einen Beweis seiner geistigen Vitalität zu liefern. Die indische Novelle sei nichts weiter als ein »Intermezzo« und ein »Divertissement«, ließ er Agnes Meyer wissen. (TM/AM, 218) Er hätte hinzufügen und damit ein Argument geltend machen können, das er seinem besorgten Verleger gegenüber zur Erklärung der beiden Idyllen von 1918 und 1919 ins Feld führte: »So etwas kann man ›sich erlauben‹ – oder nicht.« (DüD II, 10; vgl. oben *Herr und Hund*, S. 14) Thomas Mann war sich sicher, dass er sich ein solches mythologisches Divertissement sehr wohl erlauben durfte.

Ein andermal beschreibt er die Erzählung als »Improvisation mit ein paar lustigen Momenten«, geschrieben »mit der linken Hand und wirklich zu meiner Zerstreuung in diesen schweren Zeiten [...].« (TM/Fiedler II, 6; DüD II, 586) Es bleibt unklar, aus welchem Grund er im ersten Kriegsjahr ausgerechnet auf diese Art von Zerstreuung Wert legte. Er stellt es so dar, als sei der vierte Teil von *Joseph und seine Brüder* eine Aufgabe, wofür er sich erst noch Mut machen müsse. Seiner italienischen Übersetzerin Lavinia Mazzucchetti gab er zu verstehen, dass er mit den *Vertauschten Köpfen* »sonderbarer Weise dem vierten Band des Joseph noch einmal auszukommen suche.« (DüD II, 583) Das hört sich an, als stelle der Abschluss des Zyklus eine Herausforderung dar, der er sich noch nicht gewachsen fühlte. Es ist dies eine wenig einleuchtende Auskunft, die nicht dadurch plausibler wird, dass er sie nach allen Seiten hin wiederholte. Vielmehr drängt sich die Vermutung auf, dass die Hinwendung zu der indischen Legende weniger als ein Ausweichen vor *Joseph der Ernährer* zu deuten ist, denn als ein williges Nachgeben gegenüber einer ästhetischen Verlockung, von der er sich im ersten Kriegsjahr offenbar mehr versprach als von der Einlösung einer überfälligen Schreibverpflichtung.

Thomas Mann hat meist bereitwillig die Schriften Heinrich Zimmers als die Quellen für seine indische Legende genannt. Gelegentlich jedoch versuchte er, ihre Bedeutung abzuschwächen. Käte Hamburger, der im schwedischen Exil lebenden Germanistin, gab er zu verstehen, dass in den *Vertauschten Köpfen* doch eigentlich mehr Eigenes als Indisches stecke. Was er bei Zimmer gefunden habe, sei nicht mehr als eine »4-Zeilen« umfassende »Anekdote« (TM/Hamburger, 64). Auch die von Hamburger angesprochene Bedeutung Goethes für Manns indische Legende wird stark eingeschränkt. Er glaube nicht, dass er beim Schreiben

»auch nur ein einziges Mal an Goethe gedacht habe«, und die Erinnerung an Goethes indische »Legende«, die Paria-Trilogie, könnte allenfalls »unterbewußt« eine Rolle gespielt haben (ebd.).

Dem steht jedoch entgegen, dass seine Vorlage mitnichten eine Anekdote von vier Zeilen war, sondern eine geschickt zubereitete Parabel von zehnfacher Länge. Auch dass die Erinnerung an Goethe allenfalls unbewusst eingewirkt habe, scheint wenig glaubhaft angesichts einer verräterischen Stelle in *Lotte in Weimar*, dem unmittelbaren Vorgänger der *Vertauschten Köpfe*. Dort lässt Thomas Mann recht detailliert die Gedanken Goethes um das Problem der Verführung kreisen, wie es in seiner noch nicht ausgeführten indischen Trilogie »Paria« gestaltet werden sollte; sie münden in die Aufforderung: »Dichte dies! Balle dies zu federnd gedrängtestem Sprachwerk! Nichts ist wichtiger!« (GKFA 9.1, 355) Die an sich selbst gerichtete Mahnung des fiktiven Goethe sollte sich alsbald auch an den Verfasser von *Lotte in Weimar* selbst richten. Es ist recht unwahrscheinlich, dass ein Autor einen hübschen Scherz wie diesen vergessen haben könnte, zumal er ihn in seinem Princetoner Vortrag über *Goethes ›Werther‹* (1941) wiederholt. Am Ende des Vortrags erwähnt er Lottes Besuch in Weimar, der Gegenstand einer »nachdenklichen Erzählung« sein könnte, und fügt augenzwinkernd hinzu: »Vielleicht findet sich der Dichter, der es unternimmt.« (GW IX, 655) Dies zu einem Zeitpunkt, als er den Roman gerade abgeschlossen hatte. In Manns Identitätsspiel wird das Dreiecksverhältnis der Goethe'schen Paria-Trilogie gleichsam auf den Kopf gestellt. Während dort ein Mann und zwei Frauen das Dreieck bilden, sind es hier eine Frau und zwei Männer – mit Bachofen gesprochen also die gynokratische Variante des Goethe'schen Modells. Neben der Paria-Trilogie spielt auch das Motiv des gedanklichen Ehebruchs aus den *Wahlverwandtschaften* in Thomas Manns indische Legende hinein (Borchmeyer 2010, S. 381f.), so dass seine abwiegelnde Auskunft an Käte Hamburger als irreführend zu bezeichnen ist.

Offenbar entsprangen Manns ausweichende Auskünfte der Sorge, dass die geschätzte Literaturwissenschaftlerin bei der geistesgeschichtlichen Herleitung seines Werkes des Guten zu viel tun könne und die Verankerung der indischen Legende in seinem eigenen Werdegang nicht gebührend wahrnehme. Deshalb sein Hinweis auf das, was ihn an der indischen Legende eigentlich angezogen habe: die »Hindu-Mischung aus Sinnlichkeit und Metaphysik, die Identitätswirrnis, das Blutig-Scherzhafte, das Liebes- und Persönlichkeitsproblem.« (TM/Hamburger, 64) Das Stichwort »Sinnlichkeit und Metaphysik«, will sagen: Geschlechtsliebe und Metaphysik, verweist deutlich genug auf das primäre Muster dieser Thematik, dem er während der Arbeit an *Buddenbrooks* in Schopenhauers Philosophie begegnet war; es war – nicht anders als für Richard Wagner – das aufregendste Leseerlebnis seines Lebens. Es ist nach des Philosophen Überzeugung weitgehend indische Weltanschauung. Nahezu alles, was Thomas Mann in jener Epoche über die indische Religion und Philosophie wusste, stammte aus dieser Quelle.

In *Süßer Schlaf!*, einer autobiographischen und philosophischen Meditation von 1909, bekennt er: »Ich habe in mir viel Indertum, viel schweres und träges Verlangen nach jener Form oder Unform des Vollkommenen, welches ›Nirwana‹ oder das Nichts benannt ist [...].« (GKFA 14.1, 205) Im Jahr davor schrieb er eine *Anekdote* benannte Erzählung, die ein drastisches Beispiel für das Blendwerk der Maya liefert und die aus dem Projekt eines Gesellschaftsromans mit dem Titel *Maja* hervorgegangen ist. Der Aufhänger dieser Anekdote ist ein Gespräch unter Freunden: »Wir sprachen vom Schleier der Maja [...] von der großen Verführung und dem großen Betrug.« (GKFA 2.1, 464) Anfang der zwanziger Jahre lernte er die »Reden Buddha's« in der Verdeutschung Karl Eugen Neumanns kennen (Tb. 5.7.1921), doch gibt es kein verlässliches Anzeichen dafür, dass er viel darin gelesen hätte. Gleichwohl ließ er den Verlag wissen, dass Buddhas »milde, irrtumlösende Weisheit« ihn »oft erquick[e].« (GKFA 15.1, 717) Aber als er sich auf seine indische Legende vorbereitete, musste er sich eingestehen, bis dahin keine »besonders sympathische Beziehungen zu dieser Welt unterhalten zu haben.« (DüD II, 590) So wird es schon seine Richtigkeit damit haben, dass er »eigentlich«, wie er Heinrich Zimmer gestand, »nur metaphysisch durch Schopenhauer« auf seine fruchtbare »Kontaktnahme mit dem Indischen« vorbereitet war. (DüD II, 591) In der Tat, erst durch die »Schopenhauerisierung wurde der Stoff der indischen Legende für Thomas Mann gestaltbar.« (Borchmeyer 2010, S. 385)

Thomas Mann hatte erst jüngst Gelegenheit gehabt, die Bedeutung der Schopenhauer'schen Philosophie für sein Werk kritisch Revue passieren zu lassen, als er Anfang 1938 zur Einführung in eine Auswahl aus Schopenhauers Schriften für ein amerikanisches Publikum einen großen Essay über den Philosophen schrieb. Er lese »jetzt wieder Schopenhauer systematisch, mit größter Freude und Bewunderung«, bekannte er in einem Brief an Kuno Fiedler. (TM/Fiedler I, 20) So war es mehr oder weniger zwangsläufig, dass er die Zimmer'sche Erzählung von den vertauschten Köpfen durch die frisch geputzte Brille Schopenhauers betrachtete und im Sinne von dessen unbestechlichem Pessimismus auskomponierte.

Zu diesem Ende erweiterte Thomas Mann die Zimmer'sche Fabel um eine Vorgeschichte, in der die Freundschaft der beiden jungen Männer entwickelt wird, sowie um einen abschließenden Ausblick auf das Schicksal des Kindes, das aus der heillosen Verbindung seiner drei Eltern hervorgegangen ist. Mit der Ausbreitung der Vorgeschichte erfolgt auch die kulturgeschichtliche Verortung nach Bachofen'schen Koordinaten. Thomas Mann situiert seine »Legende« in einer krisenhaften Ära des Indra-Kults, die durch einen Rückfall auf eine vorpatriarchalische, chthonische Stufe des religiösen Kults gefährdet ist. (Elsaghe 2018, S. 237–243)

Damit kommt auch hier ein Erklärungsmodell zum Tragen, das bereits in *Mario und der Zauberer* den Faschismus als kulturgeschichtlichen Rückfall im Zeitalter des Massenkults deutbar machte. In dem vorliegenden Fall sind die unterschiedlichen Kulturstufen, wie Mann aus Zimmers *Maya*-Buch entnehmen konnte, der herrschende, arische Indra-Kult und der vor-arische Berg- und Hirtenkult. Diese Herangehensweise an den indischen Mythos, nämlich Zimmer durch das Prisma Bachofens zu betrachten, darf als der grundlegende intellektuelle Gestus von Thomas Manns indischer Legende angesehen werden. Er setzte ihn in den Stand, die Faschismus-affinen Denkmuster selbst in ihrer exotischen Verkleidung zu spiegeln und in seiner modernisierten Fassung des indischen Mythos ins Spiel zu bringen. Dabei kam dem *Joseph*-Autor sehr zugute, dass Zimmer selbst seine Reflexionen auf die indische Weltmutter durchaus im Sinne Bachofens als einen einzigen, großen »Rückgang zum Mütterlichen« deutete. (*Weltmutter*, S. 214)

In der Hauptsache jedoch ließ sich Mann die psychologische Auslotung der fatalen Dreiecksbeziehung angelegen sein. Das »Exaktmachen des Mythos« (DüD II, 592), will sagen: seine psychologische Erhellung, war dem *Joseph*-Autor inzwischen zur zweiten Natur geworden. Dies geschah durchaus im Sinne Zimmers, der, wie gezeigt, die Vertauschung der Köpfe beziehungsweise Leiber, als eine »merkwürdige Fehlleistung« bezeichnet hatte und damit einen Fachausdruck der Psychoanalyse als Schlüssel zum Verständnis der indischen Dreiecksgeschichte lieferte. Diese Vorlage wurde von Thomas Mann dankbar und elegant aufgenommen und flächendeckend genutzt. Bei ihm wird der Mythos unter zusätzlicher Aufbietung der Freud'schen Begriffe der Identifikation und Projektion psychologisch vollkommen erklärlich und für die zeitgenössische, westliche Leserschaft plausibel gemacht.

War dieser Blickwinkel schon Anreiz genug, so musste ein schlechterdings unwiderstehlicher Reiz von einem weiteren Figurentausch ausgehen. Thomas Mann ersetzte den klugen, Recht sprechenden König in der Zimmer'schen Fabel durch einen berühmten Eremiten und Weisen namens Kamadamana. Wie der kluge König in Somadevas *Kathāsaritsāgara* entscheidet der extrem vergeistigte Klausner, dass, wer das Haupt des Gatten trägt, Sitas Gemahl ist, denn das Haupt ist das höchste der Glieder. Freilich wird sein Urteil durch die weitere Entwicklung des Dreiecksverhältnisses samt des daraus hervorgegangenen Sprosses widerlegt. Mit der Einführung eines Heiligen war der Genrebezeichnung »Legende« einigermaßen Genüge getan, unerachtet der Tatsache, dass der Auftritt des glänzend ins Spiel gebrachten, im wahrsten Sinne des Wortes komischen Heiligen, lediglich eins von zwölf Kapiteln ausmacht, während der übrige, größte Teil des Werkes einen parabelhaften Charakter aufweist. Darüber hinaus erlaubte diese Figur ihm, den sehr zur Sache gehörenden Komplex der Askese zu entfalten, den Schopenhauer und Nietzsche beschrieben und analysiert hatten und von dem für ihn seit je eine starke Faszination ausging. Mit dem Thema der Askese war auch das Thema Geschlechtlichkeit präsent, d. h. das Problem ihrer Bezähmung. Der indische Mythos ist in hohem Maße sexuell kodiert – darin ein Pendant zu Thomas Manns eigenem Werk, in dem Schopenhauers »Wille« uneingeschränkt herrscht. Dem Asketen in dem von Heinrich Zimmer vermittelten Indien geht es darum, »die Hengste seiner Sinne« (Arbeitsnotizen siehe Paralipomena, S. 2017) zu zügeln. Nichts anderes war auch das existenzielle Anliegen des jungen Thomas Mann, dem es immer wieder darum zu tun war, die »Hunde im Souterrain« (GKFA 21, 72) an die Kette zu legen. Unter diesem Gesichtspunkt war Indien für ihn vertrautes Gelände.

Anders als in seinen Anfängen als Autor hatte der Mann von sechzig Jahren ein souveräneres, keckeres Verhältnis zur Sexualität gewonnen. Dies ist nicht zuletzt daran abzulesen, dass er dem von unterdrückter Geschlechtlichkeit überfließenden Anachoreten Kamadamana humoristische Glanzlichter aufzusetzen vermochte. Damit war dem blutigen Drama der Selbstentleibung samt den grotesken Slapstick-Effekten der verwechselten Köpfe und Körper ein sublimes Element des Komödienhaften beigegeben, das offenbar die ästhetischen Ansprüche des Autors befriedigte. Wenn er Agnes Meyer bekannte, er sei »nicht weit davon entfernt«, seine indische Legende »für ein Meisterwerk zu halten« (TM/AM, 276), so hatte er, wie es scheint, vornehmlich die Figur des sinnlichen Eremiten im Sinn.

Über die psychologischen und kulturgeschichtlichen Reize hinaus spielte in den Gedanken an das indische Sujet offenbar auch ein starkes ästhetisches Moment hinein, das überraschenderweise der französischen Literatur geschuldet war. Zum Abschluss seiner Vortragreise im Januar 1940, als die Erzählung noch nicht weit fortgeschritten war, vermerkt das Tagebuch: »Auf dieser ganzen Reise viel an die ›Vertauschten Köpfe‹ und ihre wunderlichen Möglichkeiten gedacht.« Von diesen Möglichkeiten favorisierte er den Geist und Stil des Surrealismus, denn er fährt fort: »Erstmalige Annäherung an die französisch-surrealistische Sphäre (Cocteau), zu der ich mich längst hingezogen fühlte.« (Tb. 28. 1. 1940)

Als Thomas Mann 1935 das Werk Jean Cocteaus kennenlernte, war er tief beeindruckt. Klaus Mann hatte *La Machine infernale* (1934) rezensiert und den Autor gebeten, dem Vater ein Exemplar zu schicken. In Cocteaus Stück arrangieren die Götter die Tragödie des Œdipe und seiner Mutter Iocaste zu ihrer Unterhaltung und Belustigung. Thomas Mann las dies, wie er dem Autor schrieb, »avec une espèce d'amusement tragique« (Turck 2009, S. 422). Wie die Götter bei Cocteau, agieren auch die indischen Gottheiten auf unbegreiflich grausame, scheinbar kapriziöse Weise. Zimmer erzählt die Geschichte des Heiligen Kandu, dessen rekordverdächtige Leistungen auf dem Feld der Askese selbst den Göttern zu viel werden, weil sie »Angst« hatten vor dem Heiligen, »er könne mit seiner übermenschlich gestauten Kraft den Göttern gefährlich werden«, weshalb Indra, der »Götterkönig«, beschließt, die betörend schöne Pramlotscha zu ihm zu schicken und Kandus Askese zuschanden werden zu lassen. Die Begründung: »Denn gern zerstört er die Frucht solcher Askese, die dem Menschen gottgleiche Kräfte schenkt.« (Zimmer, *Maya*, S. 74)

Was den *Joseph*-Autor zutiefst faszinieren musste, war Cocteaus verblüffend originelle und kühn-rationale Aktualisierung des Oedipus-Mythos, die seinen eigenen Bemühungen um die Humanisierung und rationale Erhellung des Mythos zur Seite stand und neue Impulse gab. Vor allem goutierte er die geglückte Synthese von Schrecken und Amüsement, von Psychologie und Mystik, und die an Voltaire gemahnende philosophische Mündigkeit, der Cocteau in einem Motto zur *Machine infernale* bündigen Ausdruck verlieh: »Les dieux existent: c'est le diable.«

So beeindruckt war Thomas Mann, dass er sich erbot, Cocteaus Stück für das Zürcher Schauspielhaus »avec tendresse« ins Deutsche zu übertragen – ein einmaliges Vorkommnis in dem immensen literarischen Haushalt dieses Schriftstellers. Er war überzeugt, dass für die Übersetzung viel sprachliches Fingerspitzengefühl erforderlich war, denn ein großer Reiz von Cocteaus Aktualisierung des Mythos ging von der Mischung von klassisch-mythologischer Rede und zeitgenössischer Umgangssprache aus. Eine ähnliche Mischung finden wir auch in den *Vertauschten Köpfen*. Hier griff Thomas Mann zu einem sprachlichen Register, das weitgehend aus Mimikry des von Zimmer verdeutschten, indischen Mythos besteht – einem »sanskritised idiom«. (Figueira 2004, S. 420) Dabei nutzte er ausgiebig die Fähigkeit des Deutschen, die frei kombinierende Wortbildung im Sanskrit nachzuahmen: »Indra-Dank-Dienste«, »preisgesangswürdig«, »rebhuhnäugige« (ebd., S. 420f.). Diese Stilparodie ist angereichert mit Anglizismen (z. B.: »um Liebe zu machen«), umgangssprachlichen Wendungen (»sieh dir das an!«), einschließlich bajuwarischer Redensarten (»ist das eine Gaudi!«), sowie diverses Wagner-Vokabular. Wagner hatte sich von Schopenhauer ein feines Sensorium für den indischen Mythos erworben, worauf Zimmer in der *Weltmutter* an zwei Stellen (S. 213, 217) selbst aufmerksam macht.

Offenbar hielt Mann an dem Vorhaben einer Übertragung der *Machine infernale* ins Deutsche lange fest: noch 1947 schrieb er Cocteau, er habe den Gedanken daran keineswegs aufgegeben. Man hat es somit als ein Zeichen seiner nachhaltigen Bewunderung zu werten, dass er im *Doktor Faustus* den Namen Cocteau auf eine elegante und diskrete Art und Weise verewigt hat. Unter den »interessantesten, stimulierendsten« Figuren und »den Geschmack bestimmende[n] Genies«, mit denen Saul Fitelberg den deutschen Tonsetzer Adrian Leverkühn nach Paris zu locken versucht, ist auch »Jean Cocteau, der Dichter« (GKFA 10.1, 585f.). Offenbar war ihm diese Verneigung vor dem französischen Dichter wichtig genug, um seinem französischen Kollegen sogleich Mitteilung davon zu machen. Den betreffenden Brief unterzeichnete er mit der Versicherung: »Je reste toujours votre ami et admirateur.« (Turck 2009, S. 424)

Damit darf die Frage, was den *Joseph*-Autor an dem indischen Sujet, abgesehen von seinem Hauptprojekt der Humanisierung des Mythos, im engeren Sinne auch künstlerisch gereizt haben mochte, als beantwortet gelten. Es war der Geist und Stil des Cocteau'schen Surrealismus mit seiner eigentümlich fesselnden Melange von Schrecken und Amüsement, die seine im *Joseph* praktizierte Humanisierung des Mythos um eine geistvolle und witzige Nuance bereicherte. Nicht anders als bei seiner Entscheidung, nach *Joseph in Ägypten* einen Goethe-Roman zu schreiben, nicht anders als im Falle Richard Wagners, der mitten in der Komposition von *Siegfried* seinem Riesenwerk eine Ruhepause verordnete, weil *Tristan und Isolde* ihn lockte, ließ sich der *Joseph*-Autor auf die indische Legende umso bereitwilliger ein, als er sich einen ästhetischen Gewinn davon versprach. Geist und Stil des Surrealismus halten somit für eine adäquate Lektüre der Mann'schen »Grotesk-Novelle« (DüD II, 583) den Schlüssel bereit. Alles deutet darauf hin, dass das Cocteau'sche Beispiel ihn dazu ermutigte, der metaphysischen Farce von *La Machine infernale* als deutsches Pendant den »metaphysische[n] Spaß« (DüD II, 586) der *Vertauschten Köpfe* an die Seite zu stellen.

Dieses Cocteau'sche Rezept für eine Aktualisierung des Mythos musste ihm umso willkommener sein, als es ihm bestens zum

Antidot gegen Zimmers schwärmerische Einstellung zum indischen Mythos taugte. Zimmer, der nie indischen Boden betreten hatte, nähert sich dem exotischen Mythos einfühlsam, verehrungsvoll und in letzter Hinsicht – bei aller stupender und geistvoller Beherrschung des Materials – unkritisch. Dies war Thomas Manns Sache nicht; Cocteaus illusionsloser, kalter und alles andere als schwärmerische Blick auf den griechischen Mythos war seinem Geist gemäßer. Während Zimmers Faszination für den indischen Mythos durch dessen Andersartigkeit gegenüber dem griechischen motiviert war, richtete sich Thomas Manns Interesse auf ihre verwandten Züge, überzeugt, wie er war, von der letzthinnigen Einheit des Menschengeistes.

Die Stilmischung der indischen Legende generierte einen epischen Ton, den Thomas Mann wenig später in der Moses-Novelle wieder aufnehmen sollte, sowie eine virtuose sprachliche Verspieltheit, der er in *Der Erwählte* geradezu die Zügel schießen ließ. Was jedoch in der alarmierenden Weltlage von Ende 1939 schwerer wog als alle ästhetischen Überlegungen, war die einfache Tatsache, dass er nicht gesonnen war, sich der Verzweiflung zu überlassen und die Waffen zu strecken. Stattdessen lieferte er sich selbst und der Welt den Beweis, dass er genug künstlerische Vitalität besaß, unerachtet der finsteren Zeiten, die ausgebrochen waren, »etwas Leichtes und Souveränes zustande« zu bringen. Hermann Hesse gegenüber, dem Pionier der deutschen Indien-Dichtung, nannte er seine neue Erzählung einen »metaphysischen Spaß [...] Immerhin, er zeigt, wie man sich frei und im Innersten bei Laune zu halten weiß.« (TM/Hesse, 186) Ähnlich äußerte er sich gegenüber Christian Gauss, dem Romanisten und Dekan der Princeton University: »[...] worauf ich mir etwas zugute tue, ist die Heiterkeit, die [...] zu bewahren unter den heutigen Umständen nicht wenig ist.« (DüD II, 589)

Am emphatischsten drückte er sich gegenüber Agnes Meyer, seiner Washingtoner Freundin und Gönnerin, aus, die es nicht gerne sah, wenn er seine kostbare Zeit auf den politischen Kampf verwandte, statt sich ausschließlich dem Dichten und Geschichten-Erzählen zu widmen. Auf *Joseph in Ägypten* verweisend, auch auf *Lotte in Weimar* und auf die *Vertauschten Köpfe*, verrät er ihr im Vertrauen: »Ich bin ein wenig stolz darauf, dass ich das, statt unter die Gemütsleidenden zu gehen, fertig brachte, und ich denke, meine Freunde sollten in der Tatsache, dass ich ausserdem auch noch kämpfe, ein Zeichen von Kraft und nicht von Schwäche und Erniedrigung sehen.« Er bezeichnete die genannten Bücher als »Werke der Freiheit und Heiterkeit und, wenn Sie wollen, der Überlegenheit.« (TM/AM, 254) Der dies schrieb, hatte sich gerade verpflichtet, mit seinen monatlichen Radiosendungen an *Deutsche Hörer!*, sich der Alliierten Propaganda zur Verfügung zu stellen und in dieser Form seiner Opposition gegen Hitler-Deutschland ein publizistisches Denkmal zu setzen.

Der kämpferische Humanismus, dem er sich verschrieben hatte, war seinem Selbstverständnis nach nur dann aufrechtzuerhalten, wenn seine Autorschaft durch Leistung beglaubigt war, will sagen: durch den Nachweis einer ungebrochenen Schaffenskraft als Zeichen einer unbeugsamen Entschlossenheit zum Kampf. Wenige Tage nach seinem dreitägigen Aufenthalt im Weißen Haus im Januar 1941, der ihm das Gefühl vermittelte, mit Präsident Franklin Roosevelt in einer geistigen Waffenbrüderschaft alliiert zu sein (Vaget 2011, S. 115), schrieb der Verfasser der »indischen Grotesk-Novelle« (DüD II, 583) an Agnes Meyer: »Je fais la guerre« – nicht irgendeinen Krieg, sondern »eine Entscheidungsschlacht der Menschheit [...] alles entscheidet sich darin, *auch* das Schicksal meines Lebenswerkes [...] Sie wissen nicht, was ich in diesen acht Jahren gelitten habe, und wie es mein ein und alles ist, dass die ekelhafteste Niedertracht, die je ›Geschichte‹ gemacht hat, zuschanden wird – und dass ich diese Genugtuung auch erlebe.« (TM/AM, 253f.) Dies ist offenbar der tiefere Sinn der nur scheinbar politikfernen, vorgeblich bloß als »Divertissement und Intermezzo« (TM/AM, 218) unternommenen indischen Legende: als Künstler in Form zu bleiben, psychische und geistige Frische zu bewahren, um in der bevorstehenden Entscheidungsschlacht der Menschheit seinen Mann stehen zu können.

Textlage

Die Hs. ist vollständig erhalten; Standort: Thomas-Mann-Archiv der Eidgenössischen Technischen Hochschule Zürich. Signatur: Mp XI, 5.

Dort auch das Konvolut von Exzerpten und Arbeitsnotizen; Mp XI, 5a; Mp XI 195 grün (siehe Paralipomena).

ED/BA: *Die vertauschten Köpfe*. Eine indische Legende. Stockholm 1940. Druckvorlage.

Der Stellenkommentar verzeichnet Thomas Manns Korrekturen in der Hs. Die von ihm für die zweite Auflage der BA, Stockholm 1945, erstellte Liste mit Druckfehlern im ED ist eingearbeitet.

Quellenlage

Thomas Mann benutzte und konsultierte folgende Werke:

Heinrich Zimmer: *Maya. Der indische Mythos.* Stuttgart, Berlin 1936 (mit Widmung: »Thomas Mann in herzlicher Verehrung. Mai 1936. Heinrich Zimmer«).

Ders.: *Die indische Weltmutter.* In: *Eranos-Jahrbuch* 6, 1938, S. 175–220 (Widmung: »Thomas Mann in herzlicher Verehrung. Juni 1939. Heinrich Zimmer«).

Hermann Oldenberg: *Die Literatur des alten Indien*, Stuttgart, Berlin 1903.

*Indische Märchen.* Herausgegeben und übertragen von Johannes Hertel, Jena 1921.

*Der Mythus von Orient und Occident. Eine Metaphysik der Alten Welt.* Aus den Werken von J. J. Bachofen mit einer Einleitung von Alfred Baeumler. Hg. von Manfred Schröter, München 1926.

Johann Jakob Bachofen: *Urreligion und antike Symbole.* Systematisch angeordnete Auswahl aus seinen Werken in drei Bänden, hg. von Carl Albrecht Bernoulli, Leipzig 1926.

*Meyers kleines Lexikon*. 8., gänzlich neubearbeitete Auflage in drei Bänden, Leipzig 1932.

Rezeption

*Die vertauschten Köpfe* erschien im Oktober 1940 in Stockholm unter denkbar ungünstigen Bedingungen. Das Buch war vom deutschen Markt abgeschnitten, so dass von einer zeitgenössischen deutschen Rezeption nicht die Rede sein kann. Die Erstrezeption fand im englischsprachigen Raum statt, wo man, trotz aller Wohlgesinntheit dem deutschen Immigranten gegenüber, sich keinen rechten Reim auf das indische Kuriosum machen konnte. Als die Erzählung in Nachkriegsdeutschland offen diskutiert werden konnte, war sie keine Novität mehr. Sie geriet in den Sog der aufgeregten »Großen Kontroverse«, die Thomas Manns Deutschland-Kritik ausgelöst hatte, wodurch eine breite Würdigung dieses Werkes erschwert war. Unter diesen Umständen traf die indische Legende auf ein relativ geringes Interesse, was schließlich zur Folge hatte, dass *Die vertauschten Köpfe*, wie Helmut Koopmann konstatierte, »die am wenigsten gern gelesene« Novelle Thomas Manns sei. (Koopmann 2004, S. 209) Die Tatsache, dass seine umfangreichste Erzählung in den meisten Gesamtdarstellungen als eine Randerscheinung behandelt oder schlicht übergangen wird, bestätigt Koopmanns Befund, der seinerseits, dem Urteil Heinrich Manns folgend, die indische Legende zu einem »kleinen Meisterwerk« erklärt (ebd., S. 225). Für die jüngere Thomas-Mann-Forschung hingegen erweist sich gerade das anhaltende Verstehensdefizit als ein Ansporn zu unterschiedlichen Herangehensweisen und zu einer eindringlicheren Würdigung.

*USA und England*

*The Transposed Heads. A Legend of India* in der Übersetzung Helen Lowe-Porters erschien im Frühjahr 1941 in einer Auflage von 15000; diese Ausgabe trägt die elegante – man ist versucht zu sagen: auch vorsorgliche – Widmung: »To Heinrich Zimmer, the great Indian scholar, returned with thanks.« Vorsorglich insofern, als mit diesem Hinweis auf seine Anleihen aus dem Werk Heinrich Zimmers einem etwaigen Streit um intellektuelles Eigentum der Boden entzogen wurde.

Das Buch wurde in Amerika mehr als ein dutzendmal rezensiert; in England lassen sich vier Besprechungen nachweisen. Während die Rezeption in England überwiegend und unverblümt negativ war, ist die amerikanische von respektvoller Ratlosigkeit gekennzeichnet. Die Ratlosigkeit betraf vor allem die surrealistische Sprach- und Stilmischung, die zumindest von einer Kritikerin als künstlerisches Experiment erkannt wurde: »[...] he must have been experimenting with stylistic techniques foreign to his readers.« (Fleissner, *Germanic Review*, S. 212) Es ist jedoch eine aufschlussreiche Ausnahme zu verzeichnen: Agnes Meyers enthusiastische Besprechung. Im Ganzen wird man jedoch sagen dürfen, dass Thomas Manns indische Legende in dem multikulturellen Amerika eine günstigere Aufnahme fand als in dem monokulturellen Nachkriegsdeutschland.

Aus Thomas Manns Äußerungen über die Aufnahme seiner indischen Legende spricht unverkennbar Enttäuschung, auch wenn er dies mit anerkennenden Worten zu kaschieren versuchte: »[...] überhaupt könnte man von einer guten Presse reden, wenn nicht der einflussreiche Fadiman [...] sich äußerst geringschätzig geäussert hätte. Das ist sehr schade. Hätte er's nur im Original lesen können, er wäre, glaube ich, zu einem anderen Urteil gelangt.« (TM/AM, 288) Seinem Sohn Klaus gegenüber war er offener: Clifton Fadiman habe diesmal »[l]eider [...] völlig versagt, [...] was ein schlimmer Schlag ist.« (Br. II, 195) Fadimans Besprechung in dem tonangebenden *New Yorker* ist jedoch kein totaler Verriss, wie denn auch die amerikanische Rezeption insgesamt sehr wohl bemüht war, etwas Gutes und Bedeutendes in Manns »Legend of India« zu finden. Fadiman würdigt die Satire auf den sinnlichen Eremiten, nennt sie »brilliantly witty« und spricht von einer etwas unstimmigen Mischung aus »satire and dialectics«. Doch kann er seine Enttäuschung nicht verhehlen: Es handle sich nicht um ein Hauptwerk Thomas Manns, der diese Geschichte wohl zur Erholung von der Arbeit am *Joseph* geschrieben habe. Es bleibe unklar, ob Mann eine groteske Anekdote habe erzählen wollen oder eine tiefsinnige Parabel über das Wesen der Liebe. Eigentlich könne nichts, was aus der Feder dieses Autors fließt, ignoriert werden, aber diese Erzählung vielleicht doch, denn – und mit diesem cleveren Wortspiel schließt die Rezension – »though his heroes' do, *The Transposed Heads* itself doesn't quite come off.«

Die wohl gewichtigste Stimme in dem Chor von Rezensenten war die von Lionel Trilling, einem der führenden »New York intellectuals«, der an der Columbia University lehrte. Seine Besprechung erschien in *PM's Weekly*, einer liberalen Abendzeitung, und charakterisiert die indische Erzählung als eine gelungene Komödie; es sei auf seine Art »a very pleasant book«. Es ist jedoch nicht zu überhören, dass Manns neues Buch seinen Anforderungen bei weitem nicht genügte. Trilling beanstandet die Klischeehaftigkeit des Frauenbilds und findet den Humor der Erzählung schwerfällig. In dasselbe Horn stößt auch Theodore Maynard in der katholischen Zeitschrift *The Commonweal*: es handle sich hier um eine charmante, virtuose Erzählung, doch ihr künstlerischer Wert sei fraglich. Manns Inder seien verkleidete Deutsche, und sein Humor sei von der schwerfälligen, teutonischen Art.

Weitere Stimmen, die zwischen bemühter Anerkennung und Enttäuschung schwanken: In der *New York Times* bescheinigt Charles Poore der indischen Legende, dass es sich hier um »high comedy« handle, »based on more substantial themes than most writers of comedy can command«. Letztlich aber gehöre dieses Werk nicht in die Nachbarschaft des *Joseph*, sondern die von *Königliche Hoheit*. In der *New Republic* signalisiert Malcolm Cowley schon mit der Überschrift: »Finger Exercise«, dass es sich hier um ein Nebenwerk handle. Da Thomas Mann aber von schwerwiegenden

Dingen handle (z. B. »the separation of intellect and emotion leads to the destruction of both«), sei das Buch eher etwas für Feinschmecker zumal angesichts von »Dr. Mann's absolutely unequalled skill and virtuosity«. Curtis Bradford im *Sewanee Review* stellt die indische Legende, die er »charming« und »most delightful« findet, auf eine Stufe mit *Tonio Kröger* und dem *Tod in Venedig* und meint, es grenze ans Wunderbare, dass Thomas Mann unter den gegenwärtigen Verhältnissen ein solches Werk habe schreiben können, und vermutet: »For his own sake he needed to produce such a book.«

Dass Agnes Meyer das Buch ausführlich und mit überschwänglichem Lob besprechen würde, stand zu erwarten. Ihre Rezension, die in der *Washington Post* und in der Buchbeilage der Wochenendausgabe der *New York Times* erschien, ist insofern von Bedeutung, als daraus deutlich die Stimme ihres Herrn zu vernehmen ist. Thomas Mann hatte sie in ihrer Korrespondenz klüglich mit Insiderwissen gefüttert, so dass sie gegenüber den anderen Rezensenten im Vorteil war. Schon die Überschrift: »Thomas Mann's Fable for Today«, präsentiert einen Gedanken, auf den sonst niemand gekommen wäre, nämlich dass *Die Vertauschten Köpfe* nicht anders als der *Joseph*-Zyklus und der Goethe-Roman Teil des antifaschistischen Kampfes sei. Bei dieser Fabel handle es sich um eine Form der Berichterstattung von der geistigen Front, an der in einem permanenten Krieg mit ganzer Hingabe um das Überleben von Güte und Wahrheit gekämpft werde. Diese indische Legende stelle ein humanitätsphilosophisches Manifest dar, in dem ein Wortzauberer seinen Glauben bekunde, dass »the ultimate salvation of man« in der Versöhnung seines animalischen und göttlichen Erbgutes liege. Diese Deutung der indischen Legende stach von den anderen Rezensionen zu weit ab, als dass sie ein Echo bei anderen Kritikern gefunden hätte.

Die Besprechung in dem Nachrichtenmagazin *Time* ist insofern von Interesse, als der anonyme Rezensent die Bedeutung Heinrich Zimmers hervorhebt und zudem ein sibyllinisches Bonmot Zimmers überliefert: Thomas Manns indische Legende komme ihm vor wie ein Einakter von Paul Hindemith mit Motiven aus Wagners *Götterdämmerung*, was Thomas Mann mit den Worten quittierte: »Geistreich, aber schief.« (TM/AM, 287)

Vermutlich hätte ihm eine vertrauliche Reaktion auf seine indische Legende besser gefallen. In einem Brief an eine Freundin in Deutschland, Mila Esslinger-Rauch, fasst Zimmer seine Eindrücke gutgelaunt wie folgt zusammen: »Der liebe gescheite Thomas Buddenbrook [sic] hat aus einer indischen Erzählung, die er im Eranosjahrbuch 1938 auf Seite 177–179 kurz wiedergegeben fand, eine entzückende Novelle gemacht, in der er tausend kleine Züge und tiefe Gedanken aus der ›Maya‹ und diesem Eranosvortrag ganz einfach zum Teil wörtlich verwurstet hat, als wenn ein moderner [Jacques] Offenbach aus lauter tiefernsten Motiven des ›Tristan‹ und des ›Ring‹ eine tiefsinnige Burleske, einen beziehungsvollen Ulk gemacht hätte. Ich habe natürlich enormen Spaß daran, daß Bälle, die ich zu meinem eigenen Spaß so in die Luft geworfen habe, gerade von diesem bewährten Tennis-Altmeister so lustig aufgefangen und brillant zurückgegeben werden. Werde ihn demnächst endlich einmal wiedersehen.« (Rauch/Mußgnug 1991, S. 228) Ersichtlich trifft Offenbach die Sache weit besser als Hindemith.

Ein entschieden negatives Urteil fällte allein Millicent Lang in der kommunistischen Zeitschrift *New Masses*: hier werde zu viel allegorisiert, doch ohne Bezug zur Gegenwart; ein Schriftsteller habe heute Wichtigeres zu tun als »finger exercises in paradoxes« zu liefern.

Besonders angetan war Thomas Mann von der Rezension in der *New York Herald Tribune*, weil sie aus der Feder eines indischen Kritikers stammt; Krishnalal Shridarani: »Dass dieser Sachkenner mein *sehr* improvisiertes Indien im Wesentlichen anerkennt, muss mich freuen, und dass er mir den Kamadamana nicht übel genommen hat, spricht für seinen Humor.« (TM/AM, 288) Thomas Mann habe die indische Landschaft, den »spirit of Brahmin India«

sowie »the particular flavor of Sanscrit idiom« gut getroffen. Allerdings stellt Shridarani auch einige Unstimmigkeiten heraus: eine Hindufrau könne ihren Mann nicht mit seinem Namen anreden; das Küssen der Braut sei kein indischer Brauch; Angehörige verschiedener Kasten würden gewöhnlich nicht miteinander essen, und der Ausdruck »you goose« (du Gans) nehme sich im Munde einer Göttin ungehörig aus. Shridarani scheint aus dem Gedächtnis zu zitieren, jedenfalls ungenau, denn in Lowe-Porters Übersetzung steht: »you silly ape!« für »du dumme Ziege« des Originals. Wie dem auch sei, ihm scheint entgangen zu sein, dass hier eigentlich nicht die Göttin spricht, sondern ihre fromme Dienerin.

Dass Thomas Manns indische Legende in England, wo man aufgrund der kolonialen Bindung an Indien ein besonderes Interesse an dem Sujet vermuten sollte, gerade dort durchfiel, wird ihn geschmerzt, doch wohl kaum überrascht haben, denn England zeigte sich ihm gegenüber generell weniger aufgeschlossen als sein neues Gastland. Der anonyme Rezensent des *Times Literary Supplement*, dem wichtigsten Rezensionsorgan, verweist belehrend zur Erklärung seines mangelnden Verständnisses auf die Antipathie der englischen Literaturfreunde gegenüber der allzu spekulativen Tradition der deutschen Romantik, der der Verfasser dieser indischen Legende kurzerhand zugeschlagen wird. So betrachtet, kann das Urteil nur ein abfälliges sein: »With all sincere respect for Herr Mann, an intellectual of impressive power, the philosophical disquisitions of his latest work give the impression of making a cloudy and ponderous ado about nothing, while the arch humour with which they are introduced can only be described as elephantine.« Die Klage über die Schwerfälligkeit und Witzlosigkeit des Thomas Mann'schen Humors ist eine Konstante der englischen, wie übrigens auch der amerikanischen Rezeption. Darin liegt insofern eine gewisse melancholische Ironie, als der *Joseph*-Autor sich selbst als ein rückhaltloser Bewunderer des englischen Humors betrachtete. (Vaget 2011, S. 49–51)

Anthony West im *New Statesman and Nation* versucht der rätselhaften indischen Legende mit angestrengter Ironie dadurch etwas Amüsantes abzugewinnen, dass er sie als Anleitung zur Verführung verheirateter Frauen darstellt. Und die Rezensentin des *Spectator*, Kate O'Brien, führt Sitas Vertauschung der Köpfe auf nichts anderes zurück als ihre »clumsiness«, so dass es nicht weiter verwunderlich ist, dass ihr Manns Erzählung als leichtgewichtig vorkommt; sie fühle sich davon in keiner Weise angesprochen, was nichts anderes heißt, als dass sich die Leser mit dieser »legend of India« keine Mühe zu geben brauchen. Doch ist erfreulicherweise auch eine emphatisch positive Stimme zu verzeichnen, die des Rezensenten im *Manchester Guardian*. Harold Brighouse präsentiert die *Transposed Heads* als die »preposterous and beautiful legend of the ideal husband« und gibt seinen Lesern wenigstens eine Ahnung von der philosophischen Komödie, die dieser Erzählung einverwoben ist: »Everything Thomas Mann writes seems to me to be heart-rendingly beautiful, even when [...] he is a laughing philosopher with Rabelais at his elbow [...].«

*Schweiz und Deutschland*

Die erste deutschsprachige Rezension erreichte Thomas Mann am 13. 5. 1941 aus der Schweiz, wo die indische Erzählung sogleich nach Erscheinen erhältlich war. Robert Faesi, Germanist und Autor, mit dem man während der Züricher Jahre freundschaftlich verkehrt hatte, schrieb für die *Neue Schweizer Rundschau* eine ausführliche, ebenso einfühlsame wie umsichtige Besprechung. Faesi verweist auf die geistige Verwandtschaft mit Hermann Hesses indischen Erzählungen *Siddhartha* und *Morgenlandfahrt* und leitet sie aus dem gemeinsamen Erbe der Romantik her. Der Weg nach Indien sei ein Weg nach innen; Schopenhauer sei die »geistige Brücke vom Abendland nach Indien«. Wie aus allen romantischen Geistern spreche auch aus Manns *Vertauschten Köpfe* die Sehnsucht nach der »Urheimat alles Daseins«; das sei die »gemeinsame Grundempfindung« aller »europäischer Indiendichtung«. Faesi macht die vielfachen Verbindungen zum übrigen Werk kenntlich und konstatiert: »So ist es also das alte Lied, das Thomas Mann anstimmt, nur auf eine neue, fremdartige Weise.« Es ist das alte Lied von der zwischen Geist und Leben waltenden Sehnsucht. Sie verhielten sich zueinander »wie ein heutiger Intellektueller zu einem Sportsmann«. Der Züricher Germanist goutiert Manns Ironien und Wortspiele. Über das Bedenkliche solcher Wortspiele bemerkt er: »Derlei Kunststücke mögen nicht nach jedermanns Geschmack sein. Sie sind gewagt. Aber aus Spaß wird Thomas Mann nicht solche Späße treiben. Es ist hinter ihnen weder die Naivität eines Moritatensängers, noch der Zynismus eines geistig Verzweifelnden zu vermuten.«

Die deutsche Rezeption fand meist in literarischen Zeitschriften statt. Eine einzige Tageszeitung, die *Badische Zeitung*, brachte zwei Jahre nach Kriegsende eine Besprechung von Hanns Reich. Sein Blick auf die indische Erzählung ist von den schlimmen Erfahrungen der gerade zu Ende gegangenen Hitler-Zeit geprägt und streicht die verborgene Aktualität dieser Legende heraus: »Es sind die Auswüchse des Biologismus, die wissenschaftlich getarnten Wahnsinnstaten der nationalsozialistischen Rassenlehren, die hier in dem halb ernsthaften, halb ironischen Legendenton, wie ihn der Altersstil Thomas Manns ausgebildet hat, in Sinnbilder gekleidet werden, die unmittelbar an letzte Fragen des Menschseins rühren.«

Im Unterschied zu Reichs politischen Reflexionen auf das Experiment mit dem vermeintlich idealen Mann begnügen sich die übrigen Rezensenten mit Streiflichtern auf formale Aspekte des Werkes. Wolfgang Schneditz zeigt sich vor allem von der »zarten, blumigen Sprache« angetan, die ihn an indische Miniaturen erinnere: »Das alles ist so schön, so östlich empfunden aus der Sicht des westlichen Betrachters erzählt, daß man gerührt und ergriffen immer wieder zu dieser Legende zurückkehren wird.« Für Wolfgang Linder sind die *Vertauschten Köpfe* »Kammermusik eines großen Symphonikers«. Er betrachtet sie als Variation der alten Geist-

Leben-Problematik und als den Beweis, dass seine Synthese unmöglich sei, was er als »befreienden Jokus« deutet. Für Walther Pollatschek ist diese Erzählung im Wesentlichen ein »idyllisch-ironisches Märchen«, Thomas Manns »heiterstes« Werk. Zudem sei sie das Dokument einer »dialektischen Weltbetrachtung«. Das »materielle Sein« bleibe »nicht unbeeinflusst vom Geistigen«. Zugleich aber zeige Thomas Mann »doch wohl in erster Linie«, dass »materielles Dasein und Umwelt die körperlich geistige Erscheinung formen«.

Die verzögerte und relativ spärliche Rezeption der *Vertauschten Köpfe* und ihre lang währende Vernachlässigung haben eine Situation geschaffen, in der Thomas Manns indische Legende heute auf ein neu belebtes Interesse besonders seitens der interkulturellen Literaturwissenschaft zählen darf. Angesichts der vielfachen Rätsel, die sie aufgibt, ist es nicht verwunderlich, dass in der jüngeren Thomas-Mann-Forschung ein breites Spektrum methodologisch unterschiedlicher Ansätze zu verzeichnen ist.

Unter interkultureller Perspektive verdient in erster Linie der Beitrag des indisch-kanadischen Autors Anand Mahadevan genannt zu werden. Mahadevan bescheinigt Thomas Mann »an astute grasp of the institutions and social structures of Hindu India that far excedes that with which scholars have thus far credited him.« Darüber hinaus kann er darauf verweisen, dass Manns Erzählung seinerseits die zeitgenössische indische Literatur angeregt hat. Der bedeutendste Dramatiker und Filmemacher des Landes, Girnish Karnad (1938–2019), stützte sich in einem 1972 uraufgeführten Theaterstück ausdrücklich auf Thomas Manns Version der Parabel von den vertauschten Köpfen. (Mahadevan 2002, S. 27)

Nach wie vor von Interesse ist die Stellung der indischen Legende in Thomas Manns Œuvre. Koopmann würdigt die Erzählung als ein »kleines Meisterwerk«, in dem das Lebensthema des Rollentauschs seine radikalste Artikulation gefunden hat. (Koopmann 2004, S. 220) Koopmanns Hochschätzung dieser Erzählung ist zu einem guten Teil als eine nähere Ausführung und Begründung der positiven Reaktion Heinrich Manns zu werten, der sich von den *Vertauschten Köpfen* an Voltaires Romane erinnert fühlte, insbesondere deren »hohe Gleichgültigkeit des Erlebens«. Sein Fazit: »Es könnte sein, daß dieses kleine Buch den unbedingten Werken gleicht; ihrer sind wenige.« (TM/HM, 288)

Herbert Lehnert platziert die indische Legende in den Kontext des amerikanischen Exils und Manns ideologischer Selbstkritik. (Lehnert 1987) Dieter Borchmeyer betrachtet den Text im Lichte von Manns Schopenhauer-Rezeption, mit Seitenblicken auf Wagner und zeigt auf, wie die »Schopenhauerisierung« des indischen Stoffes diesen überhaupt erst gestaltbar machte. (Borchmeyer 2010, S. 385) Eine radikal autobiographische Deutung legte Michael Maar vor. Er erblickt in dieser Erzählung den Versuch Thomas Manns, »Tagträume und Gedankenspiele« seine eigene Sexualität betreffend »artistisch durchzuspielen«. (Maar 2001, S. 678)

Gänzlich ohne Kontext, sei er biographisch, historisch oder geistesgeschichtlich, im Rekurs auf die Freud'sche und Jung'sche Psychoanalyse, haben Peter Dettmering (Dettmering 1969) und Monika Carbe (Carbe 1970) den mythologisch kodierten Text Thomas Manns zu erschließen versucht. Carbe kommt das Verdienst zu, als Erste das Konvolut der Arbeitsnotizen gesichtet und ausgewertet zu haben. Noch entschiedener als die psychoanalytische versucht die dekonstruktivistische Literaturbetrachtung die indische Legende Thomas Manns einem Kontext-freien »deep reading« zu unterziehen. Jennifer Lorenzen-Peth analysiert in diesem Sinne des Erzählers »Selbstreflexion im Gewande des Maya-Mythos«. (Lorenzen-Peth 2008, S. 252) Sie knüpft darin u.a. an eine vergleichbare Lektüre der indischen Erzählung an, die Dorothy Figueira unter dem Titel »The Illusion of Authorship« vorgelegt hat. (Figueira 2004)

Dominant, so will es scheinen, sind heute jedoch Kontext-betonte Studien. Einige wenige Beispiele seien genannt. Alexander Zeug erinnert daran, dass sich Manns Erzählung vor dem zeitgeschichtlichen Hintergrund des völkischen Arier-Mythos und Alfred Rosenbergs *Mythus des 20. Jahrhunderts* entfaltet und damit 1940 durchaus als ein zeitgemäßes Werk zu sehen sei. (Zeug 1998/99) Diesen Gesichtspunkt betont auch Mahadevan, wenn er zu bedenken gibt: »It would be foolhardy to ignore the charged political climate of this time when analyzing the novella and its sources.« (Mahadevan 2002, S. 34) Neben dem Ariermythos verweist er auf die in der Idee des »Übermenschen« kulminierende Faszination mit der Eugenik. Den breiteren kulturhistorischen Rahmen der *Vertauschten Köpfe* macht Yahya Elsaghe kenntlich, wenn er Manns Erzählung als eine »Matriarchatsfiktion« liest und zeigt, wie die Bachofen'sche Kulturstufenlehre dem Mann'schen Faschismusverständnis als eines zivilisationsgeschichtlichen Rückschlags zugrunde liegt – als die »Rückkehr zum vermeintlich Älteren, längst Überwundenen«, in diesem Fall die von dem Intellektuellen Schridaman befürwortete regressive Wiederbelebung des Bergkults. (Elsaghe 2018, S. 244f.; Elsaghe 2020)

Adaptionen

Wie schon in seiner *Kindernovelle*, einer parodistischen Replik auf *Unordnung und frühes Leid*, hat Klaus Mann mit *Der Siebente Engel. Drei Akte, sechs Bilder* (1946) eine Replik auf *Die vertauschten Köpfe* geliefert. Klaus Mann: *Der Siebente Engel*. Die Theaterstücke, hg. von Uwe Naumann und Michael Töteberg, Reinbek 1989, S. 317–415. (Maar 2001, S. 681–683)

*The Transposed Heads*. Legend of India. Opera by Peggy Glanville-Hicks (Libretto und Musik). UA Louisville, Kentucky, 3. April 1953.

Girish Karnad: *Hayavadana*. Drama, uraufgeführt 1972 von den Madras Players; englische Übersetzung durch den Verfasser: Oxford University Press, 1997 (Karnad: »I have drawn heavily on Thomas Mann's reworking of the tale in *The Transposed Heads*.« Nach Mahadevan 2002, S. 34–39).

*Fremdkörper/Transposed Bodies*. Ein Photoroman von Katja Pratschke / Gusztáv Hámos, 2002. (Elsaghe 2019, S. 37)

Stellenkommentar

273 1 *Die vertauschten Köpfe*] Den Titel übernahm Thomas Mann von Heinrich Zimmer, der in Anm. 2 zu *Die indische Weltmutter* seine Herkunft dokumentiert: Vetâlapantschavinsati. Die fünfundzwanzig Erzählungen eines Dämons, übersetzt von Heinrich Uhle, München 1924, S. 47. Der sechsten der Vetâlageschichten gab Uhle den Titel »Die vertauschten Köpfe«. In Hs. folgt dem deutschen Titel: »(A Tale from India)«.

2 *Legende*] Die herkömmliche Gattungsbezeichnung für die Erzählung eines Heiligenlebens; sie trifft auf *Die vertauschten Köpfe* kaum zu. In dem vorliegenden Fall bezeichnet »indische Legende« einfach eine Erzählung aus der indischen Mythologie, vermutlich in Anlehnung an den lockeren Wortgebrauch im Englischen, wo »legend« und »myth« nahezu synonym sind.

4 *der schönhüftigen Sita*] In Hs. korrigiert aus: »Die Geschichte Sita's, der Lotosäugigen.« Das Attribut »schönhüftig« übernahm Mann aus Zimmers *Maya*, wo Pramlotscha, eine der himmlischen Frauen des Götterkönigs Indra, die »Schönhüftige« (S. 74) genannt wird.

5–6 *ihrer beiden Gatten*] Das Dreiecksverhältnis in seiner polyandraden Form ist »vor dem Hintergrund der Bachofen'schen Theorie leicht als Manifestation einer matriarchalen Selbstermächtigung zu verstehen« (Elsaghe 2018, S. 232). Diese bezieht ihre Dynamik aus dem mächtigen Drang Sitas nach Optimierung ihrer sexuellen Wünsche und Bedürfnisse – darin ihrem großen Muster, der unersättlichen Weltmutter, folgend.

8 *des Lauschenden*] Die Anrede der Leser als »Zuhörer« und damit die Fiktion des mündlichen Vortrags unterstreicht den mythologischen Charakter der Erzählung.

9 *der Maya*] Eine Grundvorstellung des indischen Mythos, die an »das Geheimnis der Welt« rührt: der »Schleier der Maya« bewirkt,

dass der Mensch das Leben in seiner bunten Vielheit und seinen Individuationen wahrnimmt und sich daran erfreut, dabei aber die Alleinheit des Brahma verkennt. Die Maya ist eine Manifestation Vischnus, des höchsten Gottes. Zimmer (*Maya*, S. 37) führt die Vorstellung der Maya mit den Worten eines heiligen Sehers und Einsiedlers ein: »Die Maya Vischnus gleicht dem Gaukelspiele eines Traumes, und sie reißt alle Welt in ihren Bann.« – Thomas Mann trug sich in den Jahren 1906 bis 1908 mit dem Gedanken, einen Münchener Gesellschaftsroman mit dem Titel *Maja* zu schreiben (Nb. II, 156). Dieses Projekt wurde nicht ausgeführt und dem fiktiven Alter Ego, Gustav von Aschenbach, vermacht. Der Roman, der »so vielerlei Menschenschicksal im Schatten einer Idee versammeln[ ]« (GKFA 2.1, 507) sollte – der Idee der Täuschung –, wird als ein »Hauptpfeiler des Ruhms von Gustav von Aschenbach« gekennzeichnet (GKFA 2.2, 342). Teile des für *Maja* vorgesehenen Erzählstoffs gingen in den *Doktor Faustus* ein.

273 9–12 *Es wäre zu wünschen … zu vernehmen.*] In Hs. korrigiert aus: »Tatsächlich, es gehört ebenso viel Mut dazu, sie zu erzählen, wie sie zu vernehmen.«

10–11 *des Überliefernden*] Auch die Selbststilisierung des Erzählers zum bloß Überliefernden einer Ehrfurcht gebietenden Vergangenheit dient der Profilierung der Gattungsbezeichnung Legende als eines epischen Ritus.

14 *Zu der Zeit*] So vage sich die historische Situierung der folgenden Geschichte der beiden Jünglinge anhört, so präzise ist sie kulturgeschichtlich in jene Epoche platziert, in der, nach der Eroberung Indiens durch die Arier und der Konsolidierung ihrer »Herrenfrömmigkeit«, die Erinnerung und das Heimweh nach der autochthonen Frömmigkeit der Ureinwohner wieder erstarkt und so den geistig-seelischen Raum schafft für die Wiederbelebung der unterdrückten Götter, vornehmlich der großen Weltamme in ihrer dem Indra-Kult noch nicht assimilierten Gestalt. (Mahadevan 2002, S. 28)

17 *des Ur-Vorherigen*] Das tausendköpfige Urwesen Narayana, aus dessen Samen alles hervorgegangen ist.

273 20 *der großen Weltamme*] Kâlî, die Dunkle, die Weltmutter und Göttin des ewigen Werdens, die zwar in den vedischen Pantheon aufgenommen und so gleichsam gezähmt wurde, die aber eigentlich der vor-arischen Welt Indiens angehört. Siehe die Abb. auf der gegenüberliegenden Seite.

24 *Nanda*] Der Name bedeutet Hirte und konstituiert eine weitere Assoziation mit Krishna, der Gottheit in Hirtengestalt.

24 *Schridaman*] In einer der zahllosen Krishna-Legenden des *Bhāgavata Purāna* ist Schridaman (Shridaman, Śrīdāman) der Partner Krishnas in einem Spiel für Knaben, dem Harināküdana, einem Lauf- und Hüpfspiel, bei dem jeweils zwei Freunde gegen andere Paare antreten. (Freundlicher Hinweis von Nishant K. Narayanan.)

27 *der Zweimalgeborenen*] Die zum zweiten Mal Geborenen gehören einer der drei oberen Kasten an: Priester, Krieger sowie Händler und Hirten. Die Aufnahme der jungen Männer in eine der Kasten erfolgt durch den Ritus der heiligen Schnur.

274 1 *Kosala*] In Hs. korrigiert aus: »Audh«.

15–16 *Und auf die Jugend zumal trifft die Lehre zu*] In Hs. korrigiert aus: »nicht nur für die Getrenntheit und Gegensätzlichkeit der Geschlechter gilt diese Lehre, sondern auch für das geschlechtlich Gleiche trifft sie zu, besonders in der Jugend.«

27 *keine Shûdra*] Handarbeiter oder Kleinbauern, die am tiefsten stehende Kaste.

28 *ziegennasig*] Die breitere Nasenbildung, zum Unterschied von der »dünnen« Nasenbildung der arischen Zuwanderer, dient der stereotypen Differenzierung der indischen Volksstämme nach Kriterien der sogenannten Rassekunde.

275 5–6 *Mull, Kampfer, Sandel, Seide und Zitz*] Baumwolle, Harz, Holz, Seide und Gewebe.

7 *Wânidja*] Kaufmann.

12 *den Grundelementen der Wesensbetrachtung*] In Hs. korrigiert aus: »den Anfangsgründen«.

14 *Karman*] »Karman ist ›Tun‹ im weitesten Sinne: mit Handlungen, Worten und seelischem Verhalten. Karman meint Wahlver-

Kali (Durga), die 8-armige Weltenmutter
(Zimmer, *Die indische Weltmutter*, S. 176 gegenüber,
Nachlassbibliothek TMA; vgl. den Kommentar zu S. $273_{20}$.)

wandtschaft als wirkende Anziehung – waltend zwischen dem Lebensgehalt früheren Daseins und der Lebensgestalt in folgendem.« (H. Zimmer, *Ewiges Indien. Leitmotive indischen Daseins*, Potsdam 1930, S. 42f.)

275 17–18 *eine Krischna-Erscheinung*] Krishna ist der göttliche Kuhhirte der dravidischen Ureinwohner Indiens, dunkelhäutig, leichten Sinnes und aufgrund seiner körperlichen Wohlgeratenheit begehrenswert. Krishna ist die beliebteste und am häufigsten besungene Gestalt der indischen Mythologie. So wie Nanda in Krishna

sein mythisches Analogon hat, so sind auch Schridaman und Sita einem mythischen Modell zugeordnet, Indra und Kâlî. Siehe die Abb. auf der gegenüberliegenden Seite.

275 19 *die Locke »Glückskalb«*] Kennzeichen Krishnas, das glückverheißende Zeichen seiner göttlichen Abkunft.

29 *um mehrere Schattierungen heller*] Schridamans hellere Hautfarbe kennzeichnet ihn als Abkömmling der arischen Eindringlinge.

276 10 *bloß ein nettes Zubehör*] Danach in Hs. gestrichen: »welches bei dem Ganzen eben die Hauptsache ist; wohingegen bei dem ganzen Nanda sozusagen der Körper die Hauptsache war, und der Kopf bloß ein nettes Zubehör. Viel hätte es für sich gehabt, die beiden mit Schiwa zu vergleichen, wenn er sich verdoppelt und einmal als bärtiger Asket in ewigem Schlaf unter den Füßen der Göttin liegt, zugleich aber, aufrecht ihr zugewandt.«

11 *Schiwa*] Der Gütige und Friedensbringer, einer der Hauptgötter der indischen Mythologie, der, wie alle Gottheiten Indiens, in verschiedenen Gestalten auftreten und sowohl wohltätig als auch zerstörerisch zu wirken vermag.

277 1 *Ziegennasigkeit*] In Hs. korrigiert aus: »Wulstlippen«.

3 *innere Spötterei*] Danach in Hs. gestrichen: »und Geringschätzung ist meistens in Vergleichung und Unruhe einschlägig und hindert nicht nur nicht das Verlangen nach Austausch, sondern verstärkt es sogar wohl noch.«

13 *nur mit Schilf geschürzter Leute*] Danach in Hs. gestrichen: »sich von Hundefleisch nährender Leute,«.

278 10 *Ganga*] Ganges, der heilige Fluss Indiens.

15–16 *die irdische Milchstraße*] Der Ganges und das Gangesdelta.

279 3 *über der Cella*] In Hs. korrigiert aus: »des Hauses Mutterleibe«.

15–17 *Kein Priester war da … zu begießen*] In Hs. korrigiert aus: »indem sie mit einer bereit liegenden Kelle Wasser schöpften, um auf der kleinen, dem Tempel vorgelagerten Terasse die steinernen Lingam Bilder«.

16–17 *die steinernen Lingam-Bilder*] Phallische Symbole; die rituelle Begießung mit dem Wasser des Flusses erweist sich als segenbringend; Sitas Erscheinen kurz darauf liefert den Beweis.

Krischna mit Hirtinnen
(Zimmer, *Maya. Der indische Mythos*, S. 352 gegenüber, Nachlassbibliothek TMA; vgl. den Kommentar zu S. 275₁₇₋₁₈.)

279 25 *den Segen der Vereinigung*] Das rituelle Bad gilt als Vereinigung beziehungsweise Kommunion mit dem Göttlichen, d. h. mit der Weltenmutter, deren Schoß sich im Wasser öffnet. Der Bade-Ritus des Hinduismus markiert den Lebensweg vom Samsara zum Nirwana und deutet auf die Rückkehr in den Schoß der Weltenmutter voraus.

280 4 *hockte auf etwas populäre Art*] Die Hocke als die Normalhaltung ist das Zeichen von Nandas Abkunft von den dravidischen, dunkelhäutigen Ureinwohnern Indiens.

27 *Calamus- und Bambusstämmen*] Ihre sexuelle Symbolik wird dadurch unterstrichen, dass sie den Einstieg zum Badeplatz und

damit zur Kommunion mit der Weltenmutter markieren. Der Calamus (deutsch: Kalmus) ist eine Rohrpflanze, die eine phallusförmige Frucht (»Wurzel«) hervorbringt. In Walt Whitmans *Leaves of Grass* trägt eine Gruppe von Gedichten, die die Männerliebe und soldatische Kameradschaft feiern, den Titel »Calamus«. Thomas Mann kannte diese Verse in der Übersetzung Hans Reisigers. In seiner Rede *Von deutscher Republik* bezieht er sich auf jene Gedichte »im Sinn des obscönen Wurzel-Symbols« (GKFA 15.1, 550). Maar 2001, S. 685: »Der Schatten des Calamus [...] liegt nicht nur auf dem Hügel, von dem aus die beiden die nackte Sita beobachten. Im Schatten des obszönen Symbols liegt die ganze Erzählung [...].«

281 6–7 *jenseits der sechs Wogen von Hunger und Durst*] Zu beziehen auf die wogenartige Wiederkehr von Plagen wie Hunger und Durst: ein Wesensmerkmal des Samsâra, siehe den Kommentar zu S. 282$_{12}$.

19 *Nirwâna*] Das völlige Erlöschen allen menschlichen Seins, die Erlösung und endgültige Überwindung des Samsâra.

282 1–2 *einen Wesensunterschied machen und das eine*] Danach in Hs. gestrichen: »süß nennen und das andere furchtbar, das eine bejahen und das andere verneinen, da uns auch das Leid süß sein müßte von wegen der Lust und die Lust furchtbar um des Leides willen und wir nur beide gemeinsam bejahen oder verneinen können. Daß aber das Vibrieren meiner Bauchdecke dem Schluchzen so ähnlich ist, kommt daher, daß du mir auch wieder leid tust in deiner Schläue.«

12 *des Samsâra*] Fundamentale Kategorie der indischen Weltanschauung: Der »endlose Strom kreisenden Lebens«, der »Ozean des Werdens« (Zimmer, *Maya*, S. 82); der durch den Geschlechtstrieb in Gang gehaltene Kreislauf von Leben, Tod und Wiedergeburt.

17 *Dir ist ganz wohl in der Tiefe*] Eine Charakterisierung Nandas, die ihn als Naturwesen kennzeichnet, vergleichbar den Rheintöchtern, die zum Beschluss von Wagners *Das Rheingold* das letzte Wort behalten: »Traulich und treu / ist's nur in der Tiefe: / Falsch und feig / ist, was dort oben sich freut!«

282 28 *Geschick zum Lotos*] Die Lotosblume ist eine Wasserlilie, ursprünglich, bei Erschaffung der Welt, aus dem Nabel Vischnus hervorgegangen; sie gilt als heilig und symbolisiert u. a. Vollkommenheit und Weisheit.

283 3–6 *»Weil du zwar die Veden gelesen … was mir«*] In Hs. korrigiert aus: »Weil du Vedakundiger und Wesenserkenner der Verblendung sogar am allerleichtesten aufsitzest, vor lauter Reinheit«, versetzte Nanda, sodaß es mir«.

3 *die Veden*] Die Schriften der ältesten indo-arischen Lehren, bestehend aus den Hymnen des »Rigveda« und den »mystisch-spekulativen Traktaten der Upanishaden«. (Oldenberg, *Die Literatur des alten Indien*, S. 4)

19 *Odem und Saft*] In Hs. korrigiert aus: »das Leben«.

29–30 *das Reine und Geistige dadurch anzuschauen*] Danach in Hs. gestrichen: »Dies ist dem Menschen erlaubt und gegeben, daß er sich der Wirklichkeit bediene zur Anschauung«.

284 27 *Silbenstecher*] Pedantischer Gelehrter, Wortklauber.

28 *Messingsch*] Mischsprache.

28 *Sanskrit*] Die korrekte, geschliffene Sprache der Brahmanen und der hinduistischen Liturgie und Philosophie.

285 14–15 *Herrn des Blitzkeils*] In Hs. korrigiert aus: »Regenspender«, korrigiert aus: »Wolkensammler«, korrigiert aus: »Herrn des Donnerkeils«.

18 *unterm Baume*] Versammlungsplatz zur Beratschlagung.

286 5 *auf fromme Vereinfachung sinnen müsse*] Danach in Hs. gestrichen: »um sein besonderes und angemessenes Heil zu finden, nämlich auf Grund der Erwerbskunde, die in dreierlei Unterhalt wurzelt, Feldbau, Handel und Hüten des Viehs, das sind die drei Unterhalte nach der Erwerbskunde, und sie bilden das glückbringende Wissen. Die Wissenskunde eines jeden, die ist seine große Gottheit, die soll er fromm verehren, denn sie steht ihm hilfreich bei, und ein Mensch, der die Frucht der einen Wissenskunde ißt und eine andre verehrt, erlangt kein Heil.«

287 6–7 *für die Vereinfachung*] Indem die von den Brahmanen wie Schri-

daman befürwortete Rückkehr zum »Bergdienst« als »Vereinfachung« gekennzeichnet wird, als »Heraufholen dessen, wovon man doch nichts Rechtes mehr weiß«, wird der Wandel im Kultus als Rückfall und Regression kenntlich gemacht – gewissermaßen im Vorklang auf geistige Haltungen, die den Faschismus zeitigten.

287 18 *Prakrit*] Die Redeweise der Ungebildeten, zum Unterschied von Sanskrit.

288 7 *»Pst, Blitzkeil, Wurfring und Wolkendonner!«*] In Hs. korrigiert aus: »holla, verdammt noch mal!«

22 *mit süßesten Kinderschultern*] Dazu Maar: »Man müßte die Brautbriefe des jungen Thomas Mann nicht gelesen haben, um sich bei Sita [nicht] an die Pringsheim-Tochter erinnert zu fühlen, deren ›Köpfchen‹ und ›süßeste Kinderschultern‹ in keiner seiner literarischen Katia-Verewigungen fehlen.« (Maar 2001, S. 679f.)

289 2 *Hinterteils*] In Hs. korrigiert aus: »Gesäßes«.

7 *das Himmelsmädchen Pramlotscha*] Die Geschichte der von Indra selbst angeordneten Verführung des Asketen Kandu durch die schöne Pramlotscha bei Zimmer, *Maya*, S. 72–75. Sie diente der in Kapitel 10 erzählten Geschichte des Asketen Kamadamana als Modell.

20 *Rigveda-Verse*] Die ältesten literarischen Denkmäler Indiens, über 10 000 Verse umfassend, überwiegend religiösen und liturgischen Charakters.

290 14 *Es ist Sita*] Der Name bedeutet »Furche« und hat mythologische Resonanzen: Sita, die Gattin des Gottes Rama in dem Epos *Ramayana*, stellt das Idealbild der indischen Frau dar. Sie ist göttlichen Ursprungs, denn sie wurde beim Pflügen »in einer offenen Schoßspalte der Mutter Erde« gefunden – ist also die Tochter der Weltmutter, Kâlî. (Zimmer, *Maya*, S. 237)

17–18 *zur Sonne geschaukelt*] Der Brauch, am »Sonnen-Hilfsfest« im Frühjahr durch das immer höhere Hinaufschaukeln einer »Sonnenjungfrau«, dem Sonnengott zu huldigen, damit er die Mächte der Dunkelheit bezähme und seine ganze Kraft zur Erscheinung bringe.

290 25 *Sonnen-Hilfsfest war gerade, sie aber …*] Danach in Hs. gestrichen: »war gewählt worden zur Sonnenjungfrau, ihrer Nettigkeit wegen, und ich hab sie geschaukelt, der Sonne zu helfen, so hoch in den Himmel, daß man von oben ihr Kreischen kaum hörte. Es verlor sich ja übrigens auch im allgemeinen Gekreisch.«

291 14–15 *im Wahn des Alleinseins*] In Hs. korrigiert aus: »im Wohl- und Alleinsein«.

16–17 *gemächlich*] In Hs. korrigiert aus: »mit weichen, raschen Bewegungen«.

19 *»Aus ist's und gar ist's«*] Bayrische Redensart. Vgl. auch »Ist das eine Gaudi!« (Textband, S. $302_{29-30}$).

295 16 *Schakti*] Die weibliche Kraft der großen Mutter.

17–18 *in jeder Erscheinung, die ihr Zeichen trägt*] In Hs. korrigiert aus: »in jeder ihrer Erscheinungen, wo immer die Hüfte sich schwingt und Brüste prangen,«.

18 *ihr Zeichen*] Danach in Hs. gestrichen: »das Yoni-Zeichen«.

296 6 *Befreierin*] In Hs. korrigiert aus: »Erlöserin«.

30 *auch Weisheit schafft*] Danach in Hs. gestrichen: »Denn von ihr allein hab ich's, und wenn meine Worte dir nahe gehen, so darum, weil sie die Herrin der flutenreichen Rede ist, diese aber das Element der Erkenntnis.«

297 16 *Lingam und Yoni*] Symbolische Zeichen für Phallus und Vulva.

16 *es gibt kein*] Danach in Hs. gestrichen: »erkenntnisreicheres Zeichen, denn Erkenntnis ist nur, wo Leben und Tod sich zum göttlichen Rauschtrank mischen und Eines sind in der Mutter. Nicht einander entgegengesetzt sind Leben und Tod, denn die Lust der Begegnung ist höchstes Leben, und wir ersterben in ihr.«

298 19 *Betelrolle*] Eine Areka-Nuß, mit Kalk und Gewürzen vermengt und in das Blatt des Betelpfeffers zu einer Rolle gewickelt, wird nach der Mahlzeit gegen etwaigen Mundgeruch gekaut. Vgl. Paralipomena, S. $212_{23-25}$.

299 32–300.1 *mit verschnürter Stimme*] In Hs. korrigiert aus: »erstickter«.

300 1–2 *eine Krankheit zum Tode*] Bezeichnet in Goethes *Werther* die Liebe, in Sören Kierkegaards gleichnamiger Schrift (1849) die existenzielle Verzweiflung.

300 22–23 *nicht den Kopf verlor, sondern*] Danach in Hs. gestrichen: »seinen Schrecken zurückzudämmen und den Kranken zuzureden wußte, wie man am besten zu Kranken«.

301 8–18 *Du mußt zugeben … im Sinne hast.*] In Hs. nachträglich eingefügt.

28 *der Dewi*] Name für Kâlî, die Weltmutter.

303 14 *Kama*] Gott der Lust und Liebe.

17 *des Lenzes Schwester*] Ein weiteres Wagner-Echo: »Zu seiner Schwester / schwang er sich her; / die Liebe lockte den Lenz.« (*Die Walküre* I, 3)

304 2–3 *›Am Tag ist die Eule blind … Nacht‹*] Siehe Paralipomena, S. $216_{9-10}$.

306 5–6 *des Faßlichen*] In Hs. korrigiert aus: »Denkbaren«.

307 8 *Magen und Freunde*] Magen sind Blutsverwandte; vgl. Wagner: *Götterdämmerung* II, 3.

311 22 *Pardeltiere*] Leoparden.

312 18 *gespreizt*] Danach in Hs. gestrichen: »Das Bild der Kâlî, ihm gegenüber, war gräßlich. Schien es Schridamans rotgeäderten Augen nur so, oder hatte er sie in so triumphierend gräßlicher Gestalt noch nie und nirgends erblickt«.

23 *von sich schleuderten*] Danach in Hs. gestrichen: »glotzend und bleckend aufs ungeheuerlichste«.

313 3 *eingelassen waren*] Danach in Hs. gestrichen: »und ein scharfschneidendes Schwert, blank, aber blutfleckig ebenfalls, das wohl zur Halsschlachtung des Büffels, der Ziege, des Schweins gedient hatte, deren offenäugige Köpfe man auf dem Altar vorm Bildnis gewahrte, lag irgendwie seitlich davon auf den Fliesen.«

24 *die aus dir quillen!*] Danach in Hs. gestrichen: »Dich, der das Lebensblut aller Wesen gebührt, verehrt«.

31 *dem alle Lust verwirrt ist*] Schridamans Entschluss zur Selbstentleibung gründet somit in der Einsicht seines sexuellen Ungenügens.

314 31–32 *aus Himawants Tor*] Aus dem Himalaya Gebirge.

316 16–17 *denn sie lieben mich über alles*] In Hs. nachträglich eingefügt.

318 8 *für wesentlicher erklärt*] In Hs. korrigiert aus: »wahrer«.

322 24 *wie früher Ehre und Freundschaft es taten*] Danach in Hs. gestrichen: »und ich sehe nun erst, wie wichtig doch auch das freilich nicht weiter ehrwürdige Haupt für das Ganze war, und daß man das Haupt liebt von wegen des Leibes, wie man den Leib lieben kann um des Hauptes willen. O unnütze Verzweiflungsgedanken, die nichts ändern an dem, was ich sehe und was sich hier abgespielt!«

324 3 *Das Schwert kann ich nicht handhaben*] Danach in Hs. gestrichen: »und mein Blut nicht vergießen, dazu fehlt mir die Kraft.«

21–22 *sich darin zu erwürgen*] In Hs. korrigiert aus: »sich aufzuhängen«.

25 *die Stimme Durgâ-Dewi's*] Psychologisch betrachtet handelt es sich »unzweifelhaft« nicht, wie der Erzähler sagt, um »die Stimme Durgâ-Dewi's«, sondern um eine Projektion Sitas, deren weibliche Frömmigkeit sie ermächtigt, mit der Stimme der Weltenmutter zu reden.

325 11 *der Salbaderei*] In Hs. korrigiert aus: »dem Gewinsel«.

11 *Salbaderei der Denker*] Anspielung auf Philosophen wie Schopenhauer, die die Geschlechtsliebe zum entscheidenden Grund unserer Befangenheit in dem endlosen Kreislauf des Samsâra erklären. – Hingegen ist »das Liebesleben der Hindus« von der »sakralen Divinisierung der Erotik« gekennzeichnet. (Zimmer, *Weltmutter*, S. 205)

327 11–12 *das Unglück wurzelt in jenen Tagen, als er warb für den, der mich als Gatte empfangen sollte*] An dieser Stelle berührt sich das Dreiecksverhältnis der indischen Legende mit dem in Wagners *Tristan und Isolde*. Sitas Liebe zu Nanda enzündet sich, als dieser als Werber für einen anderen vor sie tritt. Die verderbliche Dynamik dieser Konstellation wiederholt sich – wird vielmehr absichtlich herbeigeführt – in *Doktor Faustus*, wo Rudi Schwerdtfeger als Werber um Marie Godeau für Leverkühn auftritt.

328 15 *zugehörigen Haupt*] Danach in Hs. gestrichen: »mich zwar erweckte, aber nicht beglückte«.

17 *zu seiner Lust*] In Hs.: »zu deiner Lust«.

329 15–18 *seine schmalen Hüften und sein ganz kleines Hinterteil ... zwischen Nanda und mir*] In Hs. nachträglich eingefügt.

329 29 *der Gandharvenfürst Citraratha*] Der Gott der Liebe, den die »schöne Frau des hohen Brahmanen« beim Wasserholen als Spiegelbild erblickt und der sie zur »Gedankensünde« verführt. Dies das Sujet von Goethes Paria-Trilogie. Vgl. Zimmer, *Maya*, S. 229.

330 4 *vor Kummer*] In Hs. korrigiert aus »Widerwillen«.

9 *daß ich Ehebruch trieb in seinen sanften Armen*] Eine Variante der ehebrecherischen Gedankensünde, die Goethes Roman *Die Wahlverwandtschaften* thematisiert – dort wie hier mit tragischem Ausgang.

331 12–13 *meinen Taten in einem früheren Dasein*] Ein Erklärungsmuster, das Thomas Mann aus Wagners *Parsifal* vertraut sein musste; dort (Erster Aufzug) wird Kundrys rätselhaftes Doppelwesen als Verführerin und Dienerin sowie ihre wiederholte Wiedergeburt mit ihren »Taten in einem früheren Dasein« erklärt: »Hier lebt sie heut, / vielleicht erneut, / zu büßen Schuld aus früh'rem Leben, / die dorten ihr noch nicht vergeben.«

24–25 *daß man im Ganzen zuviel davon hermacht*] In Hs. korrigiert aus: »ein übertrieben schauerlich strenges Wesen hermacht«.

333 3 *so wäre es doch wundervoll, wenn*] Danach in Hs. gestrichen: »du so mächtig wärest, den Ausgang zu beseitigen und das Vorige wiederherzustellen!«

30 *Huschlichkeit*] Huscheligkeit; die rasche, unachtsame Ausführung einer Handlung.

335 18 *Welch eine Bescherung – als Folge der Übereilung*] In Hs. korrigiert aus: »Welch eine Bescherung – wenn denn dies Wort vergleichsweise am besten dem inneren Durcheinander von Schrecken, Verstörung, Jubel, wechselseitigem Befremden und Befremden an sich selbst gerecht wird, das dem äußeren Durcheinander entsprach.«

20–21 *mit dem Haupte des Gatten*] Danach in Hs. gestrichen: »Wer war ein jeder, und welcher Name gebührte dem einen und dem anderen. Der mit dem Haupt des Freundes war Sita's Gatte; der mit dem Haupt des Gatten war Nanda, der Freund. O Wunder! Aber ein Wunder durchaus nicht.«

335 22–23 *der Drei?*] In Hs. korrigiert aus: »der Drei, von denen die Eine Sita war, während die Selbstheit der beiden anderen, nebst ihren Ich- und Mein-Gefühlen, sich einer verstörenden Zweideutigkeit überantwortet fand.«

338 26 *»Du könntest wirklich*] In Hs. korrigiert aus: »solltest«.

339 15–20 *über die Selbstverständlichkeit einiger Worte … zu beantworten scheint.«*] In Hs.: »über die eigentümliche Auffassung von Sita's ehelicher Zukunft, die du mit soviel Selbstverständlichkeit äußerst. Deine Worte hierüber wollen mir nicht zu Haupt, denn keine Selbstverständlichkeit scheint es mir hier zu geben, sondern eine große Frage, und mein Kopf beanwortet sie anders, als sie der deine voreilig beantworten wollte.«

340 18–19 *Das glückliche Wunder besteht doch gerade darin, daß*] Danach in Hs. eine Lücke, sodann gestrichen: »deinem Leibe, und so tust, als seist du ich geworden, ich aber du. Es ist doch klar, daß wenn hier eine solche Vertauschung stattgefunden hätte, und du Schridaman geworden wärest, Sita's Mann, ich aber wäre Nanda geworden – daß in diesem Fall gar keine Vertauschung vorläge, sondern alles wäre beim Alten. Das glückliche Wunder besteht doch gerade darin, daß«.

342 25 *viel Wahres*] Danach in Hs. gestrichen: »und dabei hast du noch nicht einmal geltend gemacht, daß ich doch nur mit einem Gatten nach Hause kommen kann, der deine Züge trägt. Aber auch Nanda's Ansichten haben zuviel für sich, als daß man sie ganz verwerfen könnte [,] und das Arge ist eben, daß in einem solchen Fall für die eine Seite alles sprechen müßte,«.

343 20 *um meine Freundestreue*] In Hs. korrigiert aus: »An Einsamkeit und Wildnis aber habe ich schon früher gedacht, wenn Sita's Stimme mir Angst machte um meine Freundestreue und war halb und halb entschlossen, von euch zu gehen und als Wald-Einsiedel zu leben«.

26 *Kamadamana*] Der Name des Asketen nach Zimmer, *Maya*, S. 37f.: »Bezwinger der Wünsche« und »Bezwinger der Sinnenlust«. Zimmer beruft sich auf den Heiligen und Seher Vyasa und

erzählt die Geschichte des Königssohnes Kamadamana, der »ganz der Erfüllung frommer Pflichten und Übungen« lebte. Statt sich zu verheiraten, wie der Vater es wünscht, widmet er sich der Askese, weil er, der schon »tausende von Geburten durchlebt hat«, das Illusionäre der Sinnenlust und das Betörende von Vischnus Maya erkannt hat: »Lieber Vater, ich halte mich, wie es meinem Namen entspricht. Vischnus göttliche Kraft, die uns umfängt und trägt, ist mir offenbar geworden.«

343 28 *im Dankakawalde*] Der Zufluchtsort und die Verbannungsregion in dem Epos *Ramayana* (Zimmer, *Maya*, S. 215f.).

345 11 *Sie fasteten ungeheuer*] Die folgende Beschreibung von Kamadamanas extremen Askeseübungen weitgehend nach der Erzählung von dem Asketen Kandu bei Zimmer, *Maya*, S. 72–88.

348 29 *geatzt*] In Hs. korrigiert aus: »geprepelt«.

349 19 *prepeln*] Eine Kleinigkeit essen (*Wörterbuch der deutschen Umgangssprache*).

350 11 *zur Atzung*] Speisung. Gleichfalls eine Vokabel aus Wagners *Parsifal* (Dritter Aufzug): »gemeine Atzung muß uns nähren.«

18 *Kajotsarga-Stellung nennt*] Danach in Hs. gestrichen: »und bei der sich der Geist in eine Spitze sammelt«.

352 17 *wie den Ochsen*] Vgl. Paralipomena, S. 196$_{6-9}$.

29–30 *der Schenkel Blust*] Der Schenkel Blüte, Pracht.

353 26 *»Gemahl ist, der da trägt des Gatten Haupt.*] Der Schiedsspruch des asketischen Klausners ist identisch mit dem des klugen Königs in der altindischen Parabel. Dort jedoch wird die Richtigkeit des Schiedsspruchs nicht in Frage gestellt.

355 30 *beiderseits*] In Hs. korrigiert aus: »in der Tat«.

357 27 *in die Augen fielen*] In Hs. korrigiert aus: »stachen«.

360 18 *hatte erscheinen lassen.*] Danach in Hs.: »während wir doch gehört haben, wie derb die Muttergöttin zu der Reizenden sprach, indem sie sie einfach eine neugierige Gans titulierte und über ihr ganzes Drum und Dran gewiß nicht anders geurteilt hätte, als über dasjenige ihres Sohnes Nanda, das sie ›nicht mehr als normal‹ genannt hatte.«

364 20–21 *und seiner Werbung entgegenkommt.*] In Hs. korrigiert aus: »und nach Vereinigung damit trachtet.«

366 15 *keine Ruhe mehr*] Danach in Hs. gestrichen: »sodaß sie vor seiner Liebe die Augen schloß und vor ihr in Kummer verbleichte.«

367 8–9 *Samadhi später auch Andhaka*] Samadhi bedeutet Sammlung, Kompromiss, und signalisiert die geglückte Synthese der Eigenschaften der beiden Väter. Andhaka bedeutet Blindheit und stellt ein empfindliches Manko dar, das das Gelingen der Synthese wieder in Frage stellt. Dazu ein Notat in Thomas Manns Konvolut: »Verkrüppelung der Kinder, blind, taub, kommt von unglückl. Ehe.«

368 10 *ihn zu trösten.*] In Hs. korrigiert aus: »zu begrüßen.«

372 2 *des Kokils*] Singvogel, dessen Gesang als von besonderer »Süße« beschrieben wird. (Zimmer, *Maya*, S. 75)

Paralipomena

Thomas Manns Vorarbeiten zur indischen Legende sind im Thomas-Mann-Archiv der Eidgenössischen Technischen Hochschule Zürich vollständig erhalten. Es handelt sich um ein Konvolut von 36 Blättern, Archiv-Signatur: Mp XI 5a, 1–36. Die Notizen sind ganz überwiegend Exzerpte, in die hier und da eigene Reflexionen eingefügt sind, z.B.: »Es befällt ihn Ekstase, Opfertrunkenheit.« Die Exzerpte weisen zahlreiche, unterschiedlich gefärbte Unterstreichungen und seitliche Anstreichungen auf.

Die Herkunft nahezu aller Notizen lässt sich anhand der benutzten Quellen klären. Auf den Blättern 1 – 17 exzerpierte Thomas Mann Stellen aus Zimmers *Die indische Weltmutter*. Blatt 17 – 19 enthält landeskundliches Sachwissen zur Folklore, Geographie, Kultur, Kunst und Philosophie Indiens aus *Meyers Kleinem Lexikon*. Blatt 20 – 26 sind Exzerpte aus Zimmer, *Maya. Der indische Mythos*. Auf den übrigen Blättern sind Notizen aus Zimmers *Maya* mit solchen aus Johannes Hertels *Indische Märchen* vermischt sowie, in einigen wenigen Fällen, aus weiteren Quellen, die noch nicht identifiziert sind.

Die Vorarbeiten bestanden also in der Hauptsache darin, eine Art von Digest aus den beiden Hauptschriften Zimmers zu erstellen, so dass er sich in allen wesentlichen mythologischen Elementen der Erzählung auf Zimmer stützen konnte. Die Wiedergabe der Notizen erfolgt diplomatisch; gelegentliche Unstimmigkeiten in Thomas Manns Schreibweise (z.B. Schiva – Schiwa) bleiben stehen.

Exzerpte aus Heinrich Zimmer: *Die indische Weltmutter*

Der berühmte Erzählungsschatz »Kathāsaritsāgara«, »Meer aus Strömen von Geschichten«. Darin hat Somadewa urindischer Überlieferung eine letzte Form gegeben. 25 Geschichten vom Leichendämon. Auch die folgende, Version des Schivadâsa: »Die vertauschten Köpfe«.

---

Das bildschöne Mädchen am hl. Badeplatz der Kâli. Zwei Freunde belauschen sie. Der Eine wird liebeskrank u. wird sterben müssen, wenn er das Mädchen nicht zur Frau erhält. Er hat einen Vater. Mit diesem redet der Freund, und der Vater verhandelt mit den Eltern des Mädchens u. bringt die Ehe zustande. Nicht lange nach der Hochzeit reist das junge Paar in Gesellschaft des Freundes zu den Eltern der jungen Frau. Unterwegs ein Tempel der Kâli. Den jungen Gatten zieht es hinein. Er heißt Frau u. Freund draußen warten, indes er der Göttin seine Verehrung bezeigt.

---

Drinnen das blutig triumphierende Bildnis, zermalmt mit 18 Armen wütende Dämonen u. setzt den Todesfuß auf den überwundenen Stierdämon. Es befällt ihn Ekstase, Opfertrunkenheit. »Mit vielen Opfern lebender Wesen verehrt das Volk die Göttin; wie sollte ich nicht ihre Gnade zu meinem Heil gewinnen, wenn ich mich selbst darbringe?« In der Cella liegt ein Schwert. Er nimmt es u. schneidet sich selbst das Haupt ab.

---

Frau und Freund erwarten vergebens seine Wiederkehr. Schließlich geht der Freund ihm nach ins Heiligtum. Er findet ihn kopflos in seinem Blut. Der Anblick bewegt ihn in wenigen Augenblicken dazu, die Tat nachzuahmen u. mit sich ein Gleiches zu tun.

---

Nun kommt auch die junge Frau. Als sie Gatten u. Freund, die beiden Leiber ohne Köpfe in einem Meer von Blut schwimmen sieht, will sie sich (da sie das männliche Geschäft des Kopfabschneidens nicht fertig bringt) mit einer Schlingpflanze am nächsten Baume aufhängen, aber da spricht die Stimme der Gr. Mutter zu ihr, weist das weibliche Opfer zurück u. gebietet ihr statt dessen, beide Jünglinge wieder ins Leben zu rufen, indem sie ihnen die Köpfe wieder auf die Rümpfe setzt.

---

Die Gattin tut das gehorsam. Aber in der Aufregung setzt sie des Gatten Haupt auf den Leib des Freundes. Sie erstehen vor ihr, der Leib des Gatten mit dem Haupt des Freundes; der Leib des Freundes mit dem Haupt des Gatten.

---

Wer sind die beiden nun? Welches ist welcher? Welchem gebührt welcher Name? Der mit dem Haupt des Freundes, war ihr Gatte; der mit dem Haupt des Gatten war ihr gemeinsamer Freund. Den schöneren, geistigeren Kopf hat der Freund bekommen, den schöneren, kräftigeren Leib der Gatte. Wem gehört sie u. wen wünscht sie sich nur? Wer von beiden erhebt die gerechteren Ansprüche auf sie?

---

Ein Schiedsspruch ist notwendig. Der kluge König (Eremit) entscheidet: Wer das Haupt des Gatten trägt, ist ihr Gemahl.

Denn »wie das Weib die höchste der Wonnen, ist das Haupt das höchste der Glieder.« Der Körper nur ein Anhängsel des Hauptes? Sie besitzt dann also den Leib des Freundes unter dem Haupt des Gatten, während sie den mit des Freundes Haupt nicht mehr oder noch immer nicht besitzt. Daß die Drei sich trennen, ist undenkbarer als je. Denn das Leibesanhängsel des ehem. Freundes ist ja das ihres ehem. Gatten. Das Haupt verändert, modifiziert auch illusionär den Leib, es ist derselbe nicht mehr unter einer anderen Physiognomie, er wird von dieser bestimmt. Aber auch sie wird vom Leibe her bestimmt u. verändert, umgeprägt (Säfte), sodaß ein im geistigen Sinne schönes Haupt durch einen sinnlich schönen Leib entgeistigt wird, das Schönheitshaupt aber durch den geistigen Leib sich vergeistigt (u. verhäßlicht). Das arme Freundeshaupt mit dem Gattenleib leidet auf eine vergeistigte Weise, während der schöne Freundesleib mit dem Gattenhaupt nicht mehr ist u. kann, was er unter seinem eigenen war und konnte. Sie hat Mitleid mit dem ehem. Gattenleib, der nun das Freundeshaupt trägt und betrügt mit ihm das Gattenhaupt über dem Freundesleib. Daß sie jenen getröstet, entdeckt das Gattenhaupt, oder das Freundeshaupt entdeckt es ihm, daß sie zum Gattenleib, der zum Freundesleib geworden, zurückgekehrt ist. Die beiden beschließen, einig an Haupt und Gliedern, daß sie um die Geliebte kämpfen müssen, aber der Ausgang ist jedenfalls unbefriedigend. Fällt der mit dem entscheidenden Gattenhaupt, so muß sie ihm als Witwe in die Flammen folgen, und der mit dem Freundeshaupt, verschönten Leibes u. vergeistigten Kopfes, bleibt allein zurück. Fällt aber dieser und sie bleibt mit dem durch das Gattenhaupt umgeprägten Freundesleib, so hat sich ja gezeigt, daß sie mit diesem nicht auskommt u. immer dem Freundeshaupt überm Gattenleib nachseufzen wird. Auch können, von ihm aus, weder Gattenhaupt und Freundesleib noch Freundeshaupt u. Gattenleib sie einander gönnen. Selbst wenn die Göttin ein zweites Wunder täte u. Köpfe u. Leiber wieder wie ehemals vereinigte, so wäre nichts gewonnen. So beschließen sie, einander zu töten, was besser ist, als wenn jeder es für sich täte, denn keines der beiden Häupter hat eigentlich das Recht, über den ihm angehängten Leib Todesbeschluß zu fassen u. ihn zu zerstören. Jedes Haupt u. jeder Leib müssen sich aber sehr vorsehen, nicht um sie und für sich selbst zu kämpfen, sondern nur darauf bedacht sein, den tödlichen Streich zu geben u. zu empfangen. So sinken sie hin, und die Doppel-Witwe besteigt den doppelten Scheiterhaufen.

---

Kulte und Mythen der Gr. Göttin durch Ströme von Blut ausgezeichnet. Eine der ältesten Kultstätten Nord-Indiens ist Devî-Pattan, die »Stadt der Göttin« (heute ein Dorf des Gondadistrikts in Oudh. Reste von Bauten aus der Guptazeit vom Ende des 4. Jahrh. n. Chr, zeigen, daß ihr urzeitlicher Kult damals schon brahmanisiert war. Die Mutter Erde wird hier als Durgâ, die »Unnahbare« u. »Gefahrvolle« oder als Párvatî, »Tochter des Berges« (Himalâya) verehrt. [Zum] Tempelfest im Frühling (Neubefruchtung) kommen die Wallfahrer rings aus der Ebene, u. von den Bergen, die sie einschließen.

---

Der Tempel als Schlachthaus (Tempel der Kâlî am Kâlîghât zu Calcutta). Blut fließt der Göttin zu, ihr gebührt das Lebensblut aller Wesen. Enthaupten (gründlich ausbluten) Form aller Darbringung.

---

Die »grauenerregende Gestalt« (ghora-rûpa) führt als »Kâlî«, die »Dunkle«, die Schädelschale voll dampfenden Bluts an die Lippen. Rot gemundet auf einem Boot in einem Meer von Blut: der Lebensflut, des Opfersaftes, dessen sie bedarf, um in ihrer huldvollen Erscheinung (sundara-mûrti) und unablässiger Zeugung als Weltmutter neuen Lebensgestalten das Dasein zu schenken, sie als Weltamme an ihren Brüsten zu säugen u. ihnen als die »Speise-volle« Nahrung zu spenden.

---

Man lärmt, um den Mond aus den Klauen der Verfinsterung zu befreien u. ihre Dämonen zu verscheuchen. Man schaukelt ein Mädchen als junge Sonne höher u. höher in den Himmel, damit die Sonne aus ihrer winterlichen Ohnmacht im steigenden Jahr immer höher steigen kann. (Der Sonne helfen). Erdmutter will mit dem Lebenssaft befruchtet u. getränkt sein.

---

Die Hauptgottheit in den Centralprovinzen ist Dhârni Deotâ, »Erde, die Gottheit«. Ihr Mann ist Bhâtarsi Deotâ, ein Gott der Jagd, Schiwa verwandt, dem Herrn der wilden Tiere u. des Dschungels, der den Bogen führt.

---

Hölzerner Dreieckspfahl: Symbol des Schoßes – Zeichen der Göttin. Steingebild ihm zu Füßen bezeichnet den männlichen Gott, Geschwister des Lingam, das Schiwa bezeichnet. Der Stein wird mit dem Blute eines Büffels begossen, der an die Stelle früherer Menschenopfer getreten. Auch Lamm.

---

Bâna's »Kâdambarî«, Sanscritroman des 7. Jahrh. p. Chr. Deutet in einer Beschreibung der »Zornmụtigen Göttin« auf Menschenopfer. – Autor eines Liebesdramas: Bharabhûti.

---

Früheste Idole der Göttin sind in Mohenja-Daro zutage gekommen. Fundstätte als vorarischer Induskultur des 3. Jahrtausends a. Chr. Manches, was später im Hinduismus zu hoher Bedeutung gelangt: hirschgekrönter Herr der Tiere (Schiva), Kultsymbole der Geschlechter Lingam u. Yoni.

---

Brahmanische Gegenwelt der arischen Einwanderer nimmt die Göttin auf in einer jüngeren Upanischaden der Veda, die den Ausgleich der ehemals exklusiven Priestertradition der Eingewanderten mit dem alten Gut der indischen Erde bringen. Brahman, alles bewegende höchste Kraft. Allkraft, im Hinduismus »schakti«, Kraft, Wesen u. Name der Gr. Göttin selbst.

---

Anfangslosigkeit der Mutter. Früher als alles Entstandene, das sich kindhaft zu ihr verhält. Bild zu Saïs, wie entblößt. Mutter ohne Mann, Ur-Mutter, alle ihre Kinder. Gewandaufhebung, Mutterschändung.

---

Die Mutter, allumfangend, hält den Allgott Vischnu in Bann als seine Große Maya (mahâ-mâyâ), Traumtrunkenheit seines Weltenschlafs, mit der er, wie ein Yagin innere Gesichte, die Fülle der Welt als einen Traum in sich bewegt. Als weibliche Kraft Brahmâ's ist sie die Göttin der flutenreichen Rede, des Elements der Offenbarung u. der Weisheitslehre. Sie heißt »Mâyâ Vischnu's«, weil er, der Erhalter, den Mythos des Hinduismus in seiner Blütezeit beherrscht, bis im letzten Weltalter Schiva, der Endebringer, ihn überschattet, u. schließlich die Große Göttin, Schivas Gemahlin, beide überwächst.

---

Als Gauri, die »Hell-Weiße«, ruht sie auf dem Friedensbringer Schiwa, dem erlösenden Tod, der starr wie ein Gebirg unter ihr ausgebreitet ist. In unersättlicher Umklammerung umfängt sie ihn als seine Lebenskraft (schakti) u. genießt ihn wie Isis. Die ewige Verschlingung des göttl. Paares ist sichtbar im Gaurisankar, der höchsten Gletscherhaube, die weißstrahlend den Gipfel umfängt.

---

Als Kâlî, die »Schwarze«, steht sie, bekränzt mit abgeschlag. Füßen u. Händen ihrer Opfer, auf dem tot daliegenden Schiwa, in den Händen eine geöffnete Lotosblüte (Schoß des Lebens) u. das Schwert des Todes. Ohne sie ist Schiwa nur schava, ein Leichnam. Zuweilen erscheint er verdoppelt: am Boden ein bärtiger Asket in Todesstarre: das In sich ruhen des Göttlichen, das nicht geschieht: darüber, der Göttin zugewandt, von der Berührung ihres Fußes belebt, eine Jünglingsgestalt, des Gottes ewige Jugend, die den Arm wie im Traume reckt u. leise das Haupt rührt. Es begegnen sich in ihr die todgleiche Ewigkeit des weltentrückten Gottes und die ewige Lebendigkeit der göttlichen Kraft als Spiel der Welt.

---

In Hellas wird das mütterliche Prinzip überwunden (Herakles, Theseus, Apollon), in Indien gut gesprochen, versöhnt, eingegliedert, heilig bewahrt. Heiland, der der Schlange den Kopf zertritt. Das mütterlich-Erdhafte ist dem Göttlichen als Sohn notwendig, damit es aus seinen Himmeln herabsteigen kann, um im Fleisch zu wandeln. Es wird so zur Mater purissima, Vas spirituale, und ist aller erdhaften Dämonie wuchernder u. sich selbst verzehrender Lebenskraft entrückt. Der Sohn nimmt die erdhafte Mutter in seinen Himmel, sie dort zu krönen.

---

Die Gr. Mutter ist »die da hinausführt über das Dunkel der Befangenheit im Gemüt aller Yogin als die Kraft der Selbstbezwingung u. Erlösung« – zugleich »die der Geschöpfe Schar betört u. verzaubert und die daher die Mâyâ des entfaltenden Gottes ist, welche das lautere Bewußtsein im Geschöpf zunichte macht«. Die

Alleswirkende bezaubert u. verstrickt als Mâyâ und Befangenheit und führt hinaus als erleuchtendes Wissen.

---

Aus gefährlichen Engpässen »hinausführen«, über reißende Flüsse ohne Brücken u. über den Strom des Samsarâ »hinüberbringen«. Furtbereiter zum Heil. »Aus dem Weltmeer vieler Ängste will ich die Welt erretten, darum feiern mich die Stiere unter den Weisen als Târa.«

---

»Ans andere Ufer gegangen«, führt sie über den Samsârastrom ans jens.[eitige] Ufer des Nirwâna. Ihr Zeichen als Weisheit der Erleuchtung ist das Buch, auf einem Lotos neben ihrer Schulter, indes ihre Hände den Kreis innerer Betrachtung der wahren Lehre bilden.

---

Die Zauberin Große Mâyâ, die alle mit Lust und Schrecken des Samsâra befängt, Versucherin zum vielgestaltig-allumfangenden Dasein, Ozean des Lebens, aus dessen Grauen sie Einzelne immer als Bootsherrin rettet, die aus der Flut in sich befangenen Lebens reif zur Erlösung emportauchen wie Lotosblüten, die sich über den Wasserspiegel erheben u. ihre Kelche dem Himmelslicht erschließen. Den Übrigen ist wohl in der Tiefe, die aller Ungeheuer u. dunklen Dumpfheit voll ist. Die Göttin ist der trächtige Salzschoß des Lebensmeers, das alle Lebensformen umfangen hält u. nährt, hinspült u. zerwest u. in aller Unschuld zu immer anderen Gestalten aufbaut, die einander verschlingen. Wer sie so versteht, will nicht von ihr erlöst werden, sondern von sich selbst, der Einbildung seines Ich befreit sein in Hingabe an ihre ewige Gewalt. (Die Freunde haben selbst ihre Vertauschung gewünscht, der Bärtige nicht weniger als der Jüngling.)

---

»Herrin aller Wünsche u. Freuden.« Mutter aller Welten u. Wesen, Urstoff u. Schöpferin des Alls und Wissen, das Erlösung verleiht. Vischnu u. alle Götter trinken von der Flut ihres Schoßes u. baden sich darin. »Davon wirst du ohne Wahnbefangenheit in dein Ich sein u. von Heldenkraft erfüllt....«

---

Das Zeremoniell des Trinkens u. Badens im Schoße der Göttin ist die Selbstoffenbarung des verschleierten Bildes: der Urschoß enthüllt sich selbst zum Akt feierlicher Kommunion. Götter u. nach ihrem Vorbild die Menschen gewürdigt, am göttlichen Quell alles Lebens zu baden u. zu trinken, um in seinen Fluten Wiedergeburt u. ein erhöhtes Leben zu empfangen. Allerwärts schöpfen Wallfahrer aus heiligen Brunnen das Wasser des Lebens oder kommunizieren in hln[heiligen] Teichen u. Badeplätzen mit der Wunderwesenskraft eines Gottes: der Same Schiwas im Teiche der Goldlotosse des Gr. Tempels von Madura. Furt durch die Wogen Samsâras. – Unvergleichliches Entzücken nach der Kommunion mit dem Schoße der Göttin. Aller Leiden bar, seliger Verwunderung voll, preisen sie den Schoß der Herrin aller Wünsche u. Freuden, danken Schiva u. ziehen ihres Weges.

---

Durch die Kommunion geschieht eine alchymische Verwandlung, eine Transsubstanziation ins Göttliche. Der Schoß der Göttin enthält die alchymische Essenz des lapis philosophorum, er birgt als das mütterliche Blut, das die Frucht ernährt, den roten Arsen, das Mineral, das im Himâlaya flüssig aus dem Felsen sintert u. die Kraft der Verwandlung des Unedlen in Gold besitzt.

---

Einweihungen auf allen Ebenen, fähig den Menschen zu verwandeln. Überall dabei die Tendenz, den geistig-sublimen Praktiken den höheren Rang gegenüber den sinnlich-magischen zu verleihen, den allgemein im Entwicklungsgang der Kulturen das geistige Element sich gegenüber dem stofflich-weiblichen errungen hat. Diese Entwicklung unter Vorherrschaft des männl. Prinzips. Mit dem Kult der Gr. Göttin im späteren Hinduismus das archaische Gut sinnlich erdgebundener Weihen noch einmal in den Zenit. Die alte Weltmutter ist wohl Erlösendes Wissen, Retterin, erleuchtende Kraft, gibt aber nichts preis von ihrer Gewalt über die greifbare Welt, die in jeder Gestalt und Gebärde die Selbstoffenbarung ihrer verzaubernden weltschaffend-weltbetörenden Kraft ist. Die Götter, ihren weltgebärenden Schoß verehrend, werden beseligt u. vollkommen. Der Kult der reinen Lebensmächte ist die Heiligung des Kreatürlichen als Offenbarung der unvergänglichen mütterlichen Kraft in der vergänglich blühenden Schöpfung.

---

Lingam und Yoni, Zeichen der Geschlechter, höchste Kultsymbole. Das Liebesleben des Hinduismus sakramentale Divinisierung. Mann u. Frau sollen einander nahen in dem Gefühl, der Gottheit zu begegnen. Der Gatte ist für die Frau eine Menschform Schivas. Ihm grenzenlos zu gehören für sie Inbegriff religiöser Lebenspflichten. Mythos von Liebe u. Ehe der Göttin mit Schiwa, dramat. Wechselfälle von Getrennt u. Wieder vereint über Aeonen hin, Eifersucht, Opfertod der Göttin, ihr asketisches Ringen um den Asketen bieten der Hindufrau den Kanon vorbildl. Verhaltens bis zum freiwilligen Opfertod.

---

Die Gatten empfinden einander nicht als Person u. Individuum, sondern als Menschform der göttl. Weltkraft, die sich mannweiblich in Schiva u. der Göttin u. paarweise in allen Geschöpfen begegnet. Archaische Situation.

---

Der Mann ist gehalten, in allem Weiblichen vom kleinen Mädchen an die vornehmliche Selbstoffenbarung der Gr. Göttin im Reich der Erscheinungen zu sehen.

---

Schiva zur Göttin: »Wie die Göttin Rede und Brahmâ (schöpferische Weisheit) verschmolzen sind, so auch der Berufene mit seiner schakti (Frau seiner Einweihung). Nicht mit tausend Krügen Rauschtrank, nicht mit hunderten Haufen Fleisches bin ich zufrieden, wenn dabei die Essenz der Unsterblichkeit aus Schoß und Lingam mangelt.«

---

Das Zeichen dieser Welt ist nicht Vischnus Wurfring, nicht Brahmâs Lotos, nicht Indras Blitzkeil, sondern Lingam und Schoß. Ihr Wesen ist Schakti u. Schiwa. Kommunion des Eingeweihten mit seiner weiblichen Gefährtin, sakramental, Ebenbild des göttlichen Paares.

---

Steinzeitliches Gebaren der alten Erdmutter u. ihres Mannsgesellen, aus dem Kosmischen niedergewandelt zum esot. Sakrament eingeweihter Menschenpaare. Die hohe brahmanische Tradition muß ihm Raum geben. Die beherrschenden Zeichen der späten Weltstunde sind nicht mehr die Waffen siegreicher Manns-Götter. Die herrschenden Sinnzeichen des klassischen Hindu-Mythos waren Indras Blitzkeil (der den einwandernden Ariern voranfuhr, die Stadtburgen der Eingesessenen brach u. den Siegeszug der Eroberer in die Ebene Hindustan bahnte); Vischnus Wurfring aus mythischen Götter- u. Dämonenschlachten; Brahmâs Lotoskelch, zu erneuter Schöpfung aufblühend. Aber nach Episoden von Weltaltern sind Lingam u. Yoni, die uralten Symbole der Geschlechter wieder heraufgestiegen in den Zenith der Offenbarung wie im steinzeitlichen Anbeginn u. in der Zeitlosigkeit der Volksbräuche.

---

Nacht des Zeitentodes, Mutterschoß alles Lebens, Wut des Wachstums, der Kreatur, der Brunst, des Empfangenwollens, Drang zu immer neuer Befruchtung, der die Kreatur gestaltwandelnd mit seinem Geißelschlage durch Leben u. Tode weitertreibt. Drang des Ungeborenen, Schrei nach Nahrung u. Wärme, Zwietracht von Geschwistern u. Generationen, stummer oder pathetisch verlarvter Kampf um die Lebensweide.

---

Der Kriegsgott ist ihr Sohn und der gedeihenschenkende joviale Gott des Reisbaues, der elefantenköpfige Ganescha, der die Hindernisse aus dem Lebenspfade räumt. Die »Zornmütige« mit vielen Armen voller Waffen schreitet mit Seuchen, Hunger u. Krieg durch das übervölkerte Riesenland in dörrender Hitze, staubendem Wind u. dampfender Schwüle. »Tausend Jahre eine Stadt, tausend Jahre Wildnis.«

---

Wie du das Leben schenktest, bringst du den Tod. Der unentrinnbare Schoß. Unerbittl. Tatsächlichkeit des Lebens, fließender Ring seiner Kräfte u. Gestalten, sich verwandelnd, ineinander verfließend. Ist aber auch die Kraft, die darüber erhebt, Târâ, die Retterin, die aus dem Samsâra hinausführt, aus dem rasenden Ring in die ruhende Mitte, aus der Vergänglichkeit aller Gestalten in die Unvergänglichkeit der ewigen Kraft, die sich zu ihnen ballt wie Wasser zu Wellen, Blasen u. Schaum, die stumme Geborgenheit des Lebens in sich selber.... All Leibesleben in Lust und Schmerz ist nur Vereinzelung ihres Gesamttreibens, des Weltleibes. Der Geist aber, der es begreift u. als erlösendes Wissen in sich aufnimmt, ist nicht ihr Widerpart, sondern auch sie. Völlige Lustgestalt der Lebenslockung u. erbarmungslose Vernichtigung: beide Pole zum Strahlenbogen weitester Spannung ausgereckt u. ineinander fließend, das ist sie.

---

Für den späten Hinduismus ist ihr Wesen in jeder weiblichen Gestalt verkörpert, Kind, Mädchen, Matrone, hat davon einen Schimmer übermenschlicher Würde als Gefäß u. Vertretung der höchsten Naturkraft – schakti, der Göttin-Mutter.

---

Lieder Ramprasâds an die Mutter: Wie einen Ochsen mit verbund. Augen, der die Ölmühle dreht, treibst du mich um das Rad des Werdens. Unterwerfst mich den 6 Mühlknechten, den Leidenschaften. Tor des Mutterleibes, immer wieder.

---

Mahârâja Râmkrishna von Nator.

---

Schiva, der »Gnädige« ist der »Große Vergessende«, der seines Frommen im Leben u. Sterben nicht gedenkt, das ist die bittere Wahrheit. So auch seine Kâlî. Gleichgültigkeit u. Vergessen.

---

Lebenshypothese u. Illusion des herrisch Einmaligen. Mütterl. Bewußtsein erinnert alles als Wiederkehr des Gleichen. Heldenknaben der Mutter – sie schaut seinen alten Spielen gelassen zu.

---

Nirvâna ist die Verklärung des tatsächlichen Nichtsgeschehens zu kristallenem Schweigen. Aber Erlösung ist auch in der Erkenntnis der Einheit von Augenblick u. Zeitlosigkeit, Stillstehen des sausenden Rades, in dem du schwingst.

---

Notizen aus *Meyers Kleines Lexikon* (Artikel: Indien, Indische Kultur, Indische Kunst, Indische Philosophie).

---

Ende Oktober bis März Kühle u. Trockenheit. März bis Ende Mai zunehmende Hitze u. Feuchtigkeit, bis Ende Oktober Regenzeit, Abkühlung. – Monsum SW im Sommer NO im Winter trocken. Bengalen und Ostindien reichlich Niederschlag, Hänge des Himalaya u. die West [unleserlich] übermäßig. Im Pandschab u. der Ebene oft spärlich, Hungersnöte.

---

Wo hohe Niederschläge geschl. Wald, tropisch. Rohrdickichte der Dschungeln im Gangesdelta. Regengrüne Wälder (Tieck- u. Sandelholz) an den Rändern des Dekhan, das im Innern oft den Steppen- u. Savannencharakter der ausgedehnten Trockengebiete annimmt. – Panther, Elefanten, Affen, Nashörner, Vögel, Tiger, Wölfe, Hyänen, Antilopen, Gazellen, Brillenschlangen.

---

Niedere Klassen von primitiver Kultur: Bauern, Tagelöhner, Handwerker u. wilde Stämme. Die höheren Klassen sind Träger der auf der vedischen Kultur aufgebauten Hochkultur.

---

Das Karman, Seelensubstanz des Handelns u. Erlebens, Genusses, Leidens, Freiheit von allem Karman Ideal. Laienideal Befreiung nur vom bösen Karman.

---

Hinduismus, in seiner ältesten Form, auch Brahmanismus genannt.

---

3 obere Kasten: Brahmanen (Priester), Kşartiya (Krieger, Landadel) und Vaişya, im N. W. Baniya genannt, Kaufleute. Niedere Kaste: Shudra, denen Tempel u. Schulen verschlossen. Zahll. Unterkasten u. Verzweigungen. Kasten u. Unterkasten Grenzen für Tischgemeinschaft u. Ehe.

---

Familien-Oberhaupt hat für die männl. Verwandten passende Frauen nach Unterkaste, Stamm, Horoskop etc. zu beschaffen. Ehe in sehr frühem Alter. Freier Verkehr verpönt.

---

Haus: Laden oder Empfangshalle von der Straße. Innerer Wohnteil um einen Lichthof gruppiert. Flaches Dach ohne Schornstein. Fast keine Möbel. Schaukelbett vom Balken der Decke. Kochen, Essen, Baden, Nähen, Schreiben, Mahlen am Boden hockend. Wenig künstl Licht. Tagewerk sehr früh. Lange vor Sonnenaufgang mahlen die Frauen Getreide auf steinerner Handmühle, holen Wasser u. machen Feuer. Morgendl. Tempelgang. Berufsleben beginnt erst gegen Mittag. Man ißt vorher: plinsenförmiges Brot, Hülsenfrüchte, Reis, Gemüse.

---

Männer Lendentuch aus weißem Baumwollstoff, langer Oberrock mit kurzer Taille u. schildartig geschn[ittenes] Brustteil. Turban oder Mütze. Frauen [unleserlich] lange, ungenähte um den ganzen Körper gewundene Sari, darunter das die Brust bedeckende Ärmelmieder. Goldschmuck.

---

Höhere Erziehung alten Stils in Internaten, wo die Knaben in der Hut gelehrter Brahmanen leben u. Sanskritdichtung, Grammatik, Astronomie u. philos. Dialektik studieren. In jedem Dorf Elementarschulen, deren Lehrkräfte mit Naturalien bezahlt werden.

---

Erzeugnisse der Natur u. des Gewerbefleißes: Seide von Patna, Brokat von Benares, Wollprodukte von Kaschmir, Kattun von Kalikat, Mull von Dakka. Kampfer. Zitz (Gewebe).

---

3./2. Jahrh. a. Chr. Steinbauten unter König Ashoka: Stambhas (Säulen) mit Inschriften, Lotoskapitellen und von Löwen, Elefanten, Stieren getragenen Symbolen – vor Stupa's, Kuppelbauten über Buddha-Reliquien u. Königsgräbern, die auf Hügeln terrassenförmig aufgebaut. Herum steinerner Zaun mit 4 Toren, symbol. Reliefschmuck. Klöster, um einen viereckigen Hof Reihen von Mönchszellen. – Felsentempel (Tschaityas), Hallen mit Apsis, Supa u. Säulen-Umgang.

---

Jute-Pflanzung (Lexikon)

---

Arbeitsnotizen, hauptsächlich zu Heinrich Zimmer:
*Maya. Der indische Mythos*

---

Erdenleib, der aus Mängeln besteht.

---

Verkrüppelung der Kinder, blind, taub, kommt von unglückl. Ehe.

---

Der Knabe, der blaß war und danach hieß, weil seine Mutter ihn von einem ungepflegten Asketen empfangen u. dabei totenblaß geworden war.

---

Krankheit des menschlichen Daseins, die ihre Ansteckung durch die Liebeslust weiterträgt auf ein neues Geschlecht.

---

Die Welt: von Brahma, dem Höchsten, angefangen, der das

Ganze als Weltgeist durchwaltet, bis zum Grashalm: Berge, Ströme, Getier u. Gewürm, Götter und Dämonen, Kobolde u. Unholde, Vögel, Himmelswesen u. Menschen. Aber das Ganze wieder hat Vischnu, der Allgott, aus sich hervorgetrieben u. will es wieder einziehen.

---

Vier Lebensstufen: Brahmaschüler, Hausvater, Wald-Einsiedel u. Pilger zur Ewigkeit.

---

Seine Augen erzitterten vor Furcht.

---

Wolkendonnerstimme

---

Glutgewalt der Askese

---

Drei Gehalte des Lebens: Sinnenglück, Erwerb, frommer Wandel in ewiger Satzung.

---

Das Ufer des Flusses trug Wurzeln, Knollen u. Früchte, gab Brennholz, Blumen u. Gras für Opfergaben u. Opferstreu. Dickicht von vielerlei Bäumen u. Schlingpflanzen, Ruf vieler Vögel, Tiere in Rudeln.

---

Askese: Gelübde, Fasten, Entsagungen, strenge Observanzen von Baden u. Schweigen. Sommers zwischen 4 Feuerbränden. Im Regen auf der Erde schlafen. In der Kälte nasse Kleider. Wenn siech, macht er sich auf zur letzten Pilgerfahrt.

---

Pramlotscha von herrlichem Wuchs. Schlanken Leibes, weiche Schenkel, volle Brüste. Ihre Leibesmitte ist schön, ihr Gesicht reizend, ihre Brüste voll u. steil. Lianenschlank.

---

Götterhain »Lust«, Affenherden.

---

Der die Hengste seiner Sinne gezügelt

---

Die Haare an seinem Leibe sträubten sich vor Lust.

---

Allerherrlichste Gestalt wie der Liebesgott, voll Schönheit u. Jugend, sinnberückend u. mit himml. Schmuck geziert: die Gestalt eines 16 jährigen in göttl. Gewand mit Blumenketten, Düften und allem Liebreiz.

---

Langgeschweifte Augen

---

Jenseits der 6 Wochen von Hunger u. Durst. Alter u. Tod, Leid u. Verblendung. Fluch dem reißenden Ungeheuer der Sinnenlust.

---

Yogin, die Arme starr gen Himmel gereckt, den Geist in eine Spitze gesammelt.

---

Vischnu, der die Wurfscheibe trägt, blau wie Flachsblüte, Augen lang und geschweift wie Lotosblätter. Die Locke »Glückskalb« auf der Brust. Ketten wilder Waldblumen. Leib mit Sandel gesalbt.

---

Härchen seiner Poren sträubten sich vor Wonne.

---

Kind der buntscheckigen Himmelskuh

---

Auch das untere Volk, das von Hundsfleisch lebt.

---

Himmelsfrauen u. ihre Gesellen, die Gandharven. Fürst Citraratha, in himml. Reiz.

---

Vischnu in Krishnas Gestalt auf die Erde hinabgestiegen.

---

»Wald von Armen«

---

Mit dem Pfluge Furchen für den nassen Reisbau; mit ihm zwingt er den Fluß auf sein Land. Künstl. Bewässerung mit Rinnsalen u. Kanälen. Überfluß der Regenzeit u. der Schneeschmelze im Gebirge haushälterisch gestaut.

---

Berg »Buntgipfel«, vielerlei Blumen u. Schlinggewächse, sehr heil. Wallfahrtsort.

---

Augen dunkel u. langgeschweift wie Lotosblütenblätter. Lotosäugig, Lotosfuß

---

Wesenswisser

---

Der wohlgezogene Bharata

---

Badeplatz, der alle Befleckung tilgt

---

Als Asket voll Selbstbezwingung, Kräuter u. Wurzeln, das Haar am Kopfe aufgeflochten. In Baumrinde gekleidet. Schließlich hat er sich verklärt.

---

Aufwartung mit Jujubenbeeren

---

Stürzte sich ins Feuer u. fuhr gen Himmel

---

Affenkönig Schönhals.

---

Menschenleere grausige Wildnis. Dandakawald, viele Heilige rings.

---

Mondmild

---

Schwenkt einen Kuhschweif über dem Kinde, um Unheil abzuwehren. Kot von der Kuh auf dem Kopf.

---

Verehrung darbringen mit saurer Milch, Blumen, Früchten u. rohem Reis

---

Regenzeit, die den Himmel mit Wolkenfluten bedeckt, schmilzt alle Himmelsgegenden in eins mit ihren Güssen. Erde strotzt von frisch aufsprießenden Blumen, erfüllt von rotweißen »Indra-Schützling-Fliegen«: ist wie aus Smaragd gefertigt u. mit Rubinen geschmückt

---

Regenzeit vorüber, kommt der Herbst, die Lotosblumen blühen. Der Himmel fleckenlos rein.

---

Betrachtung des Wesens der Dinge, das dreifältige hl. Priesterwesen, Erwerbskunde u. Wissen um die Führung des Stocks gerechter Strafe, das ist die 4-Zahl des Wissens. Erwerbskunde: Feldbau und Handel, als drittes, Hüten des Viehs. Dreierlei Unterhalt: Feldbau, Handel, Viehzucht.

---

Der vedakundige Brahmane

---

Der Berg Govardana, »Gedeihen der Kühe«.

---

Bergopfer: Spenden von saurer Milch u. Milchreis, Fleisch u.a. Speisen.

---

Die den Kühen u. Weidetriften dargebr[achte] Verehrung ist die den Hirten gemäße Religion, statt Dankopfers für den Götterkönig aus den Veden. Simpler Hirtenkult statt Priesterritual. Heiligsprechung alten vorarischen Hirtenbrauches gegen die Feier des arischen Kriegshelden Indra, die von brahm. Überlieferung gefordert.

---

In Krischna unbrahmanisch-vorarisches Volkstum mit alten Überlieferungen. Der »Dunkle« an Haut u. Haar. »Dunkle Haut«, »schwarze Leute« geläuf[iger] Namen, womit die Veden der hellfarb. Arier die eingesess. Bevölkerung bezeichnen.

---

Vor-arischer Zug: feierl. Prozession der Hirten u. Herden um den hl. Berg.

---

In der vorarisch alten Mutter-Religion, die im späteren Hinduismus Anerkennung findet, wie der vorarische Bergkult der Hirten, werden junge Mädchen erlesen als Abbild der jugendl. Weltmutter, der alles betörenden Maya an Stelle ihres Kultbildes zu dienen u. Schmuck, Verehrung u. Andacht entgegenzunehmen.

---

»Arme berührten die Wangen der Hirten, u. im Schauer der Lust sträubten sich die Härchen auf ihnen, u. die Schweißtropfen der Lust besäten sie dicht,

---

»Es ist, wie dein Wort sagt.«

---

Ich- und Mein-Gefühle

---

Trotz ihres Erkennens stürzen sie in den Strudel des Mein-Gefühls, in die Fanggrube der Betörung: Durch die Macht der Gr. Maya wirken sie Bestand des endlosen Lebenskreises. Dabei ist nichts zu verwundern. Sie ist die magische Schlaftrunkenheit des Herrn der Welt, die Gr. Maya Vischnu's, und alles, was lebt, wird von ihr in Betörung gewirbelt. Die erh.[abene] Göttin reißt auch den Geist des Erkennenden an sich u. gibt ihn der Verblendung preis.

---

Das Getreide wird auf der Tenne gedroschen, auf dem Mahlstein von den Weibern zerrieben und zu Brot, Kuchen, Brei

---

Das Haus: Dach von Pflanzenfasern, Rinde oder Stroh. In der Mitte des Hauptraums lodert das Feuer, ringsherum Bänke aus Erde, mit Fellen belegt, Lagerstätten. Tontöpfe, eherne Kessel, Reibsteine für Getreide in der Küche. – Umzäumter Kral für die Tiere. Tenne.

---

Frau bereitet die Speisen, spinnt die Wolle zu feinem Faden, webt diesen zu kunstvoll. Gewebe. Schön verzierte Mäntel aus Fellen der erl.[egten] Tiere.

---

Handwerk: Wagenbauer, Schmied (Vogelflügel) (Erz u. Eisen aus dem Eisenstein erschmolzen. Reisetaschenähnlicher Blasebalg nicht-arisch); Goldschmied: Geschmeide, Platten, Spangen, Ohr-Ringe, Hals-Hand-Fuß-Ringe.

---

Durch Freunde u. Verwandte wirbt der Mann um das Mädchen. Brautgeschenk wird von den Eltern angenommen. Eheschließung vor der Herdflamme. Bräutigam ergreift ihre Hand u. führt sie 3x herum. Dies wiederholt, nachdem die Frau auf einem von weißen Stieren gezogenen Wagen in ihr neues Haus geholt. Gemeins. Mahl.

---

Vielmännerei den Ariern fremd.

---

Die Häuser stehen zu einzelnen Weilern oder Dörfern vereinigt.

Orte durch Erd- oder Steinwall geschützt (Ortsnamen mit der Endung pur=Burg). Gruppen v. Dörfern zu Gemeinschaften, mehrere solche zum Gau, Gauverband zum Stamm. Häupter. Über dem Ganzen König, râdjan, erblich oder Wahl.

---

Das mittlere Duab (zwischen Djamna u. Ganges) mit der Hauptstadt Indraprastha (Delhi an der Djamna)

---

Vereinigung von Djamna u. Ganga, heil. Zusammenfluß Prayâga.

---

Kaufleute: Wânidja

---

Ur-Rasse: Ziegennasige

---

Rassische Nachsicht in der Kriegerkaste. Gesetzm. Form, daß die Braut aus feindlichem, oft dunkelh[äutigem] Stamm mit Gewalt geraubt wurde (Râkshasa-Ehe).

---

Der Sûdra, niedrig, der Waişya ist ein zweimalgeborener, heil. Schnur, Erlaubn. zur Kenntnis der Veden. Bauer, Hirt, Kleinbürger, Handwerker, Kaufmann, Geldwechsler. Krieger: Kshatriya

---

Brahmanen: Pflicht, Hausstand zu gründen u. Söhne zu zeugen. Erlaubt, den Acker zu pflügen u. Herden zu weiden. Anständigen Handel treiben, wobei ausgeschlossen: Geldleihen auf Zinsen, Verkauf von berauschenden Getränken, von Erzeugnissen der hln. Kuh. Unmöglich Lebenserwerb durch niedere Künste (Musik, Gesang) oder durch verunreinigende Hantierungen wie Lederarbeit.

---

Stufen: des Lernenden, Hausvaters, Einsiedlers, Asketen. Bei eintr. Reife wird er mit der hl. Schnur umgürtet u. in die Gemeinschaft der Zweimalgeborenen aufgenommen. Lehrzeit bei einem Guru, geistl. Meister. Bei Mißachtung dieses wird er als Hund, Esel, Wurm, Insekt wiedergeboren. Lernt die heil. Bücher, Gebete, Opfer Bräuche, Gesetze der brahm. Gesellschaftsordnung. – Hausvater: Rest des Lebens Betrachtung und Askese als Waldeinsiedel (oft mit der Frau).

---

Manu: Sich auf dem Boden wälzen, tagelang auf den Fußspitzen stehen, best[ändig] wechselnd aufstehen u. sich niedersetzen. 4 Feuer. Nackt im Regen. Nasse Kleider. Verzehrung des ird. Stoffes. Bei Siechtum Aufbruch in gerader Richtung nach Nordosten, sich nähren von Wasser u. Luft, bis der Leib zusammenbricht u. die Seele sich mit Brahman vereint.

---

Mond, Schlange, Schlingpflanze, Weide, Blume, Feder, Taube, Sonnenstrahl, thränende Wolke, Wind, Hase, Pfau, Diamant, Honig, Tiger, Feuer, Schnee, Papagei, Turteltaube, Katze. Dies mischte Parambrahma[.] Savannen-Grassteppen, Riesenbäume (Affenbäume), Akazien, Saftpflanzen mit dicken fleisch. Blättern. Gras in der Regenzeit grün, verdorrt. Oft mannshoch, schilfartig hart. Kakteenbäume, Sandelholz, Roter Sandelholzbaum, immergrün, Tieckbäume, Tamarisken, Pappeln, Lotus, Feigen, Magnolien, Arjuna-Bäume.

---

Breitästiger Kadambabaum (am Wasser)

---

Hain von Talapalmen, voller Früchte, wohlriechende Talafrüchte, Bhandirabaum

---

Seine Maya, Menschenkind zu sein

---

Mangobäume, Anfang Dezember Blattfall, Anfang Januar frisch belaubt, gruppenweise, der eßbaren Kastanie ähnlich. – Palmen.

---

Beladene Zebu-Ochsen-Karren.

---

Getrockneter Kuhmist zum Brennen.

---

Kaktus-Hecken um die Dörfer.

---

Beweglichkeit in den Verzweigungen u. Blättern der hohen Calamus- u. Bambusarten; zarte Verbindung von parasitischen Schlingpflanzen mit den größeren Ästen, von denen sie herabhängen.

---

Es ward ihr heiß um die Brust, u. vor zärtlicher Liebe tropften ihr die Brüste. Schau Krishna's Gesicht mit den Lotosaugen, wie es mit Schweißtröpfchen geschmückt ist von der Kraftleistung: es ist wie aufblühender Lotos, der mit Tautröpfchen besät ist, u. macht alle Worte zuschanden. – Sieh, diese Brust des Knaben, mit der

Locke Glückskalb gezeichnet, strahlende Kraft u. Hort der Welt ist sie … und sieh das Paar seiner Arme!

---

Männl. Namen, Weibl. Namen

---

Nanda, Nanda Yaschoda

---

Rama Garga Maitreyi

---

Krishna Jamadagni Suschila

---

Aruni Bala-Rama Pramlotscha (Kraft Rama) Marischa

---

Schweteketu Dasharata Sati (die rechte, idna?)

---

Arjuna Lakschmana Renuka

---

Govinda Sumantra Sita (die Furche)

---

Schridaman Bharata

---

Bal Guha

---

Bâna

---

Bharabhûti

---

Andhaka (Blindling)

---

Weyasa

---

Kamadamana (Bezwinger der Wünsche)

---

Narada

---

Sutayas

---

Markandeya

---

Kandu

---

Suratha

---

Medhas (Weisheit)

---

Samadhi (Sammlung)

---

Vakscha

---

Vasudeva

---

Nandigrama, das Dorf

---

»Wenns dir mit deiner Freundschaft Ernst ist, so erweise mir den letzten Liebesdienst u. schichte mir den Scheiterhaufen.«

---

»Sage mir's, u. wärs nur, damit auch ich die Überzeugung der Unheilbarkeit deiner Krankheit gewinne u. mit dir zusammen ins Feuer gehe. Denn die Trennung von dir mag ich keinen Augenblick überleben.«

---

»Sie – kaum hatte ich sie erblickt, so hat der heilige Gott, welcher das Krokodil in seinem Banner führt, das Leid über mich verhängt. Die Pein zu ertragen, geht über meine Kräfte.«

---

Er zitterte wie ein Elephantenohr

---

Betelrolle/Areka-Nuß, mit Kalk u. Gewürz vermengt in das Blatt des Betelpfeffers gewickelt, nach der Mahlzeit gekaut, Wohlgeruch des Mundes. Auftrag, Vertrag, Freundschaft.

---

Ihre Jugend verlieh ihr die reichste Anmut. Sie trug ein perlenbesetztes Mieder, ein niederwallendes feines Kleid, u. ihr Köpfchen war in einen feinen Schleier gehüllt.

---

»Geliebte mit den Rebhuhnaugen«

---

Mit Geschmeide geschmückt, den Leib mit Sandel-Kampfer u. a. köstlichen Salben gesalbt. Butteropfer durch den geistl. Berater

---

V. K. der Freund denkt: »Wenn ich mit der jungen Frau nach Hause gehe, wird unbedingt mein Name befleckt werden; denn die Leute werden sagen: Dieser Bösewicht, der sich an seinem Freunde vergangen, hat ihn aus Gier nach seinem Weibe ermordet.«

---

Sie denkt: »Wenn ich allein in meines Schwiegervaters oder meines Vaters Haus gehe, so wird man mir wahrscheinlich einen Makel anheften, sagen, ich sei ein zügelloses Weib u. hätte meinen Gatten u. meinen »Schwager« ermordet. So kann auch ich nur tun wie sie.«

---

Der weise Mann, der weise Mann,

---

Wie würdig war sein Sinnen!

---

Nun ist's um seinen Witz getan,

---

Erleuchtung floh von hinnen.

---

»Was soll ich mit dem Leben, wenn an mir ein Makel haftet u. ich des Gatten beraubt bin? Darum werde ich nur dann am Leben bleiben, wenn du diese beiden wieder lebendig machst, sonst nicht.«

---

Sie ist die Frau dessen, der des Freundes Haupt trug, denn bei der Trauung reicht man der Braut die rechte Hand. Diese aber gehört dem Rumpf.

---

Das Herz, diese Strohhütte

---

Kama, Gott der Liebe

---

hilflos wie Affen, die vom Aste gefallen

---

»Wenn ich sie nicht habe, so werden meine Lebensgeister sich von selbsr verflüchtigen.«

---

Laß also einen Scheiterhaufen errichten, denn ich will ins Feuer gehen.

---

Glückverheißende Riten.

---

»Dich aus deiner Eltern Hand empfange u. vor aller Augen ums hl.'ge Feuer führe.«

---

Der 11. Tag des abnehmenden Mondes

---

Ein von der Last seiner Früchte gebeugter Mangobaum

---

freudig juckenden Herzens

---

Rehäuglein

---

Härte jetzt dein Herz wie den Donnerkeil

---

Zorn flammt auf, wie Feuer, in das man Butter gießt

---

Tempel der Dēwi: Schiwas Gemahlin Durgâ

---

Feigenbaum vor dem Heiligtum

---

Tempel der Dēwi: auf dem Leichenverbrennungsplatz

---

Die Frau auf den Schoß nehmen: Symbol der Aufnahme in die Familie als Schwiegertochter.

---

Im Vollgenuss der Sinnenlust die Zeit verbringen

---

Die Liebesvereinigung wußte er derart zu gestalten, daß mein ganzes Herz daran (an ihm) hing.

---

Sie schrieb die Schuld an ihrem Unglück ihren Taten in einem früheren Dasein zu.

---

Am Tage ist die Eule blind, in der Nacht die Krähe. Wen aber die Liebe verblendet, der ist blind bei Tag u. Nacht.

---

Ein Dschainamönch, kahl, weil sie sich alles Haupthaar ausrupfen mußten. Als Mönch Symbol der Unfruchtbarkeit.

---

Kâjôtsarga-Stellung: unbewegl. Glieder, straff abwärts gericht. Armen, durchgedrückten Knieen, 4 Finger von einander entfernten Füßen u. ausgestreckten Zehen.

---

Trägt einen Besen, um damit zu fegen, wo er geht oder sich setzt, um keine Insekten oder andere kl. Lebewesen zu vernichten.

---

Wahl des Hochzeitstages unter Beirat eines Astrologen. Glückverheißend. Vater spricht ihm Tochter zu, voraus er sagt: »Ich habe sie erhalten«. Besprengung mit Gangeswasser. Ihre Gewänder mit einem Zeugstreifen verknüpft, in den Betelnüsse u. Samenkörner eingenäht.

---

Er steckt ihr ein Stückchen Zuckerrohr in den Mund

---

»Der bin ich, das bist du; das bist du, der bin ich; Himmel ich, Erde du; des Liedes Weise ich, des Liedes Worte du. So wollen wir zusammen die Fahrt tun.« (König und Land wie Mann u. Frau)

---

Fußböden des Hochzeitshauses mit neuem Estrich aus Lehm und gedörrtem Kuhmist gepflastert u. mit Asche von verbr. Kuhdünger bestaubt.

---

In der Mitte des Innenhofes festlicher Scheiterhaufen aus Scheiten getrockn. Kuhdüngers, dessen Glut während der Feierlichkeiten nicht erlöschen darf.

---

Braut u. Bräutigam von den Angehörigen in abgesonderten Räumen mit Kokosoel eingerieben, besond. Zärtlichkeit. Auf dem Festplatz gehen ihnen die Mütter voran, Hand in Hand um das Opferfeuer.

---

Gegenseitige Besuche der Anverwandten, Hausbrahmanen u. Freunde des Paares vor der Verlobung.

---

Bis zur Aufsetzung [des] Ehekontrakts haben sich die Beiden oft noch nicht gesehen.

---

Tag von bes. günstiger Vorbedeutung

---

Häufig sehen sich beide erst am Abend des Hochzeitstages nach der Abholung der Braut durch den Bräutigam. Festzug zum Brauthause.

---

»Wer das Haupt des Gatten trägt, ist ihr Gemahl. Denn wie das Weib die höchste der Wonnen, ist das Haupt das höchste der Glieder.«

---

# DAS GESETZ

## Entstehungsgeschichte

Die Erzählung *Das Gesetz* stellt in Thomas Manns Œuvre insofern eine Ausnahme dar, als es sich um eine Auftragsarbeit handelt. Allerdings hat es damit eine komplizierte Bewandtnis, die es verbietet, den Begriff »Auftrag« in einem einengenden und abwertenden Sinn zu verwenden. Vielmehr nötigt uns ihre ungewöhnliche Vorgeschichte, den historischen Kontext auszuleuchten, der dieses anstößige Alterswerk hervorbrachte. Für seine angemessene Würdigung ist somit eine genaue Kenntnis der Umstände ihrer Entstehung unerlässlich. Nach nur wenigen Tagen der Vorbereitung entledigte er sich seiner Aufgabe vom 18. Januar bis 13. März 1943 in weniger als acht Wochen. Doch nicht nur die Raschheit der Niederschrift ist bemerkenswert, sie erfolgte zudem bei ungetrübter Schaffenslust, von keinen Bedenken literarischer und intellektueller Art aufgehalten. Es wäre keine Übertreibung, zu sagen, dass der *Joseph*-Autor diese Erzählung sich gleichsam aus dem Ärmel schüttelte.

### 1. »Hitler and the Ten Commandments«: ein Film Projekt.

Der »Auftrag« in seiner ursprünglichen Form entsprang letztlich dem heftigen Stimmungsumschwung, von dem die Vereinigten Staaten nach Pearl Harbor ergriffen wurden, dem japanischen Angriff am 7. Dezember 1941 auf die amerikanische Pazifikflotte auf Hawaii. Vier Tage später erfolgte die Kriegserklärung »Großdeutschlands« und Italiens an die Vereinigten Staaten. Hitlers Krieg in Europa hatte sich endgültig zum Zweiten Weltkrieg ausgeweitet. Amerika erlebte ein rüdes, traumatisches Erwachen aus seinem Neutralitätswahn. Unter der energischen Führung des von Thomas Mann verehrten Präsidenten Franklin Roosevelt reagierte das Land mit einer einmütigen Entschlossenheit, den Feind – also die Achsenmächte – auf allen Ebenen zu bekämpfen.

Angesichts des hohen kulturellen und gesellschaftlichen Stellenwerts der Filmindustrie war es unausbleiblich, dass sich Hollywood an diesem Kampf an vorderster Front beteiligte. Wozu sich das Medium Film vor allem eignete, war Aufklärungsarbeit über den gemeinsamen Feind. Europäische Immigranten, denen die Befreiung Europas vom Faschismus ein leidenschaftliches Anliegen war, waren allgegenwärtig in den großen Studios von Los Angeles; sie machten einen hohen Anteil unter den Filmschaffenden aus. Hollywood reagierte auf Pearl Harbor bezeichnenderweise mit einem Großprojekt bestehend aus einer Serie von Dokumentarfilmen unter dem Generalthema »Why We Fight«. Der Anstoß dazu kam offenbar von George S. Marshall, dem Chef des amerikanischen Generalstabs, der seinerseits Frank Capra, einen der Granden des klassischen Hollywoodfilms, mit der Ausführung des Projekts betraute. Tief beeindruckt von der Propagandakunst Leni Riefenstahls optierte Capra für eine ästhetisch weniger ehrgeizige, ja grobschlächtigere Methode der Aufklärung, deren elementares Ziel es zunächst einmal sein musste, den amerikanischen Soldaten und der Bevölkerung des Landes eine möglichst drastische Vorstellung davon zu vermitteln, worum es in diesem Krieg ging und mit welchen Mentalitäten aufseiten der Achsenmächte man es zu tun hatte. Was in diesem Weltkrieg auf dem Spiele stand, war, wie der erste Teil unmissverständlich klarstellte, das Überleben von Freiheit und Demokratie überhaupt. Der erste seiner Filme: *Prelude to War*, kam schon 1942 in die Kinos und wurde mit einem Academy Award ausgezeichnet. Es folgten bis zum Kriegsende sechs weitere: *The Nazis Strike; Divide and Conquer; The Battle of Britain; The Battle of Russia; The Battle of China; War Comes to America.*

Das Projekt, in das Thomas Mann von Armin Robinson hineingezogen wurde, war offenbar in Anlehnung an Frank Capras *Why-We-Fight*-Serie konzipiert. An einem weiteren Projekt dieser Art – ein Film über Japan und die Japaner: *Know Your Enemy* – arbeitete zu dieser Zeit auch Thomas Manns Sekretär mit, Konrad (»Conny«) Katzenellenbogen. (Tb. 5.9.1942) Es ist also davon auszugehen, dass Connys Arbeitgeber über Hollywoods Beitrag zum nationalen »war effort«, der im Wesentlichen in der Aufklärung über den Feind bestand, völlig im Bilde war.

Wie aus seiner Projektskizze hervorgeht, schwebte Robinson etwas Ehrgeizigeres vor als Capras krude Propaganda-Serie. Seine Idee war es, das letztlich unchristliche, ja anti-christliche Wesen Hitlers und Hitler-Deutschlands anhand von konkreten Beispielen im Einzelnen hervorzukehren. In der Projektskizze »Hitler and the Ten Commandments. An Idea for a Film Production« ist von »great tragedies, small dramas, even little tragi-comedies« die Rede. Dies sollte in zehn Episoden, die jeweils die Verletzung eines der Zehn Gebote zu illustrieren hatten, gezeigt werden. Offenbar kannte Thomas Mann diesen Entwurf Robinsons, denn er ist in seinem Nachlass erhalten. (TM 2357) Was er davon hielt, wissen wir nicht.

Angesichts der gesellschaftlich und politisch dominanten Rolle der Religion in Amerika, durfte Robinson hoffen, dass sich eines der Studios für ein derart erfolgversprechendes Projekt interessieren würde. Seine Hoffnungen richteten sich auf das Metro-Goldwyn-Mayer Studio, das damals erfolgreichste und größte. Die zehn Episoden sollten einen Erzählrahmen haben: Ein amerikanischer Geistlicher, der einem Hilferuf nach Deutschland gefolgt war und dort den Alltag in Hitler-Deutschland beobachten konnte, kehrt »on the last boat« in seine Heimat zurück und berichtet in zehn Beispielen, wie weit sich Deutschland von der christlichen Zivilisation abgekoppelt hatte. Es ist bei alledem nicht klar, ob an einen zehnteiligen Episodenfilm gedacht war oder ob die zehn Verstöße in zwei oder mehr Filmen vorgeführt werden sollten.

Robinson rechnete wohl damit, dass neben der religiösen Thematik das Prestige der Autoren, die er für sein Projekt gewonnen hatte, MGM von der Machbarkeit und den Erfolgsaussichten von »Hitler and the Ten Commandments« überzeugen würde. Dies galt in erster Linie von Thomas Mann, dessen Ansehen als politisch-moralische Autorität damals in seinem Zenit stand. Neben dem deutschen Nobelpreisträger konnte Robinson fünf weitere zur Mitarbeit bereite Autoren präsentieren: Lion Feuchtwanger, Franz Werfel, Bruno Frank, Carl Zuckmayer sowie Alfred Polgar. Damit wäre das ganze Unternehmen als ein Beitrag der deutschen Emigranten zum »war effort« ihres Gastlandes anzusehen gewesen.

Es ist nicht bekannt, wo Thomas Mann die Bekanntschaft Armin Robinsons machte, vermutlich unter »fellow emigrants« in Los Angeles oder New York. Armin Lackenbach Robinson (1900 bis 1985) stammte aus Wien, machte sich aber als Musikverleger vor allem in Berlin einen Namen, wo er als der Entdecker des Operettenkomponisten Paul Abraham galt und wo er als Dichter von flotten Schlagertexten (z.B.: »Zwei Herzen im 3/4 Takt«) erfolgreich hervorgetreten war. Nach Beginn der Hitler-Herrschaft zog Robinson zunächst nach Zürich; nach dem »Anschluss« Österreichs 1938 ging er in die Vereinigten Staaten, wo ihm seine vielen Kontakte im Showbusiness zustattenkamen. Von einem Kontakt mit Robinson berichtet Manns Tagebuch zuerst am 21.7.1942, bei welcher Gelegenheit er mit Erika den »Plan des 10 Gebote-Propaganda-Films (Robinson)« besprach. Zu dem Zeitpunkt musste er wohl Robinson sein prinzipielles Einverständnis bereits signalisiert haben. Am 1. September wurde er von »Herrn Robinson« abgeholt und ins MGM-Studio gefahren zu einer Besprechung »mit dem alten [Louis B.] Mayer und einer Corona von Hochmögenden« (Tb. 1.9.1942). Offenbar stand man bei MGM der Filmidee Robinsons skeptisch gegenüber. Der Zehn-Gebote-Film war zwei Wochen später Gegenstand eines weiteren Arbeitsessens in den MGM-Studios und sodann am 1. Oktober bei Lion Feuchtwanger in der Villa Aurora, diesmal im Beisein Gabriel Pascals, der als Produzent vorgesehen war. Diese beiden Besprechungen, über die Manns Tagebuch wenig zu melden hat, waren offenbar Rettungsversuche eines Projekts, das Louis B. Mayer, aus welchen Gründen auch immer, für wenig aussichtsreich hielt. Damit war aber die Filmidee Robinsons begraben; es gab offenbar keine weiteren Versuche, ein anderes Studio für das Projekt zu gewinnen.

Die Skepsis der MGM-Bosse mochte auch daher rühren, dass Hollywood bereits 1923 unter der Regie von Cecil B. DeMille einen aufwendigen Film über die Zehn Gebote produziert hatte: *The Ten Commandments*. Im Vorspann dieses Filmepos wird, vor dem Hintergrund des nach dem Ersten Weltkrieg verbreiteten Krisenbewusstseins, den mosaischen Gesetzen eine universelle Gültigkeit zuerkannt: »They are not laws – the are the LAW.« (Britt 2004, S. 30) Eben dieser Gedanke ist fundamental auch für Thomas Manns Erzählung.

2. Das »Zehn-Gebote-Buch«

Als seine »Idea for a Film Production« bei MGM keinen Anklang fand, bewies Armin Robinson eine bemerkenswerte Wendigkeit. Er überredete einige Autoren, die er zur Hand hatte, aus ihren angedachten Filmideen »short novels« zu machen, d. h. Erzählungen von mittlerer Länge. Ein angesehener New Yorker Verlag: Simon and Schuster, erklärte sich bereit, das Buch zu verlegen und die Beiträge mit 1000 Dollar zu honorieren. Vermutlich auf Drängen des Verlags veränderte Robinson auch die Liste der Beiträger, so dass das Buch seinen rein deutschen Anstrich verlor. So kam eine recht gemischte Schar von Autoren zusammen: drei amerikanische (John Erskine, Hendrik Willem van Loon, Louis Bromfield), zwei französische (Jules Romains, André Maurois), eine Engländerin (Rebecca West), eine Norwegerin (Sigrid Undset) sowie, neben dem *Joseph*-Autor, zwei weitere deutsche Autoren: Bruno Frank und Franz Werfel.

Obgleich wir keine direkten Aussagen Thomas Manns über seinen umtriebigen »Agenten« besitzen, ist anzunehmen, dass er einen günstigen Eindruck von ihm hatte und Vertrauen zu ihm fasste, sonst wäre er nach dem Scheitern des Filmplans von dem ganzen Projekt zurückgetreten. Doch Robinsons Plan zu einem Buch über die Zehn Gebote reizte ihn offenbar, nicht zuletzt weil dieser ihm eröffnete, dass das Buch umgehend »in vier, fünf anderen Sprachen« erscheinen und zudem mit eintausend Dollar großzügig honoriert werden sollte (GKFA 19.1, 415). Angesichts dieser verlockenden Aussichten »vergaß« er, dass er bei Alfred A. Knopf unter Vertrag stand und sich einen literarischen Seitensprung mit einem Konkurrenten Knopfs eigentlich nicht leisten durfte – ein Lapsus, der ihm alsbald einigen Ärger bereiten sollte. (GKFA 19.1, 416)

Im November 1942 weilte Thomas Mann aus Anlass seines ersten Vortrags an der Library of Congress an der Ostküste. Robinson nutzte die Gelegenheit, ihn im Anschluss daran in seinem New Yorker Hotel aufzusuchen. Thomas Mann gab ihm die Zusage, für das Zehn-Gebote-Buch einen »Beitrag« zu liefern (Tb. 24.11.1942). Unter »Beitrag« scheint Robinson zunächst eine essayistische Einleitung verstanden zu haben, während Mann selbst von vornherein eine »Moses-Novelle« beziehungsweise »Sinai-Phantasie« im Sinne hatte; dies belegt bereits die erste Mitteilung seines neuen Schreibvorhabens an Agnes Meyer, als er noch mit *Joseph der Ernährer* befasst war (TM/AM, 440). Ohne die bestechende Überredungskraft eines tausend Dollar-Honorars unterschätzen zu wollen, ist doch nicht zu verkennen, dass der *Joseph*-Autor andere Gründe gehabt haben muss, sich auf den Moses-Stoff einzulassen – künstlerische, intellektuelle, politische Gründe.

Robinson zeigte auch darin ein gutes Gespür für die Optimierung der Verkaufschancen seines Buches, dass er den vormaligen Senatspräsidenten von Danzig Hermann Rauschning dafür gewann, ein Vorwort beizusteuern. Dies war insofern notwendig geworden, als Manns Beitrag, obgleich er von der Erlassung aller Zehn Gebote handelte, schließlich den Reigen der »short novels« eröffnete und als Illustration des Ersten Gebots zu dienen hatte: »Thou shalt have no other gods before me.« So entstand eine auffällige Unstimmigkeit zwischen dem englischen Titel der Erzählung und seinem Gegenstand, denn *Das Gesetz* handelt ja von weit mehr als dem Ersten Gebot.

Rauschning, zunächst selbst ein Nationalsozialist, hatte sich im November 1934 mit dem Hitler-Regime überworfen und war über Polen, die Schweiz und England in die Vereinigten Staaten emigriert, wo er 1941 anlangte und sogleich als Deutschland-Experte mit Insider-Wissen aus erster Hand berühmt wurde. Rauschning war überaus erfolgreich in der Vermarktung seiner Nazi-Vergangenheit: er war begehrt als Vortragsredner, und seine Bücher waren internationale Bestseller. Das gilt vornehmlich von *Die Revolution des Nihilismus* (1938) sowie *Gespräche mit Hitler* (1939), die kurz danach unter dem Titel *The Revolution of Nihilism: Warning to the West* und *Hitler Speaks* in Amerika erschienen, Letzteres mit dem bezeichnenden Untertitel: *A Series of Political Conversations with Adolf Hitler on His Real Aims*. Rauschning eignete sich somit bestens als zweites Zugpferd vor dem Karren des Zehn-Gebote-Buchs, das Aufklärung über Hitler und sein Regime versprach.

Rauschnings fünfseitiges Vorwort brachte das propagandistische Anliegen des Buchs zielgenau auf den Punkt. Er geht hier über das Kapitel »Der Antichrist« in seinen *Gesprächen mit Hitler* hinaus und präsentiert eine Hitler-Tirade gegen Mose: »Gegen die sogenannten Gebote, gegen all das kämpfen wir. [...] Der Tag wird kommen, an dem ich den Geboten die neuen Gesetzestafeln entgegenhalten will.« (Robinson 1988, S. 12f.) Er zitiert Hitler aus dem Gedächtnis ohne genaue Orts- und Zeitangaben. Doch dieses Manko wog offenbar wenig in Robinsons Augen, denn Rauschning, indem er Hitler zum Antipoden Moses stempelte, lieferte eine maßgeschneiderte Rechtfertigung für sein eigenes Unternehmen. Damit war das Buch aber auch als Aufklärung im Sinne von »Know your enemy« gekennzeichnet, wie Robinson in seiner »Vorbemerkung« zu dem Buch ausdrücklich erklärt: »Ich hoffe, daß dieses Buch [...] mithelfen wird, jenen die Augen zu öffnen, die immer noch nicht recht begriffen haben, was die Nazi-Barbarei wirklich ist.« (Robinson 1988, S. 7) Indem das

Buch die religiös-weltanschaulichen Wurzeln des Nationalsozialismus freizulegen versprach, durften seine Beiträger des Glaubens sein, einen profunderen Beitrag zum umfassenden »war effort« zu leisten als die Propagandafilme aus der Serie »Why We Fight«.

Thomas Mann kannte Rauschning; er hatte im Sommer 1937 in Zürich ein ausführliches politisches Gespräch mit ihm geführt. (Tb. 14. 7. 1937) Er und sein Mitherausgeber Konrad Falke hatten daraufhin keine Bedenken, drei Artikel Rauschnings in *Mass und Wert* zu veröffentlichen, der Exilzeitschrift, die im Züricher Verlag Oprecht erschien, dem Verlag Rauschnings. Seither hat das Ansehen von Rauschnings Büchern einen dramatischen Einbruch erlitten. Die seinerzeit als sensationell betrachteten Enthüllungen gelten heute als unzuverlässig und als weitgehend erfunden. Seriöse Historiker ignorieren Rauschnings Bücher. Dass schon Thomas Mann Vorbehalte gegen ihn hatte, geht aus einer sarkastischen Bemerkung im Tagebuch hervor, wo er Rauschnings »Enthüllungen« über den Reichstagsbrand am 27. Februar 1933 mit der trockenen Bemerkung quittiert, warum er dann noch zwei Jahre mitgemacht habe, »bevor er ging« (Tb. 11. 1. 1940).

Gleichwohl, die Zuspitzung der Perspektive auf Hitler als den Zertrümmerer der mosaischen Gesetzestafeln passte Thomas Mann gut ins Konzept seines eigenen Beitrags zu dem Zehn-Gebote-Buch. Mit der Konzeption einer Moses-Novelle ließ er die ihm zugedachte Aufgabe der Thematisierung einer bestimmten Gebotsverletzung hinter sich, um ältere, angestammte Erzählinteressen verfolgen zu können. Weder war sein Beitrag eine essayistische Einleitung noch taugte er wie die anderen neun zur Veranschaulichung der Verletzung eines der Gebote, in diesem Fall des ersten. Damit ist nun aber der weithin akzeptierten Etikettierung dieser Erzählung als einer bloßen Auftragsarbeit der Boden entzogen.

### 3. »Heimliche Reize«

Nach der Einigung mit Armin Robinson am 24. November 1942 war zunächst *Joseph der Ernährer* zu Ende zu bringen. Sechzehn Jahre nach Beginn setzte er am 4. Januar 1943 den Schlusspunkt unter die biblische Tetralogie. Nach nur einer Woche Vorbereitung konnte er am 18. Januar mit der Niederschrift der neuen Erzählung beginnen.

Im Nachhinein stellte Thomas Mann es vielfach so dar, als habe er sich nach Vollendung des *Joseph* mit einer rasch zu erledigenden novellistischen Einschaltung eine Ruhepause gönnen wollen, bevor er bereit war, mit dem im Hintergrund bereits wartenden *Faustus*-Projekt neue epische Lasten zu stemmen. So schrieb er seiner Washingtoner Verehrerin: »Selten oder nie habe ich etwas so rasch, leicht und sorgenlos, wenn auch nicht sorglos, gemacht.« (TM/AM, 553) Woher nahm er die Leichtigkeit? Als nächstliegende Erklärung bietet sich an, dass er nach vielen Jahren des Umgangs mit dem biblischen Stoff »noch warm« (GKFA 19.1, 419) war für die Gestaltung der Moses-Geschichte, die ja in gewissem Sinne als epische Nachgeburt des *Joseph*-Zyklus anzusehen ist: »Auf Genesis folgt Exodus, auf Joseph Moses.« (Smend 1997, S. 233) Gleichwohl ist die Inangriffnahme einer »short novel« eine unübliche Form der Erholung und des Kräftesammelns – noch dazu über einen so heiklen Gegenstand wie Mose!

Aus dem Tagebuch (Tb. 23. 12. 1942) geht hervor, dass er zu Beginn der Niederschrift die eindringliche Monographie Ernest Renans von 1869 über den Apostel Paulus zur Hand nahm, ein Buch, in das er zur Vorbereitung schon öfter einmal einen Blick geworfen hatte, beginnend bereits am 14. Oktober 1942. Offenbar betrachtete er Moses und Paulus als verwandte Naturen – ihr gemeinsamer Charakterzug die »religiöse Wut der Juden« (Tb. 23. 1. 1943). Der »ironische Realismus« (DüD II, 638), mit dem er seine Charakterstudie des Mose unternahm, zeichnet auch Renans *Paulus* aus. Was ihn aber in erster Linie interessiert haben muss, ist Renans Behandlung des sogenannten Damaskus-Erlebnisses, eine Theophanie, die er unter Berücksichtigung geographischer, klimatischer, gesundheitlicher und psychologischer Faktoren ihrer folgenreichen transzendentalen Überarbeitung völlig entkleidet und als Halluzination eines religiösen Eiferers diagnostiziert. Hier hatte Thomas Mann ein Modell zur Hand, mit dem sich auch seine ironisch-realistische Mose-Studie und dessen Theophanie im brennenden Dornbusch einer modernen Leserschaft plausibel machen ließ, umso mehr als es sich für Renan wie für Thomas Mann um zwei religiöse Führergestalten von durchaus vergleichbarer welthistorischer Bedeutung handelte.

Die Genese der Mann'schen Mose-Phantasie wird jedoch erst dann ganz verständlich und nachvollziehbar, wenn geklärt ist, was den *Joseph*-Autor nach der glücklichen Vollendung der Tetralogie gereizt haben mag, einen weiteren biblischen Stoff aufzugreifen. Welche Möglichkeiten boten sich ihm hier, die ihm die *Joseph*-Romane nicht geboten hatten?

Hier ist zunächst daran zu erinnern, dass sich die politische Großwetterlage aus Thomas Manns Sicht im Vergleich zu der Stimmung während der Arbeit an der indischen Legende merklich zum Besseren gewendet hatte. Just als er zu schreiben begann, konferierten in Casablanca Roosevelt und Churchill. Ihre Beratungen zeitigten ein ihn tief befriedigendes Ergebnis. Man einigte sich, in Abstimmung mit Stalin, auf die bedingungslose Kapitulation Deutschlands als das ultimative Ziel des Krieges. Damit war dem politischen Albtraum Thomas Manns: nämlich dass der Westen mit Hitler-Deutschland einen Verständigungsfrieden schließen würde, um sodann gemeinsam Front gegen die Sowjetunion machen zu können, vorläufig ein Riegel vorgeschoben. Zudem war der deutsche Vorstoß in der Sowjetunion in Stalingrad zum Halten gebracht worden; er endete zwei Wochen nach Beginn der Moses-Novelle mit einer verlustreichen Kapitulation. Die ersehnte Befreiung Deutschlands von Hitler und vom Nationalsozialismus zeichnete sich nun endlich ab und trug ersichtlich zur Verbesserung seiner Stimmung und seines Befindens bei.

Kurz vor Abschluss der Arbeit gestand er seinem Sohn Klaus, er habe sich »sehr amüsiert« mit dieser Geschichte (DüD II, 636). Hermann Kesten gegenüber bezeichnete er sie als »recht komisch«. (DüD II, 638) Und einem japanischen Kritiker, der über das Zehn-Gebote-Buch einen Vortrag gehalten und ihm davon eine deutsche Fassung geschickt hatte, schrieb er erleichtert: »Ich habe Ihre Arbeit mit großem Vergnügen gelesen und besondere Freude gehabt an Ihren Bemerkungen über den Humor in meiner Arbeit. Das ist eine Seite meiner schriftstellerischen Produktion, die gerade in diesem Lande, wo man meine Bücher meistens außerordentlich philosophisch und gedanklich belastet findet, meistens nicht erkannt wird [...].« (DüD II, 657)

Die leicht spöttelnde Erzählweise erklärte Thomas Mann gewöhnlich mit dem Hinweis auf Voltaire. Das »voltairische[ ] Element«, der »voltairisierende« Ton des Ganzen (DüD II, 654, 643), verdanke sich der erneuten Lektüre des *Candide*. Manns Moses-Novelle ähnelt in der Tat diesem großen Aufklärungsroman des Franzosen, zumal in dem »umschweiflosen Drauflоserzählen«. (DüD II, 653) In *Das Gesetz* versagte sich Thomas Mann die vielen Selbstreflexionen, »die erörternde Rede« über die Problematik des Erzählens von einer mythischen Vergangenheit, die den vier *Joseph*-Romanen ihre charakteristisch beschauliche »Heiterkeit des Erkennens und Gestaltens« verleihen (GW XI, 656). Er hatte aber Voltaire, wie gezeigt, bereits bei der Arbeit an den *Vertauschten Köpfen* zur Stärkungslektüre herangezogen. Zu Voltaire war er dort über Jean Cocteau und seine *Machine infernale* gelangt, dessen effektvolle Aktualisierung des Oedipus-Mythos ihm imponierte und von der er sich angezogen fühlte. Alles deutet darauf hin, dass es ihn reizte, dem starken, künstlerischen Impuls zu einer übermütigen, anstößigen Erzählweise in seiner Moses-Novelle freien Lauf zu lassen. Was Thomas Mann das »Voltaire'sche Element« nannte, einschließlich der Cocteau'schen Desillusionierungsstrategie, geht den *Joseph*-Romanen völlig ab. Gleichwohl muss davon ein »heimliche[r] Reiz[ ]« (GW XI, 656) für seine

Moses-Phantasie ausgegangen sein, denn »so etwas ist noch nicht gemacht worden.« (GW XI, 660) Hier bot sich ihm die Gelegenheit zu einer radikaleren Aktualisierung beziehungsweise Humanisierung des Mythos, als er sich in den *Joseph*-Romanen gestattet hatte. Er sprach in diesem Zusammenhang vom Schreiben als dem »Narkotikum der Produktion«, das, um seine Wirkung zu tun, neue Reize enthalten musste. Der von Voltaire und Cocteau inspirierte Erzählton, der bei vergleichbaren biblischen Dichtungen allgemein als ungehörig erachtet wird, bot einen solchen unerprobten Reiz.

Thomas Mann war sich der Gewagtheit und Anstößigkeit seines Unterfangens durchaus bewusst, sonst hätte er sich wohl nicht gehalten gefühlt, bei Schalom Ben-Chorin, einem Rabbiner, »vor dem Forum jüdischer Pietät« um »Nachsicht« zu bitten. Ben-Chorin (ursprünglich Fritz Rosenthal) war in München aufgewachsen und 1937 nach Palästina ausgewandert. (GKFA 7.2, 407f.) Von dort begleitete er als eine Stimme des Reform-Judentums Manns Produktion mit wohlwollenden Besprechungen. Thomas Mann hatte somit gute Gründe, Ben-Chorin gegenüber dankbar zu sein; sein Respekt vor der jüdischen Pietät ging jedoch nicht so weit, dass er sich deshalb Schranken in seiner künstlerischen Freiheit auferlegt hätte. Im Übrigen parierte er die Empfindlichkeiten von jüdischer Seite, ersichtlich genervt, mit dem Argument, es sei »im ganzen unrichtig, meine alt-testamentarischen Bilder unter dem spezifisch jüdischen Gesichtspunkt zu sehen. Es handelt sich dabei immer um allgemein Menschliches, für das das Jüdische nur repräsentativ ist [...].« (DüD II, 650)

Wie gewohnt, gab Thomas Mann bereitwillig Auskunft über die Entstehung, um die Wahrnehmung seiner problematischen Erzählung in eine bestimmte Richtung zu lenken. In der *Entstehung des Doktor Faustus* nennt er drei Texte, von denen er sich habe inspirieren lassen: Das Kapitel »Israel in der Wüste« aus Goethes *Noten und Abhandlungen zum besseren Verständnis des West-östlichen Divans*; Sigmund »Freuds ›Moses‹« sowie »das Buch ›Wüste und gelobtes

Land‹ eines gewissen Auerbach« (GW XI, 154). Renan bleibt unerwähnt. Damit war seine Moses-Phantasie als ein Werk gekennzeichnet, das an die weltliterarische Tradition Goethes anknüpft und gleichzeitig über Freud und Elias Auerbach den aktuellen religionsgeschichtlichen Wissensstand zu Mose reflektiert.

In Goethes skeptischem Blick auf die biblische Erzählung von Mose und seinem vierzigjährigen Zug durch die Wüste durfte Thomas Mann einen Vorläufer seiner eigenen bibelkritischen, »die Einwirkung Gottes ausklammernde Sicht« (Käser 1997, S. 137) auf die Mose-Erzählung erblicken. Wie Goethe schickt Thomas Mann die Israeliten unter Moses Führung von Ägypten direkt nach Kadesch, ohne ihn vierzig Jahre in der Wüste »herum taumeln« zu lassen. (*Sämtliche Werke* 3.1, S. 247)

Von Freud, dem Thomas Mann 1936 in Wien seine Verehrung erwiesen hatte, erhielt er im Jahr darauf den Sonderdruck einer neuen Abhandlung: »Moses ein Ägypter.« Es war der erste Teil seines Triptychons: *Der Mann Moses und die monotheistische Religion*, ein Werk, das Mann, wie die Lesespuren in seinem Exemplar zeigen, »gründlich durchgearbeitet« hat (Käser 1997, S. 130). Seine verblüffende Behauptung in einem Brief an Otto Basler, seine Novelle habe mit »Freud, der fern von jüdischem Selbsthaß war, [...] nicht das Geringste zu tun« (DüD II, 652), erscheint auf den ersten Blick irreführend. Er reagiert hier auf den Vorwurf, seine Mose-Deutung sei ein Abklatsch des von jüdischem Selbsthass geprägten Mose-Bild Sigmund Freuds (siehe Rezeption, S. 246). Thomas Mann folgte Freud darin, dass er Mose seiner hebräischen Abkunft entkleidet, doch folgt er ihm nur auf halbem Wege. Sein »Mann Moses« ist ein ägyptisch-hebräischer Mischling. Es lässt sich also höchstens von einer »semi-Freudianisation« sprechen (Ziolkowski 2016, S. 218). Die Privilegierung von ethnischer Hybridität – von »Halbblütigkeit« wie es in der Erzählung genannt wird – ist als ein Wesenszug der Mann'schen Anthropologie generell anzusehen. Die authentischsten seiner Künstlergestalten von Hanno Buddenbrook und Tonio Kröger bis Gustav Aschenbach sind Mischlinge in diesem Sinne; ihre Eigenart als Künstler und ihre psychologische Verfassung entstammen ihrer gemischten Herkunft. Vor allem jedoch steht das Lob der Hybridität für die Absage an den Reinheitsfetischismus, der im Kern in allen Arten von Rassismus steckt.

*Wüste und gelobtes Land*, das Buch von Elias Auerbach, eine »Geschichte Israels von den Anfängen bis zum Tode Salomos«, zeigt ebenfalls zahlreiche Anstreichungen und erwies sich im rein Stofflichen als besonders ergiebig: hier konnte er »(fast) alles finden [...], was er an sachlichen Details benötigte, um aus der legendenhaften Vorlage seiner ›Moses-Phantasie‹ eine psychologisch realistische Erzählung zu formen.« (Makoschey 1998, S. 52f.) Seine Arbeitsnotizen zeigen, dass er sich in vielen Belangen auf Auerbach stützte. Die Gegenüberstellung von bestimmten Stellen der Novelle mit der Auerbach'schen Fundgrube lassen in der Tat keinen anderen Schluss zu, als dass »Thomas Mann teilweise einfach abgeschrieben hat.« (Käser 1997, S. 135) Fünf Jahre später, als er den Bericht über die *Entstehung des Doktor Faustus* schrieb – nicht zuletzt, um den Anteil Theodor W. Adornos an dem Musik-Roman herauszustreichen und einer Wiederholung des unseligen Streits über die Frage des intellektuellen Eigentums mit Arnold Schönberg zuvorzukommen –, war ihm offenbar nicht mehr gegenwärtig, in welch hohem Maße er sich bei Elias Auerbach bedient hatte.

Elias Auerbach (1882–1971) war von Haus aus Arzt, erlangte aber vor allem als Bibelforscher und Historiker Ruhm. In Berlin aufgewachsen, emigrierte er 1909 als Zionist nach Haifa im damaligen »Eretz« Palästina. Ein Freund machte ihn auf die ihn betreffende Stelle in der gerade erschienenen *Entstehung des Doktor Faustus* aufmerksam, worauf er dem Autor »sehr liebenswürdig« einen freundlichen Brief schrieb. Thomas Mann beeilte sich, den Autor von *Wüste und gelobtes Land*, um Entschuldigung zu bitten für »die recht flüchtige Art, mit der ich [...] Ihres Buches gedacht habe«; er hoffe, »daß in der Buchausgabe wenigstens die völlig überflüssigen beiden Wörter ›eines gewissen‹ in Wegfall kommen.« (DüD II, 657) Die Entschuldigung gilt also nicht für seine Praxis eines »höheren Abschreibens« (TM/Adorno, 19), sondern für die unzureichende Form der Anerkennung.

Eine Entschuldigung wäre auch gegenüber Heinrich Heine am Platz gewesen. Die dürren, merkwürdig ausweichenden Worte, mit denen Thomas Mann von Heines Bedeutung für seine voltairisierende Novelle spricht, werden dem wahren Sachverhalt bei weitem nicht gerecht. In der *Entstehung des Doktor Faustus* schreibt er dazu: »Wahrscheinlich unter dem unbewußten Einfluß von Heines Moses-Bild gab ich meinem Helden die Züge – nicht etwa von Michelangelos Moses, sondern von Michelangelo selbst [...].« (GKFA 19.1, 419) Mit »Heines Moses-Bild« ist die späte Schrift *Geständnisse* von 1854 gemeint, in der Heine nach langer Verehrung für den »hellenischen Geist« das »Wiedererwachen« seines religiösen Gefühls öffentlich machte, getragen von einer erneuten Wertschätzung der Geschichte Israels, insbesondere der »Riesengestalt« des Mose. Heine lässt die Frage der ethnischen Identität auf sich beruhen und lenkt die Aufmerksamkeit auf Züge, die die herkömmliche Vorstellung von Mose auf kühne und Anstoß erregende Art vertiefen.

Es sind vor allem drei Aspekte des Heine'schen Mose-Bilds, die, wie Volkmar Hansen bereits 1975 feststellte, für Thomas Manns Mose-Phantasie »konstitutiv« geworden sind (Hansen 1975, S. 251). Für Heine ist Mose ein Künstler, denn er »meißelte« aus einer rohen Volksmasse »Menschenpyramiden« und »Menschenobelisken«. Des Weiteren: seine Bedeutung ist keineswegs auf Israel beschränkt; sie ist vielmehr universell, weil das von ihm geschaffene Volk »allen Völkern als Muster, ja der ganzen Menschheit als Prototyp dienen« konnte. Schließlich suggerieren schon Goethe und Heine, nicht erst Freud oder Thomas Mann, eine »Indifferenz von Mose und Jahwe« (Käser 1997, S. 143), die den Offenbarungscharakter der biblischen Erzählung in Frage stellt und die Goethe auf die lapidare Formel gebracht hatte: »Wie der Mann, so auch sein Gott.« (*Sämtliche Werke*, 3.1, S. 247)

Wenn Thomas Mann von einer unbewussten Einwirkung spricht, so meint er vermutlich, dass er, ein Heine-Verehrer seit seinen Anfängen, mit dessen Bild von Mose längst vertraut war und er die *Geständnisse* für seine Erzählung nicht erst wieder zu lesen brauchte. Dies macht es wahrscheinlich, dass er das ganze Robinson'sche Zehn-Gebote-Projekt von Anfang an durch eine Heine'sche Brille wahrgenommen hat. Sein eigener origineller Beitrag zu der enormen Moses-Literatur (Hartwich 1997; Britt 2004; Ziolkowski 2016) wäre demnach darin zu erblicken, dass er den Heine'schen Faden von dem meißelnden Volksbildner aufgenommen und mit der Gestalt des Michelangelo verknüpft hat. Manns Mose ist ja nicht zuletzt auch ein Kunstkritiker. Sein quasi fachmännisches Urteil über das »Machwerk« von einem goldenen Kalb sowie seine Unzufriedenheit mit den Schriftzeichen auf den beiden ersten Tafeln sind Zeugnisse seiner künstlerischen Sensibilität. Statt nun aber Michelangelos monumentale Moses-Skulptur ins Spiel zu bringen, verlieh Thomas Mann seinem Mose die Züge des großen Renaissance-Künstlers selbst – auch er eine »Riesengestalt«. In dieser Konzeption konnte seine eigene Erschütterung durch Michelangelo, die von seinem ersten Rom-Besuch 1895 datiert (vgl. oben in *Gesang vom Kindchen*, den Kommentar zu S. 153$_{11}$) und die in *Tonio Kröger* sowie *Fiorenza* ihren Niederschlag gefunden hat, wieder fruchtbar gemacht werden. Sie zittert noch in einem seiner letzten Texte nach: *Die Erotik Michelangelo's.* (GW IX, 783 bis 793)

Offenbar ging aber von der Mose-Phantasie ein weiterer, heimlicher Reiz aus: Sie bot ihm die Gelegenheit, sein Nachdenken über den Faschismus als historisches Phänomen im Lichte von Bachofens Kulturstufen-Theorie zu konkretisieren und differenzieren. War *Mario und der Zauberer* aus der Sorge um die Bedrohung der Zivilisation durch das Aufkommen des Faschismus entstanden, so ergab sich 1943, vierzehn Jahre später, als die Niederwerfung Hitler-Deutschlands quasi beschlossene Sache war, eine neue, hoffnungsvollere Perspektive. Dass seine Moses-Phantasie einen engen Zeitbezug hat, geht aus dem Programm des Zehn-Gebote-Buchs und aus dem etwas aufgesetzt wirkenden Fluch auf Hitler am Ende unzweifelhaft hervor. Thomas Mann unterstrich die zeitgeschichtlichen Implikationen, indem er am 25. April 1943 das Buch zum Gegenstand einer seiner Radiosendungen an *Deutsche Hörer!* machte. Dort erklärt er kategorisch: »Das Buch handelt vom Kriege und von dem, um was er geht.« (GW XI, 1071) Es handelt aber auch, hätte er hinzufügen können, von der weit schwierigeren, weniger offenkundigen Frage, wie Hitler und der Faschismus, aufs Große gesehen, in der Geschichte der Zivilisation einzuordnen seien. Darauf ließ sich mit der Geschichte von Moses mühevollem, von Rückschlägen keineswegs freiem Ringen um die Erziehung seines Volkes eine Antwort wenigstens andeuten.

Noch während Thomas Mann an der Erzählung schrieb, charakterisierte er die »Moses-Novelle« seinem Sohn Klaus gegenüber als eine »realistisch-groteske Geschichte, bei der es sich natürlich schlechtweg um die menschliche Gesittung handelt« (Br. II, 303). Will heißen: sie erhebt, was herkömmlicherweise als beschränkt auf die Geschichte Israels angesehen wird, auf eine universelle Ebene. Auf dieser Ebene nun ist Bachofens von allen Einzelfällen abstrahierendes Modell des zivilisatorischen Fortschritts in Anschlag zu bringen. Es ist ein Modell, in dem das Phänomen der Rückfälligkeit seinen festen, nicht zu eliminierenden Platz hat. Der Brief an Klaus Mann fährt fort: »das Goldene Kalb ist ein komisch-trauriger Rückfall«. Das bedeutet, dass Israels »haarsträubende Rückfälligkeit« in eine überwunden geglaubte Stufe des religiösen Kultus als eine Episode zu betrachten ist, nach deren Ende die Bewegung des Fortschritts sich fortsetzt, wie die Geschichte Israels nach jenem »komisch-traurigen« Zwischenfall erkennen lässt.

Damit ist nun der Verdacht nicht länger von der Hand zu weisen, dass nicht etwa Hitler, der längst Verfluchte und vielfach Verworfene, sondern das »Goldene Kalb« für Thomas Mann der entscheidende Gesichtspunkt war in seiner Bereitschaft, an dem Film über Hitler und die Zehn Gebote mitzuwirken und sich an dem Zehn-Gebote-Buch zu beteiligen. Zehn Jahre nach Beginn der Hitler-Herrschaft, das Ende Hitler-Deutschlands bereits fest im Visier, durfte und konnte über den aktuellen, deutschen Fall von Rückfälligkeit in Bachofen'scher Optik und relativ gelassen nachgedacht werden. Auch für Deutschland gilt: die Bewegung des Fortschritts wird wieder aufgenommen und wird sich fortsetzen.

Für den *Joseph*-Autor, der seit längerem schon sich selbst in der Rolle als Erzieher der Deutschen zu einer aufgeklärten, den Komplex »Lindenbaum« hinter sich lassenden Humanität versuchte (Frühwald 2005, S. 328), war diese Bachofen'sche Denkfigur kein unverbindliches Gedankenspiel, wie seine Kommentare zur Zeitgeschichte während der letzten Kriegsjahre und in den Nachkriegsjahren erkennen lassen. Sie alle sind letztlich getragen von der Sorge um die Rückführung der Deutschen in die Gemeinschaft der zivilisierten Völker und sind damit im Geiste verwandt mit dem Erziehungswerk seines Mose. Dieselbe Übereinstimmung zwischen Thomas Mann und seinem Mose darf auch hinsichtlich seiner abschließenden Fürbitte beim Herrn angenommen werden: »[...] sei gnädig der Missetat dieses Volkes nach deiner Barmherzigkeit!« Und dies darf somit als der intimste Antrieb zu einer Erzählung über Mose angesehen werden: sich Rechenschaft zu geben von seinem eigenen Erziehungswerk an den Deutschen: seinem Misslingen, aber auch der Zuversicht, dass das Erziehungswerk eine Fortsetzung finden wird.

Die Entstehungsgeschichte der Mose-Phantasie enthält einen noch ungeklärten Faktor – den Loewenstein-Faktor. Karl Loewenstein (1891–1973), den Thomas Mann seit den späten zwanziger Jahren kannte, war ein Münchener Rechtsanwalt, dessen akademische Karriere an der Universität München 1933 im Keim erstickt wurde. Nach seiner Emigration in die Vereinigten Staaten spielte Loewenstein eine bedeutende Rolle als Verfassungstheoretiker und als Sonderbeauftragter des amerikanischen Justizministeriums. Thomas Mann und Loewenstein, ein Schüler Max Webers, waren beherzte Verteidiger der Weimarer Republik. Nach ihrem Ende galt beider Nachdenken der Frage, wie den Feinden der Demokratie zu begegnen sei und wie Deutschland nach der Hitler-Diktatur in die Gemeinschaft der zivilisierten Völker zurückfinden könne.

Zwei folgenreiche Aufsätze Loewensteins insbesondere berühren sich mit den politischen Überzeugungen Thomas Manns in den Jahren des Exils. *Militant Democracy and Fundamental Rights* (1937) entwirft das Modell einer streitbaren Demokratie, das gleichsam eine Konkretisierung der Mann'schen Idee eines kämpferischen Humanismus liefert. Diese Idee ist als der Kerngedanke seines Vortrags *Vom kommenden Sieg der Demokratie* (1938) anzusehen; sie liegt auch dem ganz in Amerika entstandenen Roman *Joseph der Ernährer* zugrunde und inspirierte in *Das Gesetz* die Figur des Joschua, der die unerlässliche Aufgabe übernimmt, das Erziehungswerk Moses durchzusetzen. Den Aufsatz *An International Bill of Human Rights* (1945) schrieb Loewenstein als das federführende Mitglied eines Sonderausschusses des Justizministeriums, der mit dem Entwurf der Menschenrechtserklärung der Vereinten Nationen betraut war. Dieses Papier liegt der »General Declaration of Human Rights« zugrunde, die 1948 von den United Nations verabschiedet wurde. Thomas Manns Erzählung *Das Gesetz*, in der der Gedanke Heines, dass dem jüdischen Volk und der Gesetzgebung Moses der Menschheit zum Muster dienen könne, ins Universelle entfaltet wird, darf als eine Antizipation und Parallelaktion zu Loewensteins »International Bill of Rights« betrachtet werden.

Thomas Manns umfangreicher Briefwechsel mit Loewenstein (hg. von E. Schiffer) liefert keine konkreten Belege für eine Einwirkung des deutsch-amerikanischen Verfassungsrechtlers auf die Konzeption der Erzählung von Moses großem Zivilisationsprojekt. Doch aus dem Tagebuch geht hervor, dass Thomas Mann und Loewenstein in der Schweiz und in den Vereinigten Staaten sich etwa ein Dutzend Mal begegneten und Gespräche führten, was darauf schließen lässt, dass ihre Gleichgestimmtheit hinsichtlich der rechtsphilosophischen Grundlagen einer künftigen Weltordnung keine zufällige war.

## 4. Thomas Manns Erzählung und die biblische Vorlage

*Das Gesetz* ist im Grunde eine freie Nacherzählung der biblischen Vorlage in der Verdeutschung durch Luther, allerdings eine emphatisch moderne, d. h. skeptische. Der Geist dieser Erzählung ist verwandt, jedoch nicht identisch mit dem Geist, in dem Thomas Mann die Geschichte von *Joseph und seine Brüder* neu erzählt hat. Das geschieht hier in kleinerem Maßstab, doch in einem enorm beschleunigten Erzähltempo, nicht zuletzt aber in größerer geistiger Reserve gegenüber dem sakralen Charakter des Bibeltexts. Literaturliebhaber unter den Theologen scheinen mit den Freiheiten, die Thomas Mann sich nimmt, weniger Probleme zu haben als Literaturwissenschaftler: »Der biblische Text ist für ihn nicht göttliche Offenbarung mit unfehlbarer Autorität. Wenn er die Bibel benutzt, dann zu persönlichen Zwecken; wenn er biblische Stoffe aufgreift, dann im Interesse einer eigenen Konzeption. So auch bei seinem ›Mose‹ […].« (Kuschel 2000, S. 244)

Bibelfestigkeit ist somit keine unerlässliche Voraussetzung einer sinnvollen Lektüre, doch ergibt sich, worauf von theologischer Seite zu Recht hingewiesen wurde, eine dem Geist und Witz dieser Mose-Phantasie angemessene Würdigung erst aus einer detaillierten Kenntnis der biblischen Vorlage: »Die Moseerzählung setzt einen bibelkundigen Leser und einen mit der modernen Bibelexegese vertrauten Interpreten voraus […].« (Dithmar 1994, S. 45)

Als Vorlage dient in der Hauptsache das 2. Buch Mose: Exodus, sowie sehr selektiv das 3. und 4. Buch: Leviticus beziehungsweise Numeri. Den dort dargebotenen Erzählstoff bearbeitet Thomas Mann mit gewissen Freiheiten. Die einschneidendste Freiheit betrifft die gemischte, ägyptisch-hebräische Abstammung seines

Mose; sie ist seine Erfindung und hat weitreichende Konsequenzen für das Dreiecksverhältnis von Mose, Jahwe und Israel. Darüber hinaus ergänzt er den biblischen Bericht um eine entscheidende universalistische Komponente, indem er Mose zum Erfinder des Buchstabenalphabets macht. Die Rechtfertigung zu dieser Ergänzung nahm er aus der Bibelforschung, in diesem Fall dem Buch von Elias Auerbach *Wüste und Gelobtes Land*.

Wo im Lichte einer rationalen Durchdringung des Überlieferten geboten, verändert er die Reihenfolge der Ereignisse. In *Das Gesetz* steuern die Israeliten die Oase Kadisch direkt nach dem Auszug aus Ägypten an, d.h. nicht erst, wie bereits Goethe bezweifelte, nach langem, führungslosem Herumtaumeln in der Wüste. Bei der Formulierung der Zehn Gebote verschlankt Thomas Mann durchgreifend die biblische Vorlage, die von der Erlassung von weit mehr Geboten berichtet, und ersetzt die zum Teil umständlich pedantischen Anweisungen des Urtextes durch eine monumentale Lakonik.

Was sich jedoch in der Rezeptionsgeschichte als besonders umstritten erwiesen hat, ist der aufgeräumte, voltairisierende Erzählton, durch den sich Thomas Manns biblische Dichtung am weitesten von dem Geist der Vorlage entfernt hat. Gleichzeitig ist eben diese im Wesentlichen aufklärerische, die Beschränkung auf eine Religionsgemeinschaft transzendierende und allem Fanatismus innerlich ferne Erzählweise ein wesentlicher Garant dafür, dass die Zuschreibung der universellen Gültigkeit des Mosaischen Gesetzes als akzeptabel empfunden wird.

Thomas Manns Erzählweise hätte sich auch in Hollywood, das sich 1934 ein umfängliches Regelwerk der Selbstzensur auferlegt hatte (Hays Code), um dem Einschreiten von religiös motivierten Sittenwächtern im Kongress aus dem Weg zu gehen, als ein unüberwindliches Hindernis erwiesen, wenn das Projekt Armin Robinsons die Anfangshürde bei MGM genommen hätte und es zur Abfassung eines Drehbuchs gekommen wäre. Scheiterte bereits der Traum einer Verfilmung von *Joseph in Ägypten* an der unfrommen Erzählweise (Vaget 2011, S. 354–355, 371–372), um wie viel anstößiger hätte man den mit einem kräftigen Schuss Cocteau und Voltaire angereicherten Ton der Mose-Phantasie empfinden müssen!

Textlage

Hs., aufbewahrt in der Library of Congress, Washington, D. C. (vgl. den Kommentar zu S. 381 1). Die Hs. weist zahlreiche Korrekturen auf, die meisten unerheblich. Alle Korrekturen, die eine Bedeutungsnuance erkennen lassen, sind in den Stellenkommentar aufgenommen.

Es existieren auf 17 Blättern Arbeitsnotizen (Mp XI 2a grün), die von Klaus Makoschey ediert wurden (Makoschey 1998, S. 58–81) und die im Stellenkommentar lediglich an besonders einschlägigen Stellen herangezogen werden.

ED: *Thou Shalt Have No Other Gods Before Me. A Story*. Translated by George R. Marek. In: *The Ten Commandments: Ten Short Novels of Hitler's War Against the Moral Code*, ed. Armin L. Robinson with a Preface by Hermann Rauschning. New York 1943.

(Deutsche Fassung: *Die Zehn Gebote. Zehn Erzählungen über Hitlers Krieg gegen die Moral*. Hg. von Armin L. Robinson, mit einem Vorwort von Hermann Rauschning. Aus dem Englischen und Französischen von Ulrich Walberer, Frankfurt/M. 1988.)

Englische Einzelausgabe: *The Tables of the Law*, tr. Helen T. Lowe-Porter, New York 1945.

ED/BA: *Das Gesetz*. Erzählung. Stockholm 1944. Druckvorlage. Diese Ausgabe enthält eine ganze Reihe von Druckfehlern und Falschlesungen, wie die im TMA erhaltene maschinenschriftliche Druckfehlerliste moniert. Peter de Mendelssohn in der Frankfurter Ausgabe bietet einen unter Berücksichtigung der Druckfehlerliste bereinigten Text.

*Das Gesetz*, Los Angeles 1944. Privatdruck der Pazifischen Presse, Los Angeles. Dieser Text enthält weit weniger Druckfehler als der Erstdruck.

Quellenlage

*Die heiligen Schriften des Alten und des Neuen Bundes*, deutsch von Martin Luther. 4 Bde., München und Leipzig o. J. [1910].

Elias Auerbach: *Wüste und Gelobtes Land. Geschichte Israels von den Anfängen bis zum Tode Salomos*, Berlin 1932.

Johann Jakob Bachofen: *Der Mythus von Orient und Occident. Eine Metaphysik der Alten Welt*. Aus den Werken von J. J. Bachofen, mit einer Einleitung von Alfred Baeumler, hg. von Manfred Schroeter, München 1926.

Ders.: *Urreligion and antike Symbole*. Systematisch angeordnete Auswahl aus seinen Werken in drei Bänden, hg. von Carl Albrecht Bernoulli, Leipzig 1926.

Sigmund Freud: *Der Mann Moses und die monotheistische Religion*. Drei Abhandlungen, Amsterdam 1939.

Johann Wolfgang von Goethe: *Israel in der Wüste*. In: *Noten und Abhandlungen zum besseren Verständnis des West-östlichen Divans*. In: *Sämtliche Werke. Briefe, Tagebücher und Gespräche. West-östlicher Divan*, hg. von Hendrik Birus, Bd. 3,1, Frankfurt/M. 1994, S. 229–247. (Thomas Manns Handexemplar: Bd. 32 der Propyläen-Ausgabe.)

Alfred Jeremias: *Das Alte Testament im Lichte des alten Orients*. 3., völlig neu bearbeitete Auflage, Leipzig 1916.

Hermann Knackfuß: *Michelangelo*. Mit 95 Abbildungen von Gemälden, Skulpturen u. Zeichnungen, Bielefeld und Leipzig, 5. Aufl. 1899. Künstlermonographien IV.

Fritz Knapp (Hg.): *Michelangelo*. Des Meisters Werke in 169 Abbildungen, Stuttgart und Leipzig, 2. Aufl. 1907.

*Michelangelo*. Sixtina-Köpfe. 10 farbige Tafeln und 4 Abbildungen nach Fresken und Zeichnungen. Eingeleitet von A. E. Brinckmann, Berlin 1936. Die silbernen Bücher.

Ernest Renan: *Paulus. Sein Leben und seine Mission*, übers. von Erich Franzen, Berlin 1935.

Curt Riess: *The Self-Betrayed. Glory and Doom of the German Generals*, New York 1942.

Max Weber: *Das antike Judentum*. In: *Gesammelte Aufsätze zur Religionssoziologie*, Bd. III, Tübingen 1923.

Rezeption

Die Erstrezeption verteilt sich auf drei Länder: Amerika, die Schweiz und Deutschland, fiel jedoch insgesamt vergleichsweise spärlich aus. Die biblische Erzählung erschien in zwei verschiedenen Übersetzungen: zunächst, übersetzt von George R. Marek, in der Anthologie Robinsons; im Jahr darauf bei Alfred A. Knopf, als Einzelausgabe in der Übersetzung Helen Lowe-Porters unter dem Titel *The Tables of the Law*. Da die Anthologie eine überwiegend negative Aufnahme fand, hatte es auch die Einzelausgabe schwer und traf, von wenigen Ausnahmen abgesehen, auf Unverständnis und Ablehnung.

*Vereinigte Staaten*

Die kurze Rezension eines Anonymus im *New Yorker* erledigt *The Ten Commandments* mit der Bemerkung, dieses Buch beweise »unfortunately« vor allem eines: dass moralische Entrüstung noch lange keine Gewähr biete für gute Literatur. Davon wird auch Thomas Manns Beitrag nicht ausgenommen. In der Rezension der Einzelausgabe beanstandet derselbe Anonymus die plumpen Anspielungen auf die Gegenwart und meint abschließend, es handle sich hier um eine »not so worthy effort by a great novelist«.

In der *New York Times* mokiert sich Orville Prescott über die willkürliche Idee, die Zehn Gebote von einer literarischen Starbesetzung abhandeln zu lassen. Das Ergebnis sei ein Buch, das höchstens als mittelmäßig einzustufen sei. Von diesem abfälligen Urteil wird Thomas Manns »short novel« jedoch ausgenommen. Prescott findet das Porträt des Mose »plausible«, denn alles in der vertrauten Geschichte finde eine rationale Erklärung: »no miracles allowed.« Und er staunt über Manns Einfallsreichtum, z.B. bezüglich des zehnten Wunders, das hier als ein von Joschua verübter Massenmord erscheine. Trotz der Schockwirkung solcher Enthüllungen, vermittle »Mr. Mann [...] the importance and nobility of the first codification of the Decalogue«. Das Buch wurde in der Literaturbeilage der *New York Times* ein zweites Mal besprochen, diesmal von dem Kritiker Maxwell Geismar, der besonders den Ton und die Komik hervorhebt: dies sei »one of the best short novels he has written«. Geismar findet jedoch die Auswahl der zehn Autoren seltsam und wundert sich, warum von amerikanischer Seite nicht etwa John Dos Passos, Ernest Hemingway oder William Faulkner um einen Beitrag gebeten wurden.

Die Reaktion in der jüdischen Presse war gespalten. Manns Erzählung erntete Lob von B. Frechtman, dem Rezensenten der *Jewish Frontier*, der das Verhältnis des »spiritual hero« zu den Israeliten als besonders gelungen hervorhebt. Dieser Mose stelle eine »heroic sculpture« dar, und Mann sei es gelungen, »to re-animate the myth for the modern temperament by humanizing it without reducing its stature«. In *Tomorrow* begnügt sich Anna Jacobson, die sich auf briefliche Auskünfte Thomas Manns stützen konnte, mit einer Nacherzählung und resümiert, »that from tradition alone can a new humanism be derived, from the lasting values of the scriptures which are linked to older civilizations«.

Im Vergleich dazu wiegen zwei ablehnende jüdische Stimmen schwerer. H. Rosenberg in *Commentary* hält *The Tables of the Law* für einen »minor effort« unter den Erzählungen dieses Autors und vermisst die »transcendental ambiguity, or philosophical comedy« der *Joseph*-Romane. Stattdessen nichts als »common-sense debunking« und weitgehende Anlehnung an Freuds Moses, den Ägypter. Manns Verleger habe dem Autor mit dieser Einzelveröffentlichung der Erzählung einen schlechten Dienst erwiesen. Noch schärfer urteilt E. Lipsky in *The American Zionist*. Manns Mose-Novelle sei für ihn ein Rätsel und stelle mit seinen Abweichungen vom biblischen Text eine Provokation dar. Woran er aus orthodoxer Sicht vor allem Anstoß nimmt, ist Moses Verhältnis zu Gott. Anstatt von Jahwes Liebe zu Israel, lasse Thomas Mann den Erziehungsprozess von Moses Gedanken der Reinheit ausgehen, und das sei schlicht absurd.

Eine besonders erhellende Besprechung lieferte Ludwig Marcuse, ein langjähriger kritischer Verehrer, im New Yorker *Aufbau* bei Gelegenheit des schmucken Privatdrucks der Erzählung in der Pazifischen Presse. Marcuse beginnt mit einem kurzen Bericht über Manns Lesung vor dem Jewish Club of Los Angeles (am 7. 1. 1945 im Fairfax Temple von Santa Monica): »Der Dichter trug die Geschichte, die zu seinem Schönsten gehört, mit großer Anteilnahme vor: nicht als Schauspieler – sondern mit naiver Freude an dem Bericht, den er zu geben hat. Das Publikum feierte ihn, indem es sich bei seinem Eingang und Ausgang von den Sitzen erhob.« (Vgl. Tb. 7. 1. 1945) Marcuse verwirft jeden Gedanken an Gotteslästerung und Respektlosigkeit und charakterisiert den Verfasser dieser Mose-Erzählung als einen unbestechlichen Aufklärer durchaus im Geiste Goethes, des Verfassers von *Israel in der Wüste*, denn »der ungekürzte Goethe hatte die Frömmigkeit der großen Aufklärer, nicht die Frömmelei der ›religiösen‹ Epigonen.« Thomas Mann gehöre »zum Stamme der großen Realisten«. *Das Gesetz* schildere die biblischen Ereignisse, »wie historische Forschung und politische Erfahrung es ermöglichen«. Allerdings sei beim Publikum in der feierlichen Stimmung des Tempels »kein rechtes Lachen auf[ge]kommen, das dieses kleine, amüsante Werk wirklich verdient.« Was Marcuse am meisten ergötzte: »dieses Prachtstück von Mohrin, der hopsende Aaron und der raffinierte Gesetzgeber, der die Tafeln auch deshalb zerschlug, weil ihm einige Buchstaben nicht gelungen waren. Ein echter Künstler.«

*Schweiz*

Auch in der Schweiz, wo *Das Gesetz* sofort nach Erscheinen der Stockholmer Ausgabe erhältlich war, fand Thomas Manns Mose-Phantasie eine geteilte Aufnahme. Zwar meinte er zunächst, dass seine neue Erzählung »in der Schweiz einen grossen Erfolg« habe (TM/AM, 617), aber dies gilt nur mit Abstrichen. Drei positiv gehaltvollen Besprechungen stehen zwei scharf ablehnende gegenüber.

Max Rychner zeigt sich entzückt von »dieser schwebend leichten Erzählung.« Thomas Mann nahe sich Mose »heiter scherzend

[...] erfüllt von Sympathie für seinen ganzen Helden (auch dessen Schwächen).« Gleichwohl werden hier die Gestalt des Mose und sein Werk »mit allem Ernst in einer unantastbaren Sphäre gelassen.« Den Kern der Mann'schen Darstellung des biblischen Geschehens erblickt Rychner darin, dass hier »der bisherige bloße Stammes- und Sippenzusammenhang des Volkes Israel [...] durch Moses eine zweite, erhöhende Gründung durch den Geist« erfahre. Abschließend bemerkt er über die Mose-Erzählung: »Sie ist wie die Skizze eines alternden Zeichners, der nun alles erreicht hat, was seinem Können beschieden ist, der weiß, daß Zeichnen Weglassen heißt, und der einen vielschichtig verwucherten Stoff mit unerschütterlicher Sicherheit beschränkte, gliederte und transparent machte, den Sprachempfindenden zum Entzücken.«

In der *National-Zeitung* (Basel) liefert A. M. Frey eine vorbehaltlos positive Besprechung, voller Bewunderung vor allem für die vielschichtige Sprache, in die diese »ironische Biographie des großen Volksführers Mose« gekleidet sei. Frey goutiert besonders die Verwendung von Alltagssprache und den »saloppen Ton, der freilich nicht an falscher Stelle sitzt, sondern stets der stärksten Auswirkung sicher ist.« Er weist zudem darauf hin, dass Manns Mose »unserer Theologie gegen den Strich« gehen müsse, denn hier sei Mose selber Gott: »in ihm wohnt Gott; er ist ihm ein schlauer und energischer Hauswirt zugleich.« Die »grandiose Erfindung Gott sei das Mittel, um zu grandiosen Zielen zu kommen. Was sich in den Herzen der Auserwählten, die solche Ziele erreichen, regt, mag man getrost Gottheit nennen.« Wie Frey würdigt auch Otto Basler den »dichterischen Übermut« von Manns biblischer Erzählung, ihre »funkelnde Vieldeutigkeit und bezwingende Gehobenheit«, betont jedoch vor allem die respektvolle Behandlung des biblischen Texts: »Man übertreibt, wenn man diesem Dichter die Ehrfurcht vor Gott und dem Göttlichen aberkennt.« In dieser Erzählung bleibe Mose »der Gottesmann wie ihn die Bibel prägt.« Hier werde »nicht der leiseste Versuch zur Enthmythologisierung« gemacht.

Offenbar hatte Basler von der ablehnenden Kritik von jüdischer und von christlich theologischer Seite Kenntnis. Seine Besprechung war lediglich der erste Teil einer Doppelbesprechung, deren zweiter aus der Feder des Züricher Pädagogen Hermann Levin Goldschmidt stammt. Goldschmidt erklärt, die biblischen Werke Thomas Manns könnten von jüdischen Lesern »nicht nur als Kunstwerke« gelesen werden, denn darin werde »unser ganzes Wesen in Frage gezogen«. Während Goldschmidt die *Joseph*-Romane, trotz Vorbehalten, gelten lässt, wird die Moses-Phantasie entschieden verurteilt. Ihm stelle sich das »Nachspiel« zu den *Joseph*-Romanen, in denen sich seine philosemitische Einstellung manifestiert habe, geradezu als bösartig dar – »einem Kinde ähnlich, das, einen ganzen Sonntag artig, im letzten Augenblick, vor dem Einschlafen, plötzlich die Zunge herausstreckt.« In Mose habe sich Thomas Mann selbst mitporträtiert; Mose's Überdruss an dem jüdischen »Pöbelvolk« sei sein eigener. Hier tobe sich »auf einmal« Thomas Manns »durch Jahrzehnte aufgestaute innerste Abneigung und Fremdheit in der Welt Israels« aus. Zur Begründung seiner Verurteilung verweist Goldschmidt auf die pietätlose, spöttische Erzählweise und auf Manns Übernahme der aus »jüdischem Selbsthass« erwachsenen These Freuds von Moses nichtjüdischer Abstammung.

Thomas Mann war, wie er Basler schrieb, »völlig verblüfft« von Goldschmidts Kritik, ließ diese aber auf sich beruhen. Wenn er von der Kritik des deutschen Theologen Werner Kümmel in der *Neuen Schweizer Rundschau* Kenntnis hatte, so ließ er auch diese unbeantwortet. Kümmel findet die Mann'schen »Umdichtungen [...] schwer erträglich«. Die These von der unordentlichen Geburt des Mose und von seiner Mätresse seien Manns Erfindungen. Die biblischen Geschichten sind für Kümmel ernstzunehmende »Berichte«, weshalb ihm die »grundsätzliche Rationalisierung der Berichte« missfällt und er die Verinnerlichung des Gottesbegriffs bedauert. Abschließend meint Kümmel: »Hier tritt die Religion des modernen Menschen an die Stelle des biblischen Gottes, und damit ist nicht mehr die Mosesgeschichte dichterisch nacherzählt, sondern zum Vorwurf genommen für eine grundsätzlich andere Art der Gott- und Weltschau. Das ist das Bedenkliche an diesem in vieler Hinsicht problematischen Buch von Thomas Mann.«

*Deutschland*

Das Echo in Nachkriegsdeutschland war besonders spärlich. Lediglich drei positive, doch nicht sehr einlässliche Reaktionen sind zu verzeichnen sowie eine vehemente Ablehnung. In den katholischen *Weltstimmen* legt Alfred Günther die Betonung auf das Ende der Erzählung, den Fluch auf Hitler, und gibt ihm einen an die Überlebenden der Hitler-Herrschaft adressierten, religiösen Sinn: »So ist das *Gesetz* gerade auch für uns geschrieben, daß wir seiner wieder inne werden, des unverbrüchlichen Gesetzes und Gebotes, das Gott mit uns und wir mit ihm immer neu schließen müssen.« Ähnlich affirmativ fasst Herbert Hupka in *Welt und Wort* den Sinn der Mose-Novelle zusammen: »Das Gespräch Gottes mit Moses jedoch ist frei von jeder Entheiligung und Vermenschlichung [...] Moses wird hier gezeichnet als Gottesmann und Gottesdiener, erfüllt von der Begierde nach dem Reinen und Heiligen, aufgeschlossen für die göttlichen Eingebungen und Offenbarungen [...] Gott ist existent, er ging mit den Menschen durch den Dekalog einen bindenden Bund ein. Ein Mensch schrieb das Gesetz im Auftrag eines Höheren, es als Gebot und Verbot verkündend, weshalb es von Generation zu Generation geht, Moses und Israel ebenso verpflichtete, wie uns heute.« In *Die Fähre*, eine dem geistigen Neuanfang gewidmete Zeitschrift, sieht Wolfgang Schneditz in Manns Mose einen »Tatensturm von alttestamentarischer Größe« und bemerkt abschließend: »Mit flammendem Stift gleichsam und einer lapidaren Sprache sonder Maß hat Thomas Mann dieses Geschehen, auf neuer Ebene fußend, in den unaufhörlich strömenden, immer neue Zuflüsse aufnehmenden Ablauf seines gigantischen Erzählwerks gesetzt.«

Die drei Kommentatoren sind sich einig, dass nach den gottlosen Hitler-Jahren die Erzählung von dem Verkünder der Zehn Gebote dem verbreiteten Ruf nach Wiederbelebung des Glaubens Nachdruck verleihen könnte. Sie bescheiden sich mit respektvoller, wenn auch unschlüssiger Bewunderung, machen jedoch um die Provokationen der Mann'schen Neufassung der Mose-Geschichte einen weiten Bogen.

Ein respektvolles Aus-dem-Weg-Gehen kann dem Rezensenten des *Rheinischen Merkur*, einer katholischen Zeitung, nicht nachgesagt werden. Karl August Horst, eine markante Figur in der literarischen Landschaft der Nachkriegsjahre, gehörte zu den Verächtern Thomas Manns, die ihr Unbehagen an dessen Gesamterscheinung in den vorgeblich religiös begründeten Vorwurf der Transzendenzlosigkeit kleideten. Horst bezieht sich auf die Moses-Novelle, als den gewichtigsten Beleg in der Debatte über eine »Welt ohne Transzendenz«, die im Zusammenhang mit *Doktor Faustus* vom Zaun gebrochen wurde. »Der Gott des Alten Bundes, wie er *uns* vor der Seele steht, ließ sich mit den Menschen auf kein Geschäft ein [...] Daß wir hier zum erstenmal den wahren Moses sähen, wird uns nicht so schnell einleuchten.« Statt nun sachliche, textbezogene Argumente ins Feld zu führen, wird das Mose-Psychogramm aus einer verwerflichen Grundeinstellung dieses Schriftstellers hergeleitet. Thomas Manns schrankenlose Ironie sei »längst kein Salz mehr, sondern *ätzende* Säure«. Nicht dem Geist Goethes, sondern dem Voltaires stehe er nahe – eine gewiss herabsetzend gemeinte Beobachtung. Dieser Mose sei das Produkt eines »intellektuellen Alleswissers«, der den Lesern »mit einem Augenzwinkern des Einverständnisses« zu bedeuten suche, »daß es dem Volk etwas vorzumachen gilt«. Bei der Berufung auf den Gott, der dem Rezensenten vor der Seele steht, handelt es sich, wie unschwer zu erkennen, um ein Scheinargument, denn der schwerwiegendste Vorwurf gegen den Emigranten lautet: Abtrünnigkeit. Der *Faustus*-Autor sei der »eigentlich Abtrünnige«: nicht so sehr vom Glauben als von Deutschland.

Dieses Argument der Thomas-Mann-Gegner war in den ersten

Nachkriegsjahren sehr verbreitet, unterfüttert zudem von dem Ressentiment gegen einen, der wachsamer war als sie und der sich nichts hatte vormachen lassen.

*Zum Stand der Diskussion*

Angesichts der verspäteten und unangemessenen Rezeption dieses bedeutenden Spätwerks in den Nachkriegsjahren scheint es geboten, das aktuelle Interesse an diesem Text wenigstens zu skizzieren. Als Anfang der achtziger Jahre ein Überblick über die Deutungsgeschichte vorgelegt wurde, konnte zu Recht gesagt werden, dass die Mose-Novelle »nicht zu den von der Thomas-Mann-Forschung bevorzugten Texten« zu zählen sei und dass eine adäquate Würdigung noch in ihren Anfängen stecke (Vaget 1984, S. 286). Und noch 1997 konnte von theologischer Seite über die Vernachlässigung dieser Erzählung in der Literaturwissenschaft bemerkt werden, nicht ohne stichelnden Nebenton: »Auch für den Thomas-Mann-Liebhaber gehört sie nicht zu den Texten, die er alle Jahre wieder liest, um sich an ihnen zu ergötzen [...].« (Smend 1997, S. 232)

Seither ist jedoch in die Wahrnehmung dieses vermeintlichen Nebenwerks Bewegung gekommen. Die Anzeichen mehren sich, dass die Moses-Phantasie als ein Schlüsseltext des späten Thomas Mann anzusehen ist. Dies liegt u.a. daran, dass *Das Gesetz* rückwirkend ein grelles, ernüchterndes Licht auf das biblische Monumentalwerk der *Joseph*-Tetralogie wirft wie auch auf die Frage von Thomas Manns Religiosität – eine Problematik, um die sich manche Legenden ranken. Dies gilt ebenso für das spannungsreiche Verhältnis zum Judentum wie insbesondere für sein Verständnis des Faschismus, den er zunehmend im Sinne Bachofens als ein Beispiel von Rückfälligkeit im Prozess der Zivilisation zu sehen lernte. Die Beispiele Italien und Deutschland hatten ihn gelehrt, dass kein Volk ein Monopol auf Rückfälligkeit und Zivilisationsbruch hat, selbst Jahwes auserwähltes Volk nicht, wie ihm sein Studium der Mose-Gestalt und seine Lektüre von Exodus erkennen ließen. Rückfälligkeit – dies der Kerngedanke – ist in jedem Volk, auch und gerade in den um zivilisatorischen Fortschritt bemühten, keimhaft angelegt.

Nicht zuletzt fällt von der Mose-Erzählung auch ein erhellendes Licht auf sein Selbstverständnis als Schriftsteller. Thomas Mann sprach bei denkwürdiger Gelegenheit von der »wechselseitigen erzieherischen Verbundenheit von Nation und Autor« (GW XII, 788), die er für unauflöslich erklärte, just zu dem Zeitpunkt, da Hitler-Deutschland seine nationale Exkommunikation verkündete. Die erzieherische Verbundenheit mit Deutschland befestigte sich im Exil und konnte nicht umhin, sich in der Reflexion auf Mose und sein Volk zu spiegeln. Dies schließt, wie sein Tagebuch verrät (Tb. 2. 11. 1943), »meine Führer-Zukunft in Deutschland«, die ihm in Amerika gelegentlich zugedacht wurde (TM/AM, 498f., 980f.), mit ein. Der Umstand, dass er im Tagebuch bei dem Gedanken an eine Führer-Rolle sogleich hinzufügt: »vor der mich Gott bewahre«, beweist jedoch lediglich, dass ihn dieses Thema beschäftigte. Die Vorstellung von einem Mose der Deutschen war in das Nachdenken über seine Rolle als deutscher Schriftsteller eingegangen, nicht zuletzt weil das Verhalten der Deutschen seinen eigenen Erziehungsversuchen gegenüber mit dem der Israeliten gegen ihren großen Erzieher und Gesetzgeber vergleichbar war. Beide Völker erwiesen sich als halsstarrig und widerspenstig.

Deutschlands Rückfall konnte durch Thomas Manns Erziehungswerk zu einem neuen Humanismus weder im Keime erstickt noch in seiner Beschleunigung gebremst werden und vollendete sich rasch, als sie ihn los waren. Dies die Worte Aarons, als er von Mose wegen der »haarsträubenden Rückfälligkeit« der Israeliten während seiner Abwesenheit auf dem Sinai zur Rede gestellt wird: »sie glaubten, sie wären dich los.«

*Das Gesetz* ist neben dem *Doktor Faustus* der umstrittenste Text des Spätwerks. Die Anstößigkeit der Mose-Erzählung bei jüdischen und nicht-jüdischen Lesern war keine zufällige Nebenwirkung, sondern die logische Konsequenz der bewusst und absichtlich inszenierten Spiegelung jüdischer und deutscher, antiker und aktueller Verhältnisse, von »hebräischer Saga und deutscher Wirklichkeit«. (Darmaun 1993) Damit erweist sich dieses Werk nun aber als überaus sperrig gegenüber allem Bestreben, Thomas Manns Alterswerk zu glätten und in das milde Licht einer vermeintlichen Altersweisheit zu tauchen.

Unverkennbar ist die aktuelle Diskussion um das sperrige Alterswerk mehr oder weniger deutlich von dem Bewusstsein geprägt, dass auf jede aufmerksame Lektüre dieser Erzählung der Schatten der Shoa fällt. Symptomatisch dafür sind die Irritationen und Empfindlichkeiten angesichts der vielfachen Echoeffekte zwischen deutscher und jüdischer Geschichte, die dieser Mose-Phantasie eingeschrieben sind und die sich in fast allen Deutungsversuchen abzeichnen.

Infolge der kriegsbedingt verzögerten Rezeption in Deutschland setzte auch das wissenschaftliche Interesse an diesem Werk erst mit Verspätung ein. Die Geringschätzung dieser »bestellten Arbeit«, der »1000 Dollar Novelle«, die lange als »uninspiriert, wenig erfreulich und unter dem Niveau« Thomas Manns empfunden wurde (Berendsohn 1955, S. 136), spricht auch heute noch aus einigen Analysen. (Assmann 2015)

Das eigentlich Bemerkenswerte an der jüngeren Diskussion ist jedoch das lebhafte Interesse, das dieses Nachspiel zu den *Joseph*-Romanen bei Theologen und Alttestamentlern findet. Thomas Mann war weder das eine noch das andere, doch sein Schriftstellerethos gebot ihm, sich umfassend kundig zu machen, so dass er spielend im Stande war, wie er einmal mit verblüffender Offenheit bekannte, »Sachkenntnis zu schauspielern« (GKFA 13.1, 329f.), um auf seriöse Art und Weise mitreden zu können. Die beeindruckenden Kenntnisse, die er sich für das *Joseph*-Projekt aneignete, kamen naturgemäß auch der Mose-Phantasie zugute, die aufgrund ihres unverkennbaren Eingeweihtseins bei den Alttestamentlern vom Fach (Dithmar, Smend, Käser, Kuschel, Mennicken, Golka) heute auf verstärktes Interesse treffen.

Als sehr förderlich für einen übergreifenden Dialog erweist sich die großzügige Behandlung der Frage, ob der *Joseph*-Autor als ein »religiöser Dichter« gelten dürfe. Das sei Thomas Mann sehr wohl, erklärt der Theologe Christoph Schwöbel, denn obgleich er keine Glaubensbotschaft zu verkünden habe, sei er ein »Dichter, der sich immer wieder mit der religiösen Frage auseinandersetzt«. (Schwöbel 2001, S. 66) »Und es hindert auch nicht«, so eine weitere Stimme aus der Zunft der Gottesgelehrten, »daß sich bei Thomas Mann mühelos erheblich mehr Theologie entdecken läßt als bei arg vielen bezahlten Theologinnen und Theologen heute.« (Smend 1997, S. 245)

In der wissenschaftlichen Literatur der vergangenen drei Jahrzehnte haben sich vier Problemfelder abgezeichnet. Dies sind einmal die Erzählweise und zum anderen der religiöse, theologische und politische Gehalt. Diese Problemfelder überschneiden sich teilweise und kommunizieren unter der Oberfläche miteinander.

Es war die Erzählweise dieser biblischen Dichtung, die sich von Anfang an als kontrovers erwiesen hat. Was die einen ergötzte, befremdete die anderen. Thomas Mann selbst bezeichnete Stil und Ton seiner Erzählung als Voltairisieren; es ist eine bei ihm ungewohnte, beschleunigte Darbietungsform. Sie bezieht aber ihre stärkste Wirkung aus der Technik der radikalen Aktualisierung und Desillusionierung, die er an Jean Cocteau bewunderte. Eine weitere französische Anregung kommt hinzu: die beispielhafte, wissenschaftlich fundierte Dekonstruktion der Theophanie des Apostels Paulus durch Ernest Renan, so dass gute Gründe gegeben sind, in diesem Mann'schen Spätwerk sein dem französischen Geist affinstes zu sehen.

Diese Inspirationen aus dem französischen Bereich sind glücklich verquickt mit Anregungen durch seine Hausgötter Goethe, Heine und Nietzsche und ließen ihn zu einem Erzählton von beschwingter Aufgeräumtheit finden, der von der »erörternden«, eher behäbigen Erzählweise des *Joseph* auf markante Weise absticht. Es ist eine Erzählweise, die bei allem Respekt für die Überlieferung reichlich Raum lässt für die Zweifel, die sich bei einer modernen Leserschaft unweigerlich einstellen. Zudem gefällt sich dieser Erzähler, der jederzeit zu einem geistreichen Spaß aufgelegt ist, in einem stummen Mienenspiel mit permanent hochgezogenen Brauen, das uns auf Schritt und Tritt bedeuten will, dass man die betreffende Sache auch anders sehen könnte.

Betroffen ist davon in erster Linie der eigentliche Nerv dieser Erzählung: das Spiel mit der Identität von Mose und Jahwe. Wie sollte ein Autor von letztlich heiterer Disposition nicht auch dem ehrwürdigen Verhältnis des Mose zu seinem Gott humoristische Aspekte abgewinnen! Allen jedoch, denen die biblischen Geschichten die Heilige Schrift bedeuten, muss ein solcher Umgang mit ihren religiösen Gewissheiten anstößig und blasphemisch erscheinen. Andere wiederum dürfen mit Genugtuung feststellen, dass der humoristische Geist dieser Erzählung jeglichen Hang zum Fanatismus im Keim erstickt. *Das Gesetz* ist geprägt von einer gegen den Fanatismus gefeiten Geisteshaltung und als solche am ehesten imstande, dem Wunsch, dass die Zehn Gebote als das »ABC des Menschenbenehmens« und als Präambel zu einer Verfassung der universellen Menschenrechte anerkannt werden, Nachdruck, Verbindlichkeit und Glaubwürdigkeit zu verleihen.

Im Ganzen wird man sagen dürfen, dass *Das Gesetz* heute allein schon aufgrund seiner Erzählweise mit Skepsis betrachtet wird. Eine gewisse sauertöpfische Unempfänglichkeit für den humoristischen Geist des Werkes spricht aus den unterschiedlichsten Vorbehalten. Hier werde der »Mosaismus [...] lächerlich gemacht«, und man habe sich über den »Mangel an Takt bei der Behandlung der biblischen Legende« zu wundern, »und dies erst recht zu einem Zeitpunkt, wo das verfolgte jüdische Volk mehr denn je der Achtung seines Glaubens bedurfte.« (Darmaun 2003, S. 221) Eine rechtsgeschichtliche Betrachtung stellt sich gar auf den Standpunkt, dass die Ironie des Erzählers sich nicht mit der moralischen Intention vertrage und befindet: »Die Ironie beraubt die ganze Geschichte ihrer intentionalen Ernsthaftigkeit.« (Ladenthin 2013, S. 89) Auch ein religionsgeschichtlich ausgerichteter Versuch, sich von der »Irritation« dieser biblischen Dichtung »Rechenschaft« abzulegen, verweist, neben manch anderem, auf den voltairisierenden Spott, der eine »Dissonanz« mit dem hohen moralischen Anspruch erzeuge. (Assmann 2015, S. 47, 54) Eine synthetisierende Sehweise, die literarischen »Jux« und »politischen Ernst« nicht als unverträglich empfindet, bezeichnet bisher noch eine Minderheitsposition. (Von der Lühe 2018)

Die religiös fundierten Einwände richten sich vornehmlich gegen die Umcodierung der Mose-Figur und waren bereits in der Erstrezeption (Goldschmidt, Lipsky u. a.) sehr deutlich vernehmbar. Thomas Mann habe, so der implizite Vorwurf, in willkürlichem Abweichen von der biblischen Überlieferung Mose seines vollgültigen Judentums beraubt. Das Argument, dass die ethnische Hybridität ihn in besonderem Maße für sein Erziehungswerk an dem Volk der Israeliten befähige, mindert den Stachel des Frevels kaum. Der Vorwurf der Taktlosigkeit gegenüber einer bedrohten Religionsgemeinschaft steht auch hier im Raum. Umstritten ist des Weiteren die Frage, ob hier Religionskritik im Geiste von Voltaire und Goethe geübt werde. Gerade das sei Thomas Manns Sache nicht, so Jan Assmann, denn er wolle ja die Religion »als Bundesgenossen für seine Sache, die Zivilisierung der Menschheit, stark machen.« (Assmann 2015, S. 54) Freilich ist zu fragen, wie denn die aufklärerische Dekonstruktion des Offenbarungscharakters der Religion und die Verlegung ihres Ursprungs aus der Transzendenz in die geplagte Psyche ihres »unordentlichen« Verkünders anders als im Geiste einer respektvollen Religionskritik unternommen werden kann.

Auch auf theologischer Ebene erweisen sich wesentliche Aspekte der Erzählung als strittig. Jede theologische Betrachtung, insofern der Gottesbegriff ontologisch verstanden wird, muss an seiner anthropologisch bestimmten Rückführung auf menschliche Projektionen Anstoß nehmen. Um nun den Dekalog überhaupt universalisieren zu können, musste Thomas Mann ein wesentliches Element der mosaischen Gottesvorstellung ausklammern, nämlich den exklusiven, im Weber'schen Sinne eidgenössischen Charakter des Bundes zwischen einem transzendenten, souverän handelnden Gott und Israel. Dieser Bund aber hat als der theologische Kern der um Mose zentrierten Gründungsgeschichte zu gelten. Genau betrachtet, so wiederum Assmann, tauge der Dekalog somit schlecht für eine Universalisierung zum Abc des Menschenbenehmens generell – einerseits aufgrund der Exklusivität des Bundes, andererseits weil die von Mose erlassenen Gebote und Verbote uns, die wir es so herrlich weit gebracht, heute unzulänglich erscheinen: sie wissen nichts von »Religionsfreiheit (ganz im Gegenteil), Gleichberechtigung der Geschlechter, Menschenwürde, Meinungsfreiheit usw.« (Assmann 2015, S. 57).

Dem ist schlecht zu widersprechen. Zur Erklärung ist allenfalls auf die historischen Umstände zu verweisen, aus denen diese Mose-Phantasie hervorgegangen ist. Sie gehört, ganz unabhängig von Robinsons Film- und Buchprojekt, zu den Bemühungen um eine »Ethisierung der Religion«, die als ein zentraler Aspekt von »Thomas Manns amerikanische[r] Religion« anzusehen ist. (Detering 2012, S. 188) Diese stellt eine Synthese dar »zwischen den politischen, philosophischen und religiösen Traditionen seiner Herkunft und denjenigen einer amerikanischen Kultur, der er sich so weit wie möglich anzunähern versuchte.« (Ebd., S. 9) Es ist eine notgedrungen selektive Synthese, gesteuert letztlich nicht von theologischen, sondern von sozialethischen Gesichtspunkten.

Aus fast allen Erörterungen des politischen Gehalts mit seinem plakativen Antifaschismus spricht ein mehr oder weniger tiefes Unbehagen an den sorgfältig arrangierten Spiegelungseffekten zwischen der jüdischen und deutschen Geschichte. Das Unbehagen rührt vor allem von der Bezugnahme auf Hitler her, die eine doppelbödige ist. Hitler ist einerseits der Anti-Mose, den am Ende der vorprogrammierte Fluch trifft. Andererseits, auf einer esoterischen Bedeutungsebene, ist er auch eine dem Mose verwandte Erscheinung. Thomas Mann lässt seinen Mose Dinge tun und denken, die »im Lichte unserer Erfahrung« – so im Titel des wenig später entstandenen großen Essays über Nietzsche – auf beunruhigende Art Assoziationen mit Hitler und Hitler-Deutschland wachrufen.

An Gemeinsamkeiten zwischen Mose und Hitler fehle es nicht, bemerkt Darmaun; Manns Mose habe durchaus das Zeug zu einem »gerissenen Demagogen«. (Darmaun 2003, S. 224) Frederick Lubich geht in der Auslotung des politischen Subtextes am weitesten. Er bestimmt Hitler zu der impliziten »Kontrast- und Komplementärfigur«. Wie Hitler verstehe auch der Mann'sche Mose sich als Künstler auf dem politischen Feld der Volksbildung. Diese für Thomas Mann fundamentale, künstlertypologische Verstehenskategorie zog unweigerlich die Besinnung auf das eigene Betroffensein nach sich: »Der ins biblische Prophetengewand gehüllte Kampf gegen den Faschismus ist die Konfrontation mit einem Selbst, welches [in *Bruder Hitler*] bekennen mußte, ›nicht ohne Kontakte mit den Hängen und Ambitionen der Zeit‹ gewesen zu sein.« (Lubich 1991, S. 566) Auch Görner betont den Aspekt des tua res agitur in der kaum kaschierten Mose-Hitler-Beziehung: »Selten hatte sich Thomas Mann so aufwendig versteckt wie hinter seiner Mose-Figur.« (Görner 2005, S. 126)

Gegen Lubichs These von Hitler als der impliziten Komplementärfigur zu Mose hat vor allem Mennicken Einspruch erhoben: Die mosaischen Reinheitsvorschriften haben »nicht das Geringste« mit Rassedünkel oder mit den Rassengesetzen des Nazi-Regimes zu tun; Mose sei eine moralisch positive Figur, ganz im Gegensatz zu Hitler; während der Mann'sche Mose die Israeliten dazu anhält, die Frauen und Kinder der Amalekiter menschlich zu behandeln, ziele die Politik Hitlers auf die Vernichtung von sogenannten Untermenschen und rassisch Minderwertigen. (Mennicken 2002, S. 141)

Es ist jedoch nicht allein die Mose-Figur, die den Bezug zur Gegenwart herstellt. Die Irritationen im positiven Sinn fließen aus mehreren Quellen und sorgen für ein anhaltendes Vor-den-Kopf-gestoßen-Sein. Hier ist vor allem Joschua zu nennen, den Mose durch die Weihe seiner Namensgebung so fest an sich gebunden hat, dass er als sein verlängerter Arm anzusehen ist, und zwar in einem höchst schwierigen Erziehungswerk, das zu seiner Durchsetzung auf Macht und Gewalt angewiesen ist, wie besonders Børge Kristiansen betont (Kristiansen 1987). Es scheint somit keineswegs weit hergeholt, in der von Michelangelo verherrlichten Jungmännlichkeit eine »Allegorie des Faschismus als schrecklich schöner Würgengel« zu sehen. (Lubich 1991, S. 567) Unbehagen erzeugt zudem der monomane Gebrauch von »Blut« im wörtlichen wie im übertragenen Sinn (Assmann 2015, S. 56) – dies eine breit entfaltete Thematik, die manche an die Rassengesetze des Hitler-Regimes denken lässt (Darmaun 2003, S. 225); sodann die erotisch besetzte, inzestuöse Beziehung des Mose zu seinem Volk mit der ominösen Hervorkehrung von »Volk und Führer«; die unverhohlene Charakterisierung von Moses Werk als »Erziehungsdiktatur«; die beunruhigende Nähe der zu Würgengeln erzogenen »Waffen-Jugend«, die an die Hitler-Jugend denken lässt (Ladenthin 2013, S. 85); u.a. mehr.

Zweifellos sind die zeitgeschichtlichen Echos dieser Erzählung bewusst mitgegeben, denn sie entspringen dem Nachdenken über die Ursachen eines nicht für möglich gehaltenen Rückfalls in die Barbarei, von dem der aus Deutschland Vertriebene beherrscht war. Dabei geht es keineswegs darum, einen kausalen Zusammenhang zu suggerieren zwischen der einstigen und der derzeitigen Barbarei. Vielmehr bezeichnen die Echos der Gegenwart im Vergangenen eine in der Geschichte mit einiger Regelmäßigkeit zu beobachtende Dialektik von zivilisatorischem Fortschritt und Rückfälligkeit. In einer derart erweiterten Perspektive verliert diese Erzählung jeglichen Anschein einer gezielten Aussage über Judentum und Deutschtum und lässt uns stattdessen ein übergeordnetes Erkenntnisinteresse wahrnehmen an der typologischen Verwandtschaft dessen, was am Fuße des Sinai sich in dem Tanz um das sogenannte Goldene Kalb entlud mit dem, was in Deutschland mit der Herrschaft Hitlers zum Ausbruch kam. Dies auf der Basis seiner Überzeugung, dass zwischen Deutschtum und Judentum eine fatale Nähe herrsche – ein Gedanke, der ihm von Goethe und Heine, besonders aber von Erich Kahlers *Israel unter den Völkern* (1936) her, bestens vertraut war (Vaget 2012).

Damit war geschichtsphilosophisch eine Erkenntnis gewonnen, die Hoffnung erlaubt, unerachtet allen pessimistischen Wissens um die Hinfälligkeit der menschlichen Natur. Der Rückfall der Israeliten am Sinai stellt eine klar begrenzte Episode dar. Sie findet ein Ende durch die, dank Joschua, Macht-bewehrte Durchsetzungskraft der in Mose verkörperten Geistigkeit, seinen Willen zum Guten, sein im Gesetz codifiziertes Abc moralischen Verhaltens. Die Beendigung der frevelhaften Episode schafft Raum für die Fortsetzung der unterbrochenen Erziehungsarbeit wie für die Israeliten so auch für die Deutschen und die Menschheit insgesamt.

Stellenkommentar

381 1 *Das Gesetz*] Diesen Titel trug die Erzählung von Anfang an. In seiner Radiobotschaft an *Deutsche Hörer!* vom 25. April 1943 erläutert Thomas Mann den Titel im Sinne von »sittliches Grundgesetz«, das »in Urzeiten der Menschheit gegeben« wurde. (GW XI, 1070)

Danach in der Hs., eingerahmt, in blauer Tinte: »Dedicated to the Library of Congress [,] Thomas Mann.« Er war von 1942 bis 1950 »Consultant in Germanic Literature« an der amerikanischen Nationalbibliothek, eine von Agnes Meyer eingefädelte Ehrenstellung und Sinekure, die ihn u. a. in den Genuss von offiziellem Briefpapier brachte. Diesen Vorrat an Schreibpapier nutzte er zur Niederschrift der Mose-Erzählung. Im Oktober 1944, vier Monate nach Erlangung der amerikanischen Staatsbürgerschaft, beschloss er die Schenkung des Manuskripts an die Library of Congress. Er werde an Archibald MacLeish schreiben, ließ er Agnes Meyer wissen, den Librarian of Congress, »da ich auf den Gedanken gekommen bin, der Library die Handschrift der Moses-Novelle zum Geschenk anzubieten. Warum? Weil sie ganz und gar auf dem Briefpapier der Library, einem ausnehmend angenehmen Papier, geschrieben ist – ein Missbrauch ohne Zweifel, den ich durch die Dedikation am besten sühne.« (TM/AM, 594)

381 3 *Seine Geburt war unordentlich*] Die Eröffnung der Erzählung ist ein Euphemismus und zugleich eine Untertreibung. Die Charakterisierung als unordentlich beschönigt, was geschehen: Totschlag zur Vertuschung von sexuellem Missbrauch, und sie verharmlost die Bedeutung der gegenüber der biblischen Vorlage veränderten Abstammung des Mose, was in der jüdischen Glaubensgemeinschaft nicht anders denn als Blasphemie empfunden werden konnte. Moses Eltern waren, Ex 6,20 zufolge, Amram und Jochebed, beide aus dem Stamme Levi.

18 *Numen*] Göttliches Wesen.

382 6–7 *als flammendes Außen-Gesicht*] Vermutlich in Anlehnung an Heines »Anthropomorphismus« in *Geständnisse*: »Gott verzeih mir, manchmal wollte es mich bedünken, als sei dieser mosaische Gott nur der zurückgestrahlte Lichtglanz des Moses selbst [...].« Damit wird bei Heine wie bei Thomas Mann der Offenbarungscharakter eines zentralen Elements in der Gründungssage Israels in Frage gestellt: die Offenbarung Jahwes im brennenden Dornbusch (Ex 3,2–6).

29 *das Blut seines Vaters*] Hier und passim im Sinne von Stammesverwandte.

383 1–2 *mit gestreckten Armen seine Fäuste zu beiden Seiten des Körpers bebend zu schütteln*] Diese Gestik, die leitmotivisch immer wiederkehrt, »parodiert«, Lubich zufolge, »nicht nur Hitler, sondern auch dessen schauspielerisches Vorbild Mussolini, den gestenreichsten Theatraliker des Faschismus«. (Lubich 1991, S. 570)

8–9 *daß er Lust habe zu ihrem Blut*] In Hs. korrigiert aus: »Israel«.

12 *eine Eidgenossenschaft*] Der Gedanke, dass das Volk Israel eine verschworene Gemeinschaft darstellt, die sich zu dem ausschließ-

lichen Dienst des einen und unsichtbaren Gottes verpflichtet hat, ist grundlegend für die religionssoziologische Beschreibung Israels in Max Webers Abhandlung: *Das antike Judentum*, deren erstes Kapitel mit »Die israelitische Eidgenossenschaft und Jahwe« überschrieben ist. (Hamburger 1981, S. 220; Makoschey 1998, S. 69)

383 14 *Hiermit drang er bohrend in sie*] In Hs. korrigiert aus: »Dies hämmerte er ihnen ein«.

385 3 *Ramessu's*] Ramses II. (1295–1229 v. Chr.), im 3. Kapitel »Bauherr« genannt.

7 *der Wasser schöpfte*] In Hs. korrigiert aus: »im Garten grub«.

28 *Sargon*] König Sargon I. von Akkad, sagenhafter Gründer Babylons, »der erste uns bekannte semitische Herrscher Babyloniens« (Auerbach, *Wüste und Gelobtes Land*, S. 37). Sargon stammt aus königlicher Familie, wird jedoch in einem Schilfkasten ausgesetzt und von einem Ziehvater, der Wasserschöpfer ist, großgezogen. Dazu Friedemann Golka (2007, S. 79): »Es zeigt sich also, dass die Novelle der Sargonlegende mehr entspricht als die biblische Erzählung.« Für Freud ist Sargon das Muster der Geburtsmythen, die sich um die Geburt des Helden ranken und die er, neben Mose, auch Romulus und Kyros zuschreibt. (*Der Mann Moses und die monotheistische Religion*, Studienausgabe IX, S. 462–465)

386 4 *den Zugelassenen*] Euphemistische Bezeichnung der hebräischen Zwangsarbeiter, die, wie es zu Beginn des nächsten Kapitels heißt, »mit Erlaubnis der Grenzbehörde ins Land gekommen« waren.

5 *aus Levi's Samen*] Der Stamm Levi, Jakobs zweiter Sohn.

10–11 *Jochebed war eines Steinmetzen Tochter*] Anspielung auf eine Anekdote aus Michelangelos Biographie, die Thomas Mann in seiner Quelle (Knackfuß, *Michelangelo*) fand und die Moses Rolle als Steinmetz des Volkes Israel scherzhaft unterstreicht: »(In Settignano) bekam der kleine Michelangelo als Amme eine Steinmetzenfrau, die auch *Tochter eines Steinmetzen* war; dann sagte er im Alter scherzweise zu seinem Schüler und Lebensbeschreiber Vasari, er habe die Bildhauerkunst mit der Ammenmilch eingesogen.« (Makoschey 1998, S. 107)

386 16–17 *Den Gottesnamen nun ließen Amram und Jochebed lieber aus*] Dies eine kluge, durch Moses »Halbblütigkeit« gebotene Maßnahme von weitreichender Konsequenz. Dadurch, dass er sich einfach »Sohn«, i. e. Mose, nennen ließ und die Zuordnung zu einer göttlichen Abkunft (Ptach-Mose, Amen-Mose, Ra-Mose), die ihm nach ägyptischem Recht als Sohn einer »Sonnentochter« zustand, verschmähte, hielt er sich im Innersten frei für die Väterreligion, »so daß er den jüdischen Vatergott an diese Stelle setzen kann.« (Hartwich 1997, S. 224)

21 *Die Vorfahren dieses Blutes*] In Hs. korrigiert aus: »dieser Leute«.

389 7 *schnöden, mörderischen Vergnügens*] In Hs. nachträglich eingefügt: »mörderischen«.

20–21 *das Nasenbein einschlug*] Ein von Vasari überliefertes, biographisches Detail, das Thomas Mann in seinen Quellen zu Michelangelo fand (Knackfuß, *Michelangelo*, S. 5; Knapp, *Michelangelo*, S. xi). Hier dient es zur Motivierung von Moses im Jähzorn vollzogener Tötung des ägyptischen Aufsehers. (Makoschey 1998, S. 107–109)

391 3 *ein Mann auf der Höhe der Jahre*] Dazu die Arbeitsnotiz: »Mose stirbt alt (85) vor dem Eintritt in Kanaan. Wird also beim Exodus (35 – 40 Jahre früher) ein Mann von 45 – 50 sein.« (Makoschey 1998, S. 60) Die äußere Erscheinung des Mose ist Michelangelos Bildnis des Propheten Jeremias in der Sixtinischen Kapelle nachgebildet. (Abbildung bei Makoschey 1998, S. 110)

392 2 *mit vom Schwure und von der Propaganda*] Typisch für Manns vielfache Verwendung ambivalenter, zwischen mythischer Vorzeit und Gegenwart, zwischen religiöser und politischer Bedeutung oszillierender Begriffe. Die von Mose praktizierte, embryonale Form der Glaubensverbreitung wurde im 16. Jahrhundert in Rom gleichsam institutionalisiert, als im Zuge der Gegenreformation unter Papst Gregor XIII. (1572–1587) ein eigenes, mächtiges Ministerium mit »global reach« eingerichtet wurde – das »Officium de propaganda fidei«. Dies der Ursprung des modernen Begriffs der Propaganda. Die Ubiquität der politischen Propaganda im 20. Jahrhundert war nicht auf Diktaturen beschränkt: sie erfasste

auch Thomas Mann selbst, der aufseiten der Alliierten »mit vom Schwure und von der Propaganda« war. Zudem entstand die Mose-Phantasie als Beitrag zu einem Buch, das unverhohlen der Aufklärung über den Feind, also der Propaganda, gewidmet war.

392 5 *einem Jüngling*] Die folgende Beschreibung Joschuas ist dem David Michelangelos auf der Piazza della Signoria in Florenz nachempfunden. Dazu die Arbeitsnotiz: »Josua, der Sohn Nuns, heißt eigentlich Hosea. Mose gibt ihm den Jahwe-Namen Jehoschua« (Makoschey 1998, S. 77), wodurch er den Jüngling in gewissem Sinne adoptiert. Kristiansen betont, dass Joschua »im wesentlichen eine dichterische Erfindung Thomas Manns« sei »und damit für die Autorintention besonders aufschlußreich«, gezeichnet zudem »mit einer an Verliebtheit grenzenden Sympathie.« (Kristiansen 1987, S. 60)

14 *seinen eigenen Gesichtspunkt*] Dass Joschuas Gesinnung und Aktionismus weniger von religiösen als von militärischen Gesichtspunkten ausgehen und dass er sich seinem Führer bedingungs- und rückhaltlos zur Verfügung stellt, unterstreicht die Unentbehrlichkeit des Faktors Macht und Gewalt für die Durchsetzung von Moses Erziehungswerk. Joschuas Rolle als Anführer einer für Ordnung sorgenden, dabei Gewalt nicht scheuenden Elitetruppe, der israelitischen »Waffen-Jugend«, lässt offenbar bewusst an aktuelle Phänomene des Faschismus denken.

32–393.1 *Die Zahlen sind später ohne Maß übertrieben worden*] Ein Beispiel für die spielerische Bibelkritik dieser Erzählung. Siehe Ex 12,37: »Und die Israeliten brachen auf von Ramses nach Sukkor, etwa sechshunderttausend Mann zu Fuß, Frauen und Kinder nicht mitgezählt.« Dazu die Arbeitsnotiz: »Für 600000 waffenf[ähige] Männer ($2\,^{1}/_{2}$ Millionen Volkszahl) war in Goschen kein Platz und Kadesch auch nicht. Sie hätten ja ganz Aegypten überschwemmen u. erobern können. Die Ernährung in der Wüste bare Unmöglichkeit, auch bei Mannafall. Volkszahlen nomadischer Stämme klein.« (Makoschey 1998, S. 60)

394 12 *Mose's Lust zum Vaterblut, Bildnerlust*] In Hs. danach gestrichen: »Jahwe's Bundeslust zu diesem armen Fleisch«.

394 28 *einem gewissen Kaleb*] Vgl. Num 13,7. Dazu die Arbeitsnotiz: »Josua's Freund ist Kaleb, der Sohn Jephunnes, auch ein energischer, einfacher u. tapferer junger Mann.« (Makoschey 1998, S. 77)

402 2–4 *man hat ihre Namen … für ein einziges Druckmittel anzusehen*] In Hs. korrigiert aus: »als Druckmittel betrachtet, haben sie nicht für mehr zu gelten,«.

24–25 *Zornmut*] In Hs. korrigiert aus: »Rache«.

403 5–6 *eine arge Vesper*] Ein Echo auf Goethes Charakterisierung der zehnten Plage in *Israel in der Wüste* als eine »umgekehrte sicilianische Vesper«. (*Sämtliche Werke* 3.1, S. 234) Mit »sizilianischer Vesper« ist der Aufstand der Sizilianer gegen die französische Herrschaft gemeint, der in Palermo am Ostermontag 1282 zur Vesper, d. h. der Gebetsstunde am frühen Abend, ausbrach und in einem Massaker an allen Fremden resultierte. Goethe spricht von einer umgekehrten Vesper, weil das in Ex 12,29–31 geschilderte Massaker von den Fremden an den Einheimischen verübt wurde. Bemerkenswert, dass Thomas Mann den vorausgegangenen Befehl des Pharao, alle Söhne der Israeliten zu töten (Ex 1,22), aus dem Spiel lässt.

6 *oder sein Würgengel*] Damit wird die in Ex 12,29 berichtete Aktion: »Um Mitternacht schlug der Herr alle Erstgeburt im Land Ägypten«, rationalisiert und von Jahwe und seinem als »Verderber« bezeichneter Handlanger (Ex 12,23) auf die von Joschua geführte »Rotte« übertragen. Der Verderber heißt in einigen deutschen Übersetzungen »Würgengel«, jedoch nicht in der Luthers. (Smend 1997, S. 242)

404 1 *zu seinem Schwager Jethro*] In Hs. korrigiert aus: »Schwiegervater«.

406 2–3 *der größere, westliche der beiden Arme*] In Hs. korrigiert aus: »östliche«.

407 28 *Sie hatte es selbst gedichtet*] Abweichend von Ex 15,1–21, wo Mose als Urheber eines langen, litaneiartigen Lob- und Triumphgesangs erscheint und er selbst in den Gesang einstimmt, macht Thomas Mann die Prophetin Mirjam zur Dichterin des Lobge-

sangs der Israeliten, schreibt ihr jedoch lediglich die beiden letzten Zeilen, Ex 15,21, zu. Golka (2007, S. 95) kommentiert: »Dabei lässt der Dichter sein bibelexegetisches Wissen durchscheinen, dass v. 21 der älteste Teil des Kapitels Ex 15 ist, älter als der Lobpsalm vv. 1ff – obwohl keiner der Forscher so weit gehen würde, den v. 21 zum ›Originalton Mirjam‹ zu erklären.« Durch die Zuschreibung des Lobpsalms an Mirjam bleibt Mose von der Schadenfreude jenes Gesangs unberührt. So kann er als Mahner zur Mäßigung agieren: »Du sollst kein Freudengeschrei machen über den Fall deines Feindes.«

408 7 [X]] Die Bezifferung des Kapitels X fehlt im ED; korrigiert nach Hs.

16–17 *Diese kurze, aber erstaunliche Geschichte*] Siehe die Arbeitsnotiz: »Die himmlischen Scharen wollten beim Untergang der Aegypter im Schilfmeer in das Siegeslied der Israeliten einstimmen. Aber der Heilige: ›Wie, meine Geschöpfe versinken im Meer, und ihr wollt singen?‹« (Makoschey 1998, S. 81)

29–30 *Gehudel*] Abschätzige Bezeichnung für gemeines Volk. Otto Basler gegenüber verteidigte Thomas Mann die Verwendung von »Pöbelvolk« (s. u.) und meinte, er habe »Gehudel […] zum Spaß hinzugefügt« (DüD II, 651). Vermutlich liegt eine Reminiszenz an Schillers *Wallensteins Lager* vor: »Frei will ich leben und also sterben, / Niemand berauben und niemand beerben, / Und auf das Gehudel unter mir / Leicht wegschauen von meinem Tier.« (V. 954ff.)

30–31 *Unheimlich-Anspruchsvolles*] In Hs. korrigiert aus: »Unheimlich-Weitläufiges«.

409 22 *solches Gehudel*] In Hs. korrigiert aus: »so viele Menschen«.

410 3 *Ich kann allein soviel Volks nicht tragen*] Die folgende Klage des Mose nach Num 11,11–15.

17 *ein Quell-Wunder*] Exemplarisch für alle Wundererscheinungen in Thomas Manns Sicht: Menschliches Knowhow, eine »Filter-Vorrichtung«, ersetzt die Hilfeleistung des Himmels: »und der Herr zeigte ihm ein Holz. Und das warf er ins Wasser, und das Wasser wurde süß.« (Ex 15,25)

410 26 *Bedellion*] Gelbes, gummiartiges Harz.

411 11–12 *so werden sie mich noch steinigen.«*] Möglicherweise ein diskretes Kopfnicken in Richtung Freud und dessen These, dass Mose von den Israeliten getötet wurde.

15 *die reisige Mannschaft*] In Waffen stehende Mannschaft. Vgl. Wagner: *Die Walküre* II, 1, Wotan zu der »in voller Waffenrüstung« auftretenden Brünnhilde: »Nun zäume dein Ross, reisige Maid.«

17 *Pöbelvolk*] Hier und passim nicht im heutigen abschätzigen, sondern im historischen Sinn von »Menschenvolk. An spezifisch Jüdisches ist da garnicht gedacht.« (DüD II, 651)

27 *in sich gewandte*] In Hs. korrigiert aus: »sorgenvoll versponnene«.

412 29 *damit das Volk sich hecke*] Kinder zur Welt bringe, sich vermehre.

413 3 *die Oase Kadesch*] Dazu die Arbeitsnotiz, exzerpiert aus Auerbach: »Größte und wasserreichste Oase der Halbinsel, nur 50 km entfernt von Tamar, dem südlichen Ausgangspunkt der auf das Gebirge Juda führende Bergstraße (2 Tagesmärsche). 3 starke Quellen u. mehrere kleinere. Eine Tagereise lang u mehrere km breit, umschließt ca 100 qkm fruchtbaren Boden. Grüne Insel in wasserloser Wüste. Mit frischem Rasen bedeckte Ebene, von einem breiten, rauschenden Bach durchzogen, bestanden mit Blumen, Sträuchern u Fruchtbäumen. Bienen, Singvögel, Wachteln, Kaninchen. Geeignet auch für Getreidebau. Die stärkste Quelle, immer heilig, die alte Meribat-Kadesch. – Paradies und lockendes Wanderziel.« (*Wüste und gelobtes Land*, S. 67f.)

414 7 *Mose bezweifelte das*] Thomas Mann weicht in diesem heiklen Punkt von seiner Quelle: *Wüste und Gelobtes Land*, S. 67, ab. Auerbach beruft sich auf Eduard Meyer (*Die Israeliten und ihre Nachbarstämme*, S. 78) und gibt zu bedenken: »Möglich wäre es auch [...], daß in der Oase schon vorher israelitische Stämme gesessen haben, die noch vor der Zeit des Auszugs aus Ägypten durch die Amalekiter zersprengt wurden. Am ehesten wäre dabei an Simeon und Levi zu denken, die in diese Gegend gehören (vgl. Gen 49, 7). Diese könnten dann den Blick ihrer aus Ägypten kommenden Verwandten

(Mose ist Levit!) auf Kadeš gelenkt und sie zur Vollziehung der Rache herbeigerufen haben.« Während Auerbach diesen von Eroberungsgeist eingegebenen Gedanken aufseiten Moses für durchaus möglich hält, schreibt Thomas Mann ihn Joschua zu.

414 13–14 *lag, in einer Zeile mit anderen Bergen*] In Hs. korrigiert aus: »lag unter anderen Bergen«.

415 7–8 *schon Jakob*] Gen 32,29: »Da sprach der Herr: Du sollst nicht mehr Jakob heißen, sondern Israel, denn du hast mit Gott und Menschen gestritten und hast gesiegt.«

27 *die Walstatt*] Das Schlachtfeld. Ein weiteres, dem Wagner-Vokabular entlehntes Element. Vgl. *Die Walküre* II, 4.

417 2 *am rechten Flügel des Feindes*] Joschuas siegreiche Strategie der schiefen Schlachtordnung, bekannt als der sogenannte Schlieffen-Plan. Thomas Mann las darüber in dem Buch des mit den Mann-Kindern befreundeten Curt Riess: *The Self-Betrayed*, eine Reportage über die »deutsche Generalskaste«. (Tb. 2. 11. 1942) Dazu Hansen 1974, S. 145: »[Joschua] kämpft mit der schiefen Schlachtordnung, die nicht nur das Preußen Friedrichs des Großen zur fünften Großmacht werden ließ, sondern auch im Ersten Weltkrieg dem deutschen Aufmarschplan im Westen als Schlieffen-Plan zugrunde lag.« (Vgl. Makoschey 1998, S. 29)

6 *viel Raum abgewann*] In Hs. korrigiert aus: »viel Boden«.

15 *wurde niedergemacht.*] In Hs. korrigiert aus: »und gab in großer Menge den Geist auf.«

419 6 *die Stiftshütte*] Zur folgenden Beschreibung vgl. die Arbeitsnotiz, die sich auf Auerbach, *Wüste und Gelobtes Land*, S. 67–68, stützt: »Der Kult wüstenmäßig einfach. Die Heiligtümer in einem Zelt aufgestellt (›Begegnungs- oder Versammlungszelt‹, Stiftshütte). *Lade Jahwe's*, Kasten mit Tragestangen, auf dem die Gottheit unsichtbar thront. Wird in den Kampf mitgeführt. ›Steh auf Jahwe, daß deine Feinde zerstieben, daß fliehen deine Hasser vor deinem Antlitz!‹ = ›Sitz auf, Jahwe der Myriaden, der Tausende Israels!‹ – Kam aus Midian? Wurde von Mose angefertigt? Centrum des bildlosen Kults.« (Makoschey 1998, S. 66–67)

420 2–3 *die … Gerechtsame*] Die Gerichtsbarkeit, Rechtsprechung.

17–18 *vermittelst eines Steins in der Faust*] In Hs. korrigiert aus: »mit Fäusten, Messer und Schwert«.

28 *Codex Hammurapi's*] Über das Verhältnis des Dekalogs zu diesem babylonischen Corpus von Gesetzen, erlassen unter König Hammurapi (um 2000 v. Chr.), macht Auerbach eine für Thomas Mann wichtige Unterscheidung. »Das babylonische Gesetzbuch ist ein rein juristisches Dokument. […] In Israel ist das Recht schon in dieser ältesten Zeit […] ein Suchen nach Gerechtigkeit, ein Teil des sittlichen Lebens, und darum untrennbar verbunden mit anderen Geboten der Religion und Sittlichkeit.« (*Wüste und Gelobtes Land*, S. 155) Eine Stele des Hammurapi mit den eingemeißelten Gesetzen ist ebd., S. 38, Tafel 2, abgebildet.

421 24 *seinem Schwäher*] Ein Missverständnis: Schwäher ist nicht identisch mit Schwager, sondern ein älterer Name für Schwiegervater.

423 10–12 *Sieh dich aber um … unter deinem Gehudel nach rechtlichen Leuten*] In Hs. korrigiert aus: »Suche dir aber … redliche Leute aus den besseren Schichten«.

17 *du brauchst davon garnichts zu wissen*] Danach in Hs., im ED ausgelassen: »So wird's bei uns gemacht und so wird dir's leichter werden.«

425 2 *Das Geblüt merkte bald*] Davor in Hs. gestrichen: »Wie es aussah in dem Gehudel, und wie sehr es ein bloßer Rohstoff war aus Fleisch und Blut, dem die Grundbegriffe der Reinheit und Heiligkeit abgingen, wie sehr Mose von vorn anfangen und ihm das moralisch Früheste beibringen mußte, das merkt man den notdürftigen Vorschriften ab, mit denen er an ihnen herumzuwerken, zu meißeln und zu sprengen begann – nicht zu ihrem Behagen; sie«.

6 *Ersaufen*] In Hs. korrigiert aus: »Untergang«.

12–13 *die Grundbegriffe der Reinheit und Heiligkeit*] Mose beginnt mit seinem Erziehungswerk am Volkskörper der Israeliten mit Geboten und Verboten, die dem Dekalog gleichsam vorarbeiten: »Erziehungsgrundlage ist nicht der Dekalog, sondern die Zusammenstellung von Gesetzen und Verboten des Pentateuch […]«

(Dithmar 1994, S. 55). Mann lässt somit seinen Mose das Erziehungswerk schon vor Erlassung der Zehn Gebote beginnen, deren verbreitete Wahrnehmung als dramatische Intervention Jahwes dadurch abgeschwächt wird, dass sie als ein kräftiger, normsetzender Schub in einem bereits im Gang befindlichen Erziehungsprojekt dargestellt werden.

426 2 *Und sollst ein Schäuflein haben*] Diese und die anderen Hygiene-Vorschriften nach Deut 23,13–15.

427 28–29 *Darum sollt ihr kein Aas essen, das ist auch noch schädlich.*] In Hs. korrigiert aus: »Es kommt nicht so sehr darauf an, was euch schimpflich ist, aber Einiges muß euch unbedingt schimpflich sein, daß ihr ein Gesetz habt und eine Heiklichkeit.«

428 12–13 *Blutschande*] Ein Schlüsselbegriff des deutschen Antisemitismus, der (wie auch »ausrotten«, »Raumeroberung«, »der Glaube des Volkes an seinen Führer« und andere mehr) dem *Wörterbuch des Unmenschen* entnommen sein könnte – ein Beispiel mehr für die durchgängige, wechselseitige Spiegelung von Vergangenheit und Gegenwart.

19 *mit Wasser baden*] Danach in Hs. gestrichen: »Wer seine Tochter zur Hurerei anhält und nimmt Hurengeld von ihr, den soll man steinigen. Und was fällt dir ein, beim Knaben zu schlafen wie beim Weibe? Das«.

429 20 *Moloch*] Ein fremder, aus Kanaan übernommener Gott, dem mit Kinderopfern gehuldigt wurde (Lev 18,21) und dessen Kult im Gedächtnis der Israeliten offenbar noch fortlebt und also erneuert werden kann.

21 *daß er ihm seine Kraft verbrennt,*] In Hs. korrigiert aus: »und bring ihm dar seine Kraft,«.

29–30 *Aber Zauber und Völkergreuel ist es bereits,*] In Hs. korrigiert aus: »denn das alles treiben die Völker, von denen ich euch gesondert habe, daß ihr heilige Leute seid.«

432 8 *Du warst ein geschundener Knecht in Ägyptenland –*] Danach in Hs., im ED ausgelassen: »dessen gedenke beim Umgang mit deinen Knechten! Du warst ein Fremdling unter den Kindern Aegyptens –«.

433 30–31 *Wie komme auch ich dazu, das Volk … als ob ich's geboren hätte?*] In Hs. korrigiert aus: »Ich bitte dich, erlaß mir die Aufgabe, sonst aber: erwürge mich lieber!«

434 29 *an der bekannten Mohrin*] Es handelt sich nicht nur um eine bekannte, sondern auch eine umstrittene Person: war sie eine »Mohrin«, d.h. Afrikanerin (wie Luther »aus dem Lande Kusch« deutete) oder ist sie identisch mit der Medianiterin Zipora, der Mutter seiner Kinder? War sie seine Ehefrau, wie von Num 12,1 bezeugt, oder seine Mätresse, wie Aaron und Mirjam ihm vorhalten? (Vgl. Hamburger 1964, S. 104–105) Thomas Mann »gönnt« dem gestressten Gottesmann zur »Entspannung« eine Mätresse, »ein prachtvolles Stück« mit »Wulstlippen, in die sich im Kuß zu versenken ein Abenteuer sein mochte«. Damit macht er im Geiste der »Ordnung« generierenden Unordnung Mose zu einer inkonsequenten, menschlich komplexen Gestalt: Nicht nur führt Manns Mose eine Mischehe mit Zipora, der stammesfremden Medianiterin, er nimmt sich eine noch fremdere Mätresse, vermutlich eine »schwarze Sklavin«, mit der er in einem »Konkubinat« lebt. (Kuschel 2000, S. 245)

437 7–8 *das Ephod*] Das Gewand des Hohepriesters.

440 14–15 *das Ewig-Kurzgefaßte*] Erst in der Kürzung und Konzentration auf das Wesentliche eignen sich die Zehn Gebote zur Ausweitung ihrer Bedeutung durch Thomas Mann, nämlich die »Quintessenz des Menschenanstandes« für alle Welt und für immer zu codifizieren. Die in Ex 20 niedergelegten Gebote und Verbote sind detaillierter und umständlicher formuliert; sie werden durch eine lange Reihe von Anordnungen den Jahwe-Kult der Israeliten betreffend ergänzt.

443 5–6 *eine Höhle in der Bergwand, mit vorspringendem Felsdach*] Moses felsige Werkstatt erinnert an die Höhle mit Felsdach aus dem 1. Akt von Wagners *Siegfried*, in der Siegfried das Schwert Nothung neu schmiedet. (Strohm 1987, S. 348)

27–28 *die Milch einer Steinmetzentochter*] Vgl. den Kommentar zu S. 386$_{10-11}$.

444 3–4 *das keilig-heilige Dreiecksgedränge vom Euphrat*] Die Babylonische Schrift.

30 *Denn ausgedacht und erfunden mußte die Schriftart sein*] Thomas Mann übernimmt die Vermutung Auerbachs, »daß die Israeliten selbst die Erfinder des Alphabets waren [...] Ihren kulturellen Fähigkeiten nach ist ihnen eine solche Erfindung wohl zuzutrauen, zumal sie vermutlich die Tat eines einzigen genialen Kopfes war« (*Wüste und Gelobtes Land*, S. 143) und macht Mose schlankweg zum Erfinder der Buchstabenschrift. Ein »professionelle[r] Alttestamentler«, Rudolf Smend, der Auerbach einen »Dilettanten« nennt, erinnert daran, dass, »wie allgemein« angenommen, die Phöniker als die Erfinder des Alphabets gelten. (Smend 1997, S. 239f.)

445 6 *als träten ihm Hörner oben aus der Stirn*] Dass Mose bei seinem Aufenthalt in Sinai Hörner auf der Stirn gewachsen waren, wie in Michelangelos monumentaler Darstellung zu sehen, ist ein traditionelles Motiv, beruht aber auf einer ehrwürdigen Verwechslung. Das hebräische Wort »keren« ist doppeldeutig: Lichtstrahlen und Hörner. Die lateinische Übersetzung: »cornuta« in der sogenannten Vulgata legte sich abwegigerweise auf die Hörner fest.

447 1 *über Edom*] Über Eden, d.h. im Osten.

449 4 *Gejohle und Paukenkrach*] Danach in Hs., im ED ausgelassen: »Joschua, wie kommen die dazu, ein Fest zu machen ohne meine Verordnung?«

17 *Das Volk war los.*] Eine Redensart, die »sonst nur der Teufel oder die Hölle« provoziert. (Görner 2005, S. 125)

29 *ein güldenes Kalb*] Dazu Golka: »Nach altorientalischer Praxis dürfte das Kalb aus Holz gewesen und lediglich von außen mit Gold verkleidet worden sein.« Im Übrigen erinnert er daran, dass der »kanaanäische Hochgott El im Kontext des Stierkultes als ›Kalb‹ bezeichnet« wurde. (Golka 2007, S. 165–166)

450 9–10 *sah man Aaron hopsen*] Bei der Beschreibung des dionysisch ausgelassenen Tanzes um das goldene Kalb übernimmt Thomas

Mann Details und Motive aus Heines Gedicht »Das goldene Kalb« aus dem *Romanzero:*

Doppelflöten, Hörner, Geigen
Spielen auf zum Götzenreigen,
Und es tanzen Jakobs Töchter
Um das goldne Kalb herum –
Brum – brum – brum –
Paukenschläge und Gelächter!

Hochgeschürzt bis zu den Lenden
Und sich fassend bei den Händen,
Jungfraun edelster Geschlechter
Kreisen wie ein Wirbelwind
Um das Rind –
Paukenschläge und Gelächter!

Aaron selbst wird fortgezogen
Von des Tanzes Wahnsinnswogen,
Und er selbst, der Glaubenswächter,
Tanzt im Hohenpriesterrock,
Wie ein Bock –
Paukenschläge und Gelächter!
(Vgl. Hansen 1975, S. 257–258)

450 19–20 *dem Stier ihre Kraft verbrennen*] In Hs. korrigiert aus: »Männer verbrannten dem Stier ihre Kraft.« – Eine heute seltene Bedeutung im Sinne von »vom Feuer der Liebe« lodern, verbrennen. (Paul, *Deutsches Wörterbuch*, 9. Aufl.) Vermutlich ist hier an onanierende Männer zu denken.

20–21 *Irgendwo tachelte einer seine leibliche Mutter rechts und links*] D. h. er ohrfeigte sie.

451 14 *und sprach:*] Danach in Hs. gestrichen: »Was hat dir das Volk getan,«.

15 *der güldene Belial*] Der goldene Götze.

453 19 *Zu Tode soll man sie steinigen*] Die Hinrichtung von bis zu 300

Götzendienern, angeordnet von Mose und ausgeführt von Joschua und seiner Rotte, konkretisiert und aktualisiert die lakonische Auskunft von Ex 32,35: »Und der Herr schlug das Volk, weil sie das Kalb gemacht hatten.« Ex 32,28 zufolge fielen »an die dreitausend Mann«. Thomas Mann hält auch diese Zahl für »übertrieben« (siehe den Kommentar zu S. $392_{32}$-$393_{1}$) und reduziert sie auf bis zu 300.

454 31 *Wenn du dies Volk nun tötest*] Die folgende Auseinandersetzung mit Jahwe sowie die Bitte um Vergebung der »Missetat« nach Num 14,15–19.

456 15–16 *das ABC des Menschenbenehmens*] Dazu Hartwich 1997, S. 221: »Wenn Mann die mosaische Gesetzgebung als ›ABC des Menschenbenehmens‹ bezeichnet, spielt er auf Lessings Deutung der alttestamentlichen Schriften als ›Elementarbücher‹ an [in *Die Erziehung des Menschengeschlechts*], aus denen die noch ungebildeten Hebräer die Grundbegriffe der Moral durch ›sinnliche Strafen und Belohnungen‹ lernen sollten [...].«

20–21 *daß seine Gebote nicht werden gehalten werden*] Danach in Hs. gestrichen: »denn das Trachten des Menschenherzens ist böse von Jugend auf«.

26 *»Aber Fluch dem Menschen,*] Die abschließende Fluchrede stützt sich auf den Katalog von Fluchworten in Deut 27,11–27 (»Verflucht ist, wer einen Blinden auf den falschen Weg führt.« »Verflucht ist, wer mit seiner Schwester schläft« etc.). Thomas Mann zitiert die Fluchrede in seiner Ansprache an *Deutsche Hörer!* vom 25. April 1943 (GW XI, 1071–1072); dort stellen die einleitenden Bemerkungen klar, dass der Fluch Hitler gilt.

In seinem Brief an Armin Robinson, geschrieben nach getaner Arbeit, betont Thomas Mann, seine Erzählung habe »den Schluß bekommen, den Sie wünschten und von mir forderten. Denn obgleich die Erzählung selbst einen humoristischen Ton hat und mit einer Art von ironischem Realismus vorgetragen ist, steht am Schluß ein sehr ernster [Fluch] auf denjenigen, der das Menschenvolk beredet, sich der Gesittung zu entschlagen.« (DüD II, 638)

457 11 *gefällt muß der Schurke sein*] Auf einer Solidaritätskundgebung mit der Tschechoslowakei, die ihm ihre Staatsbürgerschaft und damit einen kostbaren Reisepass gewährt hatte, im New Yorker Madison Square Garden am 25. 9. 1938 endete Thomas Mann seine Rede mit dem Satz: »Hitler must fall.« (»Hitler muß gestürzt werden!« Tb. 1937–1939, S. 887) Die *New York Times* berichtete am 26. 9. 1938: »The greatest demonstration of the meeting came at the end of Mr. Mann's short and eloquent address, when he declared: ›Hitler must fall‹. This and nothing else will preserve the peace.« (TM/AM, 848)

Entstehungsgeschichte

Die Entstehung der *Betrogenen* scheint auf den ersten Blick keine Komplikationen aufzuweisen. Doch wie alle Spätwerke Thomas Manns, hat auch diese Erzählung lebens- und werkgeschichtliche Wurzeln, die in verborgene Tiefen reichen.

Anhand des Tagebuchs lassen sich die Konzeption, der Beginn der Niederschrift sowie der Abschluss der Arbeit verlässlich datieren. Am 6. April 1952, beim Frühstück, berichtet ihm Katia eine Münchener »Frauengeschichte«, die den anekdotischen Kern des Werkes liefert. Einen Monat später, am 5. Mai, schreibt er an Dr. Frederick (»Fritz«) Rosenthal in Beverly Hills, einen aus Berlin stammenden Internisten (Armbrust/Heine 2008), der sich bereits beim *Doktor Faustus* als medizinische Auskunftei bewährt hatte, um über den Krankheitsverlauf bei Gebärmutterkrebs genau informiert zu sein. Am 14. Mai beginnt er zu schreiben. Krankheits- und Reise-bedingte Unterbrechungen, einschließlich einer kurzen Schreibkrise, die die »Umarbeitung des Gesprächs Mutter-Tochter« sowie den »allgemeinen Umsturz des Nachfolgenden« zeitigt (Tb. 24. 1. 1953), verlangsamen den Fortgang der Arbeit nur geringfügig. Nach zehn Monaten, am 18. März 1953, setzt er den Schlusspunkt unter seine letzte Erzählung.

Drei Aspekte dieses Ablaufs verdienen besondere Aufmerksamkeit. Die *Betrogene,* begonnen in Pacific Palisades und vollendet in Erlenbach, überbrückt gleichsam die letzte, einschneidende Veränderung seiner Lebensverhältnisse. Der Entschluss, Amerika den Rücken zu kehren und seinen Lebensabend in Europa zu verbringen, keimte schon seit geraumer Zeit und gelangte kurz nach Beginn der Niederschrift zur Reife. Von der am 24. Juni 1952 angetretenen Europa-Reise kehrten die Manns nicht wieder nach Kalifornien zurück. Das erste Exilland, die Schweiz, war auch seine letzte Lebensetappe. Dass von dieser das Kapitel Amerika beschließenden Entscheidung zur Rückkehr nach Europa bestimmte Impulse für seine Erzählung ausgehen mussten, liegt auf der Hand. Sie schlugen sich in dem Porträt Ken Keatons nieder, der »einzige[n] größere[n] und unzweideutig realistisch gezeichnete[n] Figur eines Amerikaners« in Manns Œuvre (Leppmann 1989, S. 99). Auch wenn er dieser merkwürdig synthetisch wirkenden Figur absichtlich, um eine chronologische Unstimmigkeit zu vermeiden, keine deutlich-aktuelle politische Physiognomie gegeben hat, so ist doch nicht zu übersehen, dass ihr Autor, als er *Die Betrogene* schrieb, sich von dem einst bewunderten und gepriesenen Land eine entschieden negative Meinung gebildet hatte. Es war das Land nicht mehr, in das er 1938 kam, sondern, wie er Theodor W. Adorno anvertraute, »das bereits faschistische Amerika«. (TM/Adorno, 141)

Bei einem Autor wie diesem, der stets das Selbsterlebte einbrachte, war es unausbleiblich, dass eine Erzählung, die uns als Protagonisten eine grauhaarige, aber reizvolle Europäerin sowie einen jungen Amerikaner präsentiert, als Reflex der eigenen Amerika-Erfahrung aufgefasst wird. Thomas Mann sah es nicht gern, wenn die Erzählung als eine politische Allegorie gelesen wurde, denn auf diesem schlüpfrigen Terrain war ihm mit dem *Doktor Faustus* und seinem »deutschen Tonsetzer Adrian Leverkühn« viel kritisches Ungemach widerfahren. Verständlich, dass ihm nach einer Wiederholung nicht zumute war, weshalb er vorgab, solche Deutungen abwegig und belustigend zu finden: »Manche glauben wirklich, mit Frau von Tümmler sei wieder ›Deutschland‹ gemeint.« (DüD III, 528) Eine kategorische Leugnung der Allegorie würde sich anders anhören.

Die Kriterien einer allegorischen Konzeption sind nicht zu übersehen: die wie mit einem Silberstift gezeichneten Kontraste – etwa die einhändige Essmanier des Amerikaners wie auch sein stilloser Dresscode – oder die mit historischen und kulturellen Faktoren aufgeladene innere Dynamik der Beziehung der beiden Protagonisten: Eine verblendete Rheinländerin verliebt sich in einen ihrer eigentlich unwürdigen Amerikaner, der ihren inneren Verfall, wenn nicht verursacht, so doch beschleunigt. Dies stellt eine politische Konstellation vor, die Thomas Mann in einem einschlägigen Begleittext für die Zeitschrift *Comprendre* deutlich genug ausbuchstabiert hat. Darin verwahrt er sich zwar gegen »das europäische Naserümpfen [...] über die transatlantische ›Primitivität‹«, doch die Tendenz seiner Stellungnahme zur Zeitgeschichte ist unmissverständlich Amerika-kritisch. Ihm »mißfällt [...] eine schwächliche und selbstvergessene Verfallenheit Europas an Amerika, die sich mit jenem Dünkel ebenso sonderbar und widerspruchsvoll verträgt, wie drüben ein immer wieder zu beobachtender tiefer Respekt vor der älteren historischen Würde und Geprüftheit unseres Kontinents mit der Neigung, Europa als ökonomische Kolonie, militärische Basis, Glacis im zukünftigen Atom-Kreuzzug gegen Rußland zu behandeln [...].« (GW XII, 976) Rosalies Passion für den jungen Amerikaner, der »an dieser grauhaarigen, aber reizvollen Europäerin eine Eroberung« (Textband, S. 520$_{18-19}$) macht, mag in diesem Licht sehr wohl als Evidenz einer Mentalität erscheinen, die er als »Knechtseligkeit des Souveränierten« (GW XII, 976.) beklagt. Die Krise, in die Manns Verhältnis zu seinem Gastland nach vierzehn Jahren geraten war, konnte nicht umhin, in seiner letzten Erzählung ihren Niederschlag zu finden.

Der zweite Aspekt ergibt sich aus der Werk- und Lebenschronik. *Die Betrogene* ist das letzte epische Werk, das Thomas Mann zu Ende brachte. Daran war ihm vor allem gelegen, wie beispielsweise aus einer Mitteilung an Jonas Lesser hervorgeht: »Ich möchte wieder einmal mit etwas fertig werden« (DüD III, 510) – wieder einmal, d.h. seit Vollendung von *Der Erwählte* im Oktober 1950. Eine geradezu schulmäßig konturierte, im vorgezeichneten Tod der Protagonistin endenden Novelle bot dafür eine bessere Gewähr als der Hochstapler-Roman, bei dem kein richtiges Ende abzusehen war. So unterbrach er die 1910 begonnenen, bereits mehrmals beiseitegelegten *Bekenntnisse des Hochstap-*

*lers Felix Krull* ein weiteres Mal, führte die Novelle aus, und ließ es sodann mit dem Abschluss des ersten Teils der Krull-Memoiren sein Bewenden haben. Damit ist *Die Betrogene* als Manns literarisches Endspiel zu betrachten, geschrieben in Antizipation des nicht mehr fernen Endes. Unter diesen psychologischen und werkökonomischen Voraussetzungen gewann dieser Text wie von selbst den Charakter einer »verschlüsselte[n] Lebensbilanz« (Krüll 1991, S. 415) und eines kodierten Vermächtnisses. Offenbar verlangte es ihn, die großen Themen seines Lebenswerks wie Krankheit, Tod, Begehren, Geschlechterrollen, Mythos und Psychologie im Lichte seiner von tiefgreifenden Umwälzungen geprägten, historischen Erfahrung noch einmal Revue passieren zu lassen.

Noch entschiedener als ein Werk des Alters kennzeichnet diese Erzählung ein dritter Aspekt. Zum Unterschied von seiner Mose-Phantasie, die er geradezu beschwingt, im zweifelsfreien Bewusstsein seiner durch die *Joseph*-Romane erworbenen Beherrschung des Stofflichen, zum Abschluss brachte, war die Arbeit an der *Betrogenen* von nicht zu unterdrückenden Zweifeln an seiner abnehmenden Gestaltungskraft begleitet. Schon bald nach Beginn der Niederschrift beschleicht ihn die »Sorge, ob die Erzählung etwas wird.« (Tb. 7.7.1952) Wenig später glaubt er zu wissen: »Das Schlimme ist, daß ich weder an Rosalie noch an Ken viel Anteil nehme.« (Tb. 14.8.1952) Bald scheint ihm der Fortgang der Handlung »schwierig« (Tb. 3.9.1952). Er spürt, dass ihm manches »[z]u künstlich« gerät (Tb. 23.12.1952). Dann wieder will ihm das Werk »armselig« erscheinen (Tb. 27.2.1953), auch »[l]angweilig« (Tb. 3.3.1953). Ende Januar 1953, unter lebhafter kritischer Anteilnahme Katias, beschließt er die »Umarbeitung des Gesprächs Mutter-Tochter« und den »allgemeinen Umsturz des Nachfolgenden.« (Tb. 24.1.1953) Die ganze Komposition findet schließlich unter »quälenden Hemmungen« (Tb. 28.2.1953) zu ihrem Ende. Als er die Feder aus der Hand legte, meinte er: »taugt aber wohl nicht mehr viel« oder »taugt aber nur teilweise was.« (DüD III, 516)

Selbstzweifel waren nichts Neues in seinem schöpferischen Haushalt: sie regten sich mit einiger Regelmäßigkeit auch bei anderen Gelegenheiten. Selbstzweifel sind oft als Indiz seines Ehrgeizes zur Größe zu werten, als Messlatte des hohen Niveaus, das er sich abverlangte. Hier jedoch können seine Zweifel nicht ignoriert werden, weil sie durch manche Aspekte der Erzählung eine Bestätigung finden. Das beginnt mit der erklärungsbedürftigen Wahl Düsseldorfs als Ort der Handlung – eine Stadt, über die er umständlich Auskünfte einholen musste. Es erstreckt sich aber auch auf den medizinischen Kernbereich der Novelle, die Krebserkrankung seiner Protagonistin, worüber er fachlichen Rat brauchte. Er wandte sich an Dr. Frederick Rosenthal, der 1946 seinen eigenen Lungenkrebs erkannt und zu einem schnellst möglichen Eingriff geraten hatte. Frederick Rosenthal (1902 bis 1982) – ursprünglich Friedrich; seinen Freunden und Vertrauten: Fritz – stammte aus Neustrelitz und praktizierte als Internist bis 1936 in Berlin. Nach seiner Vertreibung und dem Erwerb seiner Lizenzierung als Arzt in Kalifornien ließ er sich in Beverly Hills, einem noblen Stadtteil in Los Angeles, nieder. Er war seit 1941 der Arzt Heinrich Manns, der ihn möglicherweise von Berlin her kannte. Rosenthal war ein Literaturfreund; er war mit dem Werk Thomas Manns vertraut und hatte ihn bereits beim *Doktor Faustus* beraten, als es galt, den Krankheitsverlauf der »Kinder-Meningitis« zu schildern (Tb. 28. 10. 1946; GKFA 10.2, 846f.).

Bemerkenswerterweise steht auch die Figur des jungen Amerikaners auf wackeligen Füßen. Zwar öffnete sich Thomas Mann seinem Gastland in höherem Maße als die meisten anderen Exilanten aus Deutschland, doch war er gerade mit der Gesellschaftsschicht, aus der Ken Keaton stammt, der »lower middle class«, nicht sehr vertraut. Abgesehen davon, waren hier Kenntnisse Amerikas am Anfang des 20. Jahrhunderts gefordert – Kenntnisse, die er nicht besaß.

Die Erzählung nahm ihren Ausgang von einer in München angesiedelten »Frauengeschichte«, die ihm Katia am 6. April 1952 berichtete und deren Umrisse er sogleich im Tagebuch fixierte. Es war die darin offenbarte, »grausame Natur-Dämonie«, die ihn »sofort produktiv anzog.« (DüD III, 524; GW XI, 529)

> Beim Früh-Kaffee Erinnerung K.'s an eine ältere Münchener Aristokratin, die sich leidenschaftlich in den jungen Hauslehrer ihres Sohnes verliebt. Wunderbarer Weise tritt, nach ihrem entzückten Glauben kraft der Liebe, noch einmal Menstruation ein. Ihr Weibtum ist ihr zurückgegeben – es war im Grunde noch nicht tot, denn wie hätte sonst auch dies junge, mächtige Gefühl sie ergreifen können? Zu diesem faßt sie unter dem Eindruck der physiologischen Segnung, Verjüngung, Auferstehung, frohen und kühnen Mut. Alle Melancholie, Scham, Zagheit fällt davon ab. Sie wagt zu lieben und zu locken. Liebesfrühling, nachdem schon der Herbst eingefallen. Dann stellt sich heraus, daß die Blutung das Erzeugnis von *Gebärmutter-Krebs* war – auch eine Vergünstigung, da die Erkrankung gewöhnlich nichts von sich merken läßt. Furchtbare Vexation! War aber die Krankheit der Reiz zur Leidenschaft u. täuschte sie Auferstehung vor? (In welchem Stadium des Krebses tritt solche Blutung ein? Ist der Fall noch operierbar? Tod oder Selbstmord aus tiefster Beleidigung durch die Natur oder Verzicht und Grabesfriede.)

Katia Mann hatte Kenntnis von dem Fall jener »Frau mit dem wieder erwachten Weibtum« durch ihre Mutter Hedwig Pringsheim. Bezeichnenderweise erinnerte sie sich an jene Geschichte, als sie selbst beunruhigende »Gebärmutter-Blutungen« feststellte, die Thomas Mann zunächst in Schrecken versetzten (Tb. 11. 1. 1940). Die Sorgen um Katia waren bald beigelegt, »nachdem kleine Operation an ihr vorgenommen. Abzwingung einer gottlob mit höchster Wahrscheinlichkeit harmlosen Wucherung.« (Tb. 22. 1. 1940) Die Sorgen mochten beigelegt sein, doch keineswegs vergessen.

Offenbar versuchte Katia zu dem Zeitpunkt die Details jener Münchener Geschichte zu klären und schrieb in dieser Sache an ihre Mutter (Katias Briefe an die Mutter sind nicht erhalten). Darin äußerte sie die irrige Vermutung, dass es sich bei jener Dame aus der Münchener Gesellschaft um Laura von Schauß handelte, die Witwe des Bankdirektors Friedrich von Schauß. Doch in ihrer Replik korrigierte die hochbetagte Mutter ihre Tochter im fernen Princeton: »Nein, Liebe, Frau von Schauß war *keineswegs* die Frau mit dem wieder erwachten Weibtum, das sich als Krebs erwies. Damit trittst du der guten soliden Frau denn doch zu nahe. Es war eine sehr stattliche Dame, auch mit einem »au« in der Mitte, auf deren Namen ich soeben, trotz angestrengtem Nachdenken nicht komme, Österreicherin aus guter Familie, die mich einige Zeit häufig frequentirte und mir sogar ihre intimen Verhältnisse anvertraute; vor der aber Gevatter Tod dann bald seine Reverenz machte. Friede ihrer Asche!« (Hedwig Pringsheim, *Mein Nachrichtendienst*, Bd. 2, S. 238, 601f.) Der Umstand, dass Frau von Schauß 1900 verstarb, legt den Schluss nahe, dass jene Geschichte, jedenfalls nach Katias Auffassung, weit zurücklag.

Die Geschichte, die ihm Katia erzählte, kam nicht völlig aus heiterem Himmel; sie konnte damit an ein Thema anknüpfen, das schon seit geraumer Zeit zwischen ihnen zur Sprache gekommen war. Offenbar bestand zwischen den Ehegatten ein vertrauensvolles Verhältnis, das einen offenen Austausch über intime Veränderungen ihrer »Natur« im Prozess des Alterns einschloss. Thomas Mann war »unbeschreiblich« gerührt und ergriffen, als Katia ihm ihre Sorgen über ihre »zu lange dauernde Regel« anvertraute und die Äußerung des Gynäkologen zitierte: »es sei Zeit für sie, daß es mit dem ›Frühlingszauber‹ ein Ende habe.« (Tb. 27. 2. 1934) Sie stand zu der Zeit in ihrem 51. Lebensjahr. Seine Anteilnahme an Katias Klimakterium war jedoch gleichsam eingebettet in sein fortgesetztes Nachdenken über die ihm von der Natur mitgegebene Bisexualität. Zur selben Zeit reflektierte er im Tagebuch über das »mystische Motiv der Zwiegeschlechtigkeit«, die er, wie so oft, durch das Prisma August von Platens betrachtete. Er ruft sich die vertrauten Verse von Platens Gasel 40 ins Gedächtnis und hält sie im Tagebuch fest: »Ich bin wie Weib dem Mann, wie Mann dem Weibe Dir. / Ich bin wie Leib dem Geist, wie Geist dem Leibe Dir.« Er fügt hinzu: »Diese Verse haben große vergeistigte Inbrunst und sind weit tiefer mythisch empfunden, als ich früher verstand. [...] Wie seine spiritualisierte und über-erotische Leidenschaft mir ins Blut ging, als ich liebte!« (Tb. 25. 2. 1934)

Thomas Mann war zu dem Zeitpunkt, als Katia ihm über die von der Natur grausam betrogene Frau Mitteilung machte, mit dem Hochstapler-Roman befasst, an dem er ohne viel Elan weiter strickte. Veranlasste seine Lustlosigkeit sie, ihm diesen grausamen Fall von Natur-Dämonie als mögliches Sujet beim Frühstück aufzutischen? Wie dem auch sei, diese »Frauengeschichte« machte sich wie eine Klette an ihm fest, so dass er nach gut vier Wochen sich selbst ermahnen musste, »daß man die Geschichte der ›Betrogenen‹ erzählen sollte.« (Tb. 4. 5. 1952) Die Tatsache, dass hier schon der Titel gefunden war – ein Titel, der die für seine eigene Existenz einschlägigen Phänomene der Täuschung, des Betrugs, der Selbsttäuschung, der späten Liebe in sich fasst – lässt vermuten, dass der Entschluss zur Ausführung bereits feststand. Der Brief vom 5. Mai an Rosenthal mit einer Reihe von konkreten Fragen zum Krankheitsverlauf (Br. III, 253f.; siehe Materialien und Dokumente, S. 326–328) bestätigt diese Vermutung.

Rosenthal seinerseits hatte Fragen an den verehrten Autor (Materialien und Dokumente, S. 328–332). Er war irrigerweise der Auffassung, dass Thomas Mann vorhatte, einen Roman zu schreiben, womöglich in den Dimensionen des *Zauberberg*, und verfasste flugs und sicherheitshalber, um seine brieflich geäußerten Bedenken zu untermauern, eine siebenseitige medizinische Expertise: »Zur Physiologie und Pathologie der Eierstoecke im Zusammenhang mit Erscheinungen in den Wechseljahren.« (TMA) Thomas Mann studierte Rosenthals Aufsatz, wie die Arbeitsspuren zeigen, eingehend. Rosenthals Erklärungen zwangen ihn, seine vorgefasste Meinung, wonach der Krebs in der Gebärmutter seinen Ursprung habe, zu modifizieren, und die Eierstöcke einzubeziehen. Allerdings änderte er seine Konzeption nicht völlig. Wie Thomas Rütten fachmännisch resümiert, »diktierte« das bereits konzipierte Profil der Novelle »den Rahmen, innerhalb dessen Medizinisches Verwendung finden konnte.« (Rütten 2000, S. 253f.)

Thomas Mann mag seine prinzipiellen Gründe gehabt haben, Rosenthals Expertise in letzter Hinsicht nicht völlig gefolgt zu sein. In diesem Zusammenhang ist es erhellend, zu sehen, dass die Richtigkeit seiner gynäkologischen Quelle aus heutiger medizinischer Sicht umstritten ist: »Was Rosenthal schreibt, ist heute medizinisch nicht haltbar, so wie es auch 1952 nicht haltbar war. [...] Bei der *Betrogenen* handelt es sich hingegen um eine verzerrte und vollkommen abwegige Wahrnehmung der Wirklichkeit.« Dies das Verdikt Arnaldo Beninis, eines medizinischen Fachmanns. (Benini 2004, S. 240f.)

Nicht nur der Titel stand von Anfang an fest; auch die Verlegung der Handlung nach Düsseldorf gehörte zu dem initialen, produktiven Impuls, der von der »Frauengeschichte« ausging, die eigentlich »nichts für Frauen ist.« (DüD III, 519) Allem Anschein nach war Düsseldorf eine von vornherein beschlossene Sache. Er schrieb sogleich an eine alte Freundin, Grete Merrem-Nikisch, und bat sie um Auskünfte über Düsseldorf. Grete Nikisch war Opernsängerin an der Dresdener Semperoper und die Schwiegertochter von Arthur Nikisch, dem unbestrittenen Stardirigenten seiner Zeit. Sie stammte aus dem Rheinland (Düren), wie Thomas Mann von seinen Besuchen in Dresden, wo er gerne im »Hotel Nikisch« abstieg, sehr wohl wusste. (GKFA 23.2, 60) Zwar kannte er Düsseldorf – seine Schwester Carla war zeitweilig am dortigen Stadttheater engagiert, und er besuchte sie dort 1903 –, aber er kannte die Stadt am Niederrhein nicht gut genug, um dort ein ihm teures Sujet mit der Vertrautheit eines Ortskundigen zu verankern. Einmal mehr bewährte sich nun ein nicht zu unterschätzendes Talent dieses Schriftstellers, nämlich stets zu ahnen, wer ihm liefern konnte, was er brauchte. Im sicheren Wissen um die »loyale Erbötigkeit« der »lieben Frau Grete« schickte er ihr eine kleine Liste von Desiderata:

> Schreibe da gerade eine kleine Geschichte mit rheinischem Hintergrund[,] spielt in Düsseldorf, das ich zwar kenne, aber doch nur wenig, und ein Stadtplan ist hier natürlich nicht aufzutreiben. Sind Sie dort etwa zu Hause? Könnten Sie mir sagen, wo man dort wohnt, eine Villenstrasse mit Gärtchen? Auch Ausflugsorte in der Umgegend, etwa einem, wo man mit guten Freunden, bei Gläserklang, seinen Geburtstag feiern könnte? Könnten Sie mir nicht auch ein paar typisch rheinische Redewendungen, Dialekt oder Halb-Dialekt, angeben? Wäre Ihnen für alles dankbar, was Ihnen über Düsseldorf, rheinisches Leben, Redensarten gerade einfällt, besonders wenn es *schnell* käme. Uebrigens spielt die Geschichte zwischen den Kriegen, in den zwanziger Jahren; handelt von einer schon über 50 jährigen Frau, Witwe, mit Tochter und Sohn, die von einer späten Leidenschaft für einen jungen Mann erfasst wird, wunderbar auflebt und dann an Gebärmutterkrebs stirbt. – Aber gleichviel. Die Hauptsache ist mir ein bisschen Lokal-Kolorit, Topographie und sprachlich Charakteristisches. Cito et velociter, sonst sitze ich da und weiss nicht weiter. (An G. Nikisch, 17. 5. 1952; TMA)

Wie es seinem Ethos als Schriftsteller entsprach, verfuhr er bis zuletzt nach dem Motto: »Man kann nie zu genau Bescheid wissen.« (An R. Oberloskamp, 5. 6. 1952; Regesten 52/172) Durch Grete Nikisch kam Thomas Mann mit ihrem Neffen Dr. Rudolf Oberloskamp in Kontakt, einem Düsseldorfer Juristen, der ihm bezüglich der Rheinfahrt nach Benrath brieflich Auskunft erteilte. Oberloskamp schickte zudem vier Ansichtskarten zur Veranschaulichung sowie zur geographischen Orientierung ein kleines Buch: *Spaziergänge und Ausflüge im Bereich der Rheinbahn* von Wilhelm Suter, über »dessen N. S.-Reminiszenzen ich Sie gütigst hinwegzulesen bitte.« (Brief Oberloskamp, 9. 2. 1953; TMA) Thomas Mann erwies Oberloskamp seine Dankbarkeit, indem er dessen recht charakteristischen Namen in *Die Betrogene* übernahm – »zu dekorativen Zwecken«, wie er ihm in der Widmung des ihm zugedachten Exemplars der Erzählung schmeichelte. (Heine/Schommer 1998, S. 195)

Grete Nikisch, nach dem Krieg in Kiel ansässig, war in der Tat »loyal erbötig« und bewies zudem viel Einfühlungsvermögen. Sie schickte ihm, von Oberloskamp besorgt, das 1951 erschienene *Merian*-Heft zu Düsseldorf und Umgebung, das ihm willkommenes Anschauungsmaterial bot. Auf dem Titelblatt prangt die Frontalansicht der nächtlichen, von Scheinwerfern erhellten Fassade des Schlosses nach der Parkseite hin mit der Legende: »In Schloß Benrath besitzt Düsseldorf eine Stätte ebenso vornehmer wie anmutiger Repräsentation«. Das Heft enthält einen längeren Auszug aus *Der Wandelstern* (1939, 2. Aufl. 1947), einem Roman des Düsseldorfer Schriftstellers Emil Barth (1900–1958), und zwar die Darstellung einer Fußwanderung eines jugendlichen Freundespaares rheinaufwärts von Düsseldorf nach Schloss Benrath. Der Ausschnitt ist mit »Schloßzauber« überschrieben und schildert zwei schwarze Schwäne im Schlossteich sowie eine detaillierte Schlossführung, die Mann sehr willkommen sein musste, denn er selbst lernte Schloss Benrath erst post festum am 27. August 1954 kennen. (Hansmann 1994)

Thomas Mann praktizierte, wie er Theodor W. Adorno erklärte, eine Art von »höherem Abschreiben« (TM/Adorno, 19) – ein Verfahren, dem in der Musik in etwa die Orchestrierung entspricht. Er übernahm von Emil Barth die Beschreibung der Schlossführung, die den novellistischen Höhepunkt der sparsamen Handlung markiert, und schmückte sie auf seine Art und Weise aus. (Szenessy 1966, S. 223–226) D.h., was er von Barth übernahm, stattete er mit einem mehrschichtigen mythologischen Subtext aus. Einer der Referenztexte ist das Märchen von Amor und Psyche (Ulrich 1982; Schößler 2000, S. 303–306): »Die ganze Novelle lässt sich als eine einzige Nacherzählung oder Travestie des Märchens von Amor und Psyche lesen.« (Elsaghe 2010, S. 178) Das Märchen wir noch keinen Namen wußten, so gläsern wölbte sich der Himmel über Schloß und Wipfel und Teich. Einigen Mut machte es uns, daß auf dem Vorplatz ein paar Leute herumstrichen; unwillkürlich suchten wir ihre Nähe. Sie trugen Bücher in Händen, in die sie zuweilen ihre Nasen steckten, um dann wie Vögel den Kopf schräg in den Nacken zu legen und irgendwo oben den figurengeschmückten Wappengiebel zu betrachten oder das schiefergraue Mansardgeschoß entlang zu sehen und die zierlichen ovalen Fenster, die Eichenblattgirlanden über den hohen Türen zu zählen. Ich tat es ihnen nach und nahm dabei gewiß von den glücklichen Formen und Verhältnissen den Eindruck des Freudigen, Leichten, Lustvollen auf, sah aber doch eigentlicher das Natürlich-Zufällige: den abblätternden Verputz, ein Büschelchen Heu unter der Regenrinne hervorlugend, ein Schwalbennest in der Stuckgirlande klebend oder überm weißen Portal auf schmaler Leiste ein paar Grasähren. Niemand bewohnte mehr den zierlichen Bau; seit Jahrzehnten, so hatte der Vater erzählt, war es nur der greise Kaiser Wilhelm gewesen, der einmal bei großen Manövern darin Quartier genommen. Die Uhr, die ein fliegender Engel über dem Wappengiebel dahintrug, zeigte keine Zeit mehr an; in einer zeitlosen Welt spielten die pausbäckigen Putten mit den Löwen, die das Wappenschild hielten, oder boten den Schatz ihrer Fruchtkörbe einem glücklichen Himmel dar. Ob auch wir es wohl wagen durften, uns ein wenig Löwenfreundschaft anzumaßen? Friedlich die Vorderpranken übereinandergelegt, flankierten vier der Wüstenkönige Freitreppe und Auffahrt, gutmütig-grämliche Tiere aus Sandstein, deren Gebiß und Mähne bereits vor Alter zerbröckelte und

*Das Schloß zu Benrath wurde von Nicolaus de Pigage von 1755–56 erbaut* Photo Dolf Siebert

57

Seite aus dem Merian-Heft *Düsseldorf* (TMA); vgl. Entstehung S. 284.

ist von Apuleus überliefert (Neumann, *Eros und Psyche*); Thomas Mann kannte es wohl von seiner Bachofen-Lektüre her (Elsaghe 2010, S. 198), der ihm eine eingehende Betrachtung gewidmet hatte (*Urreligion und antike Symbole*, Bd. 1, S. 312–321). Zudem hatte er das Märchen 1934 auf der Überfahrt nach New York (Tb. 24. 5. 1934) wieder gelesen. Psyche, die Tochter der Aphrodite, begibt sich als Wiedergutmachung ihres Fehlverhaltens gegenüber dem schlafenden Amor, den sie eigentlich töten wollte, auf eine Fahrt in die Unterwelt. Sie überquert den Unterweltsfluss Styx, entlohnt Charon, den Fährmann mit dem fälligen Obulus, und füttert, um ihn zu beschwichtigen, den Schrecken erregenden Höllenhund Kerberus. Dieses Handlungsmuster mit allen charakteristischen Stationen liegt auch dem Ausflug zugrunde, will sagen: der Rhein- beziehungsweise Hadesfahrt Rosalie von Tümmlers, nach dem düster klingenden Holterhof, d. h. Schloss Benrath, zu dem unheimlichen schwarzen Schwan.

Es verdient festgehalten zu werden, dass Barth, als man ihn auf Manns »Anleihe« aus seinem Werk aufmerksam machte, bemerkenswert besonnen reagierte. »Ich gebe offen zu«, schrieb er seinem holländischen Kollegen Willem Enzinck, »daß ich zuerst selber äußerst überrascht und sogar konsterniert war, ja, daß mir bei dieser Art von Aneignung auch heute noch nicht behaglich ist, aber es scheint mir kleinlich, bei einem so großen und bewundernswerten Werk und Manne auf ein paar Seiten unter diesen zehntausend Seiten Prosa zu starren und die kleine Hilfe, die man unwissenderweise dazu geliehen hat, als eine Art Haupt- und Staatsaktion zu veranschlagen.« (Barth 1968, S. 241) Damit bewies Emil Barth gegenüber dem in Nachkriegsdeutschland äußerst umstrittenen Autor mehr Noblesse als die Mehrzahl seiner Kollegen von der inneren Emigration.

*Amor und Psyche* ist keineswegs der einzige Referenztext. In dem Widmungsexemplar der *Betrogenen* für den Mythenforscher Karl Kerényi nannte er die Erzählung »diese kleine Mythe von der Mutter Natur« (DüD III, 520) und bezeichnete damit den thematischen Fokus seiner Erzählung deutlich genug. George Schoolfield hat diesen Gedanken weiter verfolgt und konnte nachweisen, dass auch die mythische Gestalt der Demeter (Ceres), Göttin der Fruchtbarkeit und Vegetation, die Mutter Kores (Persephone), die Erzählung mythisch erhöht hat. Noch entschiedener gilt das von der Thematik von Eros und Thanatos, ihrer geheimen Identität im antiken Mythos, die Thomas Mann von Erwin Rohdes *Psyche* (1894) her vertraut war und die bereits dem *Tod in Venedig* ihren Stempel aufdrückte. (Heydenreich 1972, S. 85)

Neben den genannten Quellen lieferte auch Hedda Eulenberg, wie ein Brief vom 8. 2. 1953 belegt (TMA), Auskünfte über Düsseldorf, Schloss Benrath sowie die Rheinfahrt dorthin (vgl. Materialien und Dokumente, S. 334–336). Sie hatte ihm kürzlich ihre Autobiographie: *Im Doppelglück von Kunst und Leben* (1952) geschickt. Offenbar hat er sie daraufhin in einem verschollenen Dankesschreiben (Regesten, Bd. V, S. 66) über sein derzeitiges Projekt ins Bild gesetzt, denn ihr Brief beginnt mit: »Herzlich danke ich Ihnen für Ihren Brief und freue mich sehr darüber, dass Sie mich als Handlanger gebrauchen wollen.« Hedda Eulenberg – Dramaturgin, Essayistin und Übersetzerin (u. a. von E. A. Poe) – war die Witwe des Düsseldorfer Schriftstellers Herbert Eulenberg, den Thomas Mann offenbar seit Mitte der zwanziger Jahre kannte. Die Eulenbergs stellen somit eine weitere, verdeckte Verbindung zur Stadt der *Betrogenen* dar.

Vor Beginn der Niederschrift legte Thomas Mann aus den ihm zugelieferten Materialien sowie zusätzlich aus Frederick Rosenthals kleiner Abhandlung über »Physiologie und Pathologie der Eierstöcke« und aus *Meyers Kleinem Lexikon* eine Reihe von Arbeitsnotizen an. Es handelt sich dabei um Exzerpte, Stichworte und Namenslisten. Soweit von Interesse, sind sie im Stellenkommentar vermerkt.

Wie die Zeugnisse zur Entstehungsgeschichte erkennen lassen, stand für Thomas Mann von Anfang an fest, dass die »kleine Geschichte [...] zwischen den Kriegen, in den zwanziger Jahren« zu spielen hatte. Eine erklärungsbedürftige Entscheidung, die er selbst nie begründete! Dies lässt darauf schließen, dass es etwas zu verbergen galt. Mitte der zwanziger Jahre war Thomas Mann fünfzig Jahre alt geworden. Zwei Jahre später, als er wie seine Protagonistin in den frühen fünfziger Jahren stand, lernte er auf Sylt Klaus Heuser kennen, den aus Düsseldorf stammenden Sohn des Direktors der dortigen Kunstakademie, Professor Werner Heuser. Die Beziehung zu diesem jungen Mann (geb. 1909, somit damals achtzehn Jahre alt) nahm die Züge eines geheimen Kults an und kulminierte in der Aufnahme Klaus Heusers in die geheime Galerie seiner großen Lieben, »von der keine ›Literaturgeschichte‹ melden wird« (Tb. 11. 7. 1950). Letztere Bemerkung verrät, dass er insgeheim sehr wohl mit einer posthumen Enthüllung rechnete.

Als er sechzig geworden war, meinte er, dass dies seine letzte Liebe bleiben werde: »Gedanken an jene Zeit und ihre Leidenschaft, die letzte Variation einer Liebe, die wohl nicht mehr aufflammen wird. Seltsam, der glückliche, der belohnte Fünfziger – und damit Schluß.« (Tb. 14. 9. 1935) Die dominante Empfindung, als Heuser ihn 1935 in Küsnacht besuchte, war »Dankbarkeit, die ich auch in seiner Gegenwart wieder für damals empfand.« (Tb. 21. 9. 1935; 28. 7. 1936) Die Liebe zu Klaus Heuser war offenbar ein seelisches Kapitalereignis, blieb jedoch lange Zeit, was seine literarische Verarbeitung betrifft, ein ungehobener Schatz. Dies brachte er sich immer wieder einmal in Erinnerung, gleichsam als Selbstermahnung: »Las lange in alten Tagebüchern aus der Klaus Heuser-Zeit, da ich ein glücklicher Liebhaber. Das Schönste und Rührendste der Abschied in München, als ich zum ersten Mal ›den Sprung ins Traumhafte‹ tat und seine Schläfe an meine lehnte. Nun ja, – gelebt und geliebet. Schwarze Augen, die Tränen vergossen für mich, geliebte Lippen, die ich küßte, – es war da, auch ich hatte es, ich werd es mir sagen können, wenn ich sterbe.« (Tb. 20. 2. 1942)

Was sich hier zusammenballte, war ein komplexes Gemenge von Emotionen, das verarbeitet werden wollte, bestehend aus lebendiger Erinnerung an ein rares Glückserlebnis, aus Dankbarkeit gegenüber dem, der es ihm gewährte, sowie aus Todesahnung im Gedanken an seine vermeintlich letzte Liebe. Alle seine Leidenschaften, so sinnierte er 1950, leben in seinem Werk fort: in *Tonio Kröger* Armin Martens als Hans Hansen, im *Zauberberg* Wil-

Klaus Heuser und Elisabeth Mann im Jahr 1928 (TMA);
vgl. Entstehung S. 287 f.

liram Timpe als Pribislav Hippe und im *Doktor Faustus* Paul Ehrenberg als Rudi Schwerdtfeger. Sie alle haben »[e]ine gewisse Verewigung« gefunden (Tb. 16. 7. 1950). In dieser Rückschau des Fünfundsiebzigjährigen bleibt für Klaus Heuser lediglich »die Einleitung« zu dem Essay über Heinrich von Kleists *Amphitryon*. Dies mochte ihm nun unangemessen schattenhaft erscheinen, denn die Präsenz seiner Leidenschaft für Klaus Heuser in den inspiriertesten Passagen seines Essays von 1928 ist kaum wahrnehmbar und jedenfalls nicht zu vergleichen mit dem Grad der »Verewigung«, die eine lebendige Gestaltung zu erzielen vermag. Das Gefühl, dass hier ein bewegendes und beglückendes Gefühlsabenteuer noch unerlöst (wie Tonio Kröger sagen würde) im Dunkel seiner Erinnerung verharrte, musste ihn umso mehr bedrücken, als Klaus Heuser es war, »der mir am meisten Gewährung entgegenbrachte« (ebd.). An diese »Gewährung« dachte er mit Dankbarkeit: »das mit K. H. war ein spätes Glück mit dem Charakter lebensgütiger Erfüllung [...].« (Tb. 6. 5. 1934) Rosalie von Tümmler spricht von dem, was die »Natur« ihr zugedacht, im gleichen Ton der Dankbarkeit. Nicht »Lug« und Trug sei es, sondern »Güte und Gnade«.

Von der Affäre Klaus Heuser wissen wir erst seit der Veröffentlichung der Tagebücher, die im Jahre 1977 zu erscheinen begannen. Als er sich zu der Erzählung von der *Betrogenen* entschloss, 1952, wusste die Welt nichts davon. Für einen Autor, der früh bekannte (und zeitlebens danach handelte): »Nicht von Euch ist die Rede, gar niemals, [...] sondern von mir, von mir...« (GKFA 14.1, 110), muss allein schon dies ein starker Anreiz zur Gestaltung gewesen sein. Gewiss gilt auch für seine letzte Erzählung, was er den künftigen Lesern seiner Tagebücher zwanzig Jahre nach seinem Ableben wünschte: »Heitere Entdeckungen dann, in Gottes Namen.« (Tb. 13. 10. 1950) Und was ihn dazu motivierte, die posthume Bekanntmachung seiner privaten Aufzeichnungen zu verfügen, das darf getrost auch auf seine letzte Erzählung bezogen werden. Thomas Mann bediente sich dazu eines Verses August von Platens: »Es kenne mich die Welt, [auf dass sie mir verzeihe!], aber erst, wenn alles tot ist.« (Tb. 13. 10. 1950) Bis dahin jedoch sollte das Geheimnis unenthüllt bleiben, weshalb er in einer Miszelle von 1954 jeden Vergleich mit dem *Tod in Venedig* als »töricht[ ]« hinstellte. (GW XI, 529) Mit Nachdruck erklärte er: »Mit dem ›Tod in Venedig‹ hat es gar nichts zu tun, weder nach seinem Gewicht noch nach seiner Thematik.« Der Protest klingt zu forciert, um zu überzeugen, denn der nachfolgende Satz, statt alle Zweifel zu beheben, nährt sie nur aufs Neue. *Die Betrogene* habe mit der Venedig-Novelle »nur gemein, dass es eben auch von mir ist, und zwar unverkennbar von mir. Es könnte von keinem anderen sein und gehört mit einer gewissen Notwendigkeit zu mir und dem Meinen.« (Ebd.)

Was ihn sonst noch an dem Sujet gereizt haben mag, lässt sich unschwer erschließen. Vor wenigen Jahren erst, im Frühjahr 1946, hatte er nach einer unzweideutigen Diagnose Rosenthals auf Drängen Katias eine schwere Lungenkrebsoperation über sich ergehen lassen müssen – die Spätfolge seines Rauchens, eines Lasters, dem er seit seiner Jugend frönte. Es war die in seinem ganzen Leben »größte Gefährdung« seiner Gesundheit. (Virchow 1998, S. 47) Für einen, der sich auf seine gesundheitliche Robustheit einiges zugutehielt, war es eine todernste Prüfung. Die Operation, ausgeführt im Billings Hospital, der Universitätsklinik der University of Chicago, durch Dr. William Adams, gelang glänzend und verlängerte seine Lebens- und Schaffenszeit um fast ein Jahrzehnt. Der Erfolg des schweren Eingriffs konnte nicht verfehlen, seine »Natur« in einem »trotz allem« freundlichen Licht erscheinen zu lassen: »Glänzender, völlig störungsfreier Verlauf des chirurgischen Aktes und uneventful recovery. Die Gutwilligkeit und Geduldigkeit meiner Natur, ihr guter Hintergrund, ein vorzügliches Herz, Wohlkonserviertheit trotz allem, vereinigten sich mit fortgeschrittenstem ärztlichem Können zu einem fast sensationellen klinischen Erfolg.« (Tb. 28. 5. 1946) Somit war ihm die tödliche Bedrohung durch den Krebs doppelt vertraut: sowohl von seiner eigenen Krankheitsgeschichte her als auch von Katia. Thomas Mann hat in der *Entstehung des Doktor Faustus* in einem verblüffend heiter gestimmten Kapitel, in dem aber das Wort Krebs geflissentlich vermieden wird, mit großer Erleichterung über seine schwere Operation berichtet (GKFA 19.1, 530–546). Auch dieser gewichtige Erfahrungskomplex wartete auf eine lebendige Gestaltung, um Eingang zu finden in die imaginäre Welt seiner Dichtungen, die stets zu einem guten Teil im Allerpersönlichsten wurzeln.

Zudem bot das heikle Thema, das in anderen Händen leicht ins Sentimentale und Belanglose hätte gleiten können, starke künstlerische Anreize, die ihn zur Ausarbeitung dieser Erzählung motivieren mochten. Thomas Mann übte sich seit seinen Anfängen in der Kunst der Camouflage (Detering 1994, S. 320–325). Ein sicheres Mittel, seine wahren Empfindungen, mit denen er nicht »unter die Leute gehen« (GKFA 21, 89) konnte und wollte, zu verbergen, war die Geschlechterinversion. Nach einem ersten Versuch in der Novelle *Ein Glück* (1904) erzielte er mit dieser vielsagenden Verhüllungstechnik in *Joseph in Ägypten*, indem er die im Tagebuch verschlossenen, leidenschaftlichen Gefühle für Paul Ehrenberg der für Joseph entbrannten Frau des Potiphar, Mut-em-enet, übertrug, einen künstlerischen Triumph. Dieses Verfahren drängte sich somit auch für die noch ausstehende literarische Gestaltung des Klaus-Heuser-Komplexes auf. In der *Betrogenen* nun manifestiert sich die Geschlechterinversion in zwiefacher Gestalt, denn Thomas Mann projiziert sich selbst sowohl auf die Gestalt der Rosalie als auch auf die ihrer Tochter. In Anna ist versammelt, was Rosalie abgeht: eine unsentimentale, vom Verstand gelenkte Sicht auf die Dinge und ihr unverblümter, die Mutter korrigierender Ausdruck. In dieser »Lahmen« erfährt Manns Lust am »Voltairisieren«, das ihm in der indischen Legende und besonders in der Mose-Phantasie gute Dienste leistete, ihre letzte, gesteigerte Ausprägung. Die Figur sei »frei erfunden«, behauptete er dreist einem Briefpartner gegenüber. (DüD III, 520) Doch diese Behauptung klingt wenig glaubwürdig, denn er sagt auch, es sei wohl »die beste Figur« des Werkes, nicht zuletzt natürlich, weil so viel Eigenes in ihr steckt.

Die Situierung der Handlung in den zwanziger Jahren mag ihn dazu bewogen haben, seine letzte Novelle mit der Patina einer historisierenden, den hohen Ton der klassischen deutschen Literatur parodierenden Erzählweise auszustatten. »Realismus ist kein Genuß mehr«, schrieb er Adorno mit Bezug auf seine letzte Erzählung, weshalb er auf den Stil der »vor-realistisch[en]« Literatur zurückgegriffen habe. (TM/Adorno, 140) Unverkennbar hält sich diese Erzählung an das Muster der klassischen Novelle:

an manchen Stellen, so am Anfang, ist eine an Kleist gemahnende Stilparodie nicht zu überhören. Bezeichnenderweise griff er während der Arbeit an der *Betrogenen* mit Vorliebe zu Kleist, aber auch zu Goethe und Tschechow als Stärkungslektüre. Die zum Teil gekünstelt und süßlich anmutenden Gespräche zwischen Mutter und Tochter sind sehr bewusst im Stil der Goethezeit gehalten, in der Absicht, ihnen dadurch »eine gewisse ästhetische Höhe [zu] verleihen.« (GW XI, 530). Die Sprache der *Betrogenen* ist somit weit entfernt von den in der indischen Legende und der Mose-Phantasie gewählten Sprachebenen, die mit umgangssprachlichen, ja grobianischen Elementen gesalzen sind.

Der bewusste »Retrolook« der *Betrogenen* im Formalen harmoniert durchaus mit dem rückblickenden Charakter dieser sein Werk abschließenden Erzählung. Es ist ein Rückblick auf die für Leben und Werk grundlegende Pathologie, auf das zwiespältige Verhältnis zu Amerika, auf das von seiner Kunst nicht zu trennende Element der Täuschung und auf die Art seiner vom Geschlechtlichen tief geprägten Kreativität, mit der er von der vexatorischen »Mutter« Natur ausgestattet war. Wie sehr in ihm das gleichgeschlechtliche Begehren noch lebendig war, durfte er jüngst, im Sommer 1950, in dem überraschenden Gefühlsabenteuer mit Franz Westermeier erleben, einem Kellner im Züricher Waldhaus Dolder. Dies mochte ihn sehr wohl bestärken in dem Entschluss zur literarischen Verewigung des Kapitels Klaus Heuser. Dass hier im Gewande einer Frauengeschichte »tief Persönliches« (Felder 1990, S. 118) verhandelt wird, steht somit außer Zweifel.

Mit den künstlerisch verlockenden Möglichkeiten musste sich ihm das als »Frauengeschichte« daherkommende, vielfach tabuisierte Sujet als etwas Neues, noch nie Gemachtes, darstellen. Gerade deswegen aber wurde die Erzählung der Fortsetzung der Krull-Memoiren vorgezogen. Es packte ihn offenbar der »Ehrgeiz, es mit dem Peinlichen aufzunehmen« (DüD III, 525), denn »das eigentlich nicht recht Mögliche dennoch möglich zu machen, hat mich immer gelockt« (GW XI, 529). Diesen Ansporn spürte er offenbar bis zum Ende. So entstand mit der »kokette[n] Schamlosigkeit« eines alternden Autors eine nicht mehr erwartete »skandalöse Parabel«. (TM/Adorno, 133) Zwar war er sich bewusst, dass er in seinem hohen Alter keine neue Häutung erleben werde, doch war er immer noch Künstler genug, Unerprobtes zu wagen. »Man versucht eben immer etwas Neues«, erklärte er dem Kritiker Ernst Benedikt, »wenn es dann auch immer wieder das Alte wird, eine Abwandlung davon.« (DüD III, 524)

Noch vor Beendigung der Niederschrift las Thomas Mann auf Einladung des Schweizer PEN-Klubs im Züricher Zunfthaus Saffran den ersten Teil der *Betrogenen.* (Tb. 13. 3. 1953) Zu dieser Lesung schrieb er eine kurze Einführung (siehe Materialien und Dokumente, S. 336f.), die das Interesse der Zuhörer entschieden auf den »dämonischen Betrug« der Natur an ihrer Verehrerin lenkt. Er präsentiert die »Novelle« als die Entfaltung einer »tragische[n] Anekdote«, von der er gehört habe, die aber auch »mit eigenen dichterischen Absichten gefärbt« sei. Dass damit auch die dichterische Verewigung des Klaus-Heuser-Erlebnisses gemeint sei, brauchte bei dieser Gelegenheit nicht an die große Glocke gehängt zu werden. Dies war den heiteren Entdeckungen vorbehalten, die dereinst, im Gefolge der Bekanntmachung der Tagebücher, auch diese, seine letzte Erzählung erhellen würden.

### Textlage

Die Hs. ist vollständig erhalten und wird im Deutschen Literaturarchiv in Marbach aufbewahrt. Alle substanziellen Korrekturen des Autors in der Hs. sind im Stellenkommentar verzeichnet. Die Blätter, die bei der Umarbeitung des Gesprächs zwischen Mutter und Tochter ausgeschieden wurden, sind im TMA vorhanden.

Auf die Hs. schrieb Thomas Mann den folgenden Vermerk: »Herzlich gern gebe ich den Vorabdruck dieser Erzählung im Faksimile der Handschrift frei zu Gunsten bedürftiger Kinder und Jugendlicher in Israel. / Erlenbach bei Zürich / Mai 1953 / Thomas Mann«.

ED: *Merkur. Deutsche Zeitschrift für europäisches Denken.* 7. Jg., Heft 5–7, Mai bis Juli 1953, S. 401–417, 549–573, 657–672. Druckvorlage.

BA: *Die Betrogene.* Frankfurt/M. 1953. Schutzumschlag: Martin Kausche.

Quellenlage

Johann Jakob Bachofen: *Der Mythus von Orient und Occident. Eine Metaphysik der alten Welt.* Aus den Werken von J. J. Bachofen, mit einer Einleitung von Alfred Baeumler, hg. von Manfed Schroeter, München 1926.

Ders.: *Urreligion und antike Symbole.* Systematisch angeordnete Auswahl aus seinen Werken in drei Bänden, hg. von Carl Albrecht Bernoulli, Leipzig 1926.

Karl Kerényi: *Labyrinth-Studien. Labyrinthos als Linienreflex einer mythologischen Idee*, Amsterdam und Leipzig 1941.

Ders.: *Einführung in das Wesen der Mythologie. Das göttliche Kind. Das göttliche Mädchen*, Zürich 1951.

MERIAN. Das Monatsheft im Hoffmann und Campe Verlag. Hg. von Heinrich Leippe, 4. Jg., Heft 5: *Düsseldorf.* Hamburg 1951. Darin: Emil Barth: Schloßzauber, S. 56–60; Bastian Müller: Kaiserswerth und Neandertal, S. 66–70; Hans Müller-Schlösser: Anekdoten, S. 74–76; Norbert Jacques: In den Altbierkneipen, S. 83–84.

Erwin Rohde: *Psyche: Seelencult und Unsterblichkeitsglaube der Griechen.* 2 Bde. Tübingen und Leipzig 1898.

Wilhelm Suter: *Spaziergänge und Ausflüge im Bereich der Rheinbahn*, 4. Aufl. Düsseldorf 1934.

Rezeption

Thomas Manns letzte Erzählung löste bei ihrem Erscheinen sowohl in Amerika als auch im deutschsprachigen Bereich sehr gemischte Reaktionen aus mit weit auseinanderliegenden Urteilen. Während in der Schweiz, in der Bundesrepublik und der DDR die positiven Stimmen überwogen, waren in Amerika die ablehnenden dominant. Hier wie dort richteten sich die Einwände vornehmlich gegen die Thematisierung des Gebärmutterkrebses und seine gynäkologisch realistische Beschreibung, die diesem späten Werk den Ruf einer skandalösen Geschmacksverirrung des alternden Autors einbrachten. Die Erstrezeption, die wie ein Barometer das geistige Klima anzeigt, mit dem es der Remigrant aus Kalifornien zu tun hatte, wurde bereits mehrmals untersucht (Vaget 1984; Latta 1987; Bade 1994; Goll 2000); sie wird hier den unterschiedlichen Erwartungshorizonten entsprechend in vier geographische Bereiche eingeteilt.

*Deutschland:* BRD

Was die negativen Reaktionen in der Bundesrepublik betrifft, so ist grundsätzlich zu bemerken, dass hinter der ausgesprochenen Kritik oft eine unausgesprochene stand. Thomas Mann wurde in weiten Kreisen als »Amerikaner« wahrgenommen, als mitleidloser Ankläger Deutschlands und Sprachrohr einer Siegermacht, die sich die Bestrafung und Umerziehung der Deutschen zum Ziel gesetzt hatte. (Vaget 2014) Die sogleich nach Kriegsende ausgetragene, sogenannte *Große Kontroverse. Ein Briefwechsel um Deutschland* (hg. von J. F. G. Grosser, Hamburg 1963), die in Wahrheit ein gegen den unverblümten Deutschland-Kritiker gerichtetes Abwehrmanöver war, färbte subkutan auch auf die literarische Kritik ab. Hier konnte sich das politische Ressentiment in Weltanschauung kleiden und hinter dem Schild des guten Geschmacks verstecken.

Der Rezensent der damals noch konservativen Wochenzeitung *Die Zeit*, Paul Hühnerfeld, argumentiert, diese Erzählung sei »an der Zeit vorbei […] ins Leere« geschrieben. Thomas Mann sei in dem Geist der Jahrhundertwende stecken geblieben: seine einst bestechende Psychologie sei heute ein »auf amerikanische Weise geschliffenes Messer«. Was mit der unmotivierten Anspielung auf

Manns Amerikanertum genau gemeint ist, bleibt unklar. Jedenfalls kein Kompliment. Der Hinweis genügt jedoch, um das für Hühnerfeld Unbefriedigende an der *Betrogenen* irgendwie mit Amerika in Verbindung zu bringen. Und der Vorwurf der Unzeitgemäßheit signalisiert, dass Thomas Manns Deutschland-kritische Publizistik, zumal die aus der amerikanischen Zeit, von keinem Belang sei.

Der Rezensent von *Christ und Welt*, Wilhelm Westecker, beanstandet den Mangel einer »sinnvollen Handlung« und »böse geistige Fahrlässigkeiten«. Das betrifft Rosalies Rede vom »Ostern meiner Weiblichkeit«, von Auferstehung und Gnade. Für den Rezensenten ist dies »ein nicht zu verantwortender Missbrauch hoher religiöser Worte«. C. F. W. Behl in der *Deutschen Rundschau* beklagt die »ins Unerträgliche sich verirrende Akribie« des Autors; hier seien »die Grenzen des Möglichen allzu verwegen« abgetastet worden. Die sachlich nüchterne Schilderung des Gebärmutterkrebses empfindet er als peinlich und degoutierlich. Auch Peter Stadelmeyer in den *Frankfurter Heften* bezeichnet *Die Betrogene* als etwas »Degoutierliches«, wenn auch »aus bester Feder«. Diese Erzählung sei ein »verhältnismäßig unbedeutendes Nebenprodukt«, nicht mehr als eine »gynäkologische Griffelübung«. Für J. O. Zöller in der *Deutschen Tagespost* liegt Manns »makabre Geschmacklosigkeit [...] jenseits des Zumutbaren [...], der wir Thomas Mann zuliebe ein Schicksal im Papierkorb gewünscht hätten«. Es handle sich hier um den »Schwanengesang eines Hedonisten«. Hermann Missenharter in den *Stuttgarter Nachrichten* schließlich gesteht sein Unbehagen an der »gar zu realistischen Pedanterie im Allerintimsten und Morbiden« und konstatiert im Vergleich zu Kleists *Marquise von O.* einen »Schwund an Takt und Geschmack«.

Gegen die Kritiker, die Manns Erzählung aus Gründen des guten Geschmacks ablehnten, wandte sich vor allem Walter Jens in der *Welt am Sonntag*: »Sie vergessen das Pathos, das dem Geschick der Frau von Tümmler einen Zug von Größe gibt, sie vergessen den jähen Umschlag der Ironie in Ernst und Tragik, dort wo der schwarze Schwan heiser zu zischen beginnt. Sie vergessen endlich, daß jeder Stoff der Welt, der frommste und der obszönste Vorwurf, zu einem Kunstwerk gemacht werden kann – sofern nur der Dichter da ist.« Eine nahezu vorbehaltlos positive Besprechung lieferte Martin Beheim-Schwarzbach im Berliner *Tagesspiegel*. Wie Hans Reisiger in der *Stuttgarter Zeitung* oder Eckhard Heftrich in der Zeitschrift *Atoll* bewundert Beheim-Schwarzbach vor allem Thomas Manns stilistische Meisterschaft, beispielsweise à propos von Rosalies falschem zweiten Frühling: »Hier wird eine Euphorie allein durch den Stil und ohne die Hilfe sekundärer Psychologie sichtbar gemacht.« Sein einziger Vorbehalt: er wünschte sich einen anderen, symbolischen Titel. »Der schwarze Schwan« wäre passender gewesen, denn »Die Betrogene« stelle streng genommen eine »Einmischung des Erzählers« dar. Heftrich nimmt den Autor gegen den Vorwurf des Altmodischen in Schutz und bemerkt im Hinblick auf die Darstellung des Krebstodes: »Das sieht gewaltsam desillusionierendem Zynismus nicht unähnlich. Schärfer gesehen ist es die zum Stil gewordene Erkenntnis der Hadesgrenze: und diese Erkenntnisweise gehört dem Zwanzigsten Jahrhundert an.« Max von Brück in der Wochenzeitung *Die Gegenwart* ergeht sich in Bewunderung und Lob für die »durchgängig kunstvolle Stilisierung« und bezeichnet *Die Betrogene* als »eines der wehmütigsten, der am tiefsten schmerzlichen und hintergründigen Werke« schlechtin, kurzum als eine »literarische Sensation«.

Eine Sonderstellung in der Rezeption der *Betrogenen* muss Theodor W. Adorno zuerkannt werden. Der Philosoph hatte Thomas Mann bei der Darstellung der Neuen Musik im *Doktor Faustus* unentbehrliche Hilfestellung geleistet und dabei intime Einblicke in seinen geistigen Haushalt gewonnen. Dafür stattete ihm der *Faustus*-Autor in der *Entstehung des Doktor Faustus* mit einer großen Laudatio eindrucksvoll Dank ab. Das Adorno gewidmete Kapitel machte den bis dahin in Deutschland kaum Bekannten zu einer Berühmtheit und half ihm so seine herausragende Stellung im intellektuellen Leben Nachkriegsdeutschlands gewinnen. Adornos zunächst briefliche Würdigung der Novelle hatte insofern eine belebende Wirkung auf die kritische und wissenschaftliche Beschäftigung mit Manns letzter Erzählung, als sie die weltanschaulich drapierten Einwände der Erstrezeption in der Bundesrepublik praktisch zum Verstummen brachte.

Adorno zeigte sich entzückt von der *Betrogenen* und schrieb dem Autor, wie dieser dankbar erkannte, einen »schönen und bedeutenden Brief [...] Es war mir ganz seltsam, Ihren unglaublich hochgezüchteten kritischen Stil, der wie ein Dolch ins Fleisch der Dinge geht, so brieflich-privat angewandt zu finden auf das Eigene.« (TM/Adorno, 139f.) Adornos Brief (ebd., 133–139), unterzeichnet »in herzlichster Verehrung«, erschien Anfang 1955 in der Zeitschrift *Akzente* als verspätete Besprechung, rechtzeitig vor Manns Ende. Der Grundtenor seiner Reaktion ist Erstaunen über die Kühnheit eines Alterswerks, das sich mit souveräner, »koketter Schamlosigkeit« über die Spielregeln der bürgerlichen Zivilisation hinwegsetze und das verdrängte »Fiese« des Todes in den Blick gerückt habe. Adorno bemerkt die neuen Nuancen und Umkehrungen in der »Verschlungenheit von Eros und Tod«; er spricht von der »Variation Ihres Grundthemas«, insofern hier »nicht das todessüchtige Leben« zu Wort komme, sondern »der lebenssüchtige Tod«. Er bewundert Manns »exakte Phantasie« und hebt die Bedeutung des Moschusgeruchs hervor, der von dem Exkrementhäufchen ausgeht: eine Miniallegorie, »eingelassen« in die größere Allegorie »wie ein Sekundenzifferblatt in eine Uhr«. Er zeigt sich auch angetan von der Gestalt der Tochter Anna mit ihrem »stampfenden Klumpfuß« und verweist auf den französischen Surrealisten André Masson, bei dem er Rosalies avantgardistische Forderung an die »abstrakte Tochter [...] den Duft als solchen zu malen«, ansatzweise verwirklicht sehe. Als Amerika-Kenner entgeht ihm nicht, dass die Figur des Ken Keaton »alle Zeichen eines Amerikaners aus den späten vierziger oder fünfziger, und nicht den zwanziger Jahren« trage. Diese aufschlussreiche Unstimmigkeit rechtfertigt Adorno mit dem Gedanken, »daß eine Existenz wie die der Frau v. Tümmler heute wohl nicht vorgestellt werden könnte«. Von den »Subtilitäten und kondensierten Erfahrungen, die in die Sache eingingen«, rühmt er die »Gebrochenheit der uns allein noch offenen Naturerfahrung«. Adorno setzt seinem Rühmen auf elegante Weise die Krone auf, indem er ein bekanntes Urteil Goethes über seinen *Faust* zitiert und *Die Betrogene* als eine »wirklich incommensurable Produktion« bezeichnet.

*Deutschland:* DDR

Die Rezensionen der *Betrogenen* in der DDR haben als gemeinsamen Nenner die gesellschaftskritische Perspektive sowie die Distanzierung von der vermeintlich rein ablehnenden Rezeption in der BRD. Max Schroeder im *Aufbau* nimmt die Erzählung gegen Behls Urteil in Schutz, es handle sich hier um etwas Degoutierliches. Dem begegnet er mit Etiketten wie »Meisterwerk«, »Juwel« von einer Erzählung sowie »Liebesgeschichte von klassischer Statur«. Es sind Charakterisierungen ohne kritischen Erkenntniswert. Wie von der Orthodoxie des sozialistischen Realismus gefordert, bringt Schroeder die Schablone vom »Verfall der bürgerlichen Welt« in Anschlag und verweist auf die gesellschaftliche Stellung der Frau als Symptom: »Thomas Mann gibt in diesem Spätwerk nachdrücklich der Wahrheit die Ehre, daß die Frau im Kapitalismus in besonderer Weise ausgebeutet, unterdrückt und ›betrogen‹ wird.« In der literarischen Monatsschrift *Heute und Morgen* preist Werner Heinitz Thomas Manns »Sprachmeisterung« und seinen »rücksichtslos enthüllenden Stil«. Was dabei an den Tag komme, sei eine Kritik an dem »antagonistischen Weltbild der bürgerlichen Welt« und an den »verbürgerlichten Vorstellungen von der ›lieblichen‹ Natur«. Nicht nur diese Erzählung, sondern das Gesamtwerk stelle eine nachdrückliche Aufforderung dar »zum Mühen um eine alle Sphären des Daseins umfassendes dialektisches Weltbild«. In der Berliner *Täglichen Rundschau* stellt Martin Gregor das »Generalthema der Zerstörung« in den Mittelpunkt und deutet die Novelle als eine Warnung an die Adresse Westeuropas vor dem ihm »Unzukömmlichen«, nämlich seinem »zerstörerischen Lebenswandel«. Obgleich die Erzählung in den zwanziger Jahren angesiedelt sei, liefere sie »ein Spiegelbild der westdeutschen Gegenwart«. Die hier von Thomas Mann gestellte Diagnose sei »tief pessimistisch, weitaus mehr als im *Faustus*«. Abschließend meint Gregor: »Im Augenblick, da die menschliche Existenz *überhaupt* bedroht ist, ganz besonders aber in der Situation, die er bei seiner Rückkehr nach Europa vorfindet, gibt es für den Humanisten Thomas Mann keine andere Möglichkeit als die Alarmglocke zu läuten. Als dieser Warner und Mahner hat er sich zeitlebens erwiesen, vor der Verlotterung und der Barbarei, vor dem Unangemessenen und der Unvernunft, dem Rückschritt und der Zerstörung.«

*Schweiz*

Die Rezeption der *Betrogenen* in der Schweiz war vorbehaltlos positiv. Anders als in der Bundesrepublik hatten die Rezensenten keine Veranlassung, gereizt zu reagieren, denn der Autor hatte weder das Land noch das Verhalten seiner schreibenden Kollegen kritisiert. Es hatte keine »große Kontroverse« um das Verhalten der Eidgenossenschaft gegeben. Aus den Schweizer Rezensionen spricht denn auch ein deutliches Bemühen, dem jüngsten Werk des in ihre Mitte Zurückgekehrten eine freundliche Aufnahme zu bereiten.

Die gewichtigste Besprechung ist die von Max Rychner in der Zeitschrift *Die Tat*. Es ist ein Versuch, *Die Betrogene* von Goethe und Schopenhauer her zu erhellen. Es handle sich hier durchaus um ein Werk, auf das Goethes Definition der Novelle als Erzählung von einer unerhörten Begebenheit zutreffe. Im Übrigen berühre sich Manns Novelle mit Goethes *Mann von funfzig Jahren*. Die entscheidende intellektuelle Orientierung verweise jedoch auf Schopenhauers »Metaphysik der Geschlechtsliebe«. Während Schopenhauer das Illusionäre in der Neigung Alternder zur Jugend herausstelle, werde Rosalie von der Natur noch stärker »geprellt«. Ihr sei mehr »zugedacht« als die »Entfremdung der Leidenschaft«, nämlich »die Aufhebung ihres Ichs, ihrer Individuation, im Tode«. Schon »angefressen« von der Krankheit, fasse diese »rheinländisch vergnügte Heldin [...] was ihr zu leben noch hätte beschieden sein können, für kurze Monate in ungemeiner Intensität zusammen: flammend erlischt sie«. Abschließend evoziert Rychner den Gedanken des Liebestodes aus Wagners *Tristan und Isolde* und hält *Die Betrogene* gegen den *Tod in Venedig*: »Die von der Natur liebevoll betrogene Rosalie dagegen war mit ihrem Dasein im Einklang, und während bei den früheren Novellenhelden die hereinbrechende Liebe eine Form der Todessehnsucht war, ist sie bei ihr Sehnsucht nach mehr und heißerem Leben, jetzt und hier, mit allem was dabei auferlegt ist.«

In der *Neuen Zürcher Zeitung* wirbt A. M. Frey um Verständnis für ein Werk, von dem er warnend sagt, dass es »die Bereitschaft« voraussetze, »sehr Ungewöhnliches mit aufrichtigem Entgegenkommen zu hören«. Seine Besprechung findet keinen kritischen Ansatz und erschöpft sich in einer in allen Belangen Lob spendenden Nacherzählung. In der *Neuen Schweizer Rundschau* ergriff Jonas Lesser das Wort, Autor einer kritischen Würdigung Thomas Manns »in der Epoche seiner Vollendung« (1952). Lesser weist scharfsinnig darauf hin, dass »alles« aus einem einzigen Motivkern, dem Motiv »Natur«, entwickelt sei und kennzeichnet die Novelle als eine modern-bürgerliche Wiederholung des Schicksals der Mut-em-enet: beiden Liebesgeschichten liege die Idee der »Heimsuchung« zugrunde. In der *Schweizer Rundschau* wirft Jakob Wyrsch zwei originelle Beobachtungen in die Debatte. Die Novelle demonstriere, dass die Natur die Seele betrüge, weshalb er die Kühnheit und den »Mut Thomas Manns, des Amerikaners«, rühmt, der »Amerika ins Gesicht schlägt, denn im Lande der Psychosomatik, der ›dynamischen Psychologie‹ [...] wird das Umgekehrte gelehrt«. Zudem erinnert Wyrsch an ein Buch der dänischen Autorin Karin Michaelis, das in Manns Jugend sehr verbreitet war: *Das gefährliche Alter*. »Und dort«, meint der Rezensent, »finden wir denn auch den Sachverhalt der *Betrogenen*.« Somit kehre Thomas Mann im Alter zum »Zeitgeist seiner Jugend« zurück.

*Amerika und England*

Thomas Manns letzte Erzählung löste in Amerika ein lebhafteres Echo aus als in Deutschland. *The Black Swan*, in der Übersetzung von Willard Trask, erschien im Frühjahr 1954 und wurde über ein Dutzend Mal in überregionalen Zeitungen und in literarischen Zeitschriften besprochen. »Dr. Mann«, wie man ihn gewöhnlich titulierte, wurde zunehmend als deutsch schreibender Amerikaner wahrgenommen, und als solcher nahm er einen prominenten Platz auf der Literaturszene ein. Die Reaktion auf dieses Spätwerk war jedoch überwiegend negativ. Damit setzte sich ein Trend fort, der sich in der Rezeption des vierten *Joseph*-Bandes abzuzeichnen begonnen hatte.

Thomas Manns Reputationskurve erreichte 1938 mit *Joseph in Egypt* ihren Scheitelpunkt, als der prominente Hitler-Gegner zum ersten Mal das Land von »coast to shining coast« bereiste und vor großem Publikum seinen künftigen Landsleuten den »Coming Victory of Democracy« verkündete. Dies zu einem Zeitpunkt, als der Krieg noch gar nicht ausgebrochen war – ein Krieg, der von dem deutschen Nobelpreisträger aber als notwendig und unvermeidbar erkannt wurde. Mit *Joseph, the Provider* begann sich die Reputationskurve abwärts zu neigen. Die folgenden Werke vermochten diesen Trend nicht umzukehren; im Gegenteil, *The Black Swan* bekräftigte ihn.

Thomas Mann täuschte sich über die Akzeptanz seiner Erzählung. Noch vor ihrem Abschluss schrieb er Hermann Hesse: »Erika meint, daß sie Erfolg haben wird, jedenfalls in Amerika.« (TM/Hesse, 299) Worauf sich diese Hoffnung, die er offenbar teilte, im

Konkreten stützte, muss Spekulation bleiben. Unter den amerikanischen Besprechungen lassen sich zwei, drei positive Stimmen ausmachen. Die Mehrzahl der Rezensenten war enttäuscht und schüttelte vor Ratlosigkeit und puritanischem Ekel den Kopf, ohne aber dem Grund des Ekels mit Worten näherzutreten.

Der vielgelesene *New Yorker* verpasste dem *Black Swan* einen bissigen Verriss. Brendan Gill spottete, Thomas Mann sei hier »at his clinical best and literary worst«. Es handle sich schlicht um eine Verirrung des alternden Olympiers und um eine grausame Travestie seiner Lieblingsmaterie: Krankheit, Liebe, Kunst. Dies sei ein »unexpected display of Mann's ingratitude to Mann«. Das nächste Werk könne sehr wohl wieder ein Meisterwerk sein, das vorliegende jedoch sei beschwerlich und ekelhaft – »tedious and disgusting«. Das Buch eigne sich allenfalls als Geburtstagsgeschenk für Gynäkologen. Weniger elegant und witzig drückte B. R. Redman in der *Saturday Review of Literature* seine Irritation aus. Dies sei »perhaps the strangest book«, das ihm in den 35 Jahren seiner Rezensententätigkeit vor die Feder gekommen sei. Es fallen Adjektive wie »silly«, »brutal«, »diabolical«, »stilted« und »ridiculous«, bevor er die Erzählung endgültig verdammt: »[...] perhaps only a great artist could have written it. But I am also sure that this is one of the most repulsive, most devilish works of art that I have looked upon.« Der seinerzeit hochangesehene Kritiker Lewis Gannett schreibt in der *New York Herald Tribune*, das Manuskript dieser Erzählung wäre sicher abgelehnt worden, wenn es nicht von dem Autor des *Zauberberg* und der *Buddenbrooks* unterzeichnet gewesen wäre, denn der Lektor hätte nicht umhin können, die große Berufssünde zu begehen und an den falschen Stellen zu lachen. Ebenso entschieden wird das Buch von Virgilia Peterson in der Literaturbeilage der *Herald Tribune* verworfen. Dies sei eine sentimentale und leicht makabre Geschichte, die aber dadurch verdorben werde, dass Mann versucht habe »to wed a period piece to Freudian diagnosis«. Philipp Rahv in *Commentary* findet, es handle sich um eine schwache Parodie des *Tod in Venedig*, deren Sinn ihm aber entgangen sei. Ihn fasziniere weniger die Qualität des Textes als die Psychologie des nahezu achtzigjährigen Verfassers, der in bedeutungsloser Ausgefallenheit eine Kur für Langeweile suche. In dasselbe Horn der Altersschwäche stößt John Sullivan im *Commonweal*. Er hält es nicht für nötig, auf die Erzählung näher einzugehen, und bezeichnet das Ganze als einen Fall von »literary monoliths who have outlived their proper time«. *The Black Swan* biete nicht mehr als den Schatten früherer Größe und sei Beweis für »Mann's failing powers«. Er hoffe jedoch, fügt er in vollendeter Unaufrichtigkeit hinzu, dass schon das nächste Buch ihn Lügen strafen werde.

Vorsichtiger, doch betont unenthusiastisch urteilt in *Harper's Magazine* Gilbert Highet, ein angesehener Altphilologe und Kritiker. *The Black Swan* sei zwar keine Enttäuschung, aber gewiss kein Meisterwerk. Typisch für diese Ratlosigkeit ist die Rezension in der *New York Times* von Orville Prescott. Die Geschichte sei »dull and of small significance as symbolic commentary«. Das Beste, was er daraus zu machen vermöge, sei, sie als fade Allegorie zu nehmen, wobei Rosalie Deutschland und Europa repräsentiere und Keaton Amerika. Prescott bemerkt abschließend, er zweifle eigentlich nicht, dass hier tiefere Ideen versteckt seien, doch seien sie diesmal zu gut versteckt, als dass sie mit bloßem Auge entdeckt werden könnten. In der Literaturbeilage der *New York Times* windet sich Richard Plant vor Verlegenheit, von einem enttäuschenden Buch eines großen Schriftstellers berichten zu müssen. Auch er betrachtet die Geschichte als eine Allegorie auf das Verhältnis Europas zu Amerika, findet dies aber läppisch. Seine Einwände richten sich gegen den alexandrinischen Stil, die unangebrachten Ironien und den Mangel an Mitleid: »In dealing with the stricken and maimed [...] we want compassion [...] not scientific conversation and surgery.« Richard Plant, Germanist und selbst Übersetzer, zeigt sich darüber hinaus von der Qualität der Übersetzung enttäuscht. In der *New Republic* kommt auch Joseph Frank, Slawist und Dostojewski-Experte, widerwillig und bedauernd zu einem negativen Urteil. Obwohl Frank die Meisterschaft gewisser Passagen anerkennt, konstatiert er, Mann sei es nicht gelungen »in making the symbolic value of such material outweigh its ugliness«. Bemerkenswert, dass Frank nicht die Venedig-Novelle als das der *Betrogenen* nächststehende Werk bezeichnet, sondern die *Vertauschten Köpfe* mit ihrer Thematisierung des »body and soul«-Verhältnisses.

Unter den zustimmenden Rezensenten ist nur einer, der sich seiner Sache sicher ist; die übrigen tappen wie auch die ablehnenden mehr oder weniger im Dunkel. Maurice Richardson bemerkt in *Statesman and Nation*, Thomas Mann schreibe immer dann gut, wenn er sich wie hier seinen nekrophilen Neigungen überlasse. Ob die Erzählung gelungen sei, könne nach der ersten Lektüre nicht entschieden werden, doch sei er tief beeindruckt, denn Thomas Mann habe sich hier auf einen Gegenstand eingelassen, der »abominably difficult and intrinsically unbearable« sei. C. L. Rolo im *Atlantic Monthly* meint, *The Black Swan* stehe zwar nicht so hoch wie *Death in Venice*, stelle aber eine »provocative addition to Mann's writings« dar. Im Gegensatz zu Richard Plant hebt Rolo »the tone of compassionate irony« hervor. Vorbehaltlose Bewunderung erntete das Werk allein bei dem Princetoner Anglisten und Kritiker Carlos Baker, der die Erzählung in *The Nation*, Manns amerikanischem Hausblatt, besprach. Dies sei ein subtiles, ironisches Werk, das alle Zweifel an Manns überragender Stellung als einer der Großen der modernen Literatur zerstreue. Er zeige sich hier in seiner »full and easy mastery of the narrative arts«. Nur mit dieser Meisterschaft habe er ein so komplexes, von der Trivialliteratur verhunztes Thema wie die Menopause aufgreifen können – ein Thema, das gleichwohl als »one of the universals« anzusehen sei. Besonders lobend hebt der Rezensent hervor, dass Thomas Manns »sentiment never here degenerates to sentimentality, his irony never becomes a bludgeon, and the subject firmly responds to his compassion and good taste«. Baker abschließend: »Through the medium of the art form Mann achieved an act of wisdom.«

Von den drei in England erschienenen Besprechungen waren zwei entschieden positiv. Der eine Verriss war die, wie üblich, anonyme Besprechung im *Times Literary Supplement*. Darin wird Anstoß genommen an der ironischen Erzählweise, die keine Sympathie für die Gestalten aufkommen lasse, mehr noch an dem ekelerregenden Gegenstand, der bei den Lesern ein Gefühl von »irritated indifference or, at best, of cold disgust« erzeuge. Demgegenüber preisen G. D. Painter und Philip Toynbee *The Black Swan* als das eindrucksvolle Alterswerk eines Meisters der Erzählkunst. Painter im *Listener* bewundert den ironischen Stil der Erzählung sowie den versöhnlichen Schluss und befindet abschließend, dieses Werk sei ein »triumph of story-telling« und werde seinen Platz, »along with *Death in Venice*, among the classics of the long short story« einnehmen. Toynbee im *Observer* erklärt die Kritik im *Times Literary Supplement* an der Ironie und an dem widerlichen Gegenstand für ungültig und stellt fest, diese Erzählung sei eine »very good story, borne up and carried triumphantly to its conclusion by the unwavering authority of an octogenarian who was already a master at 25«. Toynbee verweist darüber hinaus auf die Berührungen mit der Venedig-Novelle sowie *Joseph in Egypt*: Er erweist sich als ein guter Kenner des Gesamtwerks und zeichnet Thomas Mann scherzhaft und geistvoll mit einem Ehrentitel aus: »The Wandering Aryan of our century.«

Adaptionen

*Le Mirage*, Spielfilm von Jean-Claude Guiguet (Drehbuch und Regie). Kanadische, schweizerische, deutsche Koproduktion. UA Paris 21. 10. 1992.

Stellenkommentar

458 1 *Die Betrogene*] Thomas Mann hat die Wahl des Titels nirgends erklärt. In Frage kommt angesichts seiner großen Schubert-Liebe (Vaget 2005, S. 59–66) eine Anregung durch das Lied »Die Forelle« (Text: C. F. D. Schubart). Der »Fischer mit der Rute« fängt die

Forelle »im klaren Bächlein nicht«, weshalb er zu einer List greift: »Er macht das Bächlein tückisch trübe, / Und eh' ich es gedacht, / So zuckte seine Rute, / Das Fischlein, das Fischlein zappelt dran, / Und ich mit regem Blute / Sah die Betrog'ne an.«

Offenbar war er sich bewusst, dass der Titel in anderen Sprachen nicht dieselbe lakonische Resonanz haben würde, weshalb er zwei ganz unterschiedliche Übersetzungen autorisierte. Im Englischen heißt die Erzählung in der Übertragung durch Willard R. Trask »The Black Swan« (DüD III, 526), im Französischen in der Übertragung von Louise Servicen »Le Mirage« (ebd.); so auch die bisher einzige Film-Adaption von Jean-Claude Guiguet.

458 4 *Rosalie von Tümmler*] Der Name Rosalie, die zuerst Anna heißen sollte, suggeriert Rosen und Rosenduft und indirekt ihren stark ausgeprägten Geruchssinn. Rosen sind nach Ausweis von *Meyers Konversationslexikon*, Thomas Manns Standard-Nachschlagewerk, der Aphrodite gewidmet. Es ist womöglich diese allzu durchsichtige Stimmigkeit von Name und Wesen seiner Protagonistin, die gemeint ist, wenn er darauf hinweist, dass »Rosalie« ein »absichtlich komischer Name« sei, »die Figur ist ja halb komisch.« (TM/Adorno, 140) Der Name Tümmler andererseits suggeriert jemanden, der sich herumtummelt, wie ehemals der rüstige Oberstleutnant von Tümmler, der es »mit der Richtschnur ehelicher Treue« nicht so genau nahm.

4 *Tochter Anna*] Zunächst in Betracht gezogene Vornamen: Agathe, Alice. Dazu die Arbeitsnotiz: »Anna [korrigiert aus: Alice] ist unverheiratet geblieben. Mit einem Klumpfuß geboren, war sie immer von Tanz und Sport, jugendlichem Leben ausgeschlossen. Intellektuelle, literarische, künstlerische Neigungen. Kühl, aus Stolz, gegen das andere Geschlecht. Die Mutter ist zufrieden, daß sie bei ihr geblieben und steht auf sehr vertrautem Fuße mit ihr. Spricht offen zu ihr über ihre Erfahrungen während der Wechseljahre. Anna [korrigiert aus: Alice] hat das Gymnasium durchgemacht (privat) und hilft dem jungen Bruder bei seinen Schulaufgaben, was ihr, als überlegener Dienst am Männlichen, eine

Art von Genugtuung bereitet. Als junges Mädchen hat sie einmal geliebt, einen sehr schönen jungen Mann (Leutnant, Ministerialbeamter) und sich der Liebe zu seiner Schönheit geschämt, die sie vor sich selbst durch einige Merkmale höherer Bestrebung, die er zeigt, zu rechtfertigen sucht. Diese reichen aber nicht aus, ihn sich über ihren Körperschaden hinwegsetzen zu lassen. Er löst sich ab von ihr, und sie resigniert.«

458 4–5 *ihrem Sohne Eduard*] Dazu die Arbeitsnotiz: »Eduard, Unterprimaner, will Ingenieur, Straßenbau-Techniker werden. Soll und will englisch lernen, wozu auf dem Gymnasium keine Gelegenheit. Darum wird Ken Keaton engagiert, der öfters zum Abendessen bleibt.«

6 *Oberstleutnant von Tümmler*] In Hs. korrigiert aus: »Major«.

11 *damals erst vierzigjährigen Frau*] In Hs. korrigiert aus: »weiblich lebendigen«.

26–27 *Peter von Cornelius*] In Düsseldorf geborener Maler (1783–1867), zur Schule der »Nazarener« gehörend, arbeitete nach seiner Rückkehr aus Rom von 1819 bis 1825 in Düsseldorf. Cornelius ist auch der Name, den Thomas Mann für sein ironisches Selbstporträt in *Unordnung und frühes Leid* gewählt hatte; beide Novellen spielen Mitte der »zwanziger Jahre[ ] unseres Jahrhunderts.«

459 9 *Nicht groß von Person*] Bei der Beschreibung von Rosalies äußerer Erscheinung zog Thomas Mann ein aus einer Zeitung ausgeschnittenes Fotoporträt Gertrud von Le Forts (1876–1971) heran, einer Schriftstellerin, die er jedoch nicht persönlich kannte. (TMA: A-I-Mat. 8/14; siehe die Abb. hier S. 310.

12–13 *sommersprossenähnliche Hautverfärbungen*] In Hs. verbessert aus: »braune Flecken«. Die Hautverfärbungen sind auf der Fotografie von Gertrud von Le Fort zu sehen; es sind aber auch die Flecken auf Thomas Manns eigenen Händen, wie der anschließende Seufzer: »gegen die noch kein Mittel gefunden ist«, signalisiert.

460 21 *von sinnender Kühle*] In Hs. korrigiert aus: »Kälte«.

Gertrud von Le Fort (TMA); vgl. den Kommentar zu S. $459_{9}$.

460 24–25 *ausgeschlossen hatte.*] Danach in Hs. gestrichen: »Wie sehr ein hinkender, schleppend stampfender Gang dem anderen Geschlecht die sinnliche Teilnahme an einer Mädchenerscheinung verkümmert, hatte sie früh erfahren und sich dagegen mit einem Stolz gewappnet,«.

461 15 *diese Kegel und Kreise*] Anna eifert offenbar dem sogenannten Kubismus nach. Dazu die Arbeitsnotiz: »Tief-sinnige Farb- und Linienkombinationen, hochentwickelt und primitiv, abstrakte Übertragung der Natur ins Geistige, Symbolisch-Dekorative. – Kubismus, ›erklärt die kubische Form (Würfel, Kegel, Kugel, Zylinder) für die Grundform künstlerischer Gestaltung.‹«

462 1 *Man kann es nicht.*] Diese Einsicht in den »Stand von Zeit und Kunst« kennzeichnet Anna als eine Schwester im Geiste des avantgardistischen Tonsetzers Adrian Leverkühn im *Doktor Faustus*. Auch Leverkühn gelangt zu der Einsicht, »wenn man die Tatsachen der Weltstunde anerkennt«: »Gewisse Dinge sind nicht mehr möglich« infolge eines historischen Prozesses, »den niemand umkehrt.« (GKFA 10.1, 352, 349)

463 23–24 *Die Versuchung*] In Hs. davor gestrichen: »süße«.

464 21–23 *Instinktweise … oder es daran fehlte.*] In Hs. korrigiert aus: »Sie wußte mit Vergnügen oder Bedauern, wie weit eine Frau in ihrer Ehe Befriedigung fand.«

26 *»Da is wat am Kommen.«*] In Hs. korrigiert aus: »mit mir, da is wat jefällig.« Dazu Mann an Grete Nikisch, 20. 2. 1953: »›Da is wat am Kommen‹ ist *die* Lösung. Ausgezeichnet.« (Br. III, 291) Der Vorschlag stammt von Rudolf Oberloskamp; Grete Nikisch reichte ihn an Thomas Mann weiter. (Brief an Thomas Mann, 17. 2. 1953; TMA)

467 5–6 *als Psyche sich mit der Lampe über den schlafenden Amor beugte*] Ein beliebtes Motiv in der bildenden Kunst; vgl. die Abbildungen bei Elsaghe 2010, S. 323–324. Psyche, ausgerüstet mit einer Öllampe und einem Dolch, begibt sich zu dem schlafenden Amor, mit dem sie bisher nur in völliger Dunkelheit verkehrte, um ihn, da ihre neidischen Schwestern ihn für ein böses Ungeheuer erklärten, zu töten, wird aber beim Schein ihrer Lampe von der Schönheit des Knaben geblendet. Rosalie, charakteristisch für ihre Bevorzugung des Geruchssinnes, deutet den dramatischen Wendepunkt des Märchens ganz in ihrem Sinne als durch »Himmelsarom« ausgelöst, d. h. durch »Rosenduft«.

21 *von J. M. Farina, gegenüber dem Jülichsplatz*] Kölner Parfümhersteller (Eau de Cologne) seit 1709: »Johann [Giovanni] Maria Farina gegenüber dem Jülichs-Platz GmbH« – dies die offizielle Firmierung.

469 12–13 *deiner synästhetischen Vermischung der Sinne*] Die Vermischung der Sinne beziehungsweise der Künste, war ein ästhetisches Ideal der Romantik von Clemens Brentano und E. T. A. Hoffmann bis Richard Wagner, den Mann zu den »die Künste vermischenden Symbolisten« zählte. (GW IX, 424)

20 *Moschusduft*] Wie er aus der Drüse eines Moschustiers (Bisam) gewonnen wird, zur Verwendung in Seifen und Parfüms, die als besonders erotisch gelten.

29 *Unrathäufchen*] Der zufällige Fund eines Unratshäufchens

beim Spaziergang weist eine starke Ähnlichkeit auf mit Baudelaires anstößigem Gedicht in *Les Fleurs du mal* (1857): »Une charogne« (Ein Kadaver). (Schoolfield 1963, S. 110; Schößler 2000, S. 295)

470 2–4 *seine üble, die Schmeißfliegen zu Hunderten anziehende Ausdünstung aber war in ihrer*] In Hs. korrigiert aus: »und was es ausdünstete und die Schmeißfliegen zu Hunderten anzog, war eine Art von Gestank, der in seiner«.

14 *Zibet*] Stark riechende Ausscheidung (»Zibeton«) der am After gelegenen Duftdrüsen bei vornehmlich asiatischen Zibetkatzen, einem sogenannten Stinktier.

19 *eine Schranze*] Gemeint ist der Hofmarschall von Kalb, eine liebedienernde »Hofschranze«, in Friedrich Schillers *Kabale und Liebe*, I, 6.

472 5–6 *von ärztlicher Seite*] In Hs. korrigiert aus: »dem ärztlichen Hausfreund der Damen, Dr. Oberloscamp,«.

19 *à la bonne heure*] (frz.) Zur rechten Zeit.

473 17–18 *weiblichen Lebensakt*] In Hs. danach gestrichen: »An deiner Stelle würd' ich's als eine Art von Wehen auffassen – Ist ja doch was dir Mühsal macht, ein weiblicher Lebensakt, wie das Gebären auch. Ist ja doch jede Periode, die wir erleiden, etwas wie eine Geburt, – eine Ersatz-, eine Leergeburt magst du sagen, aber doch ein weiblicher Lebensakt wie das Gebären. Immer, solange wir Weib sind, kein Kind mehr und keine unfähige Alte – in der Zeit unseres Volllebens also ist da immer wieder ein verstärktes, strotzendes Blutleben unseres mütterlichen Organs, wodurch die liebe Natur es vorbereitet, das befruchtete Ei aufzunehmen, und wenn keines da ist, so haben wir unsere Leergeburt von Blut. Ist aber eines da, dann bleibt es aus das Monatliche, und wir sind in gesegneten Umständen.«

474 18 *gaudiere*] Erheitere, unterhalte.

22–23 *deines Blutes. Glaube mir: ich wollte beliebige Leibwehen gern in Kauf nehmen*] In Hs. korrigiert aus: »Blutes, wenn auch ohne Mann und Frucht. Deine Schmerzen sind Leben, und das glaube mir nur, ich wollte sie gern in Kauf nehmen«.

474 28 *von Sara*] Abrahams Ehefrau Sara. Vgl. Gen 17 und 18.

475 15 *bloß noch Gerümpel.*] In Hs. nachträglich auf der Rückseite eingefügt, dann wieder gestrichen: »Auf diese Worte von naturfrommer Härte antwortete Anna anders, als manche Frau zu Recht wohl geantwortet hätte. Sie aber sagte«.

476 30 *Ken Keaton*] Vorbild des jungen Amerikaners war ein befreundeter Student Golo Manns am Claremont College in Los Angeles, Ed Klotz. (Frey 1976, S. 490) Vgl. Tb. 19. 6. 1950: »Zu Hause Golo und Ed, der begeistert von Europa.« Ursprünglich Ken Kearney genannt, änderte Thomas Mann den Nachnamen zu »Keaton«, vermutlich in Anspielung auf den großen Komiker des amerikanischen Films, Buster Keaton, der für seinen leeren Gesichtsausdruck bekannt war und den er erst kürzlich wieder (Tb. 10. 3. 1953) in Charlie Chaplins *Limelight* (1952) bewunderte. (Elsaghe 2010, S. 46–47) Ken Keatons Gesicht wird als »herzlich wenig bemerkenswert« beschrieben.

Als weiteres Vorbild kommt der in der *Entstehung des Doktor Faustus* geschilderte Assistenzarzt Dr. Ralph Carlson in Frage: »[…] hübsche Menschen sind eine Freude, ob männlich oder weiblich« (GKFA 19.1, 540; Schoolfield 1963, S. 99; Szenessy 1966, S. 245). Darüber hinaus erinnert die Namensalliteration an Hans Hansen in *Tonio Kröger*, das deutsche Urbild für alle Objekte der Begierde in Manns Werk. (Rey 1960, S. 440)

In einer Arbeitsnotiz wird der junge Amerikaner wie folgt skizziert: »Ken stammt aus einer kleinen amerik. Stadt im Osten. Vater verschiedene Berufe, Broker, Investment business, Tankstellenleiter, hat High School und etwas College-Bildung, doesn't care very much for America, macht sich mit bescheidensten Mitteln (auf dem Schiff als Tellerwäscher) zu einer Reise nach Europa (Italien, Frankreich, Schweiz, Deutschland) auf und ist sehr eingenommen für den alten Erdteil, besonders für Deutschland. Ist ca. 25, netter Junge, nicht besonders hübsch, gut gewachsen, anständige [korrigiert aus: feine] Hände mit Ring. Viel Glück bei den Frauen überall. – Wachsende Zuneigung Rosalie v. Tümmlers für ihn zu dem Zeitpunkt, als der endgültige Stillstand der geschlechtl. Funktionen ihres Körpers schon erreicht ist.«

479 2–6 *obgleich es ihr nicht ganz gefallen wollte … unnötig aufmerksam machte.*] In Hs. auf der Rückseite nachträglich eingefügt.

9 *broker*] Makler generell, Börsenmakler.

9–10 *Leiter einer Tankstelle*] Dazu Leppmann 1989, S. 105: »Es ist zunächst höchst unwahrscheinlich, daß der Vater eines Veteranen aus dem Ersten Weltkrieg sich als Tankwart betätigt und somit einen Beruf ausgeübt hat, den es vor jenem Krieg noch kaum gab.«

10 *im Realestate business*] Recte: real estate business; in der Immobilienbranche.

21 *immer Handschuhe getragen*] Die Auskunft Keatons über die amerikanischen Arbeiter, die angeblich immer Handschuhe tragen, »damit sie keine schwieligen Proletarierpfoten bekämen«, taugt wenig zur Charakterisierung der Welt der Arbeiter, die Thomas Mann nicht kannte. (Leppmann 1989, S. 106)

25–26 *mit einem Ring daran*] Danach in Hs. gestrichen: »Rosalie nannte das vorbildlich, und Keaton gab zu, daß wohl einiges Vorbildliche zu finden sei in Amerika, ließ aber im Ganzen, so unverwechselbar amerikanisch sein ganzer Habitus war, geringe Anhänglichkeit merken an sein großes Heimatland. ›He didn't care for America‹, er machte sich nichts daraus, ja, fand es mit seiner Dollarjagd und Kirchengängerei, seiner Erfolgsbigotterie und riesigen Durchschnittlichkeit«.

29 *»continental«*] Die Bezeichnung »continental« für »europäisch« ist in England gebräuchlich, in den Vereinigten Staaten kaum.

31–32 *»Lebensrute«*] Die Quelle ist *Meyers Kleines Lexikon*, Artikel »Lebensrute«: »Frische Birken- oder Weidengerte, mit der nach altem Volksbrauch die Burschen in der Weihnachts- und Osterzeit Mädchen (auch Tiere und Bäume) schlagen (pfeffern, fitzen, fudeln), wodurch Gesundheit und Fruchtbarkeit bewirkt werden soll. Das Schlagen zu Ostern nennt man auch Schmackostern (von poln. smagać, peitschen).« (Szenessy 1966, S. 227)

Dass ausgerechnet ein Amerikaner dieses zu einem deutschen

Volksbrauch gehörende Requisit ins Spiel bringt, von dem die Deutschen selbst keine Kenntnis mehr haben, unterstreicht den hier geforderten phallischen Sinn der »Lebensrute«. Auch Mut-em-enet in *Joseph in Ägypten* bekommt zu spüren, »daß sie der Schlag der Lebensrute getroffen hatte.« (GKFA 8.1, 1058)

480 18 *»He didn't care for America«*] Er mache sich nichts aus Amerika.

32–481.1 *Museen voll aufgekauften »kontinentalen« Kulturgutes*] Das Paradebeispiel dafür sind die »Cloisters«, ein Zweig des New Yorker Metropolitan Museums. Cloisters enthält über 5000 Objekte, die mit der großzügigen Unterstützung John D. Rockefellers und J. P. Morgans in der Hauptsache von dem amerikanischen Bildhauer und Kunsthändler George Grey Barnard in Spanien und Frankreich erworben wurden und in ein eigens zu diesem Zweck nachgebautes Kloster kamen. Eröffnung am 10. Mai 1938.

481 16–17 *und 1917 habe er sich gleich zur army gemeldet*] Die Vereinigten Staaten erklärten am 6. April 1917 den Achsenmächten den Krieg.

21–22 *nahe Compiègne*] Ein geschichtsträchtiger Ort: im Forêt de Compiègne wurde am 11. November 1918 der Waffenstillstand unterzeichnet, der den Krieg beendete, und am 22. Juni 1940, ein Waffenstillstand, der Frankreichs Niederlage besiegelte.

25 *eine seiner Nieren*] Ein Körperschaden, den Ken Keaton mit Rudi Schwerdtfeger im *Doktor Faustus* teilt. (GKFA 10.1, 441)

30–31 *only a little cash*] In Hs. korrigiert aus: »nur ein bißchen Geld«.

482 1 *honorably discharged*] In Ehren entlassen. In Hs. korrigiert aus: »dismissed«.

6 *Stein am Rhein*] Malerischer Ort auf der Schweizer Seite des Rheins, den Thomas Mann von einem Besuch im September 1926 her kannte. (Heine/Schommer 2004, S. 171)

6 *most delightful indeed*] Wirklich zum Entzücken.

14 *Good heavens!*] Du lieber Himmel!

22 *dem heiligen Köln*] Eine Heine-Reminiszenz: »Im Rhein, im heiligen Strome, / Da spiegelt sich in den Well'n, / mit seinem großen Dome, / Das große, heilige Köln.«

482 24–25 *Der Goldschatz, gehütet von den Nixen des Missouri-River*] Anspielung auf das von den Rheintöchtern gehütete Gold in Richard Wagner: *Das Rheingold*, 1. Szene.

26 *Von Düsseldorf und seiner langen Geschichte*] Thomas Mann legt Ken historische Informationen in den Mund, die aus einem Artikel von Bastian Müller stammen: »Kaiserswerth und Neandertal«, in dem von Grete Nikisch gesandten *Merian*-Heft.

28 *Hausmeier Pippin*] In Hs. korrigiert aus: »vom Grafen Adolf von Berg« (vgl. den Kommentar zu Albert vom Berg zu S. $482_{31}$). – Pippin II. (ca. 635 – 714), Major Domus der Franken, deren Herrscher er von 687 bis zu seinem Tode war. »Der erste Mensch, von dem man hier weiß, war der Hausmeier Pippin II. Er hatte einen Fronhof auf der Rheininsel Rindhusen. Kaiserswerth heißt die Insel ja erst Jahrhunderte später, als Barbarossa kam und die Kaiserpfalz baute, zur Sicherung des Zolles [...]« (B. Müller, »Kaiserswerth und Neandertal«, S. 66)

28–29 *Barbarossa*] Kaiser Friedrich I. (1125–1190) aus dem Hause der Staufer.

29 *erbaut*] Danach in Hs. gestrichen: »von Suitberg [Suitbert], dem englischen Benediktinermönch.« Vgl. B. Müller, »Kaiserswerth und Neandertal«, S. 66–68.

30 *Kaiserswerth*] Ursprünglich eine Rhein-Insel, heute Stadtteil von Düsseldorf.

30 *Heinrich IV.*] Deutscher Kaiser aus dem Haus der Salier (1050–1106).

31 *von Albert vom Berg*] In Hs. korrigiert aus: »vom Grafen Albert vom Berg[.]« Gemeint ist vermutlich Adolf I. von Berg (ca. 1078–1152), der 1101 Graf wurde und die Linie der Grafen und Herzöge von Berg begründete. Offenbar scheute sich Thomas Mann, den Namen »Adolf« zu verwenden. In dem Artikel von Bastian Müller wird kein Graf Berg erwähnt; Manns Quelle ist nicht ermittelt.

31 *vom Berg*] Danach in Hs. gestrichen: »der Düsseldorf zur Stadt erhoben[,] und ihrem Schutzherrn, dem Kurfürsten Jan Willem vom Palatin, der zu Pferd auf dem Marktplatz stand«.

482 31–32 *Jan Wellem vom Palatin*] Kurfürst Johann Wilhelm von der Pfalz (1658–1716), Herzog von Jülich und Berg. Er residierte in Düsseldorf, wo seine Reiterstatue vor dem Rathaus steht.

483 5–6 *A bit faint-hearted*] Etwas ängstlich.

22–23 *Kenntnis sämtlicher Altbierkneipen Düsseldorfs*] Ob Thomas Mann eine Altbierkneipe kannte, ist ungewiss. Seine Kenntnis stammt vermutlich aus einer kleinen Führung in dem *Merian*-Heft: Norbert Jacques: »In den Altbierkneipen«, S. 83–84.

484 1–4 *ohne dem raschen Aufkeimen dieser Neigung … sonderlich zu bemühen*] In Hs. korrigiert aus: »und setzte dem raschen Aufkeimen dieser Neigung, mit der sie sich mit süßem Staunen überkommen fühlte, geringen oder keinen Widerstand entgegen, fürchtete nicht ihre Ausartung zu einer längst nicht mehr schicklichen Leidenschaft, sondern war einer solchen Entwicklung zwar unter Anfällen von Scham und Schrecken, aber mit der Ehrfurcht gewärtig, die man einer Heimsuchung zollt.«

19–20 *sein weißes, ärmelloses Trikothemd*] Ein sogenanntes T-Shirt, das lediglich kurze Ärmel hat und besonders nach dem Zweiten Weltkrieg Verbreitung fand. Die »Erschütterung«, die Rosalie beim Anblick von Kens Armen und Oberkörper erfasst, verdankt sich zum Teil wohl Thomas Manns eigener voyeuristischer Faszination beim Anblick von Marlon Brandos »prachtvollem Torso« im T-Shirt in *A Streetcar Named Desire*, Elia Kazans Verfilmung des gleichnamigen Theaterstücks von Tennessee Williams: »[…] primitiv und von bezwingendem Sex appeal.« (Tb. 14. 11. 1951)

32 *zu verweilen*] In Hs. danach gestrichen: »Sobald nur einige Rechtfertigung sich dafür bot, machte Anna auf die nun doch durch die zum Garten offene Glastür hereindringende Abendkühle aufmerksam, warnte vor Erkältung und empfahl das Wiederanlegen der Jacken.«

485 15 *in den milden, würdigen Matronenstand überführt*] In Hs. rot korrigiert aus: »Matronenstand überführt, und seit Monaten schon, dreien, nein vieren, geht es mir nicht mehr nach der Weiber Weise.«

486 3–4 *Diesmal bin ich's, die begehrt*] Danach in Hs. gestrichen: »wie ungeheuerlich! Wie der Mann nach dem Mädchen,«.

18–19 *Louise Pfingsten in der Pempelforter Straße*] Nach Ausweis des Düsseldorfer Adressbuches von 1952 wohnte eine Luise Pfingsten in der Moltkestraße 109 in Düsseldorf-Pempelfort. (Freundliche Auskunft von Dr. Benedikt Mauer, Stadtarchiv der Landeshauptstadt Düsseldorf.)

20 *Amélie Lützenkirchen*] Dieser Name ist ebenfalls im Düsseldorfer Adressbuch belegt: eine Friederike Lützenkirchen wohnte in der Benrather Schloßallee 28.

487 6 *Rollwagens*] Auch im *Doktor Faustus* gibt es die Rollwagens: Ines Institoris fürchtet, dass die »rassigen Töchter« der Rollwagens ihr Rudi, ihren Geliebten, abspenstig machen. (GKFA 10.1, 428, 486) Hier wie dort löst der Name Eifersucht aus.

490 15 *sauer wird,*] Danach in Hs. gestrichen: »aus Mangel an Interesse,«.

25 *Der Mohr kann gehen.*] Sprichwörtlich nach Schillers *Verschwörung des Fiesko zu Genua*, III, 4: »Der Mohr hat seine Arbeit getan, der Mohr kann gehen.«

31 *vom jülisch-klevischen Erbfolgestreit*] Der Streit brach 1609 aus, als der kinderlose Herzog Johann Wilhelm von Jülich-Kleve-Berg starb. Die zum Teil kriegerischen Streitigkeiten um die verstreuten Territorien, bei denen zahlreiche »Possedierende« ihre Gebietsansprüche anmeldeten, zogen sich lange hin und präludierten in gewissem Sinn dem Dreißigjährigen Krieg.

491 15 *Emerson*] Ralph Waldo Emerson (1803–1882), amerikanischer Philosoph und Schriftsteller.

15 *Macaulay*] Thomas Babington Macaulay (1800–1859), englischer Historiker und Politiker. Vgl. oben den Kommentar in *Unordnung und frühes Leid*, zu S. $184_{11}$.

492 29 *nach der Sitte seines Landes*] Der einhändige Verzehr der Speisen ist nach der amerikanischen Tisch-Etikette durchaus comme il faut, zieht aber unweigerlich die Aufmerksamkeit und das »Interesse« der nicht-amerikanischen Tischgenossen auf sich. An die-

ser Essensgewohnheit erkenne man die Amerikaner, heißt es in *Bekenntnisse des Hochstaplers Felix Krull*: »Hat etwas Kindliches, nicht wahr?« (GKFA 12.1, 270)

494 3–4 *»Right you are! Frau von Tümmler ist perfectly delightful tonight.«*] »Sie haben recht! Frau von Tümmler sieht ganz entzückend aus heute Abend.«

32 *Apfelsinen-Schabau*] Schabau: mundartlich für Schnaps, Alkohol, wie aus einer Anekdote (»Der Schobbe Schabau«) von Hans Müller-Schlösser hervorgeht, die Thomas Mann in dem *Merian*-Heft Düsseldorf fand. (Freundlicher Hinweis von Heike Spies.)

495 2 *einen bösen hang-over*] Einen bösen Kater.

497 10–11 *auf ihre alten Tage*] Danach in Hs. gestrichen: »ihrem Matronenstande zum Trotz, der Körperfassung entgegen, in die die Natur sie schon überführt hat,«.

499 17–18 *und willst ihn mir damit ausreden … als simpel*] In Hs. korrigiert aus: »nennst ihn nett und willst damit zu verstehen geben, daß er schlichten Geistes, daß er einfältig ist«.

29 *Purple heart*] Tapferkeitsmedaille in Form eines purpurnen Herzens. Obwohl schon von Präsident Washington gestiftet, wurde diese Auszeichnung bis 1932 lediglich dreimal verliehen. Somit erscheint die Verleihung dieses Ordens an Keaton im Ersten Weltkrieg anachronistisch. Das Purple Heart wurde erst im Zweiten Weltkrieg die übliche Auszeichnung für Tapferkeit vor dem Feind. (Schoolfield 1963, S. 101)

500 22 *hinter ihm her sind*] Danach in Hs. gestrichen: »die Frauen die Frauen, die ein Recht haben auf seine Jugend,«.

503 22–23 *er verliege … sich hier*] Er verschwende seine Zeit hier mit Liebschaften. Eine Problematik der höfischen Gesellschaft des Mittelalters; ihre Kenntnis verdankt Thomas Mann seiner Vertrautheit mit dem Werk Hartmann von Aues, dem er zuerst in seinem kurzen »Studium« an der Technischen Hochschule München begegnete und dessen *Gregorius* er jüngst erst in *Der Erwählte* virtuos nacherzählt hatte. Die Gefahr des Sich-Verliegens, d. h. der Aversion gegen eheliche Bindung, ist Thema des Versepos *Erec* (ca. 1185).

504 3 *an einen schönen Ort im Taunus*] Vgl. *Doktor Faustus*: Zeitblom, der sich im Ersten Weltkrieg vor Arras eine Infektion geholt hatte, verbringt einen Monat in einem »Erholungsheim für lädierte Krieger im Taunus« (GKFA 10.1, 453).

517 29–30 *mit Dr. Oberloskamp*] In Hs. korrigiert aus: »Dr. Oberloscamp«. – Der »ärztliche Hausfreund« sollte zunächst den allzu sprechenden Namen »Dr. Seufzer« tragen.

519 18–19 *unter so neuen Umständen*] Danach in Hs. gestrichen: »ein Wiedersehn mit dem stolzen Wissen denn also, keine ohnmächtige Alte, sondern ein zur Liebe tüchtiges Weib zu sein.«

21 *den Gedanken der Entsagung*] Der zentrale Gedanke der Goethe'schen Lebensphilosophie im Alter.

520 1 *etwas künstliches Rot*] Rosalies Griff zu kosmetischen Mitteln evoziert die Verjüngungskur, der sich der Major in Goethes Novelle *Der Mann von funfzig Jahren* unterzieht, um seiner Geliebten zu gefallen. (Schößler 2000, S. 303–306; Hamacher 2005) Im Gegensatz zu Rosalie übt Goethes fünfzigjähriger Liebhaber Entsagung: Er verzichtet auf Hilarie, die seinem Sohn zugedacht ist. Die Novelle ist eine Einlage in Goethes Altersroman *Wilhelm Meisters Wanderjahre, oder Die Entsagenden*. Rosalies Verhalten stellt darüber hinaus eine markante, werkinterne Parallele zu dem Aufwand dar, mit dem Gustav von Aschenbach in *Tod in Venedig* seine äußere Erscheinung zu verjüngen sucht. (GKFA 2.1, 584–586)

523 21–22 *bekümmerte und belastete, was sie sah, ihr Gewissen*] In Hs. korrigiert aus: »aber was sie sah, bekümmerte und belastete ihr Gewissen; denn auf Zerstörung, wovor sie die Liebe, Gute [korrigiert aus ›Heimgesuchte‹] doch gerade hatte schützen wollen, drohte es auch so nun hinauszulaufen.«

524 16 *jener wunderbarlichen Mitteilung*] In Hs. korrigiert aus: »jener wundervollen Mitteilung,« korrigiert aus: »jener erstaunlichen Mitteilung,« korrigiert aus: »jenem Gespräch zwischen Mutter und Tochter«.

26 *den Kurfürsten Carl Theodor*] Kurfürst Karl Philipp Theodor von Pfalz-Bayern (1724–1799), zugleich Herzog von Jülich-Berg mit Düsseldorf als Hauptstadt.

524 29 *einen Grafen Grottstein*] Es handelt sich hier »ganz sicher« (Benedikt Mauer, Stadtarchiv der Landeshauptstadt Düsseldorf) um den Reichsgrafen Johann Ludwig Franz Anton Joseph Adam von Goltstein (1719–1776), der 1768 zum Statthalter von Jülich und Berg ernannt wurde. (*Deutsche Biographie*)

525 2 *Schloß Holterhof*] In Hs. korrigiert aus: »Benrath«. – Der fiktive Name möglicherweise nach dem niederdeutschen »Holt«, d.h. Hinterhalt. Vgl. A. Lübben: *Mittelniederdeutsches Handwörterbuch*, sowie Wossidlo/Teuchert: *Mecklenburgisches Wörterbuch*. Möglicherweise auch angeregt durch »Holthausen«, einem südlichen Stadtteil von Düsseldorf auf dem Weg nach Benrath.

16–17 *dieses Bijous von Schloß*] Dieses Juwels von einem Schloss.

25 *Sehnsucht nach den schwarzen Schwänen*] Die Schwäne werden in Emil Barths »Schloßzauber« erwähnt, Thomas Manns Quelle für die Holterhof-Episode. Zusätzlich mag hier eine Anspielung auf ein Klavierstück (Albumblatt) »Ankunft bei den schwarzen Schwänen« (1861) von Richard Wagner vorliegen, eine Gelegenheitskomposition in As-Dur aus der geistigen Nachbarschaft von *Tristan und Isolde*. (*Wagner-Werk-Verzeichnis* 95)

526 3 *wo wat jefällig ist*] Danach in Hs. gestrichen: »Anna denkt da anders, aber es soll nun einmal nach mir gehen. Übrigens wollen wir das Motorboot nehmen, das Motorboot der Rheinbahngesellschaft«.

3–4 *bei Volksfesten draußen vor Oberkassel*] Dass Oberkassel der Ort für »Volksfeste« und »Zirkusbuden« war, entnahm Thomas Mann dem »Handlanger«-Brief Hedda Eulenbergs vom 8.2.1953 (vgl. Materialien und Dokumente, S. 334–336).

14–15 *dem Fahrplan der Dampfschiffahrtsgesellschaft umtun?*] In Hs. auf der Rückseite nachträglich eingefügt und korrigiert aus: »Oder wart', wenn wir's fein machen wollen, so leisten wir's uns und mieten ein Privat-Motorboot für die Fahrt rheinauf. Da sind wir unter uns wie die schwarzen Schwäne«.

16–17 *und mieten ein Privat-Motorboot*] Auf diese Möglichkeit, nach Schloss Benrath zu gelangen, machte ihn Hedda Eulenberg in einer von Thomas Mann unterstrichenen Passage ihres »Handlanger«-Briefs aufmerksam: »Ihre Gesellschaft könnte sich ein Privatmotorboot mieten und von Oberkassel nach Benrath fahren [...]« (Materialien und Dokumente, S. 334f.).

526 24 *schnell und fest getroffen.*] Danach in Hs. gestrichen: »Keaton sollte sich am Landungsplatz mit der kleinen Familie vereinigen, »um eine klaffende Lücke in seiner europäischen Bildung auszufüllen«, wie Frau Tümmler sagte. / »Sure, a shameful gap«, gab er zu. / Sie sah ihn mit ihren lebendig glänzenden Augen an. / »Im Grunde überraschend«, fügte sie an, »daß wir, solange wir uns kennen, noch nie einen Ausflug zusammen gemacht haben.« / »Noch eine dringlich auszufüllende Lücke [korrigiert aus: »Another gap urgently to be filled out]«, antwortete er unter dem Blick ihrer lebendigen Augen. / Der Sonntag kam. Das Wetter war mild und heiter, ein wenig windig.«

527 1 *Sein Führer*] Der Bootsführer ist als Wiedergänger des unheimlichen Gondoliere in *Der Tod in Venedig* und somit auch als eine Charon-Figur gekennzeichnet. (GKFA 2.1, 524f.)

23 *O Wasserwind, ich liebe dich*] Die erotische Bedeutung von Rosalies improvisiertem Singsang erhellt aus ihrer früheren Erklärung, wonach die Windbestäubung die ihr liebste Art der pflanzlichen Befruchtung sei: der »Liebesdienste des Zephirs an den Kindern der Flur«. Textband, S. 466$_{23-24}$. (Heydenreich 1972, S. 84)

32–33 *stopfte Rosalie es ihm tief in die Tasche hinein*] Die neckische, erotische Geste Rosalies mit dem Taschentuch, das Ken »lang aus der Brusttasche« hängt, ist als Zeichen der gelockerten Sitten und des keckeren Verhältnisses zur Erotik in der Weimarer Republik zu werten, wie Thomas Mann sie in *Die Ehe im Übergang* (1925; GKFA 15.1, 1026–1044) aufmerksam registriert hatte. Dazu eine Arbeitsnotiz: »Zärtliche Herausforderung des Jungen, bei der die politische Atmosphäre, die ›Freiheit‹ unter der Republik (Ken läßt auch modisch das Taschentuch lang heraushängen) eine Rolle spielt. Aus Höflichkeit und Abhängigkeit macht er süße Miene, sucht aber möglichst davonzukommen.«

529 13 *Die Sumpfzypresse mit weichen Atemwurzeln*] Thomas Mann stattet den Schlosspark von Holterhof mit mythologisch befrachteten Details aus, für die er sich bei Bachofen bedienen konnte. Bachofen handelt ausführlich von Natursymbolen, darunter: »Der Sumpf und seine Gewächse.« In: *Urreligion und antike Symbole*, Bd. 1, S. 353–436. (Elsaghe 2010, S. 218–222) Besonders einschlägig hier die symbolische Bedeutung der Zypresse in der Ära des »Vaterrechts«, das die »Verbindung des weiblichen Geschlechts mit der Sterilität« statuiert. (Bachofen, *Urreligion und antike Symbole*, Bd. 2, S. 18)

530 12 *und sie nahm von dem Brot und aß davon*] Die an die katholische Liturgie erinnernde Formulierung verleiht der Szene einen »Säkular-eucharistischen« Sinn (Heydenreich 1972, S. 94).

13 *»But it is old and hard!«*] »Aber es ist alt und hart!«

531 3–4 *standen einige Leute*] Dieses Detail der Schlossbesichtigung sowie fast alle folgenden entnahm Thomas Mann dem Roman von Emil Barth, *Der Wandelstern*. Die Kindheit des Ich-Erzählers fällt in die Jahre vor 1914 (S. 136–139).

17 *excitingly continental*] Aufregend europäisch. In Hs. korrigiert aus: »european«.

23–25 *daß er sich … einem der wachthaltenden Löwen rittlings auf die Kruppe setzte*] Ken Keaton führt aus, was bei Barth (*Der Wandelstern*, S. 137) bloßes Wunschdenken bleibt: »Friedlich die Vorderpranken übereinander gelegt, flankierten vier der Wüstenkönige Freitreppe und Auffahrt, gutmütig-grämliche Tiere aus Sandstein, deren Gebiß und Mähne bereits vor Alter zerbröckelte und deren Satteldecken schon von manch heldensinnigem Löwenritter glattgewetzt waren, trotzdem ein Eisendorn darin stak, der keineswegs wie bei den hölzernen Spielzeugpferden dazu dienen sollte, den Reiter sattelfest aufzusetzen. Und gerade schickte auch ich mich an, einmal dem Wappentier auf die Kruppe zu steigen, als oben hinter mir das Aufriegeln von Türen laut ward. Es schreckte mich weg; […].«

25 *mit einem spitzen Zapfen versehen*] In Hs. korrigiert aus: »Eisendorn«.

531 28 *On, old chap!*] Los, Alter!

532 1 *der Kastellan*] Während es bei Barth ein »kaiserbärtige[r] Hausmeister« ist (Barth, *Der Wandelstern*, S. 137), der die Schlossführung leitet, also an Kaiser Wilhelm I. erinnert, ist es hier ein Invalide des Ersten Weltkriegs.

12 *einem Bildhauer*] Danach in Hs. gestrichen: »namens von Verschaffelt«.

14 *das Werk eines französischen Baumeisters*] Schloss Benrath, erbaut 1755 bis 1769 von Nicolas de Pigage (1723–1796), der auch den Ausbau des Mannheimer Schlosses betrieb sowie Schloss Schwetzingen und das Karlstor in München baute.

533 31 *eine enge Wendeltreppe*] In den *Labyrinth-Studien* von Karl Kerényi, mit dem Thomas Mann seit 1934 korrespondierte (Armbrust/Heine 2008), wird die Wendeltreppe als Zugang zur Unterwelt gedeutet. (Heydenreich 1972, S. 90)

534 1–2 *der armlose Dreiviertelstorso*] Der Kranz von Weinbeeren im Haar kennzeichnet den Torso als eine Dionysos-Gestalt.

4 *priapisch*] Obszön, lüstern. Nach Priapus, dem römischen Fruchtbarkeitsgott.

24 *You aren't doing it right … Leave it to me. 't was here.*] Sie machen es nicht richtig. Lassen Sie mich mal. Es war hier.

535 6 *Alles kann ich, wie du*] Danach in Hs. gestrichen: »ich schwöre dir, Liebling, du darfst mich lieben, denn Weib bin ich dir, vollwertiges Weib, du, du hast mich dazu gemacht, du hast mich zur Liebe erweckt, das Mittel der guten Natur warst du, mich zu ihr zu erwecken, und«.

23 *Causeuse*] Kleines Sofa.

25 *Fackelleuchte*] Einerseits ist Eros mit der gesenkten Fackel, wie G. E. Lessing in seiner Abhandlung *Wie die Alten den Tod gebildet* (1769) darlegte, eine Thanatos-Gestalt. Andererseits erinnert dieses Emblem an Wagners Isolde, die die Leuchte löscht, um die »Nacht der Liebe« zu ermöglichen. (*Tristan und Isolde* II, 1)

536 12 *Himmelsluft wehte sie an*] Mythologisch betrachtet gelangen Rosalie und Ken nach dem »toten Lustgemach« der Unterwelt auf die

Elysischen Felder des hinteren Schlossgartens. (Heydenreich 1972, S. 90f.)

537 24 *Metrorrhagien*] Nicht-menstruelle Blutungen der Gebärmutter.

26 *Myom*] Gutartige Geschwulst, im Gegensatz zum Karzinom.

538 5 *Curettage*] Ausschabung.

11 *Der Professor*] Muthesius erinnert mit seinen wasserblauen, leicht tränenden Augen an die Gestalt des Hofrat Behrens in *Der Zauberberg*.

16 *Dr. Knepperges*] Eine Frau Knepperges war zeitweise Haushälterin bei den Manns. (Mendelssohn 1981, S. 530)

17 *Totalexstirpation*] Völlige Entfernung der Krebszellen durch operativen Eingriff.

20 *die Eröffnung der Bauchhöhle*] Bei der folgenden Beschreibung des Befunds stützte sich Thomas Mann weitgehend auf die von Rosenthal gelieferte Expertise. Dazu der Neurologe, Neurochirurg und Thomas Mann-Forscher Dr. Arnaldo Benini: »Nicht nur Fachbegriffe wie ›Menstruation‹, ›Menorrhagie‹, ›Metrorrhagie‹, ›Menopause‹, ›Klimakterium‹, ›Curretage des Uterus‹ oder die ›Gebärmuttercurettage‹ und die ›bimanuelle Beckenuntersuchung‹ (der Gebärmutter) werden erklärt, sondern auch – und die recht ausführlich – physiologisch normale und krankhafte Vorgänge in den weiblichen Genitalorganen. Thomas Mann hat das Schreiben eingehend studiert und viele Passagen mit Bleistift unterstrichen und/oder am Rand markiert. Einige davon wurden, nur leicht abgeändert, in den letzten Abschnitt der Novelle übernommen.« (Benini 2004, S. 230)

539 5 *metastatisch*] Verschleppt; übertragen durch eine Tochtergeschwulst.

6 *Urämie*] Vergiftung des Harns.

14 *mit Estrogenhormonen überschüttet*] Vom Eierstock produzierte Geschlechtshormone, die normalerweise die Menstruation steuern und im Krankheitsfall die Gebärmutter »überschütten«.

15 *Hyperplasie*] Abnorme Vergrößerung.

20 *ut aliquid fieri videatur*] (lat.) Damit es so aussieht, als sei etwas gemacht worden.

539 30 *Sie schlief schon wieder.*] Ein Echo auf Manns Bericht über seine Krebsoperation in Chicago: »Ich schlief schon wieder.« (GKFA 19.1, 538)

540 13 *Schmäle*] Schmähen, schelten.

23 *Rosalie starb einen milden Tod*] Damit ist die im Tb. 6. 4. 1952 noch offene Frage: »Tod oder Selbstmord aus tiefster Beleidigung durch die Natur oder Verzicht und Grabesfriede [...]« im Sinne des Letzteren beantwortet.

## Materialien und Dokumente

Thomas Manns Ethos als Künstler gebot ihm, vor der Niederschrift eines neuen Werkes sich eine möglichst genaue, stichhaltige Kenntnis der Materie zu erwerben, um, wie er freimütig gestand, imstande zu sein, »Sachkenntnis zu schauspielern« (GKFA 13.1, 329f.). In diesem Fall war Kenntnis des aktuellen Wissensstands zum sogenannten Gebärmutterkrebs gefordert. Zu diesem Ende wandte er sich an Dr. Frederick Rosenthal, der 1946 Thomas Manns Lungenkarzinom diagnostiziert und den schleunigen, schweren Eingriff empfohlen hatte. Ihr Briefwechsel ist zum Verständnis der Konzeption der Novelle unerlässlich.

### Briefwechsel Thomas Mann/Frederick Rosenthal

#### Thomas Mann an Dr. F. Rosenthal

1550 San Remo Drive
Pacific Palisades, California
5. Mai 1952

Lieber Herr Doktor,

wie zur Zeit des »Faustus« möchte ich Sie wieder einmal um eine medizinische Information bitten.

Es handelt sich um den Gebärmutter-Krebs. Eine Frau, Dame der Gesellschaft, etwa 50 Jahre alt, der es schon »nicht mehr nach der Weiber Weise geht«, verliebt sich leidenschaftlich in den jungen Hauslehrer ihres Sohnes. In dieser seelischen Verfassung, die in Widerspruch steht zu ihrem physiologischen Spät-Zustand, tritt, nach schon monatelangem Stillstand, eine Blutung ein (es können auch mehrere in den gewohnten Abständen sein), und das Vorkommnis beglückt sie außerordentlich, macht auch ihr Verhalten dem jungen Menschen gegenüber viel kühner, weil sie es als eine Art von Liebeswunder, als Wiederbelebung ihres physischen Weibtums durch das Psychische, das Gefühl versteht. Statt dessen stellt sich heraus, daß die Blutung von einem fortgeschrittenen Krebs der Gebärmutter herrührt, und daß der vermeintliche neue Frühling ein grausamer Betrug der Natur, nämlich der Tod war.

Die Geschichte hat sich wirklich ereignet. Ob noch eine Operation vorgenommen wurde oder ob es zu spät für sie war, weiß ich nicht. Jedenfalls starb die Frau. – In welchem Stadium der Krebs-Entwicklung (die ja bekanntlich an der Gebärmutter unmerklich, ohne Schmerzsignal vor sich geht) mag eine solche, mit erneuter Menstruation verwechselbare Blutung eintreten? Worin besteht die Operation, wenn man sie noch vornimmt? Im Herausnehmen des ganzen Uterus? Und warum kann sie, wenn das erkrankte Organ entfernt ist, nicht lebenerhaltend wirken? – Woran überhaupt erkennt der Arzt – oft zu spät – das Vorhandensein von Gebärmutter-Krebs? Ist die Blutung nach dem schon erfolgten Stillstand der geschlechtlichen Funktionen ein untrügliches Zeichen dafür – und zugleich für die hoffnungslose Fortgeschrittenheit der Krankheit? – Welches ist der Zeitraum, in dem ein Karzinom sich von den ersten Anfängen bis zur Nicht-mehr-Operierbarkeit entwickelt? – Der Uterus selbst ist unempfindlich; aber macht sich die Krebserkrankung nicht sonst im Allgemeinbefinden, durch Körperverfall etc. bemerkbar oder vermutbar? Wie kommt es, dass sie so oft so spät erkannt wird?

Rein physiologisch gefragt: Wie verhält sich die Menstruation während des Klimakteriums, bis zum endgültigen Erlöschen der

Gebärfähigkeit? Wird sie allmählich unregelmässig oder geringer, bis sie ganz ausbleibt?

Ich will hoffen, dass Ihnen die Beantwortung dieser Fragen nicht zuviel Mühe macht. Suchen Sie sich eine Stunde dafür aus, die sonst zu nichts nutze ist!

Mit den verbindlichsten Grüssen
Ihr ergebener
Thomas Mann

Dr. F. Rosenthal an Thomas Mann
(Unterstreichungen von Thomas Mann)

May 11, 1952.

Sehr verehrter Herr Dr. Mann!

Ihre freundliche Aufforderung zur medizinischen Mitarbeit an einem neuen Roman ist für mich ehrenvoll wie es zur Zeit des »Faustus« war. Das diesmalige Thema bedeutet für mein Denken als Arzt eine so grosse Fascinierung, dass ich nicht umhin kann, viel eingehender zu Ihren Fragen Stellung zu nehmen, als Sie es wahrscheinlich beabsichtigen. In dem neuen Roman ist die Rede von Liebe und Tod, und ich zitiere aus dem 2. Band des Zauberbergs von Seite 41, wenn ich sage, dass dieses Thema zu mancher Betrachtung teils zart-poetischen, teils aber unerbittlich wissenschaftlichen Gepräges Anlass gibt. In dem neuen Roman sehe ich eine Frau vor mir, der es schon nicht mehr nach der Weiber Weise geht. Diese Frau von 50 Jahren empfindet, nachdem sie bereits die körperlichen und seelischen Symptome der Wechseljahre an sich erlebt hatte, plötzlich wieder Gefühle leidenschaftlicher Liebe und projiziert diese auf einen im Hause anwesenden jungen Mann, in einem von der Norm abweichenden, medizinisch psychopathologisch zu nennenden Zustand. Bald darauf fällt sie einer bösartigen, mit erneuten Blutungen einhergehenden Frauenkrankheit zum Opfer, einem tragischen organpathologischen Ereignis, das Sie, Herr Dr. Mann, als Gebärmutterkarzinom aufgefasst und dementsprechend symptomatologisch erklärt haben möchten.

Ich habe anliegend einige Zitate aus dem Zauberberg abgeschrieben und die dort ausgesprochenen Gedanken belehren mich, dass der Dichter Vorgänge der Seele und Vorgänge des Körpers absolut getrennt behandeln kann und, von diesem Gedanken ausgehend, ist die Entwicklung des Krankheitsbildes, als einem primären Gebärmutterkarzinom angehörend, durchaus möglich. Der Dichter behandelt dann die in dem Roman zu entwickelnden seelischen und körperlichen Vorgänge dualistisch als getrennte Ereignisse. Der Arzt jedoch ist geneigt, diese ungewöhnlichen seelischen und körperlichen Dinge in den Wechseljahren als auf einer einheitlichen Grundlage beruhend zu betrachten und sieht die Psychopathologie durch Organpathologie bedingt. Der Arzt sieht in dem Krankheitsbild ein einheitliches, endocrinologisch-hormonal, organpathologisch bedingtes Ereignis, dessen erste psychologische Phase scheinbaren Wiederaufblühens abgelöst wird von der zweiten, mit Körperverfall einhergehenden und zum Tode führenden Phase.

Dualistisch betrachtet kann natürlich eine Frau zu irgend einer Zeit ein Wiederaufblühen leidenschaftlicher Liebe erleben und kurze Zeit darauf an irgend einer bösartigen Krankheit, zum Beispiel einem Uteruskarzinom, zu Grunde gehen. Medizinisch erleben wir diese Vorgänge, praktisch nicht, wenn die bösartige Erkrankung ein primäres Gebärmutterkarzinom ist. Wir sehen diese Frauen gewöhnlich sehr früh in einem Zustand morbider Melancholie, sexueller Frigidität und der Neigung zur Abgeschlossenheit von der Aussenwelt, bedingt durch früheinsetzende körperliche Schwächezustände. – Wir sehen praktisch die Kombination eines sexuellen Wiedererwachens im ersten Stadium und eines nachfolgenden Zugrundegehens an einer Krebskrankheit nur dann, wenn der primäre Krebs vom Eierstock ausgeht.

Ich weiss nicht, wie Sie im Verlauf des Romans die psychologischen und organischen Beziehungen zueinander gestalten wollen, und da meine Beantwortung der Fragen in Ihrem Brief vom 5. Mai von der Klärung dieser Grundeinstellung abhängt, verwende ich in meinem heutigen Brief so viel Zeit für diese Fragestellung. Wenn Sie im Zusammenhang des Romans meine vereinheitlichende Auffassung nicht brauchen können, sondern die seelischen Vorgänge dichterisch getrennt von den körperlichen Symptomen oder psychoanalytisch behandeln wollen, dann lassen Sie mich dies bitte wissen, und ich werde sehr gern in meinem nachfolgenden Briefe Ihre Fragen so beantworten, wie Sie sie an mich in Ihrem Briefe richteten.

Wenn es aber den Zwecken des Romans dient, das psychologische und organische Bild von einheitlicher Grundlage ausgehend darzustellen, dann – und jetzt komme ich zum Punkte meines Briefes – dann können wir nicht mit dem Gebärmutterkrebs beginnen, sondern müssen ein von den Eierstöcken ausgehendes Karzinom als Grundursache betrachten. Im Beginn dieser Erkrankung erscheinen körperliche Krankheits-Symptome praktisch überhaupt nicht, sondern nur die überraschende Erscheinung neuen sexuellen Interesses, neuer Liebesgefühle, neuen körperlichen Aufblühens beherrschen die erste Phase, in der die sich entwickelnden Eierstockskarzinomzellen das wieder tun, was die normalen Eierstockzellen bereits aufgehört hatten zu produzieren, nämlich grosse Mengen neuer Frauenhormone in den Blutkreislauf der Frau zu senden. Dieses Stadium wird Hyperestrogenismus (Überproduktion von Estrogen = Frauenhormon) genannt. Im zweiten Stadium treten erneute Blutungen ein, die entweder rein hormonal erklärt werden können und dann bei einer Auskratzung der Gebärmutter in früheren Stadien keine Krebszellen produzieren und das Krankheitsbild unerkannt im Dunkeln lassen, oder bei der Gebärmutterauskratzung Krebszellen produzieren, die histologisch den Charakter von Eierstockskrebszellen haben (metastatisches Übergreifen des Eierstockskarzinoms auf die Gebärmutter) und anzeigen, dass die bösartige Erkrankung schon ziemlich weit vorgeschritten ist. Im dritten Stadium, in dem der Krebs auf viele andere Organsysteme übergegriffen hat, zeigt sich dann das Bild allgemeinen, mehr oder weniger rapiden Kräfteverfalls.

Die »wirkliche« Patientin ist nun anscheinend nicht operiert worden, oder bei der Gebärmutterkürettage wurden Karzinomzellen nicht gefunden, und bei einer schliesslich im Endstadium vorgenommenen Operation ist wahrscheinlich eine Entfernung des Krankheitsprozesses nicht mehr möglich gewesen. Daher ist es tatsächlich ganz gut möglich, dass die »wirkliche Patientin« gelitten hat an einer Eierstockserkrankung[,] die im Jahre 1855 in Wien von Rokitansky entdeckt und 1859 erstmalig in der Wiener Allgemeinen Zeitung veröffentlicht wurde. – Die medizinische Welt erfuhr mehr über die Krankheit im Jahre 1915[,] als R. Meyer in der Zeitschrift für Geburtshilfe und Frauenheilkunde nachwies, dass dieser Eierstockstumor, granulöses Zellkarzinom genannt, ausgeht von unbenutzten granulösen Zellen, die seit der Geburt im Eierstock ruhten und nach dem Einsetzen der Wechseljahre zur bösartigen Entwicklung kommen. Im Jahre 1934 haben E. Novak und J. N. Brawner im American Journal of Obstetrics and Gynocology (28:637) in einem Studium von 36 Fällen die Bösartigkeit und Symptomatologie nachgewiesen, von dieser eigenartigen Erkrankung, die im Anfang nur Symptome des Hyperestrogenismus mit dem überraschend erfreulichen Wiederaufblühen der Patientin zeigt, aber nicht lange diese grausige Täuschung aufrecht erhält und sehr bald die tragischen Illusionen zerstört und den Körper vernichtet.

Sowie ich Ihre Antwort erhalte, ob es bei dem ursprünglich angenommenen Gebärmutterkrebs bleiben soll, oder ob Sie die von mir dargestellte Version wünschen, werde ich einen Brief folgen lassen, in dem ich, je nach der Version, Ihrer früher gestellten Fragen im einzelnen beantworten werde. Um diese Information dem der Zeit des Romans entsprechenden Stand der medizinischen Wissenschaft anzupassen, teilen Sie mir bitte noch mit, welches der Zeitpunkt ist, in dem der Roman erzählt wird, und welches die Zeit, die den Raum der neuen Handlung bildet, wer im Roman der Erzähler ist, das ungefähre Milieu bezüglich Stadt und Land und die Art der zu konsultierenden Ärzte (Internisten, Gynäkologen, Psychologen), ferner wie kurz oder ausführlich über die medizinischen Details (Diagnose, Therapie und Verlauf) referiert werden soll, ob in dem neuen Roman die Karzinomerkrankung einen mehr bedeutenden Raum einnehmen wird wie etwa die Tuberkulose-Krankheit im Zauberberg oder einen kleinen lokalen Raum wie die Meningitis-Erkrankung im Faustus.

Es gibt mir so viel wissenschaftliches Vergnügen, all diese Fragen zu analysieren, dass ich Sie bitte, jederzeit über mich zu verfügen, in welcher Weise auch immer ich Ihnen dienen kann.

Mit vorzüglicher Hochachtung
Ihr Ihnen sehr ergebener
Fritz Rosenthal.

Thomas Mann an Dr. F. Rosenthal

1550 San Remo Drive
Pacific Palisades, California
13. Mai 1952

Lieber Herr Dr. Rosenthal,

recht vielen Dank für Ihre rührenden Bemühungen!

Vor allem: Es handelt sich um keinen Roman, sondern um eine knappe Kurzgeschichte, die diesen Fall grausamen Naturbetrugs fast anekdotisch erzählt. Erzählt wird sie jetzt und spielt zwischen den Kriegen, in den zwanziger Jahren, im Rheinland, sagen wir: in Düsseldorf. Die Frau, von rheinischem Temperament, verwitwet seit 11 Jahren, ist besonders naturliebend. Was den Zeitraum der Handlung betrifft, so wünschte ich mir ihn nicht zu ausgedehnt, sondern so, dass die Erkenntnis der wahren Ursache der Blutung, die die Arme für durchs Psychische, durch die Liebe herbeigeführtes Naturwunder hält, möglichst bald auf ihre stolze Erhebung folgt. Auch dass die Schein-Menstruation schon das Zeichen einer weit, bis zur Hoffnungslosigkeit vorgeschrittenen Erkrankung ist. Das sind erzählerische Wünschbarkeiten. Sie müssen sich natürlich ins medizinisch Mögliche fügen.

Die laienhafte Überlieferung, wie sie mir zukam, spricht von einem Gebärmutter-Krebs. Aber das ganze Bild deutet ja viel mehr, im Sinne Ihrer Ausführungen, auf ein von den Eierstöcken ausgehendes Karzinom, das ja immerhin schon auf die Gebärmutter übergegriffen haben kann. Auf keinen Fall hatte ich die Absicht, das Psychische vom Somatisch-Pathologischen getrennt zu halten. Die Frau selbst tut das nicht. In meinen vorläufigen Aufzeichnungen zur Sache steht: »Das Gefühlswunder wird (für sie) zum physiologischen Wunder. Sie ist wieder Weib, wieder empfängnisfähig, wieder ›potent‹, der Jugend des Geliebten trotz grauen Haaren wieder physisch würdig, braucht vor ihr nicht mehr die Augen niederzuschlagen. Das physiologische Wunder (für sie) das Produkt des seelisch-sinnlichen, der Liebe. Die Natur lässt das Psychische über das Physische siegen. Kraft des Psychischen belebt sie das schon entschlafene Physische wieder, stellt die weiblichen Funktionen wieder her, macht die Ausgeschiedene auch körperlich wieder zum Vollmenschen. Ihr Liebesmut schwillt... Aber denkbar, daß ihre ekstatische Leidenschaft, ihre Liebe, die durch die Person des Geliebten nicht gerade sehr gerechtfertigt ist, ein Effekt der Reizung durch das erkrankte Organ war. Es hätte also nicht das Seelische einen Triumph über das Physische gefeiert, sondern das Pathologisch-Physische einen trügerischen Seelenfrühling erregt. Das neue Leben war in Wahrheit der Tod.«

Sie sehen: Mit dem dilettantischen Wort »Reizung« habe ich alles vorweggenommen, was Sie mir über Hyperestrogenismus etc. eröffnen.

Übrigens grollt die Frau der Natur nicht lange wegen ihres

dämonischen Streiches. Der Tod ist ja ein grosses Mittel natürlichen Lebens, und wenn er für sie, täuschend, die Form der Verjüngung, der Auferstehung annahm, sich in Liebe, Leidenschaft, sinnlicher Beseeligung kleidete, so ist das auch wieder eine grosse Gnade, und sie scheidet vom Leben, versöhnt mit der Natur, die sie immer geliebt, und die ihr – so will ich es schliesslich sehen – Liebe erwiesen hat. – Schluss.

Also: nichts von Dualismus, getrennten Ereignissen und zufällig intervenierendem Gebärmutterkrebs! Zweifellos handelt es sich um ein primäres Eierstockkarzinom. Alles spricht dafür. Wenn Sie also Ihre Güte voll machen und mir die paar noch offenen Fragen beantworten wollen, so tun Sie es auf dieser Grundlage!

Ihr Thomas Mann

Hedda Eulenberg an Thomas Mann
(Unterstreichungen von Thomas Mann)

Düsseldorf-Kaiserswerth
Haus Freiheit 8. Februar 1953

Hochverehrter Herr Thomas Mann!

Herzlich danke ich Ihnen für Ihren Brief und freue mich sehr darüber, dass Sie mich als Handlanger gebrauchen wollen. Ich werde mein möglichstes tun, um Ihre Fragen so eingehend und genau zu beantworten, wie es nur angeht.

Ich nehme an, dass Sie mit »Meeresheim bei Büderich« Meerbusch bei Büderich meinen, eine Künstlersiedlung, die unser Freund Breuhaus gebaut und in der jetzt auch viele reiche Leute wohnen. In meinem Büchlein »Im Doppelglück« können Sie auf Seite 246 uf.[sic, gemeint ist vermutlich »ff.«] einiges über den Charakter dieser Siedlungshäuser lesen. Meererbusch liegt wie Büderich linksrheinisch, während Benrath rechtsrheinisch liegt. Die Entfernung von Meererbusch zum Stadtzentrum beträgt etwa 12 Kilometer. Als Verkehrsmittel gibt es die ausgezeichneten Schnellbahnen Moers Düsseldorf und Krefeld Düsseldorf, die die Entfernung in etwa 20 Minuten zurücklegen. Die Krefelder Straßenbahn führt sogar zur Bequemlichkeit der reichen Leute einen Speisewagen mit sich, was für Strassenbahnen etwas ungewöhnlich ist. Man kann natürlich auch mit dem Auto die sehr bequeme Landstrasse über Oberkassel fahren. Ihre Gesellschaft könnte sich ein Privatmotorboot mieten und von Oberkassel nach Benrath fahren oder eines der fahrplanmässig verkehrenden Schiffe der Köln-Düsseldorfer Dampfschiffahrtsgesellschaft benutzen. Diese fahren allerdings nur von Düsseldorf ab und man müsste die Rheinbrücke überschreiten. Von Stadtmitte bis nach Benrath, das wie Sie mit Recht schreiben, im Süden der Stadt liegt, beträgt die Entfernung ungefähr 12 Kilometer. Mehrere Strassenbahnlinien fahren in etwa 30 Minuten durch belebte hässliche Vorstadtstrassen (an den Persil Werken, Henkel vorbei) und landen ziemlich abrupt vor dem Teich des Barockschlösschen. Die Wasserfahrt, die infolge der vielen Krümmungen des Rheines und der Bergfahrt überraschend lange dauert, hat landschaftlich betrachtet nur einige hübsche Punkte. Es liegt viel Industrie am Rhein und man muss schon ein Niederrheiner sein[,] um trotz alledem einen gewissen Reiz an den Wiesen, den Weidenbüschen und Tümpeln zu finden, denn die wirkliche Schönheit einer Rheinfahrt von Düsseldorf nach Köln beginnt erst oberhalb Benraths, wo es auf Grimmlinghausen und Zons zugeht.

Richtig gesehen haben Sie, dass die Kölner Landstrasse von Düsseldorf nach Benrath führt. Mein Sohn Till besorgt Ihnen aber morgen noch genaues Kartenmaterial, das er Ihnen baldigst zuschicken wird.

Der Park des Schlosses erstreckt sich nicht bis ganz an den Strom, die Strassenbahn fährt unmittelbar bis vor das Schloss und die Dampfer legen unterhalb von Benrath an, das leider kein abgelegenes Dorf mehr ist, sondern durch Vorstädte und Eingemeindung unmittelbar zu Düsseldorf gehört. Ausflüge werden immer noch reichlich zu Besichtung von Schloss und Park gemacht. Wir selbst fuhren noch vor fast einem Jahr von Kaiserswerth über Düsseldorf, Benrath nach Zons und fanden die Wasserfahrt recht reizvoll.

Die Abfahrt bei einem Schiffsausflug können Sie also sowohl an das linke Ufer von Oberkassel verlegen, wie an das rechte von Düsseldorf. Im ersteren Falle hätten Sie die schöne Silhouette der Stadt vor sich, mit dem alten Lambertusturm, (mein Sohn wird Ihnen eine Ansicht davon schicken,) im zweiten Falle die Wiesen der Hammer Lausward und das Vorgelände des Vorortes Oberkassel, wo sich vom ersten warmen Tage an die Düsseldorfer Jugend im Wasser tummelt, wo sich die Volksfeste abspielen, oft Zirkusbuden aufgebaut sind und ein alter Schäfer im traditionellen braunen Cape auf seine Wurfschaufel gestützt, stundenlang regungslos stehend seine Schafherde überwacht.

Sollten Sie noch etwas zu fragen haben[,] so werde ich sehr, sehr gerne antworten. Und wie gesagt, das Material, das Sie vielleicht brauchen können, geht Ihnen morgen zu.

Ich hoffe[,] dass die alte Erde, der Sie sich wieder zuwenden wollen, sich dieser Ehre immer mehr bewusst wird und Ihnen das schenkt, was Sie von ihr erwarten. Mir selbst aber wünsche ich für den Rest meiner Tage noch ein Wiedersehen mit Ihnen und Ihrer Gattin[.]

Ihre ergebene
Hedda Eulenberg

Einführende Worte zu einer Lesung aus *Die Betrogene* (unveröffentlichtes Typoskript, TMA Zürich: A-I-Mp IX 210 grün). Vgl. oben Entstehung, S. 294.

Ich hörte folgende seltsam tragische Anekdote.

Eine Frau, Dame der Gesellschaft, schon jenseits der 50 und als Weib von der Natur schon organisch zur Ruhe gesetzt, wird von leidenschaftlicher Liebe zu einem jungen Mann – sagen wir, dem Hauslehrer ihres Sohnes, ergriffen. Sie sieht in dieser späten Heimsuchung eine Art von Naturwunder, das sie verehrt, während sie sich doch zugleich vor der Natur und vor der Jugend des Geliebten schämt, eine Auferstehung des Herzens, eine Begnadung, die sie verehrt, während sie doch zugleich vor der Spenderin dieser Gnade, der Natur, und vor der Jugend des Geliebten in Scham vergehen will.

Aber siehe, das Naturwunder bleibt nicht aufs Gefühl beschränkt. Vom Seelisch-Sinnlichen greift es aufs Physiologische über. Ihr kehrt wieder, was des Längeren schon ausgeblieben, sie wird, poetisch gesprochen, wieder zum fließenden Brunnen.

Ihre Freude, ihr Stolz sind grenzenlos. Sie ist wieder Weib, wieder empfängnisfähig, der Jugend des Geliebten trotz grauem Haar wieder würdig, sie braucht vor ihr nicht mehr die Augen niederzuschlagen. Das körperliche Geschehnis muß das Produkt der Seele, des Herzens, der Liebe sein. Die Natur hat gesprochen. Sie hat das Psychische über das Physische siegen lassen, hat dieses, das schon entschlafen war, wieder zum Leben erweckt, die schon Ausgeschiedene auch körperlich wieder zum Vollmenschen gemacht.

Welcher Triumph! – Da stellt sich heraus, daß das große Erlebnis der Frau, das Symptom einer ohne Schmerzwarnung heimlich weit vorangeschlichenen Krankheit, eines schon nicht mehr operablen Gebärmutterkrebses war. Nicht hat das Seelische einen Wundersieg über das Physische gefeiert, sondern das Pathologisch-Physische einen trügerischen Seelenfrühling erregt. Das neue Leben war in Wahrheit der Tod. Die Frau muß sterben. –

Auf dieser schmalen Basis ist die Novelle errichtet, deren erste Teile ich Ihnen vorlesen möchte. Es mag sein, daß ich die knappe Wiedergabe des Falles, von dem ich hörte, schon ein wenig mit eigenen dichterischen Absichten gefärbt habe. So will ich auch lieber gleich noch anfügen, daß die Sterbende den dämonischen Betrug, den die Natur an ihr begangen, dieser nicht nachträgt.

Wenn der Tod für sie, täuschend, die Form verjüngten Lebens, der Auferstehung annahm, sich in Liebe, Leidenschaft, sinnliche Beseligung kleidete, so bleibt ihr das eine große Gnade, und sie scheidet vom Leben, versöhnt mit der Natur, der sie immer in Liebe verbunden war, und die ihr – so will sie es schließlich sehen – Liebe erwiesen hat.

# ANHANG

# DANK

Das literarische Werk Thomas Manns stellt an den Kommentator besondere Anforderungen, die sich aus der Arbeitsweise dieses Autors ergeben. Der Niederschrift eines Romans gingen in der Regel gründliche Recherchen voraus, denn das bloße Fabulieren war seine Sache nicht. Dies gilt auch für die späten Erzählungen, in die viel diverses Sach- und Fachwissen eingegangen ist, das in seiner Summierung über die Kompetenz eines Einzelnen hinausgeht.

Es ist deshalb eine besondere Freude, den Kollegen und Freunden, die bei der Erstellung des Kommentars bereitwillig Hilfe geleistet haben, meine Anerkennung und meinen aufrichtigen Dank auszusprechen. Dirk Heißerer (München) erwies sich einmal mehr als eine verlässliche und unermüdliche Auskunftei in allen den Münchener Hintergrund betreffenden Fragen. Für alles Italienische konnte ich mich stets auf Elisabeth Galvan (Rom) und ihre unvergleichliche Vertrautheit mit den italienischen Spuren im Werk Thomas Manns verlassen. Nishant K. Narayanan (Hyderabad) half mir, die indische Legende von den vertauschten Köpfen besser zu verstehen. Und bei der Aufklärung der vielen Bezüge zu Düsseldorf in *Die Betrogene* war mir Heike Spies (Düsseldorf) unermüdlich und verlässlich behilflich.

Darüber hinaus verdanke ich manche Einzelhinweise und Auskünfte den folgenden Kollegen: Peter Bloom (Northampton, MA), Heinrich Detering (Göttingen), Yahya Elsaghe (Bern), Maren Ermisch (Göttingen), Herbert Lehnert (Palm Springs, CA), Irmela von der Lühe (Berlin), Friedhelm Marx (Bamberg), Benedikt Mauer (Düsseldorf), Alex Ross (Los Angeles) und Thomas Sprecher (Zürich).

Ohne die materiellen und intellektuellen Ressourcen des Thomas Mann Archivs der Eidgenössischen Technischen Hochschule Zürich wäre ein Unternehmen wie das vorliegende nicht denkbar. Ein besonders verbindlicher Dank gilt in diesem Zusammenhang

Angelina Immoos, die die Transkription der Handschriften der drei letzten Erzählungen sowie der dazugehörigen Materialien besorgte und bereitstellte. Nicht minder dankbar bin ich Rolf Bolt, der verlässlich und prompt aus dem Archiv besorgte, was je zu besorgen war.

Die Entstehung des Kommentars begleitet hat T. J. Reed (Oxford), der Herausgeber der frühen Erzählungen (GKFA Bd. 2), der als Gegenleser auf die jeweiligen Kommentarentwürfe ein wachsames Auge warf, sobald sie auf seinem Tisch landeten, und mir mit weisem Rat Zuspruch leistete.

Nicht genug zu loben ist die diskrete, taktvolle und souveräne Manier, in der Roland Spahr im S.Fischer Verlag meine Arbeit in allen ihren Phasen begleitet und gelenkt hat. Danke vielmals! Auch seiner Mitarbeiterin Waltraud John, die sich um die redaktionelle Einrichtung des Kommentars gekümmert hat, sowie Norma Schneider, die die Register erstellt hat, möchte ich meinen aufrichtigen und erleichterten Dank aussprechen.

Hans Rudolf Vaget
Northampton, Massachusetts
März 2020

# ZEICHEN, ABKÜRZUNGEN UND SIGLEN

## Siglen

| | |
|---|---|
| ARE I-III | Thomas Mann: Aufsätze, Reden, Essays. 1893–1913; 1914–1918; 1919–1925. Hg. von Harry Matter. Berlin/Weimar 1983–1986. |
| Br. I-III | Thomas Mann: Briefe 1889–1936 (Bd. I); 1937–1947 (Bd. II); 1948–1955 und Nachlese (Bd. III). Hg. von Erika Mann. Frankfurt/Main 1961–1965. |
| DüD I-III | Dichter über ihre Dichtungen. Thomas Mann. Hg. von Hans Wysling und Marianne Fischer. 3 Bände. Zürich u.a. 1975–1981 (= Dichter über ihre Dichtungen. Hg. von Rudolf Hirsch u. Werner Vordtriede. Bd. 14). |
| E I-VI | Thomas Mann: Essays. Hg. von Hermann Kurzke und Stephan Stachorski. 6 Bände. Frankfurt/Main 1993–1997. |
| GKFA | Thomas Mann: Große kommentierte Frankfurter Ausgabe: Werke – Briefe – Tagebücher. Frankfurt/Main 2002ff. |
| GW I-XIII | Thomas Mann: Gesammelte Werke in dreizehn Bänden. 2. Aufl. Franfkurt/Main 1974. |
| Interviews | Frage und Antwort. Interviews mit Thomas Mann 1909–1955. Hg. von Volkmar Hansen u. Gert Heine. Hamburg 1983. |
| Nb. I und II | Thomas Mann: Notizbücher 1–6 und 7–14. Hg. von Hans Wysling und Yvonne Schmidlin. Frankfurt/Main 1991, 1992. |
| Regesten | Die Briefe Thomas Manns. Regesten und Register. Hg. von Hans Bürgin und Hans-Otto Mayer, unter Mitarbeit von Gert Heine und Yvonne Schmidlin. 5 Bände. Frankfurt/Main 1976–1987. |
| TM/Adorno | Theodor W. Adorno – Thomas Mann: Briefwech- |

sel 1943–1955. Hg. von Christoph Gödde und Thomas Sprecher. Frankfurt/Main 2002.

TM/AM — Thomas Mann/Agnes E. Meyer: Briefwechsel 1937–1955. Hg. von Hans Rudolf Vaget. Frankfurt/Main 1992.

TM/Bertram — Thomas Mann an Ernst Bertram. Briefe aus den Jahren 1910–1955. Hg., kommentiert und mit einem Nachwort versehen von Inge Jens. Pfullingen 1960.

TM/Fiedler I u. II — Aus dem Briefwechsel Thomas Mann – Kuno Fiedler. Hg. von Hans Wysling. In: Blätter der Thomas-Mann-Gesellschaft Zürich 11 (1971), S. 5–42, und 12 (1972), S. 5–37.

TM/Hamburger — Thomas Mann/Käte Hamburger: Briefwechsel 1932–1955. Hg. von Hubert Brunträger. Frankfurt/Main 1999 (= TMS XX).

TM/Hesse — Hermann Hesse/Thomas Mann: Briefwechsel. Hg. von Anni Carlsson und Volker Michels. 3., erweiterte, überarbeitete u. aktualisierte Ausgabe. Frankfurt/Main 2003.

TM/HM — Thomas Mann/Heinrich Mann: Briefwechsel 1900–1949. Hg. von Hans Wysling. 2., erweiterte Ausgabe. Frankfurt/Main 1984.

TM/Martens I u. II — Thomas Mann: Briefe an Kurt Martens. Hg. von Hans Wysling unter Mitwirkung von Thomas Sprecher. Teil I: 1899–1907. In: TMJ 3 (1990), S. 175–247. Teil II: 1908–1935. In: TMJ 4 (1991), S. 185–260.

TM/OG — Thomas Mann: Briefe an Otto Grautoff 1894–1901 und Ida Boy-Ed 1903–1928. Hg. von Peter de Mendelssohn. Frankfurt/Main 1975.

TMA — Thomas-Mann-Archiv der ETH Zürich.

TMJ — Thomas-Mann-Jahrbuch. Begründet von Eckhard Heftrich u. Hans Wysling. Hg. von Hans Wißkirchen u. Katrin Bedenig. Frankfurt/Main 1988ff.

| | |
|---|---|
| TMS | Thomas-Mann-Studien. Hg. vom Thomas-Mann-Archiv der ETH in Zürich. Bern 1967–1988 und Frankfurt/Main 1991ff. |
| WA | Goethes Werke. Hg. im Auftrage der Großherzogin Sophie von Sachsen. 4 Abtheilungen. 133 Bände (in 143). Weimar 1887–1919. |

# BIBLIOGRAPHIE

## WERKE THOMAS MANNS

### Werkausgaben

Aufsätze, Reden, Essays. Hg. und mit Anmerkungen versehen von Harry Matter. 3 Bände. Berlin, Weimar 1983–1986.

Essays. Hg. von Hermann Kurzke und Stephan Stachorski. 6 Bände. Frankfurt/Main 1993–1997.

Stockholmer Gesamtausgabe der Werke Thomas Manns. Stockholm, Amsterdam, Wien, Berlin, Frankfurt/Main 1939–1954.

Gesammelte Werke in dreizehn Bänden. 2. Auflage. Frankfurt/Main 1974.

Gesammelte Werke in Einzelbänden. Frankfurter Ausgabe. Hg. von Peter de Mendelssohn. Frankfurt/Main 1981ff.

Große kommentierte Frankfurter Ausgabe. Werke – Briefe – Tagebücher. Frankfurt/Main 2002ff. (Aufstellung siehe am Schluss dieses Bandes).

Notizbücher 1–6 und 7–14. 2 Bände. Hg. von Hans Wysling und Yvonne Schmidlin. Frankfurt/Main 1991, 1992.

Tagebücher 1918–1921 und 1933–1943. Hg. von Peter de Mendelssohn; Tagebücher 1944–1955. Hg. von Inge Jens. 10 Bände. Frankfurt/Main 1977–1995.

### Teilsammlungen: Erzählungen

Novellen. Bd. I und II. Berlin 1922. Gesammelte Werke [in Einzelausgaben].

Späte Erzählungen. In: Gesammelte Werke in Einzelbänden. Frankfurter Ausgabe, hg. von Peter de Mendelssohn. Frankfurt/Main 1981.

## Briefe

Thomas Mann: Briefe. Bd. I: 1889–1936; Bd. II: 1937–1947; Bd. III: 1948–1955 und Nachlese. Hg. von Erika Mann. Frankfurt/Main 1961–1965.

Thomas Mann: Briefe I: 1889–1913. Ausgewählt und hg. von Thomas Sprecher, Hans R. Vaget und Cornelia Bernini. Frankfurt/Main 2002 (= GKFA 21).

Thomas Mann: Briefe II: 1914–1923. Ausgewählt und hg. von Thomas Sprecher, Hans R. Vaget und Cornelia Bernini. Frankfurt/Main 2004 (= GKFA 22).

Thomas Mann: Briefe III: 1924–1932. Ausgewählt und hg. von Thomas Sprecher, Hans R. Vaget und Cornelia Bernini. Frankfurt/Main 2011 (= GKFA 23.1 u. 2).

Theodor W. Adorno – Thomas Mann: Briefwechsel 1943–1955. Hg. von Christoph Gödde und Thomas Sprecher. Frankfurt/Main 2002.

Thomas Mann an Ernst Bertram. Briefe aus den Jahren 1910–1955. Hg., kommentiert und mit einem Nachwort versehen von Inge Jens. Pfullingen 1960.

Aus dem Briefwechsel Thomas Mann – Kuno Fiedler. Hg. von Hans Wysling. In: Blätter der Thomas-Mann-Gesellschaft Zürich 11 (1971), S. 5–42, und 12 (1972), S. 5–37.

Thomas Mann/Heinrich Mann: Briefwechsel 1900–1949. Hg. von Hans Wysling, 3., erweiterte Ausgabe, 2. Auflage. Frankfurt/Main 2005.

Thomas Mann: Briefe an Otto Grautoff 1894–1901 und Ida Boy-Ed 1903–1928. Hg. von Peter de Mendelssohn. Frankfurt/Main 1975.

Thomas Mann / Käte Hamburger: Briefwechsel 1932–1955. Hg. von Hubert Brunträger. Frankfurt/Main 1999 (= TMS XX).

Hermann Hesse/Thomas Mann: Briefwechsel. Hg. von Anni Carlsson und Volker Michels. 3., erweiterte, überarbeitete u. aktualisierte Ausgabe. Frankfurt/Main 2003.

Thomas Mann / Agnes E. Meyer: Briefwechsel 1937–1955. Hg. von Hans Rudolf Vaget. Frankfurt/Main 1992.

Thomas Mann / Karl Loewenstein: Briefwechsel. Erster Teil: 1933–1938; Zweiter Teil: 1938–1955. Hg. von Eva Schiffer. In: Blätter der Thomas-Mann-Gesellschaft Zürich, Nr. 18 (1981), S. 5–37, und Nr. 19 (1982), S. 5–40.

Thomas Mann: Briefe an Kurt Martens. Hg. von Hans Wysling unter Mitwirkung von Thomas Sprecher. Teil I: 1899–1907. Teil II: 1908–1935. In: TMJ 3, 1990, S. 175–247, und 4, 1991, S. 185–260.

Thomas Mann: Briefe an Otto Grautoff, 1894–1901 und Ida Boy-Ed, 1903–1928. Hg. von Peter de Mendelssohn. Frankfurt/Main 1975.

Katia Mann: ›Liebes Rehherz‹. Briefe an Thomas Mann 1920–1950. Erweiterte Neuausgabe. Hg. und kommentiert von Inge Jens und Dirk Heißerer. Würzburg 2016.

Klaus Mann: Briefe und Antworten, 1922–1949. Hg. und mit einem Vorwort von Martin Gregor-Dellin. München 1987.

## QUELLEN. VON THOMAS MANN BENUTZTE LITERATUR

Auerbach, Elias: Wüste und Gelobtes Land. Geschichte Israels von den Anfängen bis zum Tode Salomos. Berlin 1932.*

Bachofen, Johann Jakob: Der Mythus von Orient und Occident. Eine Metaphysik der Alten Welt. Aus den Werken von J. J. Bachofen, mit einer Einleitung von Alfred Baeumler. Hg. von Manfred Schroeter. München 1926.*

Bachofen, Johann Jakob: Urreligion und antike Symbole. Systematisch angeordnete Auswahl aus seinen Werken in drei Bänden. Hg. von Carl Albrecht Bernoulli. Leipzig 1926.*

Barth, Emil: Der Wandelstern. 2. Aufl. 1947.

Freud, Sigmund: Der Mann Moses und die monotheistische Religion. Drei Abhandlungen. Amsterdam 1939.*

Goethe, Johann Wolfgang von: Israel in der Wüste. In: Noten und Abhandlungen zum besseren Verständnis des West-östlichen Divans. München 1909ff. In der von Thomas Mann benutzten Propyläen-Ausgabe Bd. 32.

Heine, Heinrich: Geständnisse. In: Sämtliche Werke, Bd. 6. Hg. von Ernst Elster. Leipzig und Wien 1889.

Heine, Heinrich: Geständnisse. In: Historisch-kritische Gesamtausgabe der Werke. Bd. 15. Hg. von Manfred Windfuhr. Hamburg 1982.

Indische Märchen. Hg. und übertragen von Johannes Hertel. Jena 1921.

Jeremias, Alfred: Das Alte Testament im Lichte des alten Orients. 3., völlig neu bearbeitete Auflage. Leipzig 1916.*

Kerényi, Karl: Labyrinth-Studien. Labyrinthos als Linienreflex einer mythologischen Idee. Amsterdam und Leipzig 1941.*

Kerényi, Karl: Einführung in das Wesen der Mythologie. Das göttliche Kind. Das göttliche Mädchen. Zürich 1951.

Knackfuß, Hermann: Michelangelo. Mit 95 Abbildungen von Gemälden, Skulpturen und Zeichnungen. 5. Aufl., Bielefeld und Leipzig 1899 (= Künstlermonographien IV).

Knapp, Fritz (Hg.): Michelangelo. Des Meisters Werke in 169 Abbildungen. 2. Aufl., Stuttgart und Leipzig 1907.

Luther, Martin: Die heiligen Schriften des Alten und Neuen Bundes, deutsch von Martin Luther. 4 Bände, München und Leipzig o. J. [1910].*

Marcks, Erich: König Philipp II. von Spanien. In: ders.: Männer und Zeiten. Aufsätze und Reden zur neueren Geschichte. 2 Bände, Leipzig 1911, Bd. I, S. 1–22.

MERIAN. Das Monatsheft im Hoffmann und Campe Verlag. Hg. von Heinrich Leippe, 4. Jg., Heft 5: Düsseldorf. Hamburg 1951.* Darin: Emil Barth: Schloßzauber, S. 56–60; Bastian Müller: Kaiserswerth und Neandertal, S. 66–70; Hans Müller-Schlösser: Anekdoten, S. 74–76; Norbert Jacques: In den Altbierkneipen, S. 83–84.

Meyers kleines Lexikon. 8., gänzlich neubearbeitete Auflage in drei Bänden, Leipzig 1932.

Michelangelo. Sixtina-Köpfe. 10 farbige Tafeln und 4 Abbildungen nach Fresken und Zeichnungen. Eingeleitet von A. E. Brinckmann. Berlin 1936 (= Die silbernen Bücher).

Neumann, Erich: Eros und Psyche. Ein Beitrag zur seelischen Entwicklung des Weiblichen. In: Apuleius: Amor und Psyche, übers. von Albrecht Schaeffer. Zürich 1951, S. 75–201.

Oldenberg, Hermann: Die Literatur des alten Indien. Stuttgart, Berlin 1903.

Renan, Ernest: Paulus. Sein Leben und seine Mission, übers. von Erich Franzen. Berlin 1935.

Riess, Curt: The Self-Betrayed. Glory and Doom of the German Generals. New York 1942.

Rohde, Erwin: Psyche: Seelencult und Unsterblichkeitsglaube der Griechen. 2 Bände, Tübingen und Leipzig 1890–1894.

Suter, Wilhelm: Spaziergänge und Ausflüge im Bereich der Rheinbahn. 4. Aufl., Düsseldorf 1934.

Weber, Max: Das antike Judentum. In: Gesammelte Aufsätze zur Religionssoziologie. Bd. III. Tübingen 1923.

Zimmer, Heinrich: Maya. Der indische Mythos. Stuttgart, Berlin 1936 (mit Widmung: »Thomas Mann in herzlicher Verehrung. Mai 1936. Heinrich Zimmer«).*

Zimmer, Heinrich: Die indische Weltmutter. In: Eranos-Jahrbuch 6, 1938, S. 175–220.

## REZENSIONEN

Adorno, Theodor W.: Aus einem Brief über »Die Betrogene« an Thomas Mann. In: Akzente 2, 1955, S. 284–287.

Anonym: The Transformed Legend. In: Time, Jg. 377, 9.6.1941, S. 94.

Anonym: Heads or Trunks. In: Times Literary Supplement, 16.8.1941, S. 393.

Anonym: The Ten Commandments. In: The New Yorker, 1.1.1944, S. 67–68.

Anonym: Thomas Mann: The Tables of the Law. In: The New Yorker, 9.6.1945, S. 77–78.

Anonym: Unhappy Widow. In: The Times Literary Supplement, 9.4.1954, S. 229.

Aulhorn, Edith: Thomas Manns neueste Novelle: »Unordnung und frühes Leid«. In: Zeitschrift für Deutschkunde 42, 1928, S. 253–260.

Bab, Julius: Der italienische Zauber. In: Berliner Volkszeitung, Jg. 78, 8.5.1930, Morgen-Ausgabe, Nr. 214, S. 2.

Bahr, Hermann: Tagebuch. In: Neues Wiener Journal, Jg. 27, 28.12.1919, Nr. 9391, S. 6–7.

Baker, Carlos: Facts of Life – and Death. In : The Nation (New York), Bd. 178, 19.6.1954, S. 526–527.

Basler, Otto: Thomas Mann und das Alte Testament. Thomas Manns biblische Gestalten. In: Schweizer Annalen 2, 1945, S. 170–172.

Beheim-Schwarzbach, Martin: Der schwarze Schwan. In: Der Tagesspiegel (Berlin), Jg. 8, 27.9.1953.

Behl, Carl Friedrich Wilhelm: Das gefährliche Alter. In: Deutsche Rundschau 80, 1953, 27.9.1953.

Boy-Ed, Ida: Zwei Idyllen von Thomas Mann. In: Lübeckische Blätter, Jg. 62, 4.7.1920, Nr. 25, S. 361–362.

Bradford, Curtis: Mann's New Excursions. In: Sewanee Review (Sewanee/TN.), Jg. 50, Nr. 1, 1942, S. 138–143.

Braun, Felix: Gedanken zu Büchern Thomas Manns. In: Österreichische Rundschau (Wien), Bd. 65, 1921, Nr. 4, S. 180.

Brighouse, Harold: The Transposed Heads. In: The Manchester Guardian, 22.8.1941, S. 3.

Brock, Erich: Kritische Forderungen des Tages an Thomas Mann. In: Der Kunstwart (München), Jg. 43, 1930, S. 316–322.

Brod, Max: Thomas Mann's New Novel. In: The Palestine Post (Jerusalem), 5.1.1941, S. 4.

Brück, Max von: Frühling im Zwielicht. In: Die Gegenwart, Jg. 8, 18.7.1953, Nr. 186/8, S. 468f.

Bruno, Francesco: Pregiudizi di Tomaso Mann. In: Augustea (Rom), Jg. 6, 15.7.1930, Nr. 13, S. 414.

Cowley, Malcolm: Finger Exercise. In: The New Republic (New York), Jg. 104, 23.6.1941, S. 862.

Diebold, Bernhard: Senior und Junior. Ein ganz unliterarisches Kapitel. In: Frankfurter Zeitung, 4.12.1926, Nr. 902, 1. Morgen-Ausgabe.

Dr. Z. (anonym): »Herr und Hund«. In: Hundesport und Jagd, Jg. 35 (1920), Nr. 32.

dt (anonym): Thomas Mann liest aus »Herr und Hund« und »Gesang vom Kindchen«. In: Fränkischer Kurier (Nürnberg), 20.11.1919.

Ehrenzweig, Stephan: Der neue Thomas Mann. In: Das Tagebuch (Berlin), Jg. 11, 5.7.1930, H. 27, S. 1070–1074.

Eloesser, Arthur: »Mario und der Zauberer«. In: Neue Rundschau (Berlin), Jg. 41, November 1930, H. 11, S. 718–719.

Elster, Hanns Martin: Thomas Mann. In: Allgemeine Zeitung (München), Jg. 123, 2. u. 9.5.1920, Nr. 17 u. 18, S. 167–168 u. S. 174–176.

Fadiman, Clifton: Thomas Mann's Obsession. In: The Nation (New York), Jg. 132, 11.2.1931, S. 156.

Fadiman, Clifton: Thomas Mann. In: The New Yorker, 7.6.1941, S. 62.

Faesi, Robert: Thomas Manns indische Legende. In: Neue Schweizer Rundschau (Zürich), Jg. 8, Februar 1941, S. 642–647.

Flamm, Peter: Tragisches Erlebnis. Thomas Mann: »Mario und der Zauberer«. In: Berliner Tageblatt, 1.6.1930.

Fleissner, Else M.: Stylistic Confusion in Thomas Mann's Indian Legend »The Transposed Heads«. In: The Germanic Review (New York), Jg. 18, 1943, S. 209–212.

Franck, Hans: »Unordnung und frühes Leid«. In: Deutsche Allgemeine Zeitung (Berlin), 12.12.1926.

Frank, Joseph: Mann – Death and Transfiguration. In: The New Republic (New York), 131, 5.7.1954, S. 18–19.

Frechtman, Bernard: The Moses Epos. In: The Jewish Frontier (New York), 12.9.1945, S. 63, 65.

Frey, Alexander Moritz: Moses, der Gesetzgeber. In: National-Zeitung (Basel), 24.3.1945.

Frey, Alexander Moritz: Thomas Manns neue Erzählung. In: Neue Zürcher Zeitung, Jg. 174, 1.10.1953, Nr. 2266, Morgenausgabe.

Fuchs, Friedrich: Mann und Hauptmann oder über Jatropoetik. In: Hochland (München), Jg. 24, Januar 1927, H. 4, S. 462–467.

Gannett, Lewis: The Black Swan. In: The New York Herald Tribune, 7.6.1954, S. 19.

Geck, Rudolf (»-ck«): Blau oder braun? Ein Brief an Thomas Mann. In: Frankfurter Zeitung, 24.6.1925.

Geismar, Maxwell: Hitler Versus the Decalogue. In: The New York Times Book Review, 19.12.1943, S. 1, 13.

George, Manfred: Das neue Buch. Thomas Mann: »Unordnung und frühes Leid«. In: 8-Uhr Abendblatt (Berlin), 3.11.1926.

Gill, Brendan: Lean Years. In: The New Yorker, 10.7.1954, S. 70–71.

Goldschmidt, Hermann Levin: Thomas Mann und das Alte Testament. Thomas Manns Joseph und Moses. In: Schweizer Annalen (Aarau), 2, 1945, S. 172–176.

Gregor, Martin: Das jüngste Werk Thomas Manns. In: Tägliche Rundschau (Berlin), Jg. 10, 26.8.1954, Nr. 197, S. 4.

Grohé, Helmut: Neue Bücher. In: Neue Blätter für Kunst und Literatur (Frankfurt/Main), Jg. 2, 1919/1920, S. 190–192.

Großmann, Stefan: »Mario und der Zauberer«. Zwei Begegnungen. In: Das Tagebuch (Berlin), Jg. 11, 31.5.1930, H. 22, S. 874–875.

Guillémin, Bernard: Der neue Thomas Mann. In: Nürnberger Zeitung, 18.6.1930, Nr. 140.

Günther, Alfred: Thomas Mann – Moses. In: Weltstimmen 17, 1946, S. 5–10.

Hatfield Henry H.: Thomas Mann's »Mario und der Zauberer«: An Interpretation. In: The Germanic Review 21, 1946, 306–312.

Heftrich, Eckhard: Der Erwählte. Die Betrogene. In: Atoll. Monatsschrift für junge Dichtung und Kritik (Freiburg i.Br.), 1.11.1953.

Heilborn, Ernst: »Herr und Hund« – »Gesang vom Kindchen«. In: Das literarische Echo (Berlin), Jg. 22, 15.3.1920, H. 12, Sp. 753.

Heilborn, Ernst: Thomas Mann: »Unordnung und frühes Leid«. In: Die Literatur (Stuttgart), Jg. 29, Januar 1927, H. 4, S. 230–231.

Heinitz, Werner: Bemerkungen zu einem neuen Werk von Thomas Mann. In: Heute und Morgen. Literarische Monatsschrift (Ost-Berlin), 1954, H. 6, S. 291–293.

Helbling, Carl: Zur Gesamtausgabe Thomas Manns. In: Neue Zürcher Zeitung, Jg. 143, 21.7.1922, Nr. 961, Abendblatt.

Herwig, Franz: Der Idylliker Thomas Mann. In: Hochland (München), Jg. 17, Juni 1920, H. 9, S. 377–379.

hgr (anonym): »Unordnung und frühes Leid«. In: Leipziger Volkszeitung, 7.1.1926.

Highet, Gilbert: Life and Health, Disease and Death. In: Harper's Magazine (New York), 159, 19.7.1954, S. 93.

Hofmiller, Josef: Neue Bücher. In: Süddeutsche Monatshefte (München), Jg. 17, 1920, S. 449–451.

Horst, Karl August: Der Prophet ohne Gott. Zu Thomas Manns Moses-Biographie. In: Der Rheinischer Merkur (Koblenz, Köln), 23.7.1949, S. 3–4.

H.S. (anonym): Thomas Mann: »Unordnung und frühes Leid«. In: Berliner Tageblatt, 28.11.1926.

Hühnerfeld, Paul: Ins Leere geschrieben. Zu Thomas Manns neuer Erzählung »Die Betrogene«. In: Die Zeit, 22.10.1953.

Hupka, Herbert: Das Gesetz. In: Welt und Wort (Tübingen), Jg. 1, Sept. 1946, S. 121.

Jacob, Heinrich Eduard: »Unordnung und frühes Leid«. In: Neue Rundschau, Jg. 38, Januar 1927, H. 1, S. 106–107.

Jacobs, Monty (M.J.): »Mario und der Zauberer«. Eine neue Erzählung von Thomas Mann. In: Vossische Zeitung (Berlin), 7.5.1930, Nr. 212, Morgen-Ausgabe, Unterhaltungsblatt Nr. 105.

Jacobson, Anna: Thomas Mann's »The Tables of the Law«. In: Tomorrow (New York), 4.8.1945, S. 66–67.

Jens, Walter: Thomas Mann – problematisch. In: Die Welt am Sonntag (Hamburg), 4.10.1953.

Kafka, Hans: Ein Brief an Thomas Mann. In: Die literarische Welt (Berlin), Jg. 2, 26.11.1926, Nr. 48, S. 8.

Kahn, Harry: Thomas Manns Idyllen. In: Die Weltbühne (Berlin), Jg. 16, 8.1.1920, Nr. 2, S. 53–55.

Kantorowicz, Alfred: Thomas Mann. Mario und der Zauberer. In: Die literarische Welt (Berlin), Jg. 6, 20.6.1930, Nr. 25, S. 5.

Katann, Oskar: »Herr und Hund« und »Gesang vom Kindchen«. In: Der Gral. Monatsschrift für schöne Literatur (Wien), Jg. 14, 1920, S. 318–319.

Keckeis, Gustav: Thomas Mann: »Mario und der Zauberer«. In: Literarischer Handweiser, Jg. 66, Juli 1930, H. 10, S. 778–779.

Klein, H. W.: Das neue Welt- und Lebensbild in der neuen Prosa. In: Deutsche Rundschau, Jg. 57, Bd. 226, Februar 1931, H. 5, S. 147–152.

Korrodi, Eduard: »Mario und der Zauberer«. In: Neue Zürcher Zeitung, 12.5.1930.

Krell, Max: Über neue erzählende Prosa. In: Neue Rundschau (Berlin), Jg. 31, 1920, H. 10, S. 1195–1196.

Kronenberger, Louis: Thomas Mann's Novelette of Hypnotism. In: The New York Times Book Review, 4.1.1931, S. 8.

Krug, Werner: Thomas Manns »Mario und der Zauberer«. Versuch einer Deutung. In: Die Literatur, Jg. 32, 1930, S. 696–697.

Kümmel, Werner Georg: Das Mosebuch Thomas Manns und die Bibel. In: Neue Schweizer Rundschau (Zürich), Jg. 12, 1944/45, S. 544–549.

Kutscher, Artur: Idyllen von Thomas Mann. In: Münchner Neueste Nachrichten, 20.2.1920, Nr. 76.

Lang, Millicent: Fable and Paradox. In: The New Masses (New York), Jg. 27, 5.8.1941, S. 26–27.

Leppmann, Franz: Thomas Mann als Versdichter. In: Vossische Zeitung (Berlin), 28.9.1919, Nr. 494, Morgen-Ausgabe, 2. Beilage.

Lesser, Jonas: Thomas Mann: Die Betrogene. In: Neue Schweizer Rundschau (Zürich), Jg. 21, 1954, S. 686–687.

Linder, Wolfgang: Thomas Manns indische Legende. In: Hamburger Akademische Rundschau, Jg. 2, 1947/1948, S. 614–616.

Lipsky, Eleazar: The Lawgiver. In: The American Zionist, 16.11.1945, S. 5, 7.

L.U. (anonym): Thomas Mann und Wassermann. In: Wiener Allgemeine Zeitung, 20.11.1926.

Luzzatto, Guido Ludovico: Thomas Mann: Mario und der Zauberer. In: La Nuova Italia (Florenz), 20.4.1931.

Marcuse, Ludwig: Moses, Goethe und Thomas Mann. In: Aufbau (New York), 19.1.1945 (Wiederabdruck in: ders.: Wie alt kann Aktuelles sein? Literarische Porträts und Kritiken. Zürich 1989, S. 211–214).

Marti, Hugo: Neues von Thomas Mann. In: Der Bund (Bern), 21.5.1930, S. 5.

Maynard, Theodore: The Transposed Heads. In: The Commonweal (New York), 20.6.1941, S. 211–212.

Mazzucchetti, Lavinia: Mario [e] il Mago. Una novella di Thomas Mann che avrebbe irritato e offeso gli Italiani del 1930. In: La Lettura (Mailand), Jg. 1, 6.9.1945, H. 3, S. 82.

Meyer, Agnes E.: Thomas Mann's Fable for Today. In: The Washington Post, 8.6.1941; dasselbe in: The New York Times Book Review, 8.6.1941.
Meyer-Benfey, Heinrich: Thomas Mann als Idyllendichter. In: Die Hilfe (Berlin), Jg. 25, 11.3.1920, H. 11, S. 172–174.
Missenharter, Hermann: Die Frau von 50 Jahren. In: Stuttgarter Nachrichten, 28.11.1953.
Müller-Rastatt, Carl: Bauschan und das Kindchen. In: Hamburger Correspondent, 22.5.1920, Nr. 252.
Natonek, Hans (H.N.): Das Gleichnis vom Hypnotiseur. Thomas Manns: Mario und der Zauberer. In: Neue Leipziger Zeitung, 17.5.1930.
O'Brien, Kate: The Transposed Heads. In: Spectator (London), Jg. 167, 22.8.1941, S. 189.
Painter, George D.: New Novels. In: The Listener (London), 25.11.1954, S. 927.
Peterson, Virgilia: A Nocturn in Mann's Mirror. In: The New York Herald Tribune Books, 8.6.1954, S. 2.
Plant, Richard: The Late Sorrow. In: The New York Times Book Review, 6.6.1954, S. 16.
Platzer, Martin: »Mario und der Zauberer«. In: National-Zeitung (Basel), 25.5.1930.
Pollatschek, Walther: Die vertauschten Köpfe. In : Aufbau (Berlin), Jg. 5, Okt. 1949, H. 10, S. 956–957.
Poorer, Charles: The Transposed Heads. In: The New York Times, 6.6.1941, S. 19.
Prescott, Orville: The Ten Commandments. In: The New York Times, 6.12.1943, S. 19.
Prescott, Orville: Thomas Mann: The Black Swan. In: The New York Times, 7.6.1954, S. 21.
Rahv, Philipp: The Triumph of Decay. In: Commentary (New York), 18.7.1954, S. 82–84.
Redman, Ben Ray: The Old Roving Eye. In: Saturday Review of Literature (New York), 37, 5.5.1954, S. 15, 32.
Reich, Hanns: Thomas Manns Altersstil. Betrachtungen zu dem

Roman »Die vertauschten Köpfe«. In: Badische Zeitung (Freiburg i. Br.), 7.2.1947.

Reisiger, Hans: Vom bescheidenen Sterben. In: Stuttgarter Zeitung, 7.11.1953.

Reuss, Heinrich: Von und über Thomas Mann. In: Berliner Börsen-Curier, 25.7.1925.

Richardson, Maurice: New Novels. In: The Statesman and Nation (London), 48, 16.10.1954, S. 480–481.

Rocca, Enrico: Thomas Mann e il sud. In: Il Mattino (Neapel), 13.6.1930, S. 3.

Rolo, Charles L.: Of Love and Death. In: Atlantic Monthly (New York), 194, Juli 1954, S. 83.

Rosenberg, Harold: The Creation of an Identity. In: Commentary. A Jewish Review (New York), 1, 1945, S. 92–94.

Rostosky, Fritz: Thomas Mann: Mario und der Zauberer. In: Die schöne Literatur (Leipzig), Jg. 31, H. 7, Juli 1930, S. 339–340.

Rychner, Max: Das Gesetz. Erzählung von Thomas Mann. In: Die Tat (Zürich), 4./5.11.1944, S. 11.

Rychner, Max: Thomas Mann: Die Betrogene. In: Die Tat (Zürich), 25.12.1953.

Sarnetzki, Dettmar Heinrich: Thomas Mann: »Unordnung und frühes Leid« – Klaus Mann: »Kindernovelle«. In: Kölnische Zeitung, 9.11.1926.

Schneditz, Wolfgang: Thomas Manns epische Spätwerke. In: Die Fähre (München), Jg. 1, 1946, S. 124–126.

Schroeder, Max: Thomas Manns neue Erzählung. In: Aufbau (Ost-Berlin), 10, 1954, S. 381–382.

Shridarani, Krishnalal: Thomas Mann Spins a Fable of Brahmin India. In: The New York Harold Tribune Books, 8.6.1941, S. 3.

Smyser, William Leon: Mood, Magic, and Murder. In: Saturday Review of Literature (New York), 21.2.1931, S. 616.

Specht, Richard: Thomas Manns neue Novelle: »Mario und der Zauberer«. In: Neue Freie Presse (Wien), Nr. 23585, 12.5.1930, S. 1–3.

Stadelmeyer, Peter: Degoutierliches aus bester Feder. In: Frankfurter Hefte 8, Oktober 1953, S. 802–804.

Strachey, Richard: Mario and the Magician. In: The Nation and Athenaeum (London), Jg. 48, 1.11.1930, S. 169.

Strecker, Karl: »Herr und Hund«. In: Velhagen und Klasings Monatshefte, Jg. 35, 1920, S. 109.

Strecker, Karl: Neues vom Büchertisch. In: Velhagen und Klasings Monatshefte, Jg. 41, 1927, S. 572–573.

Stroh, Heinz: Thomas Manns neue Novelle. In: Berliner Börsen-Zeitung, 20.5.1930, S. 7–8.

Sullivan, John T.: Late Mann. In: The Commonweal (New York), 60, 25.6.1954, S. 302.

Sykes, Gerald: A Sketch of My Life: Mario and the Magician. In: The Bookman (New York), Jg. 82, Februar 1931, S. 639–641.

Tecchi, Bonaventura: Thomas Mann e il suo ultimo libro. In: La Gazzetta del Popolo (Turin), 3.7.1930.

Tecchi, Bonaventura: Thomas Mann e il mago. In: Nuova Europa (Rom), Jg. 2, 10.6.1946, S. 6.

Térey, Edith von: Der neue Vater und das freie Kind. In: Pester Loyd (Budapest), Jg. 73, 22.11.1926, Morgenblatt.

Toynbee, Philipp: The Black Swan. In: The Observer (London), 24.10.1954, S. 9.

Trilling, Lionel: Mann's New Work is a Comedy Ending with a Funeral. In: PM's Weekly (New York), 8.6.1941, S. 46.

Weiß, Ernst: »Mario und der Zauberer«. Der neue Thomas Mann. In: Berliner Börsen-Courier, Jg. 62, 6.5.1930, Nr. 211, S. 15–16.

Werner, Bruno E.: »Mario und der Zauberer«. Eine Novelle von Thomas Mann. In: Deutsche Allgemeine Zeitung (Berlin), 14.5.1930.

West, Anthony: The Transposed Heads. In: New Statesman and Nation (London), Jg. 22, 15.11.1941, S. 427.

Westecker, Wilhelm: Gibt es einen Rang der literarischen Motive? Zu Thomas Manns neuer Erzählung »Die Betrogene«. In: Christ und Welt (Stuttgart), 3.9.1953.

Wyrsch, Jakob: Die Betrogene oder Rückkehr in die Jugend. In: Schweizer Rundschau (Zürich), 54, 1954/55, S. 122–123.

Zöller, Josef Othmar: Der Schwanengesang eines Hedonisten. Zu Thomas Manns neuer Erzählung »Die Betrogene«. In: Deutsche Tagespost (Augsburg), Jg. 6, 26./27.9.1953, Nr. 114, S. 7.

## FORSCHUNGSLITERATUR


Armbrust/Heine 2008 Heinz J. Armbrust/Gert Heine: Wer ist wer im Leben von Thomas Mann? Ein Personenlexikon. Frankfurt/Main 2008.

Assmann 2015 Jan Assmann: Mose gegen Hitler. Die Zehn Gebote als antifaschistisches Manifest. In: TMJ 28, 2015, S. 47–62.

Bade 1994 James N. Bade: »Die Betrogene« in neuer Sicht. Der autobiographische Hintergrund zu Thomas Manns letzter Erzählung. Frankfurt/Main 1994.

Bance 1987 Alan Bance: The Narrator in Thomas Mann's »Mario und der Zauberer«. In: The Modern Language Review, Jg. 82, 1987, S. 382–398.

Bance 2002 Alan Bance: The political becomes personal. »Disorder and Early Sorrow« and »Mario and the Magician«. In: The Cambridge Companion to Thomas Mann. Hg. von Ritchie Robertson. Cambridge 2002, S. 107–118.

Barth 1968 Emil Barth: Briefe aus den Jahren 1939–1958. Hg. von Hans Peter Keller. Wiesbaden 1968.

Barnouw 1992 Dagmar Barnouw: Fascism, Modernity and the Doctrine of Art from »Mario and the Magician« to »Doctor Faustus«. In: Michigan Germanic Studies, Jg. 18, 1992, S. 48–63.

Bastek 2014 Alexander Bastek: »Mario und der Zauberer«. Die Illustrationen Hans Meids und die Bildwelten Paul Wunderlichs. In: Reinhard Mehring/Francesco Rossi (Hg.): Thomas Mann e le arti. Nuove prospettive della ricerca./Thomas Mann und die Künste. Neue Perspektiven der Forschung. Rom 2014, S. 235–246.

Bäumler 2004 Klaus Bäumler: Thomas Mann und der »Protest der Richard-Wagner-Stadt München« (1933). Mit dem unbekannten Briefwechsel zwischen Thomas

Mann und Oberbürgermeister Karl Scharnagl sowie einem biographischen Anhang der Unterzeichner. In: Thomas Mann in München II. Vortragsreihe im Sommer 2004. Hg. von Dirk Heißerer. München 2004, S. 227–297.

Bausinger 1961 Hermann Bausinger: Volkskultur in der technischen Welt. Stuttgart 1961 (erweiterte Neuausgabe, Frankfurt/Main, New York 2005).

Benini 2004 Arnaldo Benini: Die skandalöse Parabel. Thomas Manns Erzählung »Die Betrogene«. In: Liebe und Tod – in Venedig und anderswo. Die Davoser Literaturtage 2004. Hg. von Thomas Sprecher. Frankfurt/Main 2005, S. 227–246.

Berendsohn 1955 Walter A. Berendsohn: Thomas Mann. Künstler und Kämpfer in bewegter Zeit. Lübeck 1955.

Blechschmid 2004 Hansgeorg Blechschmid: Ein Verbrechen im Hause Mann? In: ders.: Thomas Mann und das Recht. München 2004, S. 37–43.

Böhme 1975 Hartmut Böhme: »Mario und der Zauberer«: Positionen des Erzählers und Psychologie der Herrschaft. In: Orbis Litterarum, Jg. 30, 1975, S. 286–316.

Börnchen 2012 Stefan Börnchen: Der Zauberer raucht. Zu einer Medientheorie des Rauchens (Thomas Mann: Mario und der Zauberer). In: Freiburger literaturpsychologische Gespräche. Jahrbuch für Literatur und Psychoanalyse, Bd. 32, 2012, S. 183–212.

Borchmeyer 2010 Dieter Borchmeyer: Die vertauschten Köpfe. Eine indische Legende. Thomas Manns »metaphysical joke«. In: Jahrbuch der deutschen Schillergesellschaft, Jg. 54, 2010, S. 378–397.

Breloer 2001 Heinrich Breloer: Unterwegs zur Familie Mann. Begegnungen, Gespräche, Interviews. Frankfurt/Main 2001.

Brenner 2013 Peter J. Brenner (Hg): Thomas Mann in München.

Ein schwieriger Weg in die Moderne. München 2013 (Symposium der TU München).

Britt 2004 — Brian Britt: Rewriting Moses. The Narrative Eclipse of the Text. London, New York 2004.

Brucke 2002 — Martin Brucke: Bruder Cipolla – oder der Magnetiseur als Künstler in Thomas Manns »Mario und der Zauberer«. In: Magnetiseure. Die windige Karriere einer literarischen Figur. Hg. von M. Brucke. Freiburg 2002, S. 147–175.

Buchner 2015 — Wiebke Buchner: »Gesang vom Kindchen« (1919). In: Thomas Mann Handbuch. Leben – Werk – Wirkung. Hg. von Andreas Blödorn und Friedhelm Marx. Stuttgart 2015, S. 153–154.

Buzzatti 1965 — Dino Buzzatti: Gabrielli, ein Phantom aus früheren Tagen (1965). In: Holger Pils / Christina Ulrich (Hg.): Thomas Mann. Mario und der Zauberer. Lübeck 2010, S. 205–209.

Carbe 1970 — Monika Carbe: Thomas Mann: »Die vertauschten Köpfe«. Eine Interpretation der Erzählung. Marburg 1970.

Catani 2015 — Stephanie Catani: »Das Gesetz« (1943). In: Thomas Mann Handbuch. Leben – Werk – Wirkung. Hg. von Andreas Blödorn und Friedhelm Marx. Stuttgart 2015, S. 142–145.

Clemens 2008 — Wolfgang Clemens: Elisabeth Mann Borgese – Dichterkindchen und Weltbürgerin. In: TMJ 21, 2008, S. 137–167 (mit Bibliographie der Publikationen Elisabeth Borgese Manns).

Costagli 2015 — Simone Costagli: Cesare Gabielle, das Vorbild des Zauberers Cipolla. In: Elisabeth Galvan (Hg.): Mario e il Mago. Thomas Mann e Luchino Visconti Raccontano L'Italia Fascista / Thomas Mann und Luchino Visconti erzählen vom faschistischen Italien. Rom 2015, S. 35–45.

Crescenzi 2014 — Luca Crescenzi: Le illustrazioni de Emil Preetorius per l'idillio »Herr und Hund«. In: Reinhard Mehring/Francesco Rossi (Hg.): Thomas Mann e le arti. Nuove prospettive della ricerca./Thomas Mann und die Künste. Neue Perspektiven der Forschung. Rom 2014, S. 219–233.

Darmaun 1993 — Jacques Darmaun: »Das Gesetz« – Hebräische Saga und deutsche Wirklichkeit. In: Thomas Mann. Romane und Erzählungen. Hg. von Volkmar Hansen. Stuttgart 1993, S. 270–292.

Darmaun 2003 — Jacques Darmaun: Das Gesetz. In. ders.: Thomas Mann, Deutschland und die Juden. Tübingen 2003, S. 212–226.

Delabar/Plachta 2005 — Walter Delabar/Bodo Plachta (Hg.): Thomas Mann (1875–1955). Berlin 2005.

Detering 1994 — Heinrich Detering: Das offene Geheimnis. Zur literarischen Produktivität eines Tabus von Winckelmann bis zu Thomas Mann. Göttingen 1994.

Detering 2012 — Heinrich Detering: Thomas Manns amerikanische Religion. Theologie, Politik und Literatur im kalifornischen Exil. Frankfurt/Main 2012.

Dettmering 1969 — Peter Dettmering: Dichtung und Psychoanalyse. Thomas Mann – Rainer Maria Rilke – Richard Wagner. Frankfurt/Main 1969.

Dierks 2010 — Manfred Dierks: Der Zauberer und die Hypnose. In: Holger Pils/Christina Ulrich (Hg.): Thomas Mann. Mario und der Zauberer. Lübeck 2010, S. 73–95.

Dierks 2012 — Manfred Dierks: Thomas Manns Geisterbaron: Leben und Werk des Freiherrn Albert von Schrenck-Notzing. Gießen 2012.

Dithmar 1994 — Reinhard Dithmar: Die Gestalt Moses und der Pentateuch in Thomas Manns Erzählung »Das Gesetz«. In: Belehrter Glaube: Festschrift für Johannes Wirsching zum 65. Geburtstag. Hg. von Elke Axmacher und Klaus Schwarzwäller. Frankfurt/Main 1994, S. 45–66.

Eigler 1984 Friederike Eigler: Die ästhetische Inszenierung von Macht. Thomas Manns Novelle *Mario und der Zauberer*. In: Heinrich Mann-Jahrbuch 2, 1984, S. 172–183.

Elsaghe 2009 Yahya Elsaghe: Die »Principe[ssa] X«. und »diese Frauen – !« Zur Bachofen-Rezeption in »Mario und der Zauberer«. In: TMJ 22, 2009, S. 175–193.

Elsaghe 2010 Yahya Elsaghe: Krankheit und Matriarchat. Thomas Manns »Betrogene« im Kontext. Berlin, New York 2010.

Elsaghe 2018 Yahya Elsaghe: »Die Vertauschten Köpfe« und Thomas Manns politische Bachofen-Rezeption. In: Matriarchatsfiktionen. Johann Jakob Bachofen und die deutsche Literatur des 20. Jahrhunderts. Hg. von Ulrich Boss, Yahya Elsaghe und Florian Heiniger. Basel 2018, S. 221–245.

Elsaghe 2019 Yahya Elsaghe: Thomas Mann auf Leinwand und Bildschirm. Zur deutschen Aneignung eines Erzählwerks in der langen Nachriegszeit. Berlin/Boston 2019.

Elsaghe 2020 Yahya Elsaghe: »Hebräer?« »Das Gesetz«, der Nationalsozialismus und Thomas Manns Bachofen-Rezeption. In: TMJ 33, 2020, S. 159–176.

Ermisch 2015 Maren Ermisch: »Herr und Hund« (1919). In: Thomas Mann Handbuch. Leben – Werk – Wirkung. Hg. von Andreas Blödorn und Friedhelm Marx. Stuttgart 2015, S. 130–132.

Ewen 2013 Jens Ewen: Moderne ohne Tempo. Zur literaturgeschichtlichen Kategorisierung Thomas Manns – am Beispiel von »Der Zauberberg« und »Unordnung und frühes Leid«. In: Wortkunst ohne Zweifel? Aspekte der Sprache bei Thomas Mann. Hg. von Katrin Max. Würzburg 2013, S. 77–99.

Felder 1990 Paul Felder: ›Die Betrogene‹, »Unverkennbar von mir«. In: TMJ 3, 1990, S. 118–138.

| | |
|---|---|
| Fiedler 2013 | Kuno Fiedler: »Über Mauern hinweg«. Die Geschichte einer Flucht. Hg. und kommentiert von Klaus Bäumler und Hans-Ludwig Oertel. Dettelbach 2013. |
| Figueira 2004 | Dorothy Figueira: The Illusion of Authorship: Thomas Mann's Indian Legend. In: Die Lektüre der Welt / Worlds of Reading. Festschrift für Walter Veit. Hg. von Helmut Heinze, Christian Weller. Frankfurt / Main 2004, S. 415–425. |
| Freese 1977 | Wolfgang Freese: Zum Verhältnis von Antifaschismus und Leseerwartung in »Mario und der Zauberer«. In: Deutsche Vierteljahrsschrift für Literaturwissenschaft und Geistesgeschichte, Jg. 51, 1977, S. 659–675. |
| Frey 1976 | Erich A. Frey: Thomas Mann. In: John Spalek, Joseph Strelka (Hg.): Deutsche Exilliteratur seit 1933. Bd. 1,1: Kalifornien. Bern, München 1976, S. 473–526. |
| Frühwald 2005 | Wolfgang Frühwald: Thomas Manns »Moses-Phantasie«. Zu der Erzählung »Das Gesetz«. In: ders.: Das Talent, deutsch zu schreiben. Goethe – Schiller – Thomas Mann. Köln 2005, S. 315–333. |
| Galvan 1996 | Elisabeth Galvan: Zur Bachofen-Rezeption in Thomas Manns »Joseph«-Roman. Frankfurt / Main 1996. |
| Galvan 2007 | Elisabeth Galvan: Aschenbachs letztes Werk. Thomas Manns »Der Tod in Venedig« und Gabriele d'Annunzio's »Il Fuoco«. In: TMJ 20, 2007, S. 261–285. |
| Galvan 2014a | Elisabeth Galvan: Das Erbe der »anderen Achse«. Thomas Mann im Italien der Nachkriegszeit. In: TMJ 27, 2014, S. 61–78. |
| Galvan 2014b | Elisabeth Galvan: Unordnung und spätes Leid. Luchino Viscontis sichtbare und unsichtbare Übertragungen von Thomas Manns Erzählwerk. |

In: Reinhard Mehring / Francesco Rossi (Hg.): Thomas Mann e le arti. Nuove prospettive della ricerca. / Thomas Mann und die Künste. Neue Perspektiven der Forschung. Rom 2014, S. 385–415.

Galvan 2015a Elisabeth Galvan: Mario und der Zauberer. Thomas Manns italienische Erzählung. In: Mario e il Mago. Thomas Mann e Luchino Visconti Raccontano L'Italia Fascista / Thomas Mann und Luchino Visconti erzählen vom faschistischen Italien. Rom 2015, S. 7–33.

Galvan 2015b Elisabeth Galvan: Das Ballett Mario e il mago von Luchino Visconti und Franco Mannino. In: Mario e il Mago. Thomas Mann e Luchino Visconti Raccontano L'Italia Fascista / Thomas Mann und Luchino Visconti erzählen vom faschistischen Italien. Rom 2015, S. 65–79.

Galvan 2015c Elisabeth Galvan: »Mario und der Zauberer« (1930). In: Thomas Mann Handbuch. Leben – Werk – Wirkung. Hg. von Andreas Blödorn und Friedhelm Marx. Stuttgart 2015, S. 137–140.

Garber 1996 Marjorie Garber: Dog Love. New York 1996.

Gerigk 1996 Horst-Jürgen Gerigk: »Herr und Hund« und Schopenhauer. In: TMJ, 9, 1996, S. 155–172.

Geulen 1996 Eva Geulen: Resistance and Representation. A Case Study of Thomas Mann's »Mario and the Magician«. In: New German Critique 68, 1996, S. 3–29.

Goebel 2008 Eckart Goebel: Tierische Transzendenz: »Herr und Hund«. In: Stefan Börnchen / Claudia Liebrand (Hg.): Apokrypher Avantgardismus. Thomas Mann und die Klassische Moderne. München 2008, S. 307–327.

Golka 2007 Friedemann W. Golka: Mose – Biblische Gestalt und literarische Figur. Thomas Manns Novelle »Das Gesetz« und die biblische Überlieferung. Stuttgart 2007.

Goll 2000 Thomas Goll: Die Deutschen und Thomas Mann. Die Rezeption des Dichters in Abhängigkeit von der politischen Kultur Deutschlands, 1898–1955. Baden-Baden 2000.

Görner 1994 Eberhard Görner: Vom Tyrrhenischen Meer zum »Niddener Blau«. Eine Novelle entsteht. In: Mario und der Zauberer. Das Buch zum Film von Klaus Maria Brandauer. Hg. von Jürgen Haase. Berlin 1994, S. 9–24.

Görner 2005 Rüdiger Görner: Zauber des Letzten, späte Dekadenz oder »Prinzip Täuschung«: Die vertauschten Köpfe, Das Gesetz, Die Betrogene. In: ders.: Thomas Mann. Der Zauber des Letzten. Düsseldorf und Zürich 2005, S. 112–138.

Görner 2006 Rüdiger Görner: Thomas Manns lyrische Narratologie. Ästhetische Fragestellungen im »Gesang vom Kindchen«. In: TMJ 19, 2006, S. 159–174.

Grosser 1963 Johann Franz Gottlieb Grosser (Hg.): Die Große Kontroverse. Ein Briefwechsel um Deutschland. Hamburg u.a. 1963.

Gruber 2006 Ulrich Gruber: »Okkulte Erlebnisse«. Der Arzt, Zoologe, Skipionier und Bergsteiger sowie Parapsychologe Professor Dr. Karl Gruber als Nachbar Thomas Manns. In: Thomas Mann in München IV. Vortragsreihe im Sommer 2006. Hg. von Dirk Heißerer. München 2008, S. 111–153.

Haase 1994 Jürgen Haase: Novelle – Drehbuch – Film. In: Mario und der Zauberer. Das Buch zum Film von Klaus Maria Brandauer. Hg. von Jürgen Haase. Berlin 1994, S. 25–34.

Hamacher 2005 Bernd Hamacher: »Wenn schon alt, dann goethisch alt.« Die Betrogene – Thomas Manns poetisches Resümee im Zeichen Goethes. In: Walter Delabar/Bodo Plachta (Hg.): Thomas Mann (1875–1955). Berlin 2005, S. 305–329.

Hamacher 2006 Bernd Hamacher: Erläuterungen und Dokumente. Thomas Mann: »Mario und der Zauberer«. Stuttgart 2006.

Hamacher 2010 Bernd Hamacher: Die Utopie der Mitte. Zum politischen Kontext und zur kulturellen Topographie von »Mario und der Zauberer«. In: Holger Pils/Christina Ulrich (Hg.): Thomas Mann. Mario und der Zauberer. Lübeck 2010, S. 36–51.

Hamacher 2015 Bernd Hamacher: »Die vertauschten Köpfe« (1940). In: Thomas Mann Handbuch. Leben – Werk – Wirkung. Hg. von Andreas Blödorn und Friedhelm Marx. Stuttgart 2015, S. 140–142.

Hamburger 1964 Käte Hamburger: Thomas Manns Mose-Erzählung »Das Gesetz« auf dem Hintergrund der Überlieferung und der religionswissenschaftlichen Forschung. In: dies.: Thomas Mann: Das Gesetz. Vollständiger Text der Erzählung. Dokumentation. Frankfurt/Main 1964, S. 57–207.

Hamburger 1981 Käte Hamburger: Thomas Manns biblisches Werk. München 1981.

Hansen 2013 Sebastian Hansen: Betrachtungen eines Politischen. Thomas Mann und die deutsche Politik 1914-1933. Düsseldorf 2013.

Hansen 1974 Volkmar Hansen: Thomas Manns Erzählung »Das Gesetz« und Heines Moses-Bild. In: Heine-Jahrbuch 13, 1974, S. 132–149.

Hansen 1975 Volkmar Hansen: Thomas Manns Heine-Rezeption. Hamburg 1975.

Hansmann 1994 Wilfried Hansmann: »...dies Erzeugnis des späten Rokoko...« Thomas Mann und Schloß Benrath (mit 19 Abbildungen). In: Düsseldorfer Jahrbuch. Beiträge zur Geschichte des Niederrheins. Bd. 65, Düsseldorf 1994, S. 141–183.

Hartwich 1997 Wolf-Daniel Hartwich: Die Sendung Moses. Von der Aufklärung bis Thomas Mann. München 1997.

Heine/Schommer 1998 — Gert Heine/Paul Schommer: Herzlich zugeeignet. Widmungen von Thomas Mann, 1887–1955. Lübeck 1998.

Heine/Schommer 2004 — Gert Heine/Paul Schommer: Thomas Mann Chronik. Frankfurt/Main 2004.

Heißerer 2005 — Dirk Heißerer: Im Zaubergarten. Thomas Mann in Bayern. München 2005.

Heißerer 2006 — Dirk Heißerer: »Musische Verschmelzungen« (II). Die Illustrationen zu »Unordnung und frühes Leid« (1925). In: »Musische Verschmelzungen«. Thomas Mann und Hermann Ebers. Erinnerungen, Illustrationen, Biefe. Hg. von Alexander Krause. München 2006, S. 107–140.

Heißerer 2008 — Dirk Heißerer: Der »Lieder-Möller«. Zu einer Figur in »Unordnung und frühes Leid«. In: Thomas Mann in München IV. Vortragsreihe im Sommer 2006. Hg. von Dirk Heißerer. München 2008, S. 155–182.

Heißerer 2014 — Dirk Heißerer: Wort und Bild. Thomas Mann in der zeitgenössischen Buchillustration (1898–1954). In: Reinhard Mehring/Francesco Rossi (Hg.): Thomas Mann e le arti. Nuove prospettive della ricerca./Thomas Mann und die Künste. Neue Perspektiven der Forschung. Rom 2014, S. 185–217.

Heißerer 2019a — Dirk Heißerer: Lorchen und der Clown. Eine unbekannte Quelle zu Thomas Manns Novelle »Unordnung und frühes Leid«. In: Aus dem Antiquariat. Zeitschrift für Antiquare und Büchersammler, NF 17/2, 2019, S. 62–66.

Heißerer 2019b — Dirk Heißerer: Herr und Hund – auf Leben und Tod! Ein Schlüsselmotiv Thomas Manns. In: Treue Freunde. Hunde und Menschen. Hg. von Frank Matthias Kammel. München 2019, S. 22–33. Katalog einer Ausstellung des Bayerischen Nationalmuseums, München.

Heißerer 2019c Dirk Heißerer: Bauschan. Thomas Mann und sein Hund. In: Treue Freunde. Hunde und Menschen. Hg. von Frank Matthias Kammel. München 2019, S. 80–87. Katalog einer Ausstellung des Bayerischen Nationalmuseums, München.

Heißerer 2020 Dirk Heißerer: »Eisenbahn, Eisenbahn, Lokomotiv«. Zu einem Kindergedicht bei Thomas Mann. In: Aus dem Antiquariat. Zeitschrift für Antiquare und Büchersammler, NF 18/2, 2020, S. 70–74.

Hergershausen 1968 Lore Hergershausen: Au sujet de »Mario und der Zauberer« de Thomas Mann: Cesare Gabrielli – Prototyp des Cipolla? In: Études Germaniques 23, 1968, S. 268–275

Herrmann 2013 Leonhard Herrmann: Der Autor als Vater. Thomas Manns »Gesang vom Kindchen«. In: Dominik Becher/Elmar Schenkel (Hg.): Kinder, Kinder! Vergangene, gegenwärtige und ideelle Kindheitsbilder. Frankfurt/Main 2013, S. 71–74.

Heydenreich 1972 Titus Heydenreich: Eros in der Unterwelt. Der Holterhof-Ausflug in Thomas Manns Erzählung »Die Betrogene«. In: Interpretation und Vergleich. Festschrift für Walter Pabst. Hg. von Eberhard Leube und Ludwig Schrader. Berlin 1972, S. 79–95.

Hoffmeister 1990 Werner Hoffmeister: Thomas Manns »Unordnung und frühes Leid«: Neue Gesellschaft, neue Geselligkeit. In: Monatshefte für deutschen Unterricht 82, 1990, S. 157–176.

Honold 2012 Alexander Honold: Vorkriegs-Nachlese mit *Herr und Hund*. Eine Dekonstruktion. In: Alexander Honold, Niels Werber (Hg.): Deconstructing Thomas Mann. Heidelberg 2012, S. 43–63.

Honold 2017a Alexander Honold: Goethe im Kontrapunkt. Autorschaftskonzepte bei Thomas Mann. In: Goethe um 1900. Hg. von Claude Haas, Johannes Steizinger, Daniel Weidner. Berlin 2017, S. 271–288.

Honold 2017b — Alexander Honold: Zwischen den Werken. Thomas Manns Spiel mit der Autorschaft. In: Poetologien des Posturalen. Autorschaftsinszenierungen in der Literatur der Zwischenkriegszeit. Hg. von Clemens Peck, Norbert Christian Wolf. Paderborn 2017, S. 29–48.

Jens 2003 — Inge und Walter Jens: Frau Thomas Mann. Das Leben der Katharina Pringsheim. Reinbek bei Hamburg 2003.

Jonas 1969 — Ilsedore Jonas: Thomas Mann in Italien. Heidelberg 1969.

Jonas 1972 — Klaus W. Jonas: Die Thomas-Mann-Literatur. Bd. I: Bibliographie der Kritik 1896–1955. Berlin 1972.

Käser 1997 — Andreas Käser: Thomas Manns als (biblischer?) »Redaktor«. Die Moses-Novelle »Das Gesetz«. In: Heinrich Mann-Jahrbuch 15, 1997, S. 123–160.

Kiefer 1999 — Sascha Kiefer: Gesellschaftlicher Umbruch und literarisierte Familiengeschichte. Thomas Manns »Unordnung und frühes Leid« und Klaus Manns »Kindernovelle«. In: Wirkendes Wort 49, 1999, S. 355–371.

Kiefer 2004 — Sascha Kiefer: Novellenbegriff und Zeitbezug. Bruno Franks »Politische Novelle« (1928) und Thomas Manns »Mario und der Zauberer« (1930). In: Jahrbuch zur Kultur und Literatur der Weimarer Republik 2004, S. 89–128.

Kirchner 2009 — Sascha Kirchner: Der Bürger als Künstler, Bruno Frank (1887–1945): Leben und Werk. Düsseldorf 2009.

Kirschbaum 2010 — Dorothea Kirschbaum: Erzählen nach Wagner. Erzählstrategien in Richard Wagners »Der Ring des Nibelungen« und Thomas Manns »Joseph und seine Brüder«. Hildesheim 2010.

Kissler 2001 — Alexander Kissler: »Mein träumend Gefühl«. Thomas Manns »Gesang vom Kindchen« als allegorische Dichtung und seine Beziehung zu Goethes »Hermann und Dorothea«. In: Euphorion. Zeitschrift für Literaturgeschichte 95, 2001, S. 211–236.

Koopmann 2004 Helmut Koopmann: Die vertauschten Köpfe. Verwandlungszauber und das erlöste Ich. In: Liebe und Tod – in Venedig und anderswo. Die Davoser Literaturtage 2004. Hg. von Thomas Sprecher. Frankfurt/Main 2005, S. 209–225.

Koopmann 2010 Helmut Koopmann: Der Künstler als Scharlatan. Bruder Cipolla und seine Vorgänger. In: Holger Pils/Christina Ulrich (Hg.): Thomas Mann. Mario und der Zauberer. Lübeck 2010, S. 36–51.

Koopmann 2016 Helmut Koopmann: Vom Hund handeln heißt: auch vom Menschen handeln. Thomas Manns Hundejahre und Bauschans vierbeinige Verwandtschaft. In: Von »Reynke de vos« bis zum »Butt« – Tiere in der deutschen Literatur. Hg. von Christian Bunners, Dieter Stellmacher und Jürgen Grote. Rostock 2016, S. 69–85.

Krabiel 1999 Dieter Krabiel: »Die alten und die Jungen«. Publizistische Kontroversen Bertolt Brechts mit Thomas Mann und Klaus Mann in den zwanziger Jahren. Mit einem unbekannten Text von Brecht. In: Wirkendes Wort 49, 1999, S. 63–85.

Kristiansen 1987 Børge Kristiansen: Freiheit und Macht. Totalitäre Strukturen im Werk Thomas Manns. Überlegungen zum »Gesetz« im Umkreis der politischen Schriften. In: Internationales Thomas-Mann-Kolloquium 1986 in Lübeck. Bern 1987, S. 53–72.

Kroll/Täubert 1977 Frederic Kroll/Klaus Täubert: Unordnung und früher Ruhm, 1906–1927. Wiesbaden 1977 (= Klaus-Mann-Schriftenreihe, Bd. 2).

Krüll 1991 Marianne Krüll: Im Netz der Zauberer. Eine andere Geschichte der Familie Mann. Zürich 1991.

Kurzke 1985 Hermann Kurzke: Thomas Mann. Epoche, Werk, Wirkung. München 1985.

Kurzke 1999 Hermann Kurzke: Thomas Mann. Das Leben als Kunstwerk. München 1999.

Kuschel 2000 Karl-Josef Kuschel: »Mein Gott, die Menschen...« Probleme einer Erziehung zur Humanität bei Thomas Mann anhand der Mose-Novelle »Das Gesetz«. In: Erzählen und Moral. Narrativität im Spannungsfeld von Ethik und Ästhetik. Hg. von Dietmar Mieth. Tübingen 2000, S. 237–258.

Ladenthin 2013 Volker Ladenthin/Thomas Vormbaum: Thomas Mann. Das Gesetz. Novelle (1944). Mit Kommentaren von Volker Ladenthin und Thomas Vormbaum. Berlin 2013.

Latta 1987 Alan D. Latta: The Reception of Thomas Mann's »Die Betrogene«: Tabus, Prejudices, and Tricks of the Trade. In: Internationales Archiv für Sozialgeschichte der deutschen Literatur 12, 1987, S. 237–272.

Latta 1993 Alan D. Latta: The Reception of Thomas Mann's »Die Betrogene«, Part II: The Scholarly Reception. In: Internationales Archiv für Sozialgeschichte der deutschen Literatur 18, 1993, S. 123–156.

Lehnert 1978 Herbert Lehnert: Thomas Manns »Unordnung und frühes Leid«. Entstellte Bürgerwelt und ästhetisches Reservat. In: Festschrift für Steffen Steffensen. Hg. von Rolf Wiecker. München 1978, S. 239–256.

Lehnert 1987 Herbert Lehnert: Idyllen und Realitätseinbrüche. Ideologische Selbstkritik in Thomas Manns »Die vertauschten Köpfe«. In: Zeitgenossenschaft. Zur deutschsprachigen Literatur im 20. Jahrhundert. Festschrift für Egon Schwarz. Hg. von Paul Michael Lützeler. Frankfurt/Main 1987, S. 123–139.

Leppmann 1989 Wolfgang Leppmann: In zwei Welten zu Hause. Aus der Lebensarbeit eines amerikanischen Germanisten. München und Wien 1989, S. 95–107. (Erstdruck: Der Amerikaner im Werke Thomas Manns. In: The German Quarterly 38, 1965, S. 619–629.)

Lochner 2014 Eberhard von Lochner: »Orkanische Zeiten brachen herein …« Thomas Manns »Gesang vom Kindchen« – mehr als eine Idylle. Einige Gedanken zu einem fast unbekannten Werk. In: Schwarz, Hans-Günther u.a. (Hg.): Schiffbrüche und Idyllen. Mensch, Natur und die vergänglichste fließende Welt in Ost und West. München 2014, S. 171–182.

Lorenz 1949 Konrad Lorenz: So kam der Mensch auf den Hund. Hundegeschichten. Wien 1949.

Lorenzen-Peth 2008 Jennifer Lorenzen-Peth: Erzählperspektive und Selbstreflexion in Thomas Manns Erzählungen. Kiel 2008.

Lubich 1991 Frederick A. Lubich: »Fascinating Fascism«. Thomas Manns »Das Gesetz« und seine Selbst-de-Montage als Moses-Hitler. In: German Studies Review 14, 1991, Nr. 3, S. 553–573.

Von der Lühe 2001 Irmela von der Lühe: Die Familie Mann. In: Deutsche Erinnerungsorte. Bd. I. Hg. von Etienne Francois und Hagen Schulze. München 2001, S. 254–271.

Von der Lühe 2009 Irmela von der Lühe: Erika Mann. Eine Lebensgeschichte. Reinbek bei Hamburg 2009.

Von der Lühe 2012 Irmela von der Lühe: Vom wilden Spektakel zur befreienden Katastrophe. Thomas Manns Erzählung »Mario und der Zauberer«. In: Poetik des Wilden. Festschrift für Wolfgang Riedel. Hg. von Jörg Robert und Friederike Felicitas Günther. Würzburg 2012, S. 421–436.

Von der Lühe 2018 — Irmela von der Lühe: Zwischen literarischem Jux und politischem Ernst. Thomas Manns Novelle Das Gesetz. In: Wegweiser und Grenzgänger. Studien zur deutsch-jüdischen Kultur- und Literaturgeschichte. Festschrift für Mark H. Gelber. Hg. von Stefan Vogt, Hans Otto Horch, Vivian Liska, Malgorzata A. Maksymiak. Wien/Köln/Weimar 2018, S. 375–387.

Maar 2001 — Michael Maar: Im Schatten des Calamus. Autobiographisches in Thomas Manns indischer Novelle »Die vertauschten Köpfe«. In: Merkur, Nr. 628, August 2001, S. 678–685.

Mahadevan 2002 — Anand Mahadevan: Switching Heads and Cultures: Transformation of an Indian Myth by Thomas Mann and Girish Karnad. In: Comparative Literature, Jg. 54, 2002, S. 23–41.

Mahoney 1998 — Dennis F. Mahoney: Torre di Venere in neuem Licht. Klaus Maria Brandauers Auseinandersetzung mit Thomas Manns »Mario und der Zauberer«. In: Colloquia Germanica, Jg. 31, 1998, S. 357–373.

Makoschey 1998 — Klaus Makoschey: Quellenkritische Untersuchungen zum Spätwerk Thomas Manns. »Joseph, der Ernährer«, »Das Gesetz«, »Der Erwählte«. Frankfurt/Main 1998 (= TMS 17).

Marx 2004 — Friedhelm Marx: Väter und Söhne. Literarische Familienentwürfe in Thomas Manns »Unordnung und frühes Leid« und Klaus Manns »Kindernovelle«. In: TMJ 17, 2004, S. 83–103.

Mazzetti 2009 — Elisabetta Mazzetti: Thomas Mann und die Italiener. Frankfurt/Main 2009.

Mazzetti 2010 — Elisabetta Mazzetti: Thomas Manns »Mario und der Zauberer« – der italienische Hintergrund und die Rezeption in Italien. In: Holger Pils/Christina Ulrich (Hg.): Thomas Mann. Mario und der Zauberer. Lübeck 2010, S. 96–119.

Mehring/Rossi 2014 Reinhard Mehring/Francesco Rossi (Hg.): Thomas Mann e le arti. Nuove prospettive della ricerca./Thomas Mann und die Künste. Neue Perspektiven der Forschung. Rom 2014.

Mendelssohn 1981 Peter de Mendelssohn: Nachbemerkungen des Herausgebers. In: Thomas Mann. Späte Erzählungen. Frankfurt/Main 1981, S. 483–536.

Mennicken 2002 Peter Mennicken: Für ein ABC des Menschenbenehmens. Menschenbild und Universalethos bei Thomas Mann. Mainz 2002 (= Theologie und Literatur. Hg. von Karl-Josef Kuschel und Georg Langenhorst, Bd. 13).

Müller 1964 Joachim Müller: Thomas Manns »Sinfonia Domestica«. In: Zeitschrift für deutsche Philologie 83, 1964, S. 142–170.

Müller-Salget 1983 Klaus Müller-Salget: Der Tod in Torre di Venere. Spiegelung und Deutung des italienischen Faschismus in Thomas Manns »Mario und der Zauberer«. In: arcadia, Jg. 18, 1983, S. 50–65.

Naumann 2001 Uwe Naumann (Hg.): »Ruhe gibt es nicht, bis zum Schluss«. Klaus Mann (1906–1949). Bilder und Dokumente. Reinbek bei Hamburg 2001.

Nordalm 2001 Jens Nordalm: Thomas Manns »Unordnung und frühes Leid«, Erich Marcks und Philipp II. von Spanien. In: TMJ 14, 2001, S. 225–232.

Orlik 1997 Franz Orlik: »Wildfremd und sonderbar«. Das »Idyll« »Herr und Hund« aus dem Jahr 1918 und Thomas Manns gewandeltes Wirklichkeitsparadigma am Ende des Ersten Weltkrieges. In: ders.: Das Sein im Text. Analysen zu Thomas Manns Wirklichkeitsverständnissen und ihrem Wandel. Würzburg 1997, S. 95–144.

Pabst 2006 Reinhard Pabst: »Wie heißt die Platte?« Eine Anmerkung zu »Unordnung und frühes Leid«. In: Thomas Mann in München IV. Vortragsreihe im

Sommer 2006. Hg. von Dirk Heißerer. München 2008, S. 183–188.

Pils/Ulrich 2010 Holger Pils/Christina Ulrich (Hg.): Thomas Mann. Mario und der Zauberer. Lübeck 2010.

Pils 2010 Holger Pils: Bürger Thomas Mann und Halbproletarier Mario. Zur politischen Lesart der »Novelle Mario und der Zauberer« in der DDR. In: Holger Pils/Christina Ulrich (Hg.): Thomas Mann. Mario und der Zauberer. Lübeck 2010, S. 136–161.

Pringsheim 2013 Hedwig Pringsheim: »Mein Nachrichtendienst«. Briefe an Katia Mann, 1933–1941. 2 Bände. Hg. und kommentiert von Dirk Heißerer. Göttingen 2013.

Rauch/Mußgnug 1991 Maya Rauch/Dorothee Mußgnug: Briefe aus dem Exil. Aus der Korrespondenz von Heinrich Zimmer 1939–1943. In: Heidelberger Jahrbücher 35, 1991, S. 219–243.

Reed 1964 Terrence James Reed: Mann and Turgenev – A First Love. In: German Life and Letters, 17, 1964, S. 313–318.

Reents 2015 Friederike Reents: »Unordnung und frühes Leid« (1925). In: Thomas Mann Handbuch. Leben – Werk – Wirkung. Hg. von Andreas Blödorn und Friedhelm Marx. Stuttgart 2015, S. 135–136.

Rey 1960 William H. Rey: Rechtfertigung der Liebe in Thomas Manns Erzählung »Die Betrogene«. In: Deutsche Vierteljahrsschrift für Literaturwissenschaft und Geistesgeschichte 34, 1960, S. 428–448.

Robinson 1943 The Ten Commandments: Ten Short Novels of Hitler's War Against the Moral Code. Ed. Armin L. Robinson with a Preface by Hermann Rauschning. New York 1943.

Robinson 1988 Die Zehn Gebote. Zehn Erzählungen über Hitlers Krieg gegen die Moral. Hg. von Armin L. Robinson, mit einem Vorwort von Hermann

Rauschning. Aus dem Englischen und Französischen von Ulrich Walberer. Frankfurt/Main 1988.

Rosenthal 1958 Friedrich Rosenthal: Erinnerungen an Thomas Mann. In: Caroliner Zeitung. Blätter für Kultur und Heimat (Göttingen), Nr. 25/26, März 1958, S. 51–61.

Rudloff/Lichte 2013 Holger Rudloff/Helmut Lichte: Max Hergesell. Eine Figur in Thomas Manns Erzählung »Unordnung und frühes Leid«. In: Wirkendes Wort 63, 2013, S. 411–434.

Rütten 2000 Thomas Rütten: Zu Thomas Manns medizinischem Bildungsgang im Spiegel seines Spätwerkes. In: Vom »Zauberberg« zum »Doktor Faustus«. Die Davoser Literaturtage 1998. Hg. von Thomas Sprecher. Frankfurt/Main 2000, S. 237–268.

Sandberg 1991 Hans-Joachim Sandberg: Faschismuskritik als Selbstkritik bei Thomas Mann vor 1933 und im Exil. In: Fascism and European Literature – Faschismus und europäische Literatur. Hg. von Stein Ugelvik Larsen. Bern 1991, S. 115–128.

Sandberger 2010 Wolfgang Sandberger: Zur Bedeutung der medial vermittelten Musik in der Erzählung »Unordnung und frühes Leid« von Thomas Mann. In: TMJ 23, 2010, S. 9–26.

Sauer 1987 Paul Ludwig Sauer: Der allerletzte Homeride. Thomas Manns »Gesang vom Kindchen«: Idylle und Weltgeist. Frankfurt/Main 1987.

Sautermeister 1981 Gert Sautermeister: Thomas Mann: »Mario und der Zauberer«. München 1981 (= Text und Geschichte. Modellanalysen zur deutschen Literatur).

Schirnding 2015 Albert von Schirnding: Kunst und Geist. Zur Beziehung von Emil Preetorius und Thomas Mann. In: Emil Preetorius. Ein Leben für die Kunst (1883–1973). Hg. von Michael Buddeberg. München 2015, S. 43–50.

Schoolfield 1963 George Schoolfield: Thomas Mann's »Die Betrogene«. In: The Germanic Review 28, 1963, S. 91–120.

Schößler 2000 Franziska Schößler: »Die Frau von fünfzig Jahren«. Zu Thomas Manns Erzählung »Die Betrogene«. In: Sprachkunst 31, 2000, S. 289–306.

Schulz 1963 Siegfried A. Schulz: Die vertauschten Köpfe: Thomas Manns indische Travestie. In: Euphorion, 57, 1963, S. 245–271.

Schwarz 1983 Egon Schwarz: Faschismus und Gesellschaft. Bemerkungen zu Thomas Manns Novelle »Mario und der Zauberer«. In: ders.: Dichtung, Kritik, Geschichte. Essays zur Literatur 1900–1930. Göttingen 1983, S. 212–230.

Schwöbel 2001 Christoph Schwöbel: Thomas Mann und die religiöse Frage. In: Thomas Mann: ein Klassiker der Moderne. Fünf Vorträge zur Würdigung des Dichters aus Anlass seines 125. Geburtstages. Hamburg 2001, S. 65–100.

Schwöbel 2008 Christoph Schwöbel: Die Religion des Zauberers: Theologisches in den großen Romanen Thomas Manns. Tübingen 2008.

Skorna 1994 Hans Jürgen Skorna: Thomas Mann und Düsseldorf. »Die Betrogene wohnte am Hofgarten.« In: Das Tor. Düsseldorfer Heimatblätter, Jg. 60, Heft 9, 1994, S. 30–34.

Smend 1997 Rudolf Smend: Thomas Mann: Das Gesetz. In: Querlektüren: Weltliteratur zwischen den Disziplinen. Hg. von Wilfried Barner. Göttingen 1997, S. 232–246.

Speirs 1990 Ronald Speirs: Mann: Mario und der Zauberer. London 1990 (= Critical Guides to German Texts, Nr. 11).

Sprecher 2006 Thomas Sprecher (Hg.): Im Geiste der Genauigkeit. 50 Jahre Thomas-Mann-Archiv. Frankfurt/Main 2006.

Strohm 1987 — Stefan Strohm: Selbstreflexion der Kunst. Thomas Manns Novelle »Das Gesetz«. In: Jahrbuch der deutschen Schillergesellschaft 31, 1987, S. 321–353.

Szenessy 1966 — Mario Szenessy: Über Thomas Manns »Die Betrogene«. In: Deutsche Vierteljahrsschrift für Literaturwissenschaft und Geistesgeschichte 40, 1966, S. 217–247.

Tatar 1978 — Maria M. Tatar: Spellbound. Studies on Mesmerism and Literature. Princeton 1978.

Turck 2009 — Eva-Maria Turck: Der Briefwechsel zwischen Thomas Mann und Jean Cocteau. Mit dem Erstdruck bislang unveröffentlichter Briefe. In: Germanisch-Romanische Monatsschrift, NF 59, 2009, S. 409–427.

Turner 1999 — David Turner: Balancing the Account: Thomas Mann's »Unordnung und frühes Leid«. In: German Life & Letters 52, 1999, S. 43–57.

Ulrich 1982 — Margot Ulrich: »…diese kleine Mythe von Mutter Natur«. Zu Thomas Manns letzter Erzählung »Die Betrogene«. In: Hefte der Deutschen Thomas-Mann-Gesellschaft 2, Lübeck 1982 (Wiederabdruck in: Rudolf Wolff (Hg.): Thomas Mann. Erzählungen und Novellen. Bonn 1984, S. 121–134).

Vaget 1975 — Hans Rudolf Vaget: »Goethe oder Wagner«. Studien zu Thomas Manns Goethe-Rezeption, 1905–1912. In: Hans Rudolf Vaget/Dagmar Barnouw: Thomas Mann. Studien zu Fragen der Rezeption. Bern und Frankfurt/Main 1975, S. 3–81.

Vaget 1984 — Hans Rudolf Vaget: Thomas Mann Kommentar zu sämtlichen Erzählungen. München 1984.

Vaget 2003 — Hans Rudolf Vaget: Im Schatten Wagners. Thomas Mann über Richard Wagner. Texte und Zeugnisse, 1895–1955. Zweite durchgesehene und ergänzte Ausgabe. Frankfurt/Main 2003.

Vaget 2005 Hans Rudolf Vaget: Seelenzauber. Thomas Mann und die Musik. Frankfurt/Main 2005.

Vaget 2011 Hans Rudolf Vaget: Thomas Mann, der Amerikaner. Leben und Werk im amerikanischen Exil, 1938–1952. Frankfurt/Main 2011.

Vaget 2012 Hans Rudolf Vaget: Deutschtum und Judentum. Zu Erich Kahlers Bedeutung für Thomas Mann. In: Deutsche Vierteljahrsschrift für Literaturwissenschaft und Geistesgeschichte 86, 2012, S. 145–164.

Vaget 2013 Hans Rudolf Vaget: »The Best of Worlds«. Thomas Mann in Princeton. In: Princeton University Library Chronicle, Jg. 75.1, Autumn 2013, S. 9–37.

Vaget 2014 Hans Rudolf Vaget: Der Unerwünschte. Thomas Mann in Nachkriegsdeutschland. In: TMJ 27, 2014, S. 17–32.

Vaget 2017a Hans Rudolf Vaget: Thomas Mann: Enlightenment and Social Democracy. In: Publications of the English Goethe-Society 86, 2017, S. 193–204.

Vaget 2017b Hans Rudolf Vaget: »Wehvolles Erbe«. Richard Wagner in Deutschland: Hitler, Knappertsbusch, Mann. Frankfurt/Main 2017.

Virchow 1998 Christian Virchow: Thomas Mann and »the most elegant operation«. In: Vom »Zauberberg« zum »Doktor Faustus«. Die Davoser Literaturtage 1998. Hg. von Thomas Sprecher. Frankfurt/Main 2000, S. 47–62.

Wessendorf 1998 Stephan Wessendorf: Thomas Mann verfilmt. »Der kleine Herr Friedemann«, »Tristan« und »Mario und der Zauberer« im medialen Wechsel. Bern 1998.

Widdig 1992 Bernd Widdig: Männerbünde und Massen. Zur Krise männlicher Identität in der Literatur der Moderne. Opladen 1992.

Widdig 2001 Bernd Widdig: Culture and Inflation in Weimar Germany. Berkeley, CA 2001.

Wiegmann 1992 Hermann Wiegmann: Die Erzählungen Thomas Manns. Interpretationen und Realien. Bielefeld 1992.

Wisskirchen 2007 Hans Wisskirchen: Die Windsors der Deutschen. Bemerkungen zur Popularität der Familie Mann. In: Vom Nachruhm. Beiträge zur Lübecker Festwoche 2005 aus Anlass des 50. Todesjahres von Thomas Mann. Frankfurt/Main 2007, S. 153–172.

Wuckel 1978 Dieter Wuckel: »Mario und der Zauberer« in der zeitgenössischen Presseresonanz. In: Werk und Wirkung Thomas Manns in unserer Epoche. Hg. von Helmut Brandt und Hans Kaufmann. Berlin, Weimar 1978, S. 346–356.

Würffel 2007 Stefan Bodo Würffel: Die Macht zu verführen. »Mario und der Zauberer« und Verwandtes. In: Liebe und Tod in Venedig und anderswo. Die Davoser Literaturtage 2004. Hg. von Thomas Sprecher. Frankfurt/Main 2005, S. 187–208.

Wysling 1973 Hans Wysling, Marianne Fischer und Yvonne Schmidlin (Hg.): Bild und Text bei Thomas Mann: Eine Dokumentation. Bern 1973.

Zander 2005 Peter Zander: Thomas Mann im Kino. Berlin 2005.

Zander 2010 Peter Zander: Geschaute Erzählung – Thomas Mann im Kino. Von »Buddenbrooks« (1923) bis »Buddenbrooks« (2008). In: TMJ 23, 2010, S. 105–117.

Zeller 2004 Regine Zeller: Gustave Le Bon, Sigmund Freud und Thomas Mann. Massenpsychologie in »Mario und der Zauberer«. In: Jahrbuch zur Kultur und Literatur der Weimarer Republik 9, 2004, S. 129–149.

Zeller 2006 Regine Zeller: Cipolla und die Masse. Zu Thomas Manns Novelle »Mario und der Zauberer«. St. Ingbert 2006.

Zeller 2010 Regine Zeller: »Die beherrschende Kraft eines stärkeren Wollens«. In: Holger Pils/Christina Ulrich (Hg.): Thomas Mann. Mario und der Zauberer. Lübeck 2010, S. 52–71.

Zeller 2018 Regine Zeller: »Identity politics« in der Wüste: Thomas Manns Erzählung »Das Gesetz« und die Ambivalenz kollektiver Identitätspolitik. In: »Polytheismus der Einbildungskraft«. Wechselspiele von Literatur und Religion von der Aufklärung bis zur Gegenwart. Hg. von Tomas Sommadossi. Würzburg 2018, S. 175–192.

Zeug 1998/99 Alexander Zeug: Der arische Mythos und Thomas Manns indische Legende von den vertauschten Köpfen. In: New German Review, Jg. 14, 1998/99, S. 5–28.

Ziolkowski 1983 Theodore Ziolkowski: Talking Dogs. The Canination of Literature. In: ders.: Varieties of Literary Thematics. Princeton 1983, S. 86–122.

Ziolkowski 2016 Theodore Ziolkowski: Uses and Abuses of Moses. Literary Representations since the Enlightenment. Notre Dame, Indiana, 2016.

# VERZEICHNIS DER ERWÄHNTEN EIGENEN WERKE

Kursiv gesetzte Seitenzahlen verweisen auf den Kommentarband; unterstrichene Seitenzahlen beziehen sich auf Abbildungen.

# VERZEICHNIS DER ERWÄHNTEN PERSONEN UND FREMDEN WERKE

Kursiv gesetzte Seitenzahlen verweisen auf den Kommentarband; unterstrichene Seitenzahlen beziehen sich auf Abbildungen. Die nach dem Tod Thomas Manns erschienene Forschungsliteratur ist im Register nicht berücksichtigt.

INHALT



Anhang